Tony Hillerman wurde 1925 als Farmersohn in Oklahoma geboren und besuchte acht Jahre lang als Tagesschüler ein Internat für Indianer. Neben seinen Tätigkeiten als Journalist und Dozent an der University of New Mexico begann er Ende der sechziger Jahre Kriminalromane zu schreiben. «Tod am heiligen Berg» ist der zwölfte Roman mit den Navajocops Jim Chee und Joe Leaphorn. Für seine Ethnothriller erhielt er von der Vereinigung der amerikanischen Krimi-Autoren den Edgar Allan Poe Award und den Grandmaster Award. Hillermans Romane wurden in siebzehn Sprachen übersetzt. Der sechsfache Vater lebt mit seiner Frau in Albuquerque, New Mexico.

Neben seinem Debüt «Wolf ohne Fährte» (3022) liegen die rororo-thriller «Tod der Maulwürfe» (3269), «Die Nacht der Skinwalkers» (3270) und «Wer die Vergangenheit stiehlt» (3268) vor. Außerdem ist im Rowohlt Taschenbuch Verlag sein Abenteuerroman «Auf der Suche nach Moon» erschienen (22114).

Tony Hillerman

Tod am heiligen Berg

Deutsch von Klaus Fröba

Rowohlt

rororo thriller
Herausgegeben von Bernd Jost

Deutsche Erstausgabe
Veröffentlicht im Rowohlt Taschenbuch Verlag
GmbH, Reinbek bei Hamburg, Februar 1998
Copyright © 1998 by Rowohlt Taschenbuch Verlag
GmbH, Reinbek bei Hamburg
Die Originalausgabe erschien unter dem Titel
«The Fallen Man»
1996 bei HarperCollins Publishers, New York
Copyright © 1996 by Tony Hillerman
Redaktion Wolfram Hämmerling
Umschlaggestaltung Walter Hellmann
(Illustration: Britta Lembke)
Foto des Autors auf Seite 2
Copyright © 1993 by AP Newsfeatures Photo
Karte: D. Ahmadi/P. Trampusch
Satz Cochin (Linotronic 500)
Gesamtherstellung Clausen & Bosse, Leck
Printed in Germany
1290-ISBN 3 499 43292 7

Dieses Buch ist den Teilnehmern an Dick Pfaffs philosophischer Arbeitsgruppe gewidmet, die sich seit einem Vierteljahrhundert jeden Dienstagabend trifft, um Wahrscheinlichkeitstheorien auf ihre praktische Anwendbarkeit zu prüfen. Und manchmal auch – wer hätte es gedacht? – die Chaostheorie.

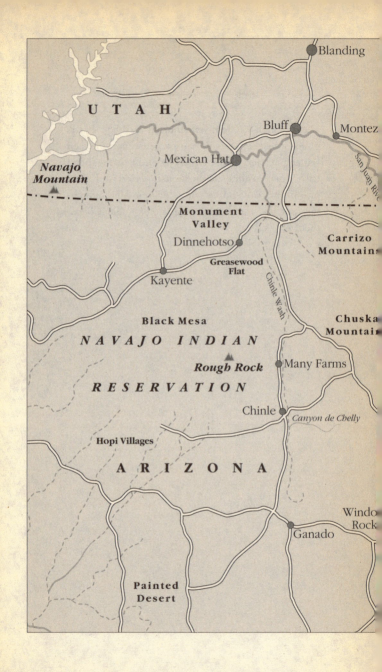

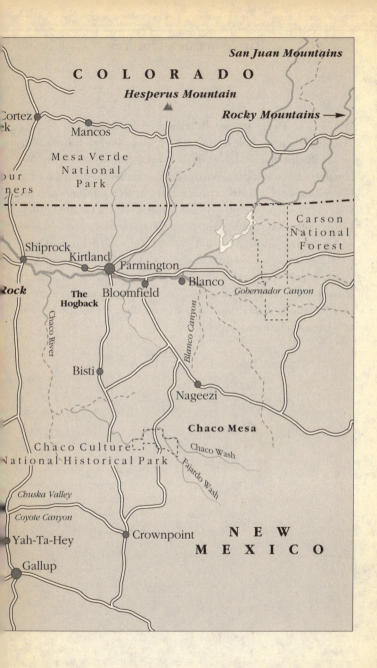

Ein Wort des Dankes

Wenn es in einem meiner Romane um die Arbeit der Navajo Tribal Police geht, hole ich mir stets professionellen Rat ein. Für dieses Buch brauchte ich zusätzlich Informationen über die Arbeit der Navajo Rangers. Wieder hat mir insbesondere mein alter Freund Captain Bill Hillgartner mit seinem Rat zur Seite gestanden, aber neben ihm bin ich auch Chief Leonard G. Butler, den Lieutenants Raymund Smith und Clarence Hawthorne sowie den Sergeants McConnel und Wilfred Tahy aufrichtigen Dank schuldig. Sollte irgendein technisches Detail nicht ganz richtig wiedergegeben sein – an ihnen liegt's bestimmt nicht. Robert Rosebrough, Autor des Buches *The San Juan Mountains,* hat mir sein Tagebuch einer Ship-Rock-Klettertour zur Verfügung gestellt und auch sonst viel geholfen.

1

Von da, wo Bill Buchanan, den Rücken gegen den rauhen Fels gelehnt, saß, fiel sein Blick schräg auf Whitesides Gesicht. Wenn John sich zurücklehnte, konnte Buchanan den schneebedeckten Gipfel des Mount Taylor sehen, der über Grants in New Mexico aufragte, ungefähr acht Meilen östlich von ihnen. Jetzt allerdings beugte John sich vor, weil er ihm etwas sagen wollte.

«Dieses Rauf- und Runterklettern – und noch mal rauf, damit du auf der anderen Seite wieder runterklettern kannst», sagte Whiteside, «ist doch wirklich nicht das Gelbe vom Ei. Kann sein, daß es die einzige Möglichkeit ist, um auf den Gipfel zu kommen, aber nach unten, wette ich, muß es einen schnelleren Weg geben.»

«Gib Ruhe», sagte Buchanan, «entspann dich. Wir sitzen hier, um uns auszuruhen.»

Sie hatten sich auf einem der wenigen relativ flachen Granitfelsen niedergelassen – im Rappel Gully, wie die Ship-Rock-Kletterer die schmale Schlucht nannten. Sie war auf dem Weg zum Gipfel der Ausgangspunkt für die letzte steile, schwere Steigstrecke und durch den Granitfelsen ein idealer Rastplatz – leicht seitlich geneigt, aber mit glatter Oberfläche, wie eine riesige Tischplatte, nicht ganz fünfhundert Meter über der Prärie. Beim Abstieg fing hier die kürzere, aber noch schwerere Klettertour an einer fast senkrechten Steilwand an – aufwärts, weil das die einzige Möglichkeit war, den Hang zu erreichen, der nach unten führte. Jedenfalls die einzige Möglichkeit, bei der einem eine einigermaßen gute Chance blieb, unten anzukommen, ohne sich unterwegs den Hals zu brechen.

Buchanan, Whiteside und Jim Stapp hatten den Gipfel gerade bezwungen, den aus Armeebeständen ausgesonderten Munitionsbehälter aufgeklappt, in dem das Gipfelbuch der Ship-Rock-Kletterer lag, sich eingetragen und durch ihre Unterschrift versichert, daß sie eine der schwersten Extremstrecken Nordamerikas bezwungen hatten. Buchanan war erschöpft. Er glaubte, daß er allmählich zu alt für so was wurde.

Whiteside hakte seinen Klettergürtel ab und legte das Nylonseil, das Steigeisen, Ringhaken und Karabinerösen beiseite: die Ausrüstung, ohne die der Aufstieg auf so einen Berg unmöglich gewesen wäre.

Er machte eine tiefe Kniebeuge, umklammerte mit den Fingern die Zehen und streckte sich. Buchanan verfolgte die Lockerungsübungen mit einem unbehaglichen Gefühl.

«Was machst du da?»

«Nichts», sagte Whiteside. «Oder sagen wir mal: Ich befolge die Anweisungen des Kletterführers, den du angeblich irgendwann schreiben willst. Ich sehe zu, daß ich das überflüssige Gewicht loswerde, bevor ich einen Abstieg suche, bei dem wir uns nicht sichern müssen.»

Buchanan richtete sich auf. Er kam sich vor wie bei einer Pokerrunde, bei der Whiteside den Zwei-Dollar-John spielte: den Burschen, der anscheinend unerschütterlich darauf vertraut, daß ihm der Kartengeber zur Not auch noch das fünfte Herz hinschiebt. Whiteside ging gern ein Risiko ein.

«Was für einen Abstieg?»

«Ich will mich nur mal da vorn rüberbeugen und umsehen.» Er deutete auf die Felsklippen. «Gerade mal dreißig Meter vor uns kannst du dich über den Rand beugen und das ganze Felsgewirr unter uns überblicken. Ich glaub einfach nicht, daß es da wirklich keinen Weg gibt, auf dem man bequem nach unten kommen kann.»

«Du findest dort höchstens einen Weg, auf dem du dich umbringen kannst», sagte Buchanan. «Wenn du's so eilig hast, runterzukommen, besorg dir einen Fallschirm.»

«Runter klettert sich's leichter als rauf.» Whiteside deutete auf das kleine natürliche Staubecken, hinter dem Stapp sich gerade darauf vorbereitete, die Crew an der vertikalen Basaltwand hochzuseilen. «Ich brauch nur 'n paar Minuten.» Er bewegte sich vorsichtig auf den Rand des löchrigen Steilhangs zu.

Buchanan war im Nu auf den Beinen. «Komm zurück, John! Das ist verdammt riskant!»

«Ach wo», rief Whiteside zurück, «ich gehe nur so weit, daß ich einen Blick über die Steilkante werfen kann. Nur mal schauen, wie's da unten aussieht. Ob's da tatsächlich nur Trümmergestein gibt, oder ob ich nicht doch einen massiven alten Basaltfinger finde, an dem man sich runterhangeln kann.»

Buchanan ging näher auf den Abhang zu. Er hielt es zwar für unvernünftig, was Whiteside tat, aber wie er's tat, nötigte ihm doch Bewunderung ab. Der Mann bewegte sich mit traumwandlerischer Sicherheit auf allen vieren an der Felsklippe entlang, hielt den Körper gestreckt, balancierte das Gewicht auf den allenfalls drei Zentimetern festem Halt aus, die ihm blieben, und fand mit den Fingerspitzen jeden noch so kleinen Spalt, jeden Riß im Gestein oder zumindest eine rauhe Stelle, an der er sich notfalls abstützen konnte, wenn eine jähe Bö ihn aus dem Gleichgewicht zu bringen drohte. Wunderschön anzusehen – eine perfekte Gratwanderung. Whiteside hatte eben den idealen Körperbau für so etwas, etwas kleiner und schlanker als Buchanan. Knochen, Sehnen und Muskeln, sonst nichts, kein Gramm Gewicht zuviel. Wie ein Insekt bewegte er sich scheinbar mühelos an der zerklüfteten Klippe entlang.

Und dreihundert – nein, vierhundert Meter unter ihm lag, was Stapp gern das «Antlitz der Erde» nannte. Buchanan blickte hinunter. Zwei Navajos ritten fast unmittelbar an der Steilwand entlang – Gestalten, die sich von hier oben so winzig ausnahmen, daß einem beim Hinschauen erst richtig klar wurde, welches erschreckende Risiko Whiteside einging. Wenn er abrutschte, war er tot. Nur, er war es nicht sofort. Es dauerte eine Weile, bis ein Mensch ein paar hundert Meter tief gestürzt ist, und zwischendurch schlägt sein Körper immer wieder auf Felsvorsprüngen auf und stürzt dann weiter, schlägt wieder auf und stürzt weiter, bis er schließlich in den Basaltausläufern am Fuße dieses sagenumwobenen erloschenen Vulkans zerschellt.

Buchanan riß sich vom Anblick der beiden Reiter und von seinen Gedanken los. Es war früher Nachmittag, aber die

Herbstsonne stand schon so weit im Nordwesten, daß der Ship Rock seinen Schatten viele Meilen weit über die verdorrte Prärie nach Südosten warf. Nicht mehr lange, und der Winter machte der Saison der Extremkletterer ein Ende. Die Sonne stand bereits so tief, daß ihre Strahlen sich nur noch auf dem Gipfel des Mount Taylor spiegelten, ganz oben, wo der Berg seine Schneehaube trug. Achtzig Meilen weiter nördlich, in den San Juans in Colorado, waren die Gipfel schon von Neuschnee bedeckt. Weit und breit zeigte sich keine Wolke, der Himmel schmückte sich mit dem tiefen Blau der Trockenregion. Die Luft war kühl und – was in so großer Höhe nur sehr selten vorkommt – vollkommen windstill.

Die Stille war so beherrschend, daß Buchanan das schwache schabende Geräusch von Whitesides weicher Gummisohle hören konnte, als er den Fuß auf dem Fels nach vorne schob. Hundert, vielleicht zweihundert Meter unter ihm schwebte ein rotschwänziger Habicht auf die Felswand zu, um sich von der Luftströmung aufwärts tragen zu lassen. Hinter sich, jenseits des kleinen Staubeckens, hörte Buchanan ein metallisches Klicken, als Stapp am Fuße der Steilwand seinen Klettergürtel festzurrte.

Das ist der Grund, warum ich klettere, dachte Buchanan – um so weit wie möglich von Stapps «Antlitz der Erde» und all dem Lärm und der Unruhe entfernt zu sein. Whiteside dagegen klettert, weil er den Nervenkitzel sucht, der sich einstellt, wenn er den Tod herausfordert. Und nun turnt er dort am Abgrund herum, gut und gern dreißig Meter vor mir. Verdammt riskant. Zu riskant.

«Das ist weit genug, John», rief er, «stell dein Glück nicht auf die Probe.»

«Noch einen halben Meter», rief Whiteside zurück, «dann hab ich festen Halt und kann runtersehen.»

Er schob sich weiter. Machte halt. Und blickte nach unten.

«Überall löchriges Gestein unter der Klippe. Sieht aus wie 'ne Honigwabe», sagte er und verlagerte das Gewicht, damit er den Kopf ein Stück nach vorn schieben konnte. «Jede Menge kleine Erosionshöhlen, und der Basalt drum herum sieht ziemlich brökkelig aus.» Er schob den Kopf noch ein Stück vor. «Und weiter unten eine glatte Wand. Verdammt glatt.»

Stille. Dann rief Whiteside: «Bill, ich glaube, ich seh da unten einen Steinschlaghelm.»

«Was?»

«Mein Gott», sagte Whiteside, «da steckt ein Schädel drin.»

2

Der weiße Porsche im Rückspiegel seines Pickup lenkte Jim Chee von seinen düsteren Grübeleien ab. Chee fuhr auf dem Highway 666 südwärts, auf den Salt Creek Wash zu, mit ungefähr 65 Meilen pro Stunde, also haarscharf über der vorgeschriebenen Geschwindigkeitsbegrenzung, und er wurde schließlich unter anderem dafür bezahlt, deren Einhaltung zu überwachen. Aber nach der Dienstvorschrift der Navajo Tribal Police sollten geringfügige Geschwindigkeitsüberschreitungen in diesem Jahr als versehentliche Verkehrswidrigkeiten behandelt werden. Abgesehen davon war der Verkehr recht dünn, die Saison neigte sich dem Ende zu – man konnte es an dem prächtigen Pink erkennen, mit dem die untergehende Sonne jetzt, Mitte November, die Wolken über den Carrizo Mountains anmalte –, und wenn er dem alten Motor eine Verschnaufpause gönnte und den Pickup ungebremst den Hügel hinunterrollen ließ, sparte er Benzin, schonte die Reifen und hatte anschließend genug Schwung für die lange Steigstrecke über den Buckel zwischen der Auswaschung und Shiprock.

Der Porschefahrer lag mit seinem Tempo allerdings erheblich über der Toleranzgrenze. Der hatte um die 95 Meilen drauf. Chee löste den Blaulichtblinker von der Ablage über dem Armaturenbrett, schaltete ihn an, kurbelte das Seitenfenster herunter und klebte die Magnethalterungen aufs Pickup-Dach. Genau in dem Augenblick, als der Porsche an ihm vorbeischoß.

Sofort drang durchs offene Fenster ein Schwall kalter Luft,

vermischt mit Straßenstaub. Er drehte das Fenster hoch und drückte den Fuß aufs Gaspedal. Die Tachometernadel stand auf 70, als er den Salt Creek Wash durchquerte, kletterte auf fast 75 und sackte dann auf 72 ab – die Steigstrecke und das betagte Alter des Motors forderten ihren Tribut. Der weiße Porsche kurvte fast eine Meile vor ihm den Hügel hinauf. Chee langte nach dem Mikro, klickte es an und hatte die Zentrale in Shiprock dran.

«Shiprock», meldete sich eine Stimme. «Ich höre, Jim.»

Das mußte Alice Notabah sein, die Veteranin. Die andere Frau in der Zentrale war jung, beinahe so neu auf ihrem Posten wie Chee auf seinem, und redete ihn immer mit «Lieutenant» an.

«Was gibt's, Jim?» wiederholte Alice, schon ein bißchen ungeduldig.

«Nur ein Raser», gab er durch. «Weißer Porsche Targa, Utah-Kennzeichen, südwärts auf der dreimal 6 Richtung Shiprock. Nichts Weltbewegendes.» Der Fahrer hatte wahrscheinlich die Polizeileuchte nicht gesehen. Wer schaut schon in den Rückspiegel, wenn er an einem verrosteten Pickup vorbeizieht? Trotzdem, irgendwie wurmte es ihn. Der Tag hatte ihm schon genug Ärger gebracht, und jetzt auch das noch. Der Versuch, den Sportwagen zu jagen, hätte mit einer Blamage geendet.

«Zehn-vier – kommst du her?» wollte Alice wissen.

«Ich fahr nach Hause», antwortete Chee.

«Lieutenant Leaphorn war hier. Wollte dich sprechen», sagte Alice.

«Was wollte er denn?» Strenggenommen handelte es sich um den Ex-Lieutenant Leaphorn. Der alte Knabe war letztes Jahr in den Ruhestand gegangen. Endlich. Nach bestimmt fast einem Jahrhundert. Trotzdem, Ruhestand oder nicht, die Nachricht, daß Leaphorn ihn sprechen wollte, löste in Chee sofort ein mulmiges Gefühl aus, automatisch fing er an, so etwas wie Gewissenserforschung zu betreiben. Er hatte zu viele Jahre unter dem Mann gearbeitet.

«Er hat nur gesagt, daß er dich irgendwann bestimmt erwischt. Du hörst dich an, als hättest du 'nen schlechten Tag gehabt.»

«Einen zum Vergessen», bestätigte Chee. Aber das stimmte

eigentlich nicht. Es war schlimmer gewesen als zum Vergessen. Zuerst die Episode mit dem Jungen in der Uniform der Ute Mountain Police. Und dann die Sache mit Mrs. Twosalt.

Ein arrogantes Bürschchen. Chee hatte hoch auf dem Abhang unter dem Popping Rock geparkt, wo der Pickup durch Gebüsch vor neugierigen Blicken geschützt war, Chee dagegen einen guten Ausblick weit über die Straßen auf dem Ölfeld unter ihm hatte. Im Augenblick hatte er einen schlammbespritzten Zweitonner GMC im Visier, der an einer Viehkoppel stand, etwa eine Meile weit weg. Chee kramte das Fernglas heraus, stellte die Schärfe nach und versuchte herauszukriegen, warum der Fahrer den Truck an einer Koppel abgestellt hatte und ob vielleicht noch jemand neben ihm saß. Alles, was er zu sehen bekam, waren die Schlammspritzer an der Windschutzscheibe.

Und plötzlich rief das Bürschchen laut «Hey!», und als Chee herumfuhr, stand der Milchbart nicht mal zwei Meter hinter ihm und fixierte ihn durch eine dunkle, verspiegelte Sonnenbrille.

«Was machst du hier?» wollte der Junge wissen, der, wie Chee mittlerweile festgestellt hatte, eine offensichtlich brandneue Uniform der Ute Mountain Tribal Police trug.

«Ich beobachte Vögel», sagte Chee und deutete auf das Fernglas. «Vogelkundliche Studien, verstehst du?»

Der Bursche schien das überhaupt nicht lustig zu finden.

«Zeig mir mal einen Ausweis», verlangte er. Was Chee soweit ganz in Ordnung fand. So machte man das, wenn einem jemand, der irgendwie verdächtig aussah, über den Weg lief. Also fischte er das Klappmäppchen mit dem Dienstausweis der Navajo Tribal Police aus der Tasche und wünschte im stillen, er hätte sich die klugscheißerische Bemerkung über vogelkundliche Studien gespart. Derlei blöde Sprüche hörte jeder Cop jeden Tag wer weiß wie oft – kein Wunder, daß alle sie bis obenhin satt hatten. Er hätte ja auch nie und nimmer so dumm dahergeredet, dachte er, wenn das Kid sich nicht so lautlos an ihn rangepirscht hätte. Richtig gekonnt. Und richtig peinlich für Chee.

Das Bürschchen schaute von dem Paßfoto auf Chees Gesicht und wieder auf das Foto. Schien ihm beides nicht zu gefallen.

«Navajo Police?» hakte er nach. «Was machst du dann hier in der Utah-Reservation?»

Chee erklärte ihm höflich, daß sie sich nicht in der Utah-Reservation befanden. Sie waren auf Navajoland, die Grenze lag etwa eine halbe Meile östlich von ihnen. Das Bürschchen grinste verächtlich. Chee hätte sich wohl verlaufen, meinte er, die Grenze läge mindestens eine Meile in der entgegengesetzten Richtung, und zeigte hangabwärts. Sie hätten darüber nun lange diskutieren können, doch das wäre völlig sinnlos gewesen, und so hatte Chee dem Jungen einen guten Tag gewünscht, war in seinen Pickup gestiegen und stinksauer davongefahren. Die Utahs, erinnerte er sich, wurden in der Mythologie der Navajos beinahe immer als Feinde seines Volkes dargestellt, jetzt verstand er auch, warum. Er mußte zugeben, daß er sich für einen Lieutenant (*Acting* Lieutenant, was im Klartext bedeutete, daß ihm dieser Rang nur vorläufig zuerkannt war, sozusagen auf Bewährung, seit knapp drei Wochen) nicht besonders geschickt aus der Affäre gezogen hatte. Und das wiederum lenkte seine Gedanken zu Janet Pete, denn nur ihr zuliebe hatte er sich befördern lassen. An Janet zu denken heiterte sein Gemüt regelmäßig ein bißchen auf. Der Tag würde sich bestimmt doch noch zum Guten entwickeln.

Tat er nicht. Old Lady Twosalt kam dazwischen.

Wie der junge Utah-Cop stand sie auf einmal hinter ihm, ohne daß er vorher das geringste gehört hatte. Sie erwischte ihn in der Tür des Schulbusses, der neben dem Twosalt-Hogan parkte. Es blieb ihm nichts anderes übrig, als da stehenzubleiben, wo er stand, und stammelnd und stotternd zu versichern, daß er natürlich auf die Hupe gedrückt und abgewartet und sich umgesehen und überhaupt all das getan habe, was man nach den ungeschriebenen Gesetzen der Höflichkeit zu tun hatte, wenn man sich in einem weitgehend menschenleeren Land einem fremden Haus näherte. Und zu guter Letzt sei er zu dem Schluß gekommen, daß wohl niemand zu Hause sei. Und damit war er mit seinem Latein am Ende gewesen.

Mrs. Twosalt hatte nur dagestanden, den Blick zur Seite gewandt – nicht etwa auf ihn, weil das nach der Tradition der Navajos bedeutet, daß man dem anderen nicht über den Weg traut –, hatte abgewartet, bis er fertig war, und war dann ohne lange Umschweife zur Sache gekommen.

«Ich habe nach den Ziegen gesucht», sagte sie. «Aber was hattest du in meinem Schulbus zu suchen? Hast du etwa geglaubt, du hättest da drin was verloren – oder was?»

Chee hätte ihr sagen können, was er in dem Schulbus gesucht hatte: Kuhdung oder Kuhhaare oder irgendeinen anderen Hinweis darauf, daß in dem Fahrzeug anstelle von Schulkids Vieh transportiert worden war. Aus dem gleichen Grund hatte er drüben am Popping Rock das Fernglas auf den Truck an der Viehkoppel gerichtet. Immer wieder verschwand in letzter Zeit im Zuständigkeitsbereich der Polizeidienststelle Shiprock Vieh von den Weiden, und Captain Largo hatte angeordnet, daß sich Chees Leute mit erster Priorität um die Viehdiebstähle kümmern sollten. Für ihn hatte das höhere Dringlichkeit als die Rauschgift-Dealerei am Junior-College, Schießereien zwischen rivalisierenden Gangs, Schwarzbrennerei und andere Straftaten, die Chee allerdings für wesentlich wichtiger hielt.

Na schön, Chee hatte sich heute im Morgengrauen und bei lausiger Kälte aus der Koje in seinem Wohntrailer geschwungen, die Jeans und eine Arbeitsjacke angezogen und seinen alten Pickup flottgemacht, um sich mal einen Tag lang – inkognito und auf eigene Faust – nach Trucks und ähnlichen Fahrzeugen umzusehen, die möglicherweise zum Abtransport gestohlener Rinder benutzt wurden.

Daß ihm da der GMC Truck höchst verdächtig vorgekommen war, lag auf der Hand. Es war das Modell mit dem fünften Antriebsrad, speziell als Zugmaschine für Trailer entwickelt und, wie allgemein bekannt, ausgesprochen beliebt bei professionellen Viehdieben, die gestohlene Rinder vorzugsweise in ganzen Trailerladungen abtransportierten. Bei dem Schulbus war das anders, den hatte er rein zufällig entdeckt, als er den holperigen Feldweg vom Popping Rock heruntergerumpelt war und – ganz zufällig – daran denken mußte, daß Mrs. Twosalt sich nicht nur der Viehhaltung widmete, sondern sich auch eines etwas zweifelhaften Rufs erfreute. Worauf er, wieder ganz zufällig, über die Frage gestolpert war, wozu die Twosalt-Lady überhaupt einen alten Schulbus brauchte.

Nur, das alles taugte nicht als Antwort auf Mrs. Twosalts Frage, und sie stand immer noch da und wartete auf eine.

«Ich war bloß neugierig», sagte er schließlich. «Ich bin als Junge in so einem Ding zur Schule gefahren. Da hab ich mich gefragt, ob die wohl immer noch so aussehen wie damals.» Er brachte ein gequältes Lächeln zustande.

Mrs. Twosalt schien seinen erinnerungsseligen Frohsinn nicht zu teilen. Sie wartete, sah ihn an und wartete weiter. Offenbar wollte sie ihm eine Chance geben, sich eine bessere Geschichte oder eine plausiblere Erklärung für sein überraschendes Auftauchen auszudenken.

Weil ihm nichts Besseres einfiel, hatte Chee schließlich das Ausweismäppchen gezückt und gesagt, er sei hergekommen, um sich zu erkundigen, ob die Twosalts vielleicht Kühe oder Schafe vermißten oder irgend etwas Verdächtiges bemerkt hätten. Mrs. Twosalt ließ ihn wissen, sie passe gut auf ihre Tiere auf – nein, sie vermißten kein Vieh. Und damit war auch diese Episode abgehakt – abgesehen davon, daß Chee das unbehagliche Gefühl nicht los wurde, daß er sich bis auf die Knochen blamiert hatte.

Es war beinahe dunkel, als er auf dem Hügel ankam und unter sich die weit verstreuten Lichter der Stadt Shiprock liegen sah. Keine Spur von dem weißen Porsche. Chee gähnte. Was für ein Tag! Er bog von der Teerstraße auf die Schotterstraße ab, die zu einem unbefestigten Feldweg führte. Von diesem zweigte ein von Gras und Kriechgestrüpp überwucherter Pfad ab, auf dem man hinunter zu seinem Trailer unter dem Baumwollgehölz am Ufer des San Juan River kam. Er rieb sich die Augen und gähnte noch einmal. Am besten, er stellte den Rest des Frühstückskaffees noch mal kurz auf die Herdplatte, machte eine Dose Chili-Eintopf auf und legte sich früh ins Bett. Ein lausiger Tag, aber nun war er vorüber.

Nein, war er nicht. Die Scheinwerfer des Pickup spiegelten

sich in der Windschutzscheibe eines staubbedeckten Wagens, der dicht hinter dem Trailer parkte. Chee erkannte ihn sofort wieder. Ex-Lieutenant Joe Leaphorn hatte ihn doch noch erwischt, wie versprochen: irgendwann später.

3

Heute morgen, als er sich auf die Suche nach Viehdieben gemacht hatte, war es im Trailer empfindlich kühl gewesen. Jetzt war es eisig kalt; das bißchen Wärme, das die Aluminiumhaut im November über Tag speicherte, schluckte der Frosthauch weg, der gegen Abend an den Ufern des San Juan aufkam. Chee zündete den Propangasofen an und setzte Kaffeewasser auf.

Joe Leaphorn saß auf der Bank am Tisch, steif und kerzengerade. Er legte seinen Hut auf die Wachstuchtischdecke und fuhr sich mit der Hand durchs altmodisch geschnittene, immer mehr ins Graue spielende Haar. Er setzte den Hut wieder auf, war anscheinend nicht zufrieden mit seiner Entscheidung und nahm ihn wieder ab. Chee fand, daß Hut und Herr irgendwie zusammenpaßten, beide sahen ein bißchen verwittert aus.

«Es ist mir unangenehm, so hereinzuplatzen», sagte Leaphorn, stockte und fing noch einmal an: «Übrigens, meinen Glückwunsch zur Beförderung.»

«Danke», sagte Chee, riß sich vom Anblick des Wasserkessels los, aus dem durch irgendein Leck heißes Wasser rann, wandte sich um, wollte etwas sagen, verschluckte es, gab sich aber zu guter Letzt einen Ruck. Warum eigentlich nicht? Anfangs hatte er es, als er es hörte, nicht glauben wollen, aber warum sollte er nicht mal auf den Busch klopfen?

«Man hat mir erzählt, daß Sie mich für den Posten empfohlen haben.»

Falls Leaphorn zugehört hatte, ließ er es sich nicht anmerken. Er betrachtete gedankenverloren seine gefalteten Hände und ließ die Daumen umeinander kreisen.

«Bringt Ihnen eine Menge Arbeit und Ärger», sagte er, «und daß sich's auszahlt, kann man nicht gerade behaupten.»

Chee nahm zwei Becher aus dem Schrank, stellte den mit dem Werbeaufdruck *Farmington Post* vor Leaphorn auf den Tisch und suchte nach der Zuckerdose.

«Wie gefällt es Ihnen im Ruhestand?» erkundigte er sich. Eine Art diskreter Rippenstoß – er wollte Leaphorn dazu bringen, ihm den Anlaß für seinen Überfall zu erklären. Ein reiner Höflichkeitsbesuch war es wohl kaum. Ganz bestimmt nicht. Leaphorn war immer der Boss und Chee immer sein Laufbursche gewesen. Irgendwie hatte der Besuch etwas mit dienstlichen Belangen zu tun, es gab mit Sicherheit irgendwas, was er erledigt haben wollte, und zwar durch Chee.

«Na ja», antwortete Leaphorn, «als Pensionär hat man erheblich weniger Ärger am Hals. Man muß sich nicht mehr mit allen möglichen Problemen rumschlagen und …» Er zuckte die Achseln und lachte glucksend in sich hinein.

Chee lachte mit, was sich aber ein bißchen gezwungen anhörte. An diesen neuen, veränderten Leaphorn mußte er sich erst gewöhnen. Ein Leaphorn, der herkam, weil er etwas auf dem Herzen hatte, dann aber, statt damit herauszurücken, nur herumdruckste und sich wand wie ein Aal – das war nicht der Lieutenant Leaphorn, wie er ihn mit einer Mischung aus Staunen, Irritation und Bewunderung in Erinnerung hatte. Er fühlte sich ziemlich unwohl dabei, diesen Mann wie einen Bittsteller in seinem Trailer sitzen zu sehen. Irgendwie mußte er ihm einen Schubs geben.

«Ich weiß noch, wie Sie – damals, als Sie mir erzählt haben, daß Sie sich pensionieren lassen – zu mir gesagt haben, wenn ich mal einen guten Rat oder Hilfe brauche, soll ich ohne Scheu zu Ihnen kommen. Na gut, dann frage ich Sie also, was Sie alles über die Viehdiebstähle wissen.»

Leaphorn ließ sich die Frage durch den Kopf gehen und die Daumen weiter kreisen. «Na ja», sagte er, «ich weiß, daß es immer den einen oder anderen Viehdiebstahl gegeben hat. Und ich weiß, daß Ihr Boss und seine Familie seit drei Generationen im

Rinderzüchtergeschäft sind. Für Rinderdiebe dürfte er also nicht allzuviel übrig haben.» Die Daumen brachen ihren Ringelreihen ab, Leaphorn sah hoch. «Gibt's in letzter Zeit mehr Ärger damit als sonst? Irgendwas im großen Stil?»

«Richtig groß kann man's nicht nennen. Die Conroy-Ranch hat letzten Monat acht Färsen verloren. Alles in allem in den letzten beiden Monaten sechs oder sieben Anzeigen. Meistens fehlten ein, zwei Tiere, manche waren wahrscheinlich einfach nur davongelaufen. Aber Captain Largo sagt, es ist schlimmer als sonst.»

«Jedenfalls schlimm genug, um Largo zu beunruhigen», meinte Leaphorn. «Seine Familie hat ausgedehnte Weiderechte, beinahe überall im Checkerboard.»

Chee grinste.

Leaphorn lachte wieder in sich hinein. «Ich wette, das wissen Sie alles schon.»

«Stimmt», sagte Chee und schenkte Kaffee ein.

Leaphorn nahm einen Schluck.

«Ich glaube nicht, daß ich Ihnen irgendeinen guten Tip geben kann, wie man Viehdiebe fängt. Ich weiß darüber sicher nichts, was Ihnen nicht auch schon Captain Largo erzählt hätte», sagte Leaphorn. «Wir haben jetzt die Navajo Rangers, und da Vieh für das Wohl des Stammes wichtig ist und sie den Auftrag haben, alles zu schützen, was im Interesse des Stammes geschützt werden muß, sind die Viehdiebstähle eigentlich ihre Angelegenheit. Das Problem ist nur, daß die Rangers eine recht kleine Gruppe sind. Sie haben alle Hände voll zu tun mit Wilddieben und Randalierern in den Parks und Burschen, die Holz stehlen oder Ölleitungen anzapfen – da kommt einiges zusammen. Die Rangers kommen kaum noch rum, also müssen wir ihnen helfen und mit allen zusammenarbeiten, die sonst noch zuständig sind. Mit den Veterinären vom New Mexico Cattle Sanitary Board und den Brandzeicheninspektoren aus Arizona und den Jungs aus Colorado. Und Sie – Sie halten so lange die Augen nach fremden Trucks und Pferdetrailern offen.» Leaphorn sah Chee achselzuckend an. «Nicht gerade viel, was Sie tun können. Ich hatte nie viel Glück damit, Viehdiebe zu erwischen. Und die paar, die ich erwischt habe, haben sie mangels Beweisen laufenlassen.»

Chee nickte. «Hab mir schon gedacht, daß sich die Zeit, die ich investiere, nicht auszahlt.»

«Ich wette, Sie haben schon alles gemacht, was Sie tun können.» Leaphorn rührte Zucker in den Kaffee, nahm wieder einen Schluck und sah Chee über den Rand seiner Brille an. «Und dann fängt natürlich bald die Zeit der Zeremonien an. Sie wissen ja, wie das läuft. Jemand braucht einen Gesang. Dann muß die Familie sämtliche Verwandte und Freunde durchfüttern, die kommen und dabei helfen, daß der Segen auch wirklich anschlägt. Ein Haufen hungriger Leute, und wenn's eine Zeremonie in voller Länge ist, hat man sie womöglich die ganze Woche da. Sie kennen doch die Redensart in New Mexico: Niemand ißt seine eigene Kuh auf.»

«Tja», machte Chee. «Als ich die Polizeiberichte der letzten Jahre durchgesehen habe, ist mir aufgefallen, daß die Zahl der kleinen Viehdiebstähle – die, bei denen es um ein oder zwei Tiere geht – zunimmt, sobald die Zeit der schweren Unwetter vorbei ist und die Gesänge anfangen.»

«Ich bin in der Zeit immer ein bißchen zum Schnüffeln rumgefahren. Hier und da findet man immer 'ne frische Rinderhüfte mit dem falschen Brandzeichen. Aber Sie wissen ja, daß es nicht viel bringt, jemanden wegen so was festzunehmen. Ich habe immer nur ein, zwei Worte mit den Leuten geredet, damit sie merken, daß man ihnen auf die Schliche gekommen ist. Und dann hab ich dem Viehzüchter Bescheid gesagt. Und wenn der ein Navajo war, hat er begriffen, was er eigentlich von Anfang an wissen mußte: Die Leute brauchen ein bißchen Unterstützung. Nun, dann hat er eben was für sie geschlachtet und ihnen auf die Weise die Mühe erspart, sich das Fleisch zusammenzustehlen.»

Leaphorn brach ab. Er wußte, daß er Chee nichts Neues erzählte. Reine Zeitverschwendung.

«Eine Menge gute Ideen», sagte Chee und wußte, daß Leaphorn darauf nicht hereinfiel. «Gibt's irgendwas, was ich für Sie tun kann?»

«Es ist nichts Wichtiges», antwortete Leaphorn. «Nur so eine alte Geschichte, die mir seit Jahren im Kopf herumgeht. Eigentlich reine Neugier.»

Chee nahm einen Schluck von seinem Kaffee und fand ihn schlichtweg köstlich. Er wollte Leaphorn Zeit lassen, die richtigen Worte zu finden, um ihm sein Anliegen klarzumachen.

«In diesem September waren es elf Jahre», fing Leaphorn an. «Ich war damals zu unserer Dienststelle nach Chinle abkommandiert. Wir hatten da den Fall eines jungen Mannes, der auf einmal aus einer Jagdhütte beim Canyon de Chelly verschwunden war. Ein Typ namens Harold Breedlove. Er und seine Frau haben dort ihren fünften Hochzeitstag gefeiert. Fiel zufällig mit seinem Geburtstag zusammen. So wie seine Frau es uns erzählt hat, bekam er einen Telefonanruf. Er sagt zu ihr, daß er sich mit jemandem treffen muß, geschäftlich. Er wäre bald zurück, sagt er und fährt los. Aber er kommt nicht zurück. Am nächsten Morgen ruft sie bei der Arizona Highway Patrol an, und die rufen uns an.»

Leaphorn machte eine kurze Pause. Bei soviel Wirbel um eine Geschichte, hinter der nichts als ein kleiner Urlaub von der eigenen Frau zu stecken schien, mußte er schon eine nähere Erklärung nachschieben, das war ihm klar. «Die Breedloves sind eine große Rancherfamilie. Die Lazy-B-Ranch oben in Colorado. Weiderechte in New Mexico und Arizona, jede Menge Bergbauanteile – und was weiß ich, was alles. Der Familienchef hat mal für den Kongreß kandidiert. Na, wir haben jedenfalls eine Beschreibung des Wagens rausgegeben. War ein neuer grüner Land Rover. So was fällt hier draußen schnell auf. Und ungefähr eine Woche später hat ein Officer ihn entdeckt, stand in einem ausgetrockneten Wasserlauf neben der Straße, die von der 191 zum Gemeindehaus von Sweetwater führt.»

«Ja, irgendwie erinnere ich mich an den Fall», sagte Chee. «Aber nur ganz entfernt. Ich war zu der Zeit neu, hab in Crownpoint gearbeitet.» Und hatte absolut nichts mit dem Breedlove-Fall zu tun, dachte Chee. Was mochte Leaphorn wohl von ihm wollen?

«Keinerlei Anzeichen von Gewaltanwendung an dem Land Rover, richtig?» fragte er. «Kein Blut, keine Waffe, keine Mitteilung, nichts.»

«Nicht mal Reifenspuren», bestätigte Leaphorn. «Dafür hat eine Woche Wind gesorgt.»

«Und man hatte, wenn ich mich recht erinnere, nichts aus dem Wagen gestohlen. Ich glaube, jemand hat mir damals erzählt, daß sogar die teure Musikanlage noch drin war – und der Reservereifen und alles.»

Leaphorn nippte gedankenverloren an seinem Kaffee. Dann sagte er: «So sah es damals aus. Heute bin ich nicht mehr ganz sicher. Vielleicht gab's da eine Kletterausrüstung, die gestohlen wurde.»

«Aha», machte Chee. Er stellte seinen Kaffeebecher ab. Jetzt ahnte er, worauf Leaphorn hinauswollte.

«Das Skelett oben am Ship Rock», sagte Leaphorn. «Alles, was ich darüber weiß, hab ich aus dem *Gallup Independent*. Habt ihr den Toten schon identifiziert?»

Chee schüttelte den Kopf. «Nicht, daß ich wüßte. Keinerlei Anzeichen für ein Verbrechen. Aber Captain Largo hat die Jungs vom FBI-Labor kommen lassen, damit sie sich alles ansehen. Soweit ich weiß, haben die aber auch nichts gefunden.»

«Es gibt nicht viel mehr als blanke Knochen, hab ich gehört», sagte Leaphorn. «Und ein paar Reste von Kleidungsstücken. Ich vermute, Leute, die in den Bergen rumklettern, nehmen ihre Brieftasche nicht mit.»

Chee nickte. «Und auch keine Goldkettchen mit eingraviertem Namen. Oder sonst was, was sie da oben nicht brauchen. Der Junge hat's jedenfalls nicht getan.»

«Habt ihr schon eine Schätzung, wie alt er war?»

«Zwischen dreißig und fünfunddreißig, meint der Pathologe. Keine gesundheitlichen Probleme, die sich auf die Knochenstruktur auswirken. Ich nehme an, bei Leuten, die in Steilhängen rumklettern, erwartet man das auch nicht. Ach ja – ist wohl irgendwo großgeworden, wo's eine Menge Fluorid im Trinkwasser gibt.»

Leaphorn lachte grimmig. «Mit anderen Worten, keine Plomben in den Zähnen und somit keine Hilfe aus der Kartei irgendeines Zahnarzts zu erwarten.»

«Wir hatten bei dem Fall eigentlich nur Pech», sagte Chee.

Leaphorn leerte seinen Becher und stellte ihn ab. «Was hatte er an?»

Chee runzelte die Stirn. Komische Frage. «Die übliche Klettermontur. Sie wissen ja – spezielle Stiefel mit weichen Gummisohlen. Und er trug die Ausrüstung, mit der sich diese Kletterer gewöhnlich behängen.»

«Ich frage nur wegen der Jahreszeit», sagte Leaphorn. «So ein schwarzer Berg wie der Ship Rock heizt sich im Sommer durch die Sonne ganz schön auf – sogar anderthalb Meilen über dem Meeresspiegel. Im Winter ist er dagegen mit Eis bedeckt. Wo es auch nur ein bißchen schattig ist, schiebt sich eine Schneelage über die andere. Da bilden sich richtige Eisschollen.»

«Hm», machte Chee. «Nun, irgendwas gegen die Kälte hatte der Mann nicht an. Nur ganz normale Hosen und ein langärmliges T-Shirt. Obwohl – vielleicht so was wie Angoraunterwäsche. Er lag auf einer Art Felssims, ein paar hundert Meter unter dem Gipfel. Viel zu hoch, als daß die Kojoten ihn kriegen konnten, aber die Raben und Bussarde waren da.»

«Hat das Bergungsteam alles mit runtergebracht? Ich meine, gab's vielleicht irgendwas, was er eigentlich dabeigehabt haben müßte, was aber nicht bei seinen Sachen war? Irgendwas, was zur normalen Ausrüstung der Extremkletterer gehört?»

«Soweit ich weiß, hat nichts gefehlt», sagte Chee. «Kann natürlich sein, daß dies oder jenes runtergefallen und in einer Felsspalte verschwunden ist. Die Vögel werden auch ein paar Sachen verstreut haben.»

«Eine Menge Seil, nehme ich an», sagte Leaphorn.

«Nur ein kurzes Stück. Ich weiß nicht, wieviel es normalerweise sein müßte. Largo hat alles ans FBI-Labor geschickt, damit sie überprüfen, ob sich ein Knoten oder eine Schlinge gelöst hat oder ob das Seil gerissen ist – was auch immer.»

«Haben sie das andere Ende irgendwo gefunden?»

«Das andere Ende?»

Leaphorn nickte. «Wenn es gerissen war, muß es ein anderes Ende gegeben haben. Das hätte dann irgendwo befestigt sein müssen. Entweder hat er einen Haken in den Fels getrieben oder es um irgend etwas Festes herumgeschlungen. Damit es ihn hält, wenn er abrutscht.»

«Oh», machte Chee. «Also, der Trupp, der aufgestiegen ist, um die Knochen einzusammeln, hat kein zweites Stück Seil gefunden. Ich bezweifle allerdings, daß sie überhaupt danach gesucht haben. Largo hat sie nur gebeten, die Überreste des Toten zu bergen. Ich weiß noch, daß sie gesagt haben, es müßten eigentlich die von zwei Toten sein. Weil niemand so verrückt ist, allein im Ship-Rock-Massiv rumzuklettern. Sie haben aber keinen zweiten gefunden. Scheint so, als wäre unser Gefallener Mensch doch so verrückt gewesen.»

«Scheint so», sagte Leaphorn.

Chee schenkte ihm und sich Kaffee nach und sah Leaphorn fragend an. «Wenn ich mal raten soll: Harold Breedlove war Extremkletterer. Habe ich recht?»

«War er», bestätigte Leaphorn. «Aber wenn er euer Gefallener Mensch ist, war er kein besonders umsichtiger.»

«Sie meinen, weil er allein da oben geklettert ist?»

Leaphorn nickte. «Ja. Oder, falls er nicht allein war, weil er mit jemandem in den Berg gestiegen ist, der ihn im Stich gelassen hat und abgehauen ist.»

«Darüber hab ich auch schon nachgedacht», sagte Chee. «Die Jungs vom Bergungstrupp sagen, daß er entweder zu dem Felssims hochgeklettert ist, was sie allerdings ohne Hilfe für unmöglich halten, oder versucht hat, von oben abzusteigen. Aber das Skelett war völlig intakt – nichts gebrochen.» Chee schüttelte den Kopf.

«Wenn jemand bei ihm war, einer oder mehrere – warum haben sie den Unfall nicht gemeldet? Hilfe geholt? Den Abgestürzten geborgen? Haben Sie darüber auch schon nachgedacht?»

«Ja», sagte Chee. «Ist aber nichts Gescheites dabei rausgekommen.»

Leaphorn trank in kleinen Schlucken Kaffee. Und dachte nach.

«Ich wüßte gern mehr über die Kletterausrüstung, die, wie Sie sagen, aus Breedloves Wagen gestohlen wurde», sagte Chee.

«Ich habe gesagt, es könnte sein, daß sie gestohlen wurde», korrigierte ihn Leaphorn. «Und zwar möglicherweise aus seinem Wagen.»

Chee wartete.

«Ungefähr einen Monat, nachdem Breedlove verschwunden war, haben wir einen jungen Kerl aus Many Farms dabei erwischt, wie er den Wagen von Touristen aufgebrochen hat. Das Fahrzeug war an einem der Aussichtspunkte über dem Canyon de Chelly geparkt. Bei dem Jungen zu Hause haben wir 'ne Menge gestohlenes Zeug entdeckt, Autoradios, Mobiltelefone, Kassettenrecorder und so weiter, auch Dinge, die zur Kletterausrüstung gehören: Seil, Bergeisen und andere Sachen. Da wußten wir bereits, daß Breedlove Extremkletterer gewesen war, wir hatten ja schon eine Weile nach ihm gesucht. Der Junge hat behauptet, er hätte die Sachen in dem Trockenlauf gefunden. An einer Stelle, an der die Flutwelle nach einem Unwetter Schotter und Äste weggeschwemmt hat, die die Ausrüstung verborgen hätten. Wir haben uns von ihm die Stelle zeigen lassen. War etwa fünfhundert Meter von dem Ort entfernt, an dem wir Breedloves Wagen gefunden hatten, nur – soweit man das bei einem Trockenlauf so nennen kann – stromaufwärts.»

Chee dachte eine Weile über die Information nach.

«Haben Sie vorhin gesagt, daß der Wagen nicht aufgebrochen war?»

«Die Türen waren nicht abgeschlossen. Und das Zeug, das Kids normalerweise zuerst klauen, war noch da.»

Chee verzog das Gesicht. «Haben Sie irgendeine Ahnung, warum er nur die Kletterausrüstung mitgenommen hat?»

«Und die Sachen, die er leicht zu Geld machen konnte, dagelassen hat?» fragte Leaphorn. «Nein, das weiß ich auch nicht.» Er griff nach seinem Becher, bemerkte, daß er leer war, und stellte ihn wieder ab.

27

«Ich habe gehört, daß Sie heiraten wollen», sagte er. «Meine besten Glückwünsche.»

«Danke. Soll ich noch mal nachschenken?»

«Eine sehr hübsche Lady», meinte Leaphorn. «Ein kluges Köpfchen. Und eine gute Anwältin.» Er hielt Chee seinen Becher hin.

Chee lachte. «Ich hab früher nie gehört, daß Sie, wenn's um Anwälte ging, solche Adjektive verwenden. Zumindest nicht, wenn es um Strafverteidiger ging.» Janet Pete arbeitete für das *Dinebeüna Nahülna be Agaditahe*, was wörtlich übersetzt soviel wie ‹Die Leute mit der schnellen Zunge, die anderen Leuten bei Problemen helfen› heißt und in der nüchternen Amtssprache der Navajopolizei auf das Kürzel DNA reduziert oder durch die Bezeichnung ‹öffentlich bestellte Verteidiger› umschrieben wurde.

«Für alles gibt's das berühmte erste Mal. Und Miss Pete . . .» Leaphorn wußte nicht, wie er den Satz zu Ende bringen sollte.

Chee nahm Leaphorns Becher und schenkte Kaffee nach.

«Ich hoffe, Sie lassen es mich wissen, wenn es über den Gefallenen Menschen irgendwas Neues gibt.»

Das verblüffte Chee. War der Fall nicht abgeschlossen? Leaphorn hatte seinen Vermißten gefunden. Und damit war die Identität von Largos Gefallenem Menschen geklärt. Was konnte sich da noch Neues ergeben?

«Sie meinen, falls sich herausstellen sollte, daß das Skelett im Vergleich zu Breedloves Identifizierungsmerkmalen die falsche Größe oder die falschen ethnischen Merkmale hat? Oder daß Breedlove falsche Zähne hatte? Oder was?»

«Ja», sagte Leaphorn. Aber so, wie er dasaß und den frisch aufgefüllten Kaffeebecher in der Hand hielt, war das Gespräch offensichtlich noch nicht beendet. Chee wartete und versuchte sich in ein paar Vermutungen, in welcher Richtung es weitergehen könnte.

«Haben Sie jemand in Verdacht? Ich nehme an, die Witwe könnte in Frage kommen.»

«Das schien uns in diesem Fall ein naheliegender Gedanke zu sein. Aber es hat uns nicht weitergebracht. Und dann gab's da einen Cousin. Ein Washingtoner Anwalt namens George Shaw. Der ganz zufällig auch Bergsteiger ist und zur fraglichen Zeit in der Gegend war und perfekt zu dem Bild gepaßt hätte, das man sich gewöhnlich von dem zweiten Mann in einer Dreiecksbeziehung macht. Er sagt, er sei damals hergekommen, um mit Breedlove über Pachtverträge für Edelmetallvorkommen auf dem Grund und Boden der Lazy-B-Ranch zu sprechen. Was nach unseren Ermittlungen der Wahrheit zu entsprechen schien. Shaw hat sich um die Vertragsabschlüsse der Familie gekümmert, und es gab eine Minengesellschaft, die an einem Geschäft zum gegenseitigen Vorteil interessiert war.»

«Mit Harold? Hat ihm denn der Grund und Boden gehört?»

Leaphorn lachte. «Er hatte ihn gerade geerbt. Drei Tage vor seinem Verschwinden.»

«Ja, dann ...», sagte Chee und dachte über die Information nach, während Leaphorn bedächtig seinen Kaffee trank.

«Haben Sie den Bericht über die Schüsse neulich am Canyon de Chelly gelesen?» fragte Leaphorn. «Ein alter Mann namens Amos Nez wurde offensichtlich von der Felsklippe aus angeschossen.»

Chee nickte. «Hab ich gelesen.» Das Ganze war ziemlich rätselhaft. Nez war in die Seite getroffen worden. Er war, die Zügel noch in der Hand, vom Pferd gestürzt. Der zweite Schuß hatte das Pferd erwischt – in den Kopf. Es war zusammengebrochen und hatte Nez teilweise unter sich begraben. Dann wurden noch vier weitere Schüsse abgefeuert. Einer traf Nez in den Unterarm, bevor er sich wegrollen und hinter dem toten Tier Deckung nehmen konnte. Das letzte, was Chee über den Fall gelesen hatte, war, daß man oben an der Felskante hinter einem Basaltbuckel sechs leere Hülsen Kaliber 30.06 gefunden hatte. Und danach waren, soweit Chee wußte, die Ermittlungen im Sande verlaufen. Keine Spuren, kein Motiv. Nez war in nicht lebensbedrohlichem Zustand ins Krankenhaus von Chinle eingeliefert worden. Er war so weit vernehmungsfähig, daß er aussagen konnte, er könne sich nicht erklären, wer einen Grund haben sollte, auf ihn zu schießen.

«Da gab's was, was mich stutzig gemacht hat», fuhr Leaphorn fort. «Old Hosteen Nez war einer der letzten, die diesen Hal Breedlove gesehen haben, bevor er verschwunden ist.»

«Ein seltsamer Zufall», sagte Chee. Seinerzeit in Window Rock, als Lieutenant Leaphorn sein Vorgesetzter gewesen war, hatte der ihm eingebleut, niemals an Zufälle zu glauben. Immer und immer wieder hatte er das gesagt. Es war eine von Leaphorns unverbrüchlichen Regeln. Jede Wirkung hat eine Ursache. Wenn man zwischen Ereignissen einen Zusammenhang vermutete, aber den Haken nicht finden konnte, durch den aus den Einzelheiten eine Kette wurde, dann hieß das lediglich, daß man sich nicht genug Mühe gegeben hatte. Doch in diesem Fall schien ein Zusammenhang zwischen Breedloves Verschwinden und den Schüssen tatsächlich zu weit hergeholt zu sein.

«Nez war ihr Führer durch den Cañon», sagte Leaphorn. «Als die Breedloves damals in der Jagdhütte gewohnt haben, haben sie ihn angeheuert. Einmal hat er sie bis zum Canyon del Muerto geführt. Und am Tag darauf durch den Hauptcañon. Ich habe mich dreimal mit ihm über diese Zeit unterhalten.»

Wieder hatte Leaphorn das Gefühl, das näher erklären zu müssen.

«Wissen Sie», sagte er, «da verschwindet plötzlich ohne plausiblen Grund ein reicher Kerl und läßt seine hübsche junge Frau einfach sitzen. Da stellt man dann Fragen. Aber Nez hat mir erzählt, die beiden hätten sich anscheinend sehr gemocht. Hätten viel Spaß miteinander gehabt. Einmal, hat er mir erzählt, ist er kurz in einem Seitencañon verschwunden. Weil er mal mußte. Als er zurückkam, sah es aus, als weinte sie. Und Breedlove tröstete sie. Also hat er eine Weile gewartet, bis er sich wieder blicken ließ. Und da war dann alles schon wieder in Ordnung.»

Chee ließ sich das durch den Kopf gehen. «Was schließen Sie daraus? Ich meine, das kann alles mögliche gewesen sein.»

«Hm, ja», machte Leaphorn und nahm einen Schluck Kaffee. «Hab ich erwähnt, daß sie Breedloves Geburtstag gefeiert haben? Wir haben herausgefunden, daß er am 20. September, drei Tage vor seinem Verschwinden, dreißig geworden war. Und mit dreißig konnte er sein Erbe antreten. Sein Daddy hatte ihm die Ranch vermacht, allerdings in Form einer Familienstiftung. Es gab eine Klausel, daß ein Treuhänder den Nachlaß verwalten sollte, bis Breedlove dreißig wurde. Dann fiel alles ihm zu.»

Chee ließ sich auch das durch den Kopf gehen. «Und die Witwe hat alles von ihm geerbt?»

«Genau das haben wir herausgefunden. Damit hatten wir ein Motiv und nach aller Logik eine Verdächtige.»

«Aber keinen Beweis», vermutete Chee.

«Nein. Aber das ist nicht alles. Kurz bevor Breedlove weggefahren ist, kam unser Mr. Nez bei ihnen an, weil sie abermals zu einer Führung durch den Cañon verabredet waren. Breedlove hat sich bei Nez entschuldigt, er könne nicht mitkommen, ihn im voraus bezahlt und ihm zusätzlich fünfzig Dollar Trinkgeld in die Hand gedrückt. Dann sind Mrs. Breedlove und Nez losgefahren und haben sich den ganzen Tag über im Cañon umgesehen. Nez wußte noch, daß sie es, als es allmählich dunkel wurde, auf einmal eilig hatte, weil sie mit ihrem Mann und einem anderen Ehepaar zum Dinner verabredet war. Aber als sie zur Jagdhütte zurückgekommen sind, hat dort kein Auto gestanden. War das letzte Mal, daß Nez sie gesehen hat.» Leaphorn ließ einen Moment verstreichen, bevor er hinzufügte: «Sagt er zumindest.»

«Oh», machte Chee.

«Nun, ich will damit nicht behaupten, daß er sie später doch noch gesehen hat. Ich hatte nur immer das Gefühl, Nez weiß etwas, was er mir nicht sagen will. Das war einer der Gründe, warum ich ihn mehrmals befragt habe.»

«Sie glauben, daß er etwas mit Breedloves Verschwinden zu tun hatte? Vielleicht hatte Mrs. Breedlove, nachdem ihr Mann so plötzlich wegfahren mußte, gar nicht mehr vor, den Cañon zu besuchen.»

«Oh, nein», sagte Leaphorn, «ein paar Leute haben die beiden in Nez' Truck abends aus dem Cañon kommen sehen, ungefähr um sieben. Kurz danach hat sie das Personal in der Jagdhütte gefragt, ob ihr Mann angerufen habe. Und um halb acht ist sie dann mit dem anderen Ehepaar zum Essen gefahren. Beide sagen, sie sei wegen der Verspätung ihres Mannes ein wenig verärgert gewesen. Und auch ein bißchen besorgt.»

«Ich würde mal sagen, das ist genau das, was man ein wasserdichtes Alibi nennt. Und wie lange hat es dann gedauert, bis Old Hal amtlich für tot erklärt wurde und sie ihren Mitverschwörer heiraten konnte? Ich nehme an, ich liege nicht ganz daneben, wenn ich davon ausgehe, daß das George Shaw war?»

«Sie ist, soweit ich gehört habe, immer noch Witwe», sagte Leaphorn. «Sie hat eine Belohnung von zehntausend Dollar ausgesetzt, die später auf zwanzigtausend erhöht worden ist, und sie hat fünf Jahre lang keinen Antrag gestellt, ihren vermißten Mann amtlich für tot zu erklären. Sie lebt jetzt oben in Colorado, in der Nähe von Mancos. Sie und ihr Bruder leiten die Lazy-B-Ranch.»

«Wissen Sie was?» sagte Chee. «Ich glaube, ich kenne die beiden. Ist der Bruder ein gewisser Eldon Demott?»

«Genau der», bestätigte Leaphorn.

«Mit dem haben wir hin und wieder zu tun. Die Ranch besitzt weiterhin die Pachtrechte an öffentlichem Land in der Checkerboard Reservation, und sie haben da ein paar Anguskälber verloren. Er glaubt, daß irgendeiner von uns Navajos sie gestohlen hat.»

«Eldon ist Elisa Breedloves älterer Bruder», erklärte Leaphorn ihm die Familienverhältnisse. «Ihr Daddy war bei Old Man Breedlove Vormann, und als der starb, hat Eldon den Job sozusagen geerbt. Na, wie auch immer, die Demott-Familie hat auf der Ranch gewohnt. Ich nehme an, so haben Elisa und Breedlove junior sich kennengelernt.»

Chee unterdrückte ein Gähnen. Es war ein langer und anstrengender Tag gewesen, und das Gespräch mit Leaphorn, so viele nützliche Informationen es ihm auch bringen mochte, trug nicht gerade zu Chees Entspannung bei. In ihm waren zu viele Erinnerungen wach an die Zeit, in der er alles daran gesetzt hatte, den hohen Ansprüchen dieses Mannes gerecht zu werden. Es dauerte sicher noch eine Weile, ehe er sich in Leaphorns Gegenwart entspannen konnte. Mal sehen, vielleicht in zwanzig Jahren.

«Nun», meinte Chee, «das Ganze wirft ein neues Licht auf die Sache mit dem Gefallenen Menschen. Wir waren beim Versuch der Identifizierung des Skeletts bisher auf Vermutungen angewiesen. Jetzt haben Sie mir durch die Informationen über den vermißten Hal Breedlove neue Anhaltspunkte gegeben. Sobald ich etwas Endgültiges weiß, rufe ich Sie an.»

Leaphorn leerte seinen Becher, stand auf, setzte den Hut auf und rückte ihn zurecht.

«Ich danke Ihnen für Ihre Hilfe», sagte er.

«Und ich Ihnen für Ihre.»

Leaphorn öffnete die Tür, und ein Schwall kalter Luft drang herein – der Geruch des überreifen Herbstes, verbunden mit der Ahnung des nahen Winters, der wie ein Kojote im Dunkel schon irgendwo dort draußen lauerte.

«Wir müssen jetzt nur noch ...», begann Leaphorn, unterbrach sich aber, sah Chee peinlich berührt an und korrigierte sich: «Es bleibt jetzt nur noch, festzustellen, ob Ihre Knochen zu meinem Breedlove gehören, und dann herauszufinden, wie er von seinem verlassen aufgefundenen Land Rover hundertfünfzig Meilen weit nach Westen und anschließend rauf ins Felsmassiv des Ship Rock kommen konnte – an die Stelle, von der er abgestürzt ist.»

«Und das Warum zu klären», ergänzte Chee. «Und wie er's fertiggebracht hat, das alles allein zu bewerkstelligen.»

«Falls er's allein bewerkstelligt hat», sagte Leaphorn.

4

Der fremde Truck, der in einer der Parkbuchten für offizielle Besucher der N. T. P.-Zentrale in Shiprock parkte, trug ein Kennzeichen von New Jersey und machte auf Jim Chee absolut keinen offiziellen Eindruck. Doppelt bereifte Hinterachse, im Schlepp einen gedrungenen Campingwagen, die Fenster mit Aufklebern bepflastert, die dem Besitzer bescheinigten, daß er nahezu sämtliche Touristenfallen zwischen Key West und Vancouver abgeklappert hatte. Die Rückfront war mit Sinnsprüchen geschmückt – etwa in der Art wie: EIN LAUSIGER ANGELTAG IST BESSER ALS EIN GUTER ARBEITSTAG und einem Aufkleber, der den Campinganhänger zum ERBGUT UNSERER KINDER erklärte. Auch die Stoßstangen waren über und über beklebt. VORSICHT – TIEFFLIEGENDE ERBSEN las Chee, daneben: AUCH WENN'S SCHWERFÄLLT, IMMER SCHÖN FREUNDLICH BLEIBEN, und eine Handbreit weiter rechts klebte die Mitgliedsplakette der National Rifle Association. Die Rückfront des Campinganhängers war mit Silberfolie beklebt, ein wenig schief und verkrumpelt, aber die zweite Haut schützte vor Staub und Schlammspritzern.

Chee steckte den Kopf in Alice Notabahs Telefonvermittlung und deutete mit dem Kopf auf den Truck. «Was ist das für ein offizieller Besucher?»

Alice reckte das Kinn Richtung Largos Büro. «Sitzt drin beim Captain. Und der möchte dich sehen.»

Der Mann, dem der Truck gehörte, saß in dem bequemen Sessel, den Largo nur wichtigen Besuchern anbot. Auf seinem Schoß lag ein zerknitterter schwarzer Hut mit einem breiten silberfarbenen Schmuckband, seiner zufriedenen Miene nach fühlte er sich in Largos Büro recht wohl.

«Ich schau später noch mal rein», murmelte Chee, doch Largo winkte ihn herein.

«Ich möchte Sie mit Dick Finch bekannt machen», sagte Largo. «Er ist der für Four Corner Land zuständige Brandzeicheninspektor von New Mexico. Und wie ich höre, sind ihm einige Beschwerden vorgetragen worden.»

Chee und Finch schüttelten sich die Hand. «Beschwerden? Welcher Art?» fragte Chee.

«Na, was für Beschwerden muß ein Brandzeicheninspektor sich wohl anhören?» fragte Finch zurück. «Den Leuten fehlt Vieh. Und da kommen sie dann auf die Idee, jemand könnte es ihnen gestohlen haben.»

Finchs freundliches Grinsen milderte den Sarkasmus ein wenig.

«Ja», sagte Chee, «so was ist uns auch schon zu Ohren gekommen.»

Finch zuckte die Achseln. «Sie wissen ja, was die Leute immer sagen: Niemand ißt seine eigene Kuh. Aber ich glaube, diesmal geht's etwas über den üblichen Rahmen hinaus. Wenn Jungbullen verschwinden, die pro fünfzig Kilo sechzig Dollar bringen, liegt bei drei Tieren bereits schwerer Diebstahl vor.»

Captain Largo machte ein grimmiges Gesicht. «Sechzig Dollar für fünfzig Kilo – hol's der Geier», grollte er. «Das sind pro Tier über tausend Dollar mehr, als mein Vieh bringt. Und ich züchte nur hochwertige, reinrassige Rinder.» Er nickte in Chees Richtung. «Jim leitet unsere Ermittlungsgruppe für schwere Straftaten. Er untersucht bereits den einen oder anderen Fall.»

Largo sah ihn erwartungsvoll an. Finch ebenfalls.

«Nun», sagte Chee nach einer Weile, «ich bin eigentlich wegen etwas anderem hier. Ich glaube, wir haben einen Hinweis zur Identität dieses Skeletts, das wir im Ship Rock Mountain gefunden haben.»

«Hm – ja», machte Largo. «Und von wem kommt der Hinweis?»

«Joe Leaphorn hat sich an eine Vermißtenanzeige von vor elf Jahren erinnert. Der Mann ist beim Canyon de Chelly verschwunden, aber er war Bergsteiger.»

«Leaphorn ...», sagte Largo. «Ich dachte, Old Joe wäre im Ruhestand?»

«Ist er», sagte Chee.

«Elf Jahre sind eine verdammt lange Zeit, wenn's darum geht, sich an eine Vermißtenanzeige zu erinnern», meinte Largo. «Wie viele von der Sorte kriegen wir durchschnittlich im Monat?»

«Etliche», sagte Chee. «Aber die meisten Vermißten tauchen nach kurzer Zeit wieder auf.»

Largo nickte. «Also, wer war dieser Mann?»

«Harold Breedlove. Ihm hat die Lazy-B-Ranch südlich von Mancos gehört. Das heißt, seiner Familie.»

«Jetzt gehört sie einem Burschen namens Eldon Demott», warf Finch ein. «Hält eine Menge Herefords unten im San Juan County. Land hat er genug dafür, teils durch Schenkungsurkunden, teils gepachtetes Regierungsland. Dazu kommt noch ein riesiger Grundbesitz oben in Colorado.»

«Was haben wir über diesen Breedlove Neues erfahren? Außer, daß er Bergsteiger ist und lange genug vermißt wird, um inzwischen ein Skelett zu sein?» wollte Largo wissen.

Chee berichtete ihm, was er von Leaphorn gehört hatte.

«Sonst nichts?» Largo dachte ein, zwei Minuten nach. «Könnte stimmen. Hört sich jedenfalls so an, und Joe Leaphorn lag mit seinen Theorien eigentlich nie daneben. Hat Joe irgendeine Erklärung dafür, warum der Mann seine Frau beim Cañon zurückgelassen hat? Oder warum er mutterseelenallein im Ship-Rock-Massiv rumgeklettert ist?»

«Er hat es zwar nicht gesagt, aber ich glaube, er geht davon aus, daß Breedlove möglicherweise nicht allein da oben war. Und daß die Witwe vielleicht mehr weiß, als sie damals erzählt hat.»

«Und was ist das mit Amos Nez und den Schüssen, die letzte Woche am Canyon de Chelly auf ihn abgefeuert wurden? Da bin ich nicht ganz mitgekommen.»

«Tja, das war auch ein bißchen dünn», sagte Chee. «Nez war zufällig Zeuge in diesem Vermißtenfall. Leaphorn sagt, daß er der letzte war, der Breedlove lebend gesehen hat. Abgesehen von der Witwe.»

Largo dachte nach. Und grinste. «Und sie ist natürlich Joes Hauptverdächtige, wie?» Er schüttelte den Kopf. «Joe wollte nie an Zufälle glauben.»

«In der Asservatenkammer lagen immer noch die Teile von Breedloves Kletterausrüstung herum. Ich hab sie mir in unsere Abteilung schicken lassen», sagte Chee. «Meinem Eindruck nach sehen die Sachen so aus, als könnten sie haargenau zu den Ausrüstungsstücken passen, die wir bei unserem Gefallenen Menschen gefunden haben. Deshalb habe ich einfach mal bei Mrs. Breedlove in Mancos angerufen.»

«Und was hat sie gesagt?»

«Sie war nicht da. War in der Stadt. Die Haushälterin meinte, sie wäre in ein paar Stunden wieder zurück. Ich hab ihr eine Nachricht hinterlassen, daß ich heute nachmittag vorbeikomme und ihr ein paar Sachen zeige, die möglicherweise etwas mit ihrem vermißten Mann zu tun haben.»

Finch räusperte sich und blickte hoch zu Chee. «Wenn Sie da oben sind – könnten Sie bei der Gelegenheit mal ein bißchen die Augen offenhalten? Sagen Sie einfach, Sie hätten eine Menge Positives über ihre Ranch gehört. Und dabei sehen Sie sich gründlich um. Verstehen Sie?»

Chee schätzte Finch auf ungefähr fünfzig. Er hatte eine tiefe Narbe in der rechten Wange (von einer Operation, vermutete Chee), kleine hellblaue Augen und das typische Four-Corners-Gesicht: von der Sonne gebräunt und vom Wind zerfurcht. Und nun saß er da und wartete, was Chee zu seinem Vorschlag zu sagen hatte.

«Sie denken, daß Demott seine Herde mit fremden Rindern aufstockt?»

«Nun, nicht direkt», wich ihm Finch achselzuckend aus. «Aber wer weiß? Leute verlieren Vieh. Vielleicht haben sich's die Kojoten geholt. Aber vielleicht will Demott auch fünfzehn oder zwanzig Tiere zu anderen Weiden runter nach Süden bringen und denkt sich, bei der Gelegenheit träfe es sich gut, den Transport auf – na, sagen wir: zwanzig oder fünfundzwanzig Tiere aufzustocken. Sich umzusehen schadet ja nichts. Einfach mal die Augen aufmachen.»

«Werd ich tun», sagte Chee. «Aber habe ich das richtig verstanden, daß Sie nichts Konkretes gegen Demott in der Hand haben?»

Finch musterte Chee, als stünde er vor einem Rätsel. Er versucht dahinterzukommen, wie begriffsstutzig ich bin, dachte Chee.

«Nichts, womit ich zum Gericht marschieren und einen Durchsuchungsbefehl erwirken könnte», sagte Finch. «Aber man hört so dies und jenes.» Was er nicht näher erklärte, aber mit einem glucksenden Lachen untermalte. «Teufel noch mal, man hört beinahe über jeden was.» Er zeigte mit dem Daumen auf Largo. «Neulich hab ich sogar gehört, daß Ihr Captain in seiner Herde ein paar merkwürdig aussehende Brandzeichen hat. Ist da etwas dran, Captain?»

«Das Gerücht hab ich auch schon gehört», sagte Largo grinsend. «Wenn wir bei uns ein Barbecue veranstalten, wollen sich alle Nachbarn auf meinen Viehweiden umsehen.»

«Na ja, ist ja auch wesentlich billiger, als das Rindfleisch im Metzgerladen zu kaufen. So könnte es also sein, daß die Leute Demotts Lendensteaks essen, und er ißt dafür ihre.»

«Oder seine Hammel», ergänzte Largo, dem nicht nur ein paar Kälber, sondern auch einige Lämmer fehlten.

«Wie wär's, wenn ich mit Ihnen hinfahre?» fragte Finch. «Ich meine, rauf zur Lazy-B?»

Chee nickte. «Warum nicht?»

«Sie müssen mich da nicht erst lange bekannt machen, verstehen Sie? Ich verdrück mich einfach und vertrete mir ein bißchen die Beine. Und seh mich um. Man weiß im voraus nie, was man da alles entdeckt.»

5

Die Herbstsonne stand tief über der Mesa Verde und malte abgestufte Schattenmuster auf den Bridge Timber Mountain, als sie das Hauptgebäude der Lazy-B zu Gesicht bekamen. Chee hatte sich in letzter Zeit häufig mit der Frage beschäftigt, wie und wo Janet und er einmal wohnen sollten, und nun fand er, daß dieses kleine Tal ein idealer Platz für ihr Zuhause wäre. Das von Baumwollgehölz umgebene Haus, das unter ihnen lag, wäre natürlich viel zu groß gewesen, als daß er sich dort wohl gefühlt hätte. Aber Janet hätte es gefallen.

Finch hatte während der Fahrt von Shiprock hier hoch wie ein Wasserfall geredet. Nach ungefähr fünfzehn Meilen war Chee dazu übergegangen, nur noch so weit zuzuhören, daß er bei bedeutsamen Pausen oder wenn Finch Luft holte, nickte oder zustimmend vor sich hin brummte und im übrigen über Janet und sich nachdachte und darüber, was sie beide mochten und in welchen Punkten sie sich nicht einig waren. Das Haus dort unten gehörte bestimmt in die zweite Kategorie. Bei der Frage, wie das gemeinsame Zuhause beschaffen sein sollte, hatten normalerweise die Frauen das letzte Wort, und das Haus, das Janet vorschwebte, mußte, wenn er kein entschiedenes Veto einlegte, sicherlich so groß sein – und ebenso aus Feldsteinen und Holz gefügt und mit einem tief heruntergezogenen Dach versehen – wie das, das die Breedloves sich gebaut hatten. Vorausgesetzt, daß sie sich so etwas je leisten konnten, was mit Sicherheit nie der Fall war.

Irgendwie erinnerte das Chee an den weißen Porsche, der gestern an ihm vorbeigeschossen war. Wieso fiel ihm das im Zusammenhang mit Janet ein? Weil der Wagen Klasse hatte. So wie sie. Und eben auch schön war. Und weil sie bestimmt dafür geschwärmt hätte. Na ja, wer nicht? Nun, Chee zum Beispiel nicht. Aber warum? Vielleicht, weil der Porsche zu einer Welt gehörte, in der er sich nicht wohl fühlen würde? Zu einer Welt, die er nicht verstand? Vielleicht.

Trotzdem war er jetzt drauf und dran, mitten in diese Welt hineinzuspazieren und zu sehen, ob er eine Witwe dazu bringen konnte, ein paar Sachen als Eigentum ihres vermißten Mannes zu identifizieren. Sachen, die ihr Gewißheit verschafften, daß ihr Mann wirklich tot war. Das heißt, wenn sie das nicht schon wußte. Wenn sie es nicht gewesen war, die ihn getötet hatte oder bei dem Mord die Weichen gestellt hatte. Sie waren schon am Zaun, das Anwesen der Breedloves lag unmittelbar vor ihnen. Na gut, über den weißen Porsche konnte er später weiter nachgrübeln.

Von Finch wußte er, daß es das zweite Haus war, das der alte Herr, Edgar Breedlove, gebaut hatte. Sein erstes lag in Denver, von wo aus er seine Bergbauaktivitäten geleitet hatte. Aber hier hatte er nie gewohnt. Er hatte die Ranch gekauft, weil seine Prospektoren – ganz hinten, wo das Gelände steil anstieg – auf eine edelmetallhaltige Ader gestoßen waren. Aber nach dem Krieg war der Goldpreis gefallen, und irgendwas hatte Old Edgar dann dazu veranlaßt, das Grundstück seinem Sohn Harold zu überlassen. Nur, zu den Dingen, die Harold von seinem Vater geerbt hatte, gehörte leider auch die Neigung, das Land zu überweiden und herunterzuwirtschaften.

«Heute ist das alles ganz anders», hatte Finch erzählt. «Unter Demotts Leitung wird die Ranch mit Sicherheit nicht zugrunde gerichtet. Er ist einer von denen, die viel Wert auf den Umweltschutz legen. Erzählen sich die Leute jedenfalls. Sie sagen, er hätte nicht mal Zeit zum Heiraten gehabt, so vernarrt wäre er in die Ranch.»

Chee parkte unter einem Baum – in einigem Abstand vom Eingang, wie sich's gehörte –, stellte den Motor ab und saß da und wartete, damit die Hausherrin Zeit hatte, sich noch ein bißchen herzurichten, bevor sie ihre Gäste begrüßte. Finch, der mit den Sitten in menschenleerem Land vertraut war, schien das zu verstehen. Er gähnte, reckte sich und nutzte die Zeit, um das halbe Dutzend Kühe an der Futterstelle neben dem Zaun fachmännisch in Augenschein zu nehmen.

«Woher wissen Sie so gut über die Breedlove-Ranch und Demott und das alles Bescheid?» fragte Chee. «Hier ist Colorado, das gehört doch gar nicht zu Ihrem Zuständigkeitsbereich.»

«Wenn's darum geht, eine Ranch zu leiten – oder Kühe von einer Ranch zu stehlen –, spielen die Grenzen zwischen Bundesstaaten keine große Rolle», antwortete Finch, ohne die Kühe aus den Augen zu lassen. «Und die Lazy-B hat Weiderechte in New Mexico gepachtet, also gehört sie irgendwie doch in meinen Zuständigkeitsbereich.»

Er zog eine Zwanzigerpackung Kaugummi aus der Jackentasche, bot Chee einen an, nahm zwei für sich selbst heraus und fing zu kauen an. «Außerdem muß man sich irgendwas suchen, was den Job ein bißchen interessanter macht», fuhr er fort. «Deshalb hab ich mich eben an die Fersen dieses Burschen geheftet. Die meisten Viehdiebe sind arme Schlucker, die nicht

40

genug Geld haben, um sich was zu essen zu kaufen. Wenn zum Beispiel Schulden fällig werden, gehen sie eben hin, klauen eine Kuh oder auch mal zwei und verkaufen sie. Oder wenn in der Reservation jemand aus der Familie krank wird, brauchen sie einen Gesang für den Patienten und dann natürlich einen Ochsen, um all die Verwandten durchzufüttern, die zu ihnen kommen. Um diese Hungerleider hab ich mich nie weiter gekümmert. Wenn sie's regelmäßig tun, werden sie irgendwann leichtsinnig und werden erwischt. Oder die Nachbarn reden ihnen ins Gewissen. Solche Dinge regeln sich von selbst. Aber es gibt eben auch ein paar andere, die das gewerbemäßig betreiben. Viehdiebstahl ist leicht verdientes Geld. Viel bequemer, als zu arbeiten.»

«Und wer ist der Kerl, hinter dem Sie besonders her sind?»

Finch lachte. «Wenn ich das wüßte, würd ich's für mich behalten. Oder meinen Sie, ich würd's ausgerechnet Ihnen auf die Nase binden?»

«Wahrscheinlich nicht», sagte Chee und war einigermaßen beeindruckt von der Fröhlichkeit, mit der Finch ihm offensichtliche Unverschämtheiten um die Ohren schlug.

«Da würden wir nicht lange reden, sondern losziehen und uns den Burschen schnappen», fuhr Finch fort. «Aber alles, was ich über ihn weiß, ist die Art, wie er vorgeht. Seinen speziellen *modus operandi*, wie der Lateiner sagt. Er pickt sich immer die Ranches mit besonders weitläufigem Weideland heraus, wo's eine Zeitlang nicht auffällt, wenn ein paar Tiere fehlen. Und er nimmt nur Vieh, das er schnell verkaufen kann. Keine Kälber, die noch nicht entwöhnt sind, und keine ausgewachsenen teuren Zuchtbullen, bei denen man ihm rasch auf die Spur kommen könnte. Mit Pferden gibt er sich schon gar nicht ab, weil das manche Leute so auf die Palme bringt, daß sie losreiten und nach ihren Tieren suchen. Er hat noch ein paar andere Tricks drauf. Zum Beispiel, ruhige Nebenstraßen ausfindig zu machen, wo es nachts keinen Verkehr gibt und ihn niemand stört, wenn er Tiere auf irgendeiner Weide füttert. Gewöhnlich mit erstklassiger Luzerne. Wenn man das ein paarmal macht, gewöhnen sich die

Tiere daran und kommen, sobald sie den Truck sehen, von alleine an.»

Finch sah Chee an und wartete darauf, daß er auch mal was sagte.

«Ganz schön schlau», sagte Chee.

«Ja, Sir», bestätigte Finch. «Bis jetzt war er schlauer als ich.»

Dazu fiel Chee kein passender Kommentar ein. Er schielte auf die Uhr. Noch drei Minuten, dann wollte er zum Haus hinübergehen, klingeln und seinen Job tun.

«Ich hab die eine oder andere Stelle entdeckt, an der er den Zaun so präpariert hatte, daß er da Vieh schnell durchschleusen konnte.» Er machte erneut eine Pause, um sich zu vergewissern, ob Chee das begriffen hatte. Hatte Chee, aber Finch ging ihm allmählich auf die Nerven.

«Er hätte den Zaun natürlich auch durchschneiden können», erklärte ihm Finch, «aber dann wäre die ganze Herde ausgebrochen und auf der Straße rumgelaufen, und das hätte irgend jemand ganz schnell bemerkt, und dann hätten sie die Herde gezählt und festgestellt, daß ein paar Tiere fehlen.»

«Ach, wirklich?» bemerkte Chee.

«Ja», sagte Finch. «Na, wie auch immer, ich bin jetzt seit Jahren hinter dem Hundesohn her. Jedesmal, wenn ich von zu Hause losfahre, weil ich hier draußen was zu tun habe, denke ich nur noch an ihn.»

Wieder etwas, was Chee nicht kommentieren wollte.

«Zorro – so nenn ich ihn. Und dieses Mal, glaube ich, werd ich ihn endlich erwischen.»

«Und wie?»

Das lange Schweigen paßte irgendwie nicht zu Finch. Schließlich sagte er: «Na ja, das ist ein bißchen kompliziert.»

«Sie glauben, daß es Demott sein könnte?»

«Wie kommen Sie darauf?»

«Nun, Sie wollten unbedingt mit herkommen. Und Sie haben eine Menge Informationen über ihn eingeholt.»

«Als Brandzeicheninspektor lernt man, bei jedem Gerücht

genau hinzuhören und so viele Klatschgeschichten wie möglich zu sammeln, sonst kann man seine Arbeit nicht machen. Und da war mal ein Gerücht in Umlauf, daß Demott eine Hypothek zurückgezahlt hätte, indem er Kälber verkaufte, von denen niemand gewußt hatte, daß er sie überhaupt besaß.»

«Und was gibt's für Klatsch über die Witwe Breedlove?» fragte Chee. «Wer war der Liebhaber, der ihr geholfen hat, ihren Mann umzubringen? Was erzählen sich die Nachbarn darüber?»

Finch grinste breit. «Die Leute, die ich hier oben in Mancos kenne, halten sie für ein armes Mädchen mit gebrochenem Herzen, das hereingelegt und verlassen wurde. Zumindest die meisten von ihnen. Sie schätzen die Sache so ein, daß Hal sich mit irgendeinem Flittchen aus dem Staub gemacht hat.»

«Und was glauben die anderen?»

«Die glauben, daß sie einen Freund hier in der Gegend hatte. Einen, der sie getröstet hat, wenn Hal in New York war oder in den Bergen rumgeklettert ist oder irgendwo am Spieltisch gesessen hat.»

«Gibt's auch einen Namen?»

«Ich habe jedenfalls nie einen gehört», sagte Finch.

«Und wer hat Ihrer Meinung nach recht?»

Finch schüttelte den Kopf. «Was die Witwe betrifft? Darüber hab ich mir nie den Kopf zerbrochen. Diese Geschichte geht mich nichts an. Wenn die Leute solche Gerüchte verbreiten, heißt das nur, daß sie Hal nicht gemocht haben.»

«Was hat er denn falsch gemacht?»

«Nun, zunächst mal wurde er im Osten geboren», sagte Finch. «Das bringt einem hier in der Gegend schon mal zwei dicke Minuspunkte ein. Weil er nämlich auch im Osten aufgewachsen ist. Typischer Stadtjunge. Flotter Typ. Papasöhnchen. Eliteuniversität im Osten. Hat sich nie bei einem Sturz vom Pferd einen Knochen gebrochen und nie einen Finger in der Heupresse verloren. Sie wissen schon – er hat seinen Tribut ans Landleben nicht gezahlt. Man muß nichts falsch machen, um die Leute hier gegen sich zu haben.»

«Und wie sieht's mit der Witwe aus? Haben Sie was Besonderes über sie gehört?»

«Über sie hab ich nie was gehört, abgesehen von dem, was ein paar Kerle eben so zusammenphantasieren. Und sie ist ja eine hübsche Frau, da steckt hinter dem Gerede vermutlich viel Wunschdenken.» Er grinste Chee an. «Sie wissen doch, wie das ist: Immer nur anständig sein ist langweilig.»

Die Haustür der Breedloves wurde geöffnet, Chee sah jemanden hinter der Gitterdrahttür stehen und zu ihnen herüberschauen. Er nahm die Tasche mit den Beweisstücken und stieg aus.

«Ich warte hier auf Sie», sagte Finch. «Und möglicherweise strolche ich auch ein bißchen herum, falls ich vom Sitzen ein steifes Kreuz kriege.»

Mrs. Elisa Breedlove war tatsächlich eine hübsche Frau. Sie machte einen aufgeregten, nervösen Eindruck, und genau das hatte Chee auch erwartet. Ihr Handgriff war fest, die ganze Hand fühlte sich straff an. Sie führte ihn in einen riesigen Wohnraum, der mit schweren, altmodischen Möbeln vollgestopft war, bedeutete ihm, in einem Sessel Platz zu nehmen, und erklärte ihm von sich aus, sie sei in der Stadt gewesen, «um etwas zu besorgen».

«Ich war gerade zurück, als Sie draußen den Wagen abgestellt haben, und da hat Ramona mir erzählt, Sie hätten angerufen und sich angemeldet.»

«Ich hoffe, daß ich Sie nicht ...», begann Chee.

Aber sie fiel ihm ins Wort: «Nein, nein. Ich weiß es sehr zu schätzen, daß Sie sich die Mühe machen. Ramona sagt, Sie hätten Hal gefunden. Oder Sie glauben es. Mehr wußte sie nicht.»

«Nun», sagte Chee und zögerte kurz, bevor er fortfuhr: «Bei dem, was wir gefunden haben, handelt es sich im Grunde nur um menschliche Knochen. Wir sind von der Annahme ausgegangen, daß es die von Mr. Breedlove sein könnten.»

Er saß auf der Sofakante und beobachtete sie aufmerksam.

«Knochen», wiederholte sie. «Nur ein Skelett? Etwa das, das um Halloween oben am Ship Rock gefunden wurde?»

«Ja, Ma'am. Wir wollten Sie bitten, sich die Kleidung und die Ausrüstung des Toten anzusehen und festzustellen ... also, uns – falls Sie der Meinung sind, daß die Sachen Ihrem Mann gehören – zu sagen, ob es die richtige Größe ist.»

«Ausrüstung?» Sie stand neben einem Tisch, die Hand auf die Tischplatte gestützt. Das Licht fiel durch die Fenster links und rechts vom Kamin, es leuchtete ihr Gesicht aus. Ein schmales Gesicht, eingerahmt von hellbraunem Haar, die Wangenmuskeln leicht angespannt. Mitte Dreißig, schätzte Chee. Schlanker, perfekter Körperbau, grüne Augen mit einem schönen Glanz – eine Frau von jener klassischen Schönheit, der weder Sonne noch Wind oder harte Winter etwas anhaben können und die auf Make-up verzichten kann. Heute sah sie allerdings müde aus. Ihm fiel ein, was Finch unterwegs über eine andere Frau, die sie beide gut kannten, gesagt hatte: «Vom Leben gebeutelt und eiskalt erwischt.»

Mrs. Breedloves blaugrüne Augen hielten ihn fest, sie wartete auf seine Antwort.

«Bergsteigerausrüstung», sagte Chee. «Meines Wissens wurde das Skelett in einer Felsspalte gefunden, auf einem Sims unterhalb einer Steilwand. Offensichtlich war der Mann abgestürzt.»

Mrs. Breedlove schloß die Augen und beugte sich, die Hüften gegen den Tisch gelehnt, leicht nach vorn.

Chee stand auf. «Alles in Ordnung, Ma'am?»

«Alles in Ordnung», sagte sie, aber ihre Hand stützte sich nun schwerer auf die Tischplatte.

«Möchten Sie sich nicht lieber setzen? Ein Schluck Wasser?»

«Warum glauben Sie, daß es Hal ist?» Sie hielt die Augen weiter geschlossen.

«Er ist seit elf Jahren als vermißt gemeldet. Und wir haben gehört, daß er Bergsteiger war. Ist das richtig?»

«Ja. Er hat die Berge geliebt.»

«Der abgestürzte Bergsteiger war um die einssechsundsiebzig groß», sagte Chee. «Der Gerichtsmediziner schätzt sein Gewicht auf etwa achtundsechzig Kilo. Er hatte ein perfektes Gebiß, ungewöhnlich lange Finger und ...»

«Hal war etwa einsvierundsiebzig, würde ich sagen. Schlank, muskulös, durchtrainiert. Gewogen hat er, glaube ich, ungefähr dreiundsiebzig Kilo. Er hat sich immer Sorgen gemacht, daß er zu stark zunimmt.» Ein schwaches Lächeln spielte um ihre Lippen. «Um die Taille. Bevor wir die Reise angetreten haben, habe ich ihm die Hosen weitergemacht, damit er ein, zwei Zentimeter mehr Spiel hatte.»

«Er hatte eine gebrochene Nase», fuhr Chee fort. «Verheilt. Der Arzt meint, das sei wahrscheinlich in der Jugend passiert. Und ein gebrochenes Handgelenk. Das muß wesentlich später passiert sein, sagt der Gerichtsmediziner.»

Mrs. Breedlove seufzte. «Die Nase, das war bei einem Footballspiel – oder was die Jungs in Dartmouth eben so gespielt haben. Und das Handgelenk hat er sich gebrochen, als ein Pferd ihn abgeworfen hat. Das war nach unserer Hochzeit.»

Chee öffnete die Tasche, nahm die Ausrüstungsstücke heraus und reihte sie auf dem Beistelltisch auf. Viel war's nicht: ein Klettergürtel aus Nylon, die zerfetzten Reste einer Allwetterjacke, die Überbleibsel von einer Hose und einem T-Shirt, ziemlich kleine Schuhe mit weichen Gummisohlen, drei Felshaken, eine kleine Haue und eine doppelte Stahlschlaufe, die wohl, vermutete Chee, irgendwas mit der Seilsicherung zu tun haben mußte.

Als er hochsah, starrte Mrs. Breedlove mit schneeweißem Gesicht auf die Sachen. Dann wandte sie sich ab und blickte aus dem Fenster, aber sie nahm sicher nichts außer ihren Erinnerungen wahr.

«Als ich in der Zeitung das Foto von dem Skelett gesehen habe, mußte ich gleich an Hal denken», sagte sie. «Eldon und ich haben beim Abendessen darüber gesprochen. Er dachte dasselbe wie ich. Wir waren uns einig, daß es nicht Hal sein konnte.» Sie versuchte ein Lächeln. «Er hat alle möglichen riskanten Dinge getan. Aber er hätte nicht versucht, allein auf den Ship Rock zu steigen. So was tut keiner, es wäre Wahnsinn.

Zwei bekannte Bergsteiger sind auf dem Berg umgekommen, und die waren mit einem Team erfahrener Kletterer unterwegs.»

Sie stand ein paar Sekunden stumm da. Lauschte. Von draußen drang das Motorgeräusch eines Wagens herein. «Das war, bevor die Navajos das Klettern verboten haben», fügte sie hinzu.

«Sind Sie selbst auch Bergsteigerin?»

«Als ich jünger war», sagte sie, «bin ich hin und wieder geklettert. Eldon hat Hal, wenn er früher zur Ranch kam, das Bergsteigen beigebracht. Ihm und seinem Cousin George. Manchmal bin ich auch mitgegangen und habe dabei das eine oder andere von ihnen gelernt.»

«Auch im Ship-Rock-Massiv?» fragte Chee. «Sind Sie auch dort mal geklettert?»

Sie musterte ihn mißtrauisch. «Der Stamm hat das verboten. Schon vor langer Zeit. Da war ich noch so klein, daß ich nicht mal auf einen Stuhl klettern konnte.»

Chee schmunzelte. «Es gibt Leute, die steigen trotzdem weiter auf den Ship Rock. Allerdings nur wenige, soweit ich weiß. Und eine verbindliche Stammesverordnung, die das verbietet, existiert eigentlich nicht. Die Stammesverwaltung gibt einfach keine Passierscheine für unser sogenanntes Hinterland aus. Sie wissen schon – ein Papier, das Nicht-Navajos den Zugang gestattet.»

Mrs. Breedlove sah nachdenklich aus. Draußen wurde eine Wagentür zugeworfen.

«Um die Sache legal zu machen, müssen Sie sich lediglich mit einem Ortsansässigen in Verbindung setzen, der Weiderechte bis hoch zur Ausgangsbasis für die Klettertouren hat, und ihn bitten, daß er Ihnen die Genehmigung gibt, sein Land zu betreten», erklärte ihr Chee. «Aber meistens machen sich die Leute nicht einmal diese Mühe.»

Mrs. Breedlove dachte darüber nach. Dann nickte sie. «Wir haben uns immer solche Genehmigungen besorgt. Also gut, einmal bin ich auch da oben mitgeklettert. Mit Eldon, Hal und George. Es war angsteinflößend. Ich habe heute noch Alpträume deswegen.»

«Träume, in denen Sie abstürzen?»

Sie schauderte. «Dann stehe ich dort oben und sehe mich um. Hoch bis zum Ute Mountain in Colorado. Sogar die Case del Eco Mesa in Utah kann ich sehen – und die Carrizos in Arizona und den Mount Taylor. Und dann schnürt mir das Gefühl, daß der Ship Rock höher und höher wird, die Luft ab, und ich weiß genau, daß ich den Abstieg nie schaffen werde.» Sie lachte. «Die Angst abzustürzen, vermute ich. Oder die Angst davor, daß ich davonfliege und weiter und immer weiter fliege – bis in alle Ewigkeit.»

«Ich nehme an, Sie haben gehört, wie wir den Ship Rock nennen: Tse'Bit'a'i' – den Geflügelten Berg. In unseren Legenden heißt es, er habe auf seinem Flug von irgendwoher aus dem Norden auf seinem Rücken die ersten Navajos hierhergetragen. Vielleicht ist er in Ihren Träumen wieder geflogen.»

«Hey, Sis!» rief eine Stimme aus dem hinteren Teil des Hauses, «wo steckst du? Und wieso steht draußen ein Wagen der Navajopolizei?»

«Wir haben Besuch», antwortete Mrs. Breedlove, ohne sonderlich die Stimme zu erheben. «Ich bin hier.»

Chee stand auf. Ein Mann in staubigen Jeans, einer abgewetzten, am Ärmel eingerissenen Jeansjacke und Stiefeln, denen man ansah, daß er sie den ganzen Tag und bei jedem Wetter trug, kam ins Wohnzimmer. In der rechten Hand hielt er einen ebenfalls in die Jahre gekommenen grauen Filzhut.

«Mr. Chee», machte Mrs. Breedlove sie bekannt, «das ist mein Bruder Eldon. Eldon Demott.»

«Oh», machte Demott, «hallo.» Er nahm den Hut in die Linke und streckte Chee die Rechte hin. Sein Händedruck war fest wie der seiner Schwester. Auf seinem Gesicht spielte ein Gemisch aus Neugier und Besorgnis, und ein bißchen Müdigkeit kam wohl auch dazu.

«Die Polizei glaubt, daß sie Hal gefunden hat», sagte Elisa Breedlove. «Du erinnerst dich an das Skelett am Ship Rock, über das wir gesprochen haben? Die Navajopolizei geht davon aus, daß es sich um ihn handelt.»

Demott warf einen kurzen Blick auf die Kletterausrüstung. Er schlug sich ächzend den Hut gegen den Oberschenkel. «Dann hatte ich, wenn's wirklich Hal ist, unrecht. Hab ihn wohl unterschätzt. Hätte nie gedacht, daß er allein auf diesen Teufelsberg steigt und auch noch so weit kommt.» Ein zorniges Schnauben. «Aber offenbar war er nicht nur besser, als ich dachte, sondern auch verrückter.»

Chee deutete auf die Ausrüstungsteile. «Erkennen Sie irgendwas davon wieder?»

Demott langte nach dem Klettergürtel und sah ihn sich aufmerksam an. Er war kleinwüchsig, drahtig – ein Mann, an dem es nichts als Muskeln, straffes Fleisch und von der Sonne ausgedorrte Haut zu geben schien. Die Kinnpartie war markant, die Stirnglatze ließ ihn älter aussehen, als er wahrscheinlich war.

«Stark ausgebleicht», sagte er und warf das Nylongeschirr wieder auf die Tischplatte, «aber es ist mal rot gewesen.» Er sah seine Schwester bekümmert und mitfühlend an. «Und Hals Geschirr war rot, nicht wahr?»

«Ja», antwortete sie, «es war rot.»

«Geht's dir gut, Sis?»

«Ja, mach dir um mich keine Sorgen», sagte sie. «Und was ist mit dieser Klemmschlaufe? Hast du nicht mal eine für Hal repariert?»

«Bei Gott», murmelte Demott und griff nach der aus zwei Ösen bestehenden Stahlschlaufe. Für Chee sah das Ding wie eine überdimensionale geschmiedete Brezel mit einer Art Ratsche aus. Er hatte gerätselt, wozu es wohl da war, und sich schließlich gedacht, daß man vermutlich mit Hilfe der Ratsche das Seil lockern oder straffziehen könne. Jetzt sah er allerdings, daß es offenbar nur in eine Richtung möglich war. Demnach diente es wohl eher dazu, daß sich der Kletterer daran an einer Felswand hochziehen konnte. Demott wußte natürlich genau, was er da in der Hand hielt. Er untersuchte die Stelle, an der die Ratsche an den Stahlring festgeschmiedet war.

«Die Sperrklemme», sagte er. «Ich erinnere mich, daß ich sie nicht reparieren konnte. Hal und ich sind damit nach Mancos gefahren, dort hat Gus sie festgeschmiedet.» Er sah seine Schwester an. «Sieht aus wie seine.»

Chee sagte: «Dann glaube ich, daß wir das abschließen können. Ich sehe keinen Grund, daß Sie runter nach Shiprock kommen und sich das Skelett ansehen. Es sei denn, Sie wollen es tun.»

Demott hielt einen der Schuhe in der Hand. «Auch die Sohlen sehen genau wie seine aus. Besonders weich und biegsam. Weiß – seine waren auch weiß. Und er hatte kleine Füße.» Er warf Elisa einen kurzen Blick zu. «Wie ist es mit der Kleidung? Sieht sie nach Hals Sachen aus?»

«Die Jacke ... ich meine, das ist Hals Jacke», sagte sie.

Irgend etwas in ihrem Tonfall veranlaßte Chee, sich umzudrehen. Sie hatte die Lippen aufeinandergepreßt, ihr Gesicht wirkte angespannt. So sah jemand aus, der sich krampfhaft bemühte, nicht zu weinen. Ihr Bruder bemerkte das nicht, er nahm weiter die Sachen auf dem Tisch in Augenschein.

«Ist alles ziemlich zerfleddert», sagte Demott und steckte den Finger in die Fetzen. «Glauben Sie ... Kojoten? Obwohl die Fundstelle, nach dem, was in der Zeitung stand, zu hoch für die gewesen sein muß.»

«Viel zu hoch», bestätigte Chee.

Demott nickte. «Also Vögel. Raben, Aasgeier und ...» Er biß sich auf die Lippen und blickte betroffen zu seiner Schwester hinüber.

Chee verstaute die Asservate in der Ledertasche. Er wollte Elisa Breedlove den Anblick nicht länger zumuten.

«Ich sollte wohl doch lieber nach Shiprock kommen und mich um alles kümmern», sagte sie. «Hal hätte, glaube ich, eine Einäscherung gewollt. Und daß die Asche in den San Juan Mountains verstreut wird.»

Demott nickte. «Ja, drüben im La-Plata-Gebiet. Auf dem Mount Hesperus. Das war sein Lieblingsberg.»

«Wir nennen ihn Dibe Nitsaa», sagte Chee leise. Er stellte sich vor, wie die Asche des Toten vom Wind über die friedlichen

50

Hänge getragen wurde, die der Geist, den sie First Man nannten, errichtet hatte, um die Navajos vor dem Übel zu beschützen. Mit stahlblauen Edelsteinen hatte er den Berg geschmückt, damit dem Bösen der Weg versperrt war. Was aber konnte die Navajos vor der unbelehrbaren Ignoranz der weißen Kultur bewahren? Die beiden hier waren freundliche, nette Leute. Sie wußten es nicht besser, sonst wären sie nicht auf den Gedanken gekommen, einen heiligen Ort durch Asche – Leichenstaub, für die Navajos das Symbol des schlimmsten Übels – zu entweihen. Freilich, auf dem Ship Rock herumzuklettern, um sich und aller Welt zu beweisen, daß der Mensch der Herr des Universums ist, war auch eine Entweihung.

«Der Hesperus ist unser Heiliger Berg des Nordens», sagte Chee. «Warum hat Mr. Breedlove ihn bestiegen? Wollte er den Fuß auf den höchsten Punkt aller unserer heiligen Orte setzen?» Er hatte es kaum gesagt, da bedauerte er es auch schon. Das war nicht der Ort und der Augenblick, um sich Unmut und Verärgerung anmerken zu lassen.

Demott sah ihn verblüfft an. Elisa Breedlove hielt den Blick starr aus dem Fenster gerichtet.

«So war Hal nicht», sagte sie. «Ihm ging es nur darum, sich ein bißchen zu amüsieren. Über Dinge, die anderen heilig sind, hat ihm nie jemand etwas beigebracht. Der einzige Gott, den die Breedloves verehrt haben, war aus purem Gold.»

Demott sah das genauso. «Ich glaube nicht, daß Hal irgendwas über eure Mythologie gewußt hat. Für ihn war nur wichtig, daß der Hesperus über dreitausendneunhundert Meter hoch und leicht zu besteigen ist. So war Hal nun mal – und mir geht's genauso: Ich mag sie hoch und leicht.»

Chee dachte nach. «Aber weshalb dann der Ship Rock? Der hat schon ein paar Menschen das Leben gekostet. Ich hab gehört, daß es einer der schwersten Berge ist.»

«Ja», sagte Demott. «Warum der Ship Rock? Und warum allein? Und wenn er nicht allein war, wie kommt's, daß ihn seine Freunde einfach im Stich gelassen haben? Den Unfall nicht mal gemeldet haben?»

Chee sagte nichts. Elisa Breedlove starrte unverwandt blicklos aus dem Fenster.

«Wie hoch ist er gekommen?» wollte Demott wissen.

Chee zuckte die Achseln. «Bis knapp unter den Gipfel, glaube ich. Ich meine mich zu erinnern, daß die Leute vom Bergungsteam gesagt haben, das Skelett habe nur ein-, zweihundert Meter unter der Abbruchkante gelegen.»

«Ich wußte, daß er gut ist», sagte Demott. «Aber wenn er so hoch gekommen ist, war er noch besser, als ich dachte. Da lagen die schwersten Abschnitte bereits hinter ihm.»

«Er wollte den Ship Rock schon immer besteigen», sagte Elisa. «Erinnerst du dich nicht?»

Demott nickte gedankenverloren. «Wird wohl so sein. Ich erinnere mich, daß er vorhatte, auf den El Diente und das Lizard's Head zu steigen. Ich dachte, die wären die nächsten auf seiner Liste.» Er wandte sich stirnrunzelnd zu Chee um. «Habt ihr mal versucht rauszukriegen, wer mit ihm geklettert sein könnte? Ich kann einfach nicht glauben, daß er's allein versucht hat. Obwohl es ihm zuzutrauen gewesen wäre. Und wagemutig genug, um es zu versuchen, war er auch. Aber es ist verdammt schwer, wenn man es bis in diese Höhe schaffen will.»

«Es ist kein Fall, bei dem es um ein Verbrechen geht», sagte Chee. «Uns liegt nur daran, die Akte in einer alten Vermißtenanzeige zu schließen.»

«Aber wer, zum Teufel, würde einen Abgestürzten einfach liegenlassen und sich verdrücken? Nicht mal was melden, damit das Rettungsteam ihn suchen kann? Glauben Sie, die Burschen hatten Angst, daß die Navajos sie festnehmen, weil sie verbotenerweise in ein Sperrgebiet eingedrungen sind?» Eldon Demott schüttelte den Kopf. «Vielleicht haben sie gedacht, man brummt ihnen eine Geldstrafe auf. Ist ja heutzutage Mode geworden.» Er lachte und setzte den Hut auf. «Tja – ich muß jetzt wieder los. War nett, Sie kennenzulernen, Mr. Chee», sagte er und war auch schon verschwunden.

«Ich muß auch los», sagte Chee. Er schob die letzten Asservate in die Ledertasche.

Elisa brachte ihn an die Tür und hielt sie ihm auf. Chee zog den Reißverschluß der Tasche halb zu, dann sah er hoch. Vielleicht sollte er die Sachen lieber hierlassen? Sie war die Witwe. Die Sachen gehörten ihr.

«Mr. Chee», fragte sie, «das Skelett ...? Waren – waren die Knochen zerschmettert?»

«Nein», antwortete Chee, «nichts gebrochen. Keine Gelenkverbindung gerissen.»

So wie Elisa ihn ansah, dachte er zunächst, daß sie mit dem Begriff «Gelenkverbindung» nichts anfangen könne. «Ich wollte sagen: Das Skelett war vollständig erhalten. In einem Stück. Es war nichts gebrochen.»

«Nichts gebrochen?» wiederholte sie. «Überhaupt nichts?» Und auf einmal war ihm klar, was ihn irritierte. Die Ungläubigkeit, die er in ihrem Gesicht las. Und das Erschrecken.

Was erschreckte sie so? Hatte sie damit gerechnet, daß die Leiche ihres Mannes zerschmettert sein müßte? Und wenn ja, warum?

Wenn er sie danach gefragt hätte, hätte sie sicher geantwortet: Weil es so ein tiefer Sturz war.

Er zog den Reißverschluß ganz zu. Er wollte die paar Dinge, die von dem Gefallenen Menschen übrig waren, lieber aufbewahren. Zumindest für eine Weile.

6

Er traf sich mit Janet in Carriage Inn in Farmington, auf halbem Weg zwischen seinem Trailer in Shiprock und dem Gericht des San Juan County in Aztec, wo sie einen Navajo aus der Checkerboard Reservation gegen den Vorwurf des schweren Diebstahls verteidigte. Chee kam etwas zu spät, doch irgendwie fehlte Janets Frotzelei, seine Uhr laufe wohl wieder nach Navajozeit, der gewohnte Biß. Meine Güte, sie sieht völlig ausgepumpt aus, dachte er, schön, aber schrecklich müde. Vielleicht war das der Grund, warum heute nicht dieser funkelnde Glanz in ihren Augen lag, an dem er sonst ablesen konnte, wie sehr sie sich freute, ihn wiederzusehen. Oder es lag daran, daß er selbst so müde war. Trotzdem, mit ihr zusammenzusein und ihr gegenüber am Tisch zu sitzen brachte Sonne in sein Leben. Er nahm ihre Hand.

«Janet, du arbeitest zuviel», sagte Chee. «Du solltest mich heiraten, damit ich dir das künftig ersparen kann.»

Janet sah ihn an. Ihr Lächeln wirkte ein bißchen verhuscht. «Es war mein Vorschlag, dich zu heiraten, das vergißt du ständig. Im übrigen bist du es, der dafür sorgt, daß ich immer mehr Arbeit habe. Weil du all diese armen unschuldigen Leute festnimmst.»

«Das hört sich an, als ob du heute gewonnen hättest», sagte Chee. «Wieder mal die Jury mit deinem Charme bezaubert?»

«Heute war kein Charme nötig. Diesmal wäre es hirnverbrannt gewesen, auch nur den geringsten Zweifel zu hegen. Sein Schwager war's. Nur – die Cops von der Staatspolizei haben unglaublich stümperhaft ermittelt.»

«Mußt du gleich morgen wieder nach Window Rock fahren?» fragte er. «Warum nimmst du dir nicht einen Tag frei? Sag ihnen, du hättest noch Papierkram in diesem Fall zu erledigen. Eine Haftentschädigungsklage vorzubereiten oder so was.»

Sie seufzte. «Oh, Jim – ich muß noch heute abend losfahren.»

«Heute abend? Das ist Wahnsinn. Das sind mehr als zwei Stunden, und die Straße ist verflixt gefährlich. Außerdem bist du müde. Sieh erst mal zu, daß du ein bißchen Schlaf kriegst. Was soll die Hetzerei?»

Sie zuckte bedauernd die Achseln. «Geht nicht anders, Jim. Ich würde gern bleiben. Aber die Pflicht ruft.»

«Ach, komm», sagte Chee, «die Pflicht kann auch mal warten.»

Janet drückte seine Hand. «Ehrlich, ich muß nach Washington. Ich muß übermorgen im Justizministerium und im Bureau of Indian Affairs einigen juristischen Kram besprechen. Und ich muß mich noch vorbereiten.» Sie hob die Schultern. Also muß «ich heute abend meine Sachen packen und morgen nach Albuquerque fahren, damit ich den Flieger kriege.»

Chee griff nach der Speisekarte. «Wie ich schon gesagt habe: Du arbeitest zuviel.» Er wollte sich die Enttäuschung nicht anmerken lassen, aber sein Tonfall verriet ihn.

«Und wie ich dir schon gesagt habe: Schuld seid nur ihr Polizisten», sagte sie und lächelte ihr müdes Lächeln. «Weil ihr dauernd unschuldige Leute festnehmt.»

«Ich hab in letzter Zeit mit Festnahmen nicht viel Glück gehabt. Ich erwisch nicht mal die, die wirklich was auf dem Kerbholz haben.»

Die Speisekarte im Carriage Inn war so hübsch aufgemacht wie immer, nur die Preise hatten sich geändert. Für Abwechslung sorgte der ständige Wechsel beim Küchenpersonal. Der derzeitige Koch, stellte Chee fest, schien eine Vorliebe für mexikanische Küche zu haben.

«Wollen wir mal die Relleños mit Chilisoße versuchen?»

Janet verzog das Gesicht. «Die hast du mir schon letztes Mal aufgeschwatzt. Diesmal probiere ich den Fisch.»

«Für Fisch sind wir viel zu weit weg vom Meer», sagte Chee. Aber ihm fiel wieder ein, daß der Koch aus den Relleños irgend etwas Lederartiges gemacht hatte. Vielleicht bestellte er lieber das Chickensteak.

«Es sind Forellen. Fangfrisch, von hier», sagte Janet. «Der Kellner hat mir verraten, daß sie sie aus den Zuchtteichen gestohlen haben.»

«Dann ist ja alles in Ordnung. Also nehme ich auch Forelle.»

«Du siehst völlig erledigt aus», stellte Janet fest. «Nimmt Captain Largo dich so hart ran?»

«Ich war heute den ganzen Tag mit einem verrückten Brandzeicheninspektor aus New Mexico auf Achse. Wir sind rauf nach Mancos gefahren, und der Kerl hat die ganze Zeit geredet wie ein Wasserfall. Auf dem Rückweg genauso.»

«Worüber denn? Über Kühe?»

«Über Menschen. Mr. Finch arbeitet nach der Theorie, daß man Viehdiebe schnappt, wenn man über jeden, der Kühe besitzt, alles weiß. Im Grunde kein schlechtes System, möchte man annehmen, aber heute hat er sein gesammeltes Wissen an mich weitergegeben. Möchtest du zufällig irgendwas über jemanden wissen, der im Four-Corners-Gebiet Rinder züchtet? Oder transportiert? Oder Futterstellen einrichtet? Du brauchst mich nur zu fragen.»

«Finch?» überlegte sie laut. «Mit dem hatte ich zweimal vor Gericht zu tun.» Sie schüttelte lächelnd den Kopf.

«Wer hat gewonnen?»

«Er. Beide Male.»

«Oh, gut», sagte Chee. «Es ist ein Jammer, aber manchmal siegt eben die Gerechtigkeit über euch Verteidiger der armen Unschuldigen. Waren deine Mandanten damals schuldig?»

«Vermutlich. Sie haben gesagt, sie wären's nicht. Aber dieser Finch ist ein schlauer Bursche.»

Chee wollte sich nicht über Finch unterhalten.

«Weißt du, Janet, manchmal gibt's Themen, die für uns wichtiger sind. Die unsere Beziehung betreffen. Wir müssen uns zum Beispiel einmal darüber unterhalten ...»

Sie legte die Speisekarte weg und sah ihn über den Brillenrand hinweg an. «Manchmal, aber nicht heute abend. Was hattet ihr beide, du und Mr. Finch, in Mancos zu erledigen?»

Nein, keine Grundsatzdiskussionen heute abend, dachte Chee. Sie hatte recht. Sie würden sich doch nur wieder in den alten Sackgassen verrennen. Sie würde sagen, daß es zwischen Eheleuten, bei denen er Navajopolizist und sie öffentlich bestellte Verteidigerin sei, absolut keinen Interessenkonflikt geben müsse, vorausgesetzt, die Polizei mache ihre Arbeit ordentlich. Und er würde sagen, schön und gut, aber wie sähe die Sache aus, wenn der Cop genau den Burschen, den sie verteidigte, festgenommen hatte und vor Gericht als Zeuge gegen ihn aussagte? Und sie würde dann im Geiste in ihren Vorlesungsnotizen von der Rechtsakademie in Stanford kramen und behaupten, es gehe ihr um nichts anderes als die reine Wahrheit. Und er würde entgegnen, daß Anwälte leider nicht immer auf die hundertprozentige Wahrheit aus seien. Sie würde kontern, daß es eben Beweismittel gebe, die man nicht anerkennen könne. Schließlich würde er behaupten, daß es für eine Juristin leicht wäre, eine Stelle in irgendeiner Anwaltskanzlei zu finden. Sie würde ihn im Gegenzug daran erinnern, daß er seinerzeit ein Stellenangebot vom Department für öffentliche Sicherheit in Arizona abgelehnt habe und daß ihn die Law-and-Order-Abteilung des Bureau of Indian Affairs mit Kußhand nehmen würde. Er würde sagen, daß er dann aber die Reservation verlassen müsse, und sie würde fragen: Na und, hast du etwa vor, dein ganzes Leben hier zu verbringen? Womit sie dann endgültig an einem toten Punkt angekommen wären. Nein, Janet hatte recht, heute abend sollten sie dieses Thema lieber vermeiden.

Der Kellner kam. Janet bestellte ein Glas Weißwein, Chee blieb bei Kaffee.

«Nach Mancos bin ich gefahren, um einer Witwe zu sagen, daß wir das Skelett ihres Mannes gefunden haben», beantwortete er ihre Frage. «Mr. Finch ist mitgekommen, weil er bei der Gelegenheit unauffällig die Rinder auf den Weiden der Lady unter die Lupe nehmen wollte.»

«Ein Skelett? Nichts als Knochen? Das war alles, was ihr gefunden habt?» Janet lachte. «Dann muß ihr Mann ziemlich lange und oft weggewesen sein. Ich wette, er war Polizist.»

Chee beschloß, darauf lieber nicht einzugehen.

«War es das Skelett, das ihr auf dem Ship Rock gefunden habt? Ungefähr um Halloween?» Janets Frage hörte sich an, als wolle sie ihre flapsige Bemerkung wiedergutmachen.

Chee nickte. «Ein gewisser Harold Breedlove, wie sich inzwischen herausgestellt hat. Ihm hat eine große Ranch bei Mancos gehört.»

«Breedlove», wiederholte Janet. «Kommt mir bekannt vor.» Der Kellner kam zurück, ein hagerer, grobknochiger Navajo, der sich Janets Fragen zu dem Wein, den er ihr brachte, geflissentlich anhörte, aber so wenig wie Chee zu verstehen schien, worauf sie hinauswollte. Er werde den Koch fragen, versprach er. Über die Forelle wußte er besser Bescheid. «Sehr frisch», behauptete er und sah zu, daß er wegkam.

57

Janet grübelte weiter. «Breedlove.» Sie schüttelte den Kopf. «Ich erinnere mich, daß in der Zeitung stand, es sei nicht gelungen den Toten zu identifizieren. Wie seid ihr nun plötzlich darauf gekommen, daß es dieser Breedlove ist? Durch Zahnarztunterlagen?»

«Joe Leaphorn hatte den richtigen Riecher», sagte Chee.

«Dieser Lieutenant, der schon zu Lebzeiten zur Legende geworden ist? Ich dachte, der wäre im Ruhestand.»

Chee nickte. «Ist er auch. Aber er hat sich an eine Vermißtenanzeige erinnert, die er mal vor langer Zeit bearbeitet hat. Der Mann, der damals verschwunden ist, war Extremkletterer, und irgendwie ging's auch um eine Erbschaft, und ...»

«He», sagte Janet, «Breedlove, jetzt erinnere ich mich wieder.»

Woran erinnert sie sich? überlegte Chee. Und wieso? Die Geschichte war passiert, lange bevor Janet zur DNA gegangen und hier in der Navajoreservation nicht nur seßhaft, sondern wirklich heimisch geworden war. Bevor sie in sein Leben getreten war und ihn glücklich gemacht hatte. Seine Miene war ein einziges Fragezeichen.

«Aus der Zeit, als ich bei Granger-Bindestrich-Smith in Albuquerque gearbeitet habe. Frisch von der Rechtsakademie», sagte sie. «Die Kanzlei hat die Breedlove-Familie vertreten. Sie hatte öffentliches Weideland gepachtet und Schürfrechte mit den Jicarilla-Apachen und Wasserrechte mit den Utahs ausgehandelt.» Ihre Gesten deuteten an, daß sich die Liste endlos fortsetzen ließ. «Auch mit der Navajo Nation gab es einige rechtsverbindliche Vereinbarungen. Na, jedenfalls erinnere ich mich, daß die Witwe ihren Mann amtlich für tot erklären ließ, damit sie das Erbe antreten konnte. Und die Familie wollte den Antrag einsehen.»

Sie brach ab, machte ein Gesicht, als wäre ihr das Ganze irgendwie peinlich, und verschanzte sich hinter der Speisekarte. «Also, ich hab mich jetzt endgültig für die Forelle entschieden.»

«Waren die Breedloves mißtrauisch?» fragte Chee.

«Das vermute ich», sagte sie, den Blick weiter auf die Speisekarte geheftet. «Ich weiß noch, daß die Sache ein bißchen komisch aussah. Der Kerl erbt ein Treuhandvermögen, und zwei, drei Tage später verschwindet er spurlos. Unter, wie es in solchen Fällen gewöhnlich heißt, ungewöhnlichen Umständen.»

Der Kellner kam zurück, Chee verfolgte, wie Janet die Forelle bestellte und der Kellner sie anhimmelte. Die Lady hat eben Klasse, dachte er.

So viel wußte er von seinen dienstlichen Kontakten mit Anwaltskanzleien: Die alten Füchse ließen sich von einer Anfängerin nicht in die Karten sehen, wenn es um die Bearbeitung eines Mandantenauftrags ging. Das wäre gegen das Berufsethos gewesen. Oder zumindest unprofessionell. Er konnte sich also denken, wie Janets Antwort ausfiel, aber er fragte trotzdem. «Hast du an der Sache mitgearbeitet? Ich meine, als die Breedloves den Antrag auf amtliche Toterklärung einsehen wollten?»

«Nicht direkt», sagte Janet. Und nahm einen Schluck Wasser.

Chee sah sie abwartend an.

Ein Hauch Rot huschte über ihre Wangen. «Die Breedlove Corporation war John McDermotts Mandantin. Er hat die Sache bearbeitet. Ich nehme an, weil er in der Kanzlei sowieso auf Fälle spezialisiert war, die irgend etwas mit indianischen Interessen zu tun hatten. Und die Breedloves hatten eben geschäftlich viel mit den Stämmen zu tun.»

«Habt ihr irgendwas entdeckt, was nicht astrein war?»

«Ich glaube nicht», sagte Janet. «Ich kann mich jedenfalls nicht erinnern, daß die Familie uns beauftragt hätte, gegen den Antrag zu intervenieren.»

«Die Familie?» hakte Chee nach. «Weißt du noch, wer da aktiv geworden ist?»

«Nein, weiß ich nicht. John hat mit einem Anwalt in New York verhandelt. Ich vermute, daß der die Breedloves vertreten hat. Oder die im Familienbesitz befindliche Firma. Oder ... was weiß ich.» Sie zuckte die Achseln. «Was hältst du von Finch? Mal abgesehen davon, daß er so redselig ist?»

John, dachte Chee. Professor John McDermott. Ihr alter

Mentor an der Stanford University. Der Mann, der sie, nachdem er in die Anwaltskanzlei Granger-Smith eingetreten war, nach Albuquerque geholt, später mit nach Washington genommen, zu seiner Geliebten gemacht und ihr das Herz gebrochen hatte.

«Ich frage mich, warum die Familie mißtrauisch geworden ist», sagte er. «Mal abgesehen von den ungewöhnlichen Umständen.»

«Ich weiß es nicht», sagte Janet.

Die Forelle kam. Regenbogenforellen, gekonnt tranchiert, appetitlich auf einem Bett aus wildem Reis angerichtet, mit Karottenstreifen und Kartoffeln aus neuer Ernte garniert. Janet nahm mit der Gabel ein Stückchen Forelle und kostete es.

Schön, sie anzusehen, dachte Chee. Diese makellose Haut, das oval geschnittene Gesicht, die dunklen, ausdrucksvollen Augen. Er ertappte sich bei dem Wunsch, ein Dichter zu sein. Ein Balladensänger. Er kannte viele Gesänge, aber das waren die Lieder, die die Medizinmänner bei den traditionellen Zeremonien singen, um Menschen von dem zu heilen, was böse Geister ihnen angetan haben. Jemanden zu besingen, der so schön war wie Janet – nein, das hatte ihn niemand gelehrt.

Er aß ein Stück Forelle.

«Wenn ich gestern mit dem Streifenwagen und nicht mit meinem alten Pickup unterwegs gewesen wäre, hätte ich einem Kerl ein saftiges Strafmandat verpassen können», erzählte er. «Wegen grober Verletzung der Geschwindigkeitsbegrenzung. Fuhr ein weißes Porsche-Kabrio. Der ist regelrecht geflogen. Aber ich saß eben nur in meinem alten Truck.»

«Wow», machte Janet und bekam glänzende Augen. «Mein Traumauto. Ich male mir immer aus, wie ich in so einem Flitzer in Paris herumgondele. Mit runtergeklapptem Verdeck.»

Vielleicht sah sie nur deshalb so glücklich aus, weil er das Thema gewechselt hatte. Weg von den Dingen, mit denen sie keine schönen Erinnerungen verband. Vielleicht war's nur deshalb. Und trotzdem, irgendwie schmeckte ihm die Forelle jetzt nicht mehr.

7

Joe Leaphorn hatte ein unbehagliches Gefühl. Schließlich war er ja nur noch ein ganz gewöhnlicher Zivilist, und daß er nun Hosteen Nez angerufen und sich mit ihm verabredet hatte, war im Grunde eine Einmischung in Angelegenheiten der Polizei. Vorsorglich hatte er sich drei Ausreden zurechtgelegt – eigentlich mehr vor sich selbst.

Erstens fühlte er sich dem alten Mann zugetan, noch aus der Zeit, als er die Vermißtenanzeige im Fall Harold Breedlove bearbeitet und Nez immer wieder mit Fragen gelöchert hatte. Da war es irgendwie ein Gebot der Höflichkeit, Hosteen Nez, während er sich von seinen Schußverletzungen erholte, einen Besuch abzustatten. Zweitens fiel der Umweg über den Canyon de Chelly nicht groß ins Gewicht, weil er ohnehin nach Flagstaff fahren wollte. Und drittens war ein Ausflug in den Cañon für Joe Leaphorn immer ein erhebendes Erlebnis.

Er brauchte irgendwas, um seine Geister zu beleben. Das meiste von dem, was er sich für die Zeit nach der Pensionierung vorgenommen hatte, war erledigt, jedenfalls fürs erste. Er langweilte sich. Und er war einsam. Das kleine Haus, in dem Emma und er so viele Jahre glücklich gewesen waren, hatte nie mehr die bedrückende Leere verloren, die seit ihrem Tod in allen Zimmern zu liegen schien. Und nachdem es die berufliche Ablenkung nicht mehr gab, war es eher noch schlimmer geworden. Vielleicht war er zu empfindlich, aber in seiner alten Dienststelle kam er sich jedesmal wie ein Störenfried vor, wenn er auf einen Sprung vorbeischaute, um ein bißchen mit den Freunden von früher zu plaudern, und feststellte, daß sie bis über beide Ohren in Arbeit steckten. Genauso war's ihm ja früher auch gegangen. Und er war eben jetzt nur noch Zivilist, er gehörte nicht mehr zu der alten verschworenen Gemeinschaft.

So fadenscheinig die Ausreden auch sein mochten, unvorbereitet wäre Leaphorn nirgendwo hingefahren, dazu war er zu lange Polizist gewesen. Er benutzte für die Fahrt den GMC

Jimmy, denn im Nationalpark war Allradantrieb zwingend vorgeschrieben, und außerdem wäre er auf dem schwierigen Gelände hoch zur Chinle Wash mit normalem Vorder- oder Hinterradantrieb nicht weit gekommen. Unterwegs machte er beim Lebensmittelladen in Canado halt und kaufte einen Sechserpack Erfrischungsgetränke (von jeder Geschmacksrichtung eine Dose), ein Kilo Schinken, ein Pfund Kaffee, eine große Dose Pfirsiche und einen Laib Brot. Mit leeren Händen wollte er nicht in Chinle ankommen.

Dort machte er noch mal halt, und zwar bei der Dienststelle der Tribal Police, weil er sichergehen wollte, daß er mit seinem Besuch bei Amos Nez nicht etwa dem für die Untersuchung des Falles zuständigen Officer auf die Füße trat. Er traf Sergeant Addison Deke am Schreibtisch an. Sie plauderten eine Weile über Familienangelegenheiten und gemeinsame Freunde, ehe sie schließlich auf Amos Nez und die Schüsse zu sprechen kamen.

Deke grinste schief und sagte kopfschüttelnd: «Den Fall haben die Leute in unserer Gegend inzwischen für uns gelöst. Sie erzählen sich, Old Nez hätte uns einen Tip gegeben, wer hinter den Einbrüchen in Touristenautos an den Aussichtspunkten über dem Cañon steckt, und da wären die Gauner eben wütend geworden und hätten auf ihn geschossen.»

«Klingt einleuchtend», meinte Leaphorn. Und so hörte es sich tatsächlich an, obwohl er nur einen Blick auf Dekes Gesicht werfen mußte, um zu wissen, daß an den Gerüchten nichts dran war.

«Nez hat uns natürlich kein Sterbenswörtchen erzählt», fuhr Deke fort, «und als wir ihn gefragt haben, was denn von diesem Klatsch zu halten wäre, ist er stinksauer geworden. Er fand's empörend, daß seine Nachbarn ihm zutrauen, jemanden bei der Polizei zu verpfeifen.»

Leaphorn lachte leise in sich hinein. Fahrzeugeinbrüche bei den beliebtesten Touristenattraktionen des Navajogebietes gehörten zum täglichen Brot der Stammespolizei. Gewöhnlich steckten die halbwüchsigen Sprößlinge nicht sonderlich gut beleumundeter Familien dahinter, die alles, was Touristen im Wagen zurückließen und was sich zu Geld machen ließ, als eine Art natürliches Strandgut betrachteten, quasi ein Geschenk des Himmels, ähnlich wie wilder Spargel, Kaninchen und süße Sandpflaumen. Die Nachbarn mißbilligten das zwar, aber wegen solcher Dinge hätten sie die Kids nicht bei der Polizei angeschwärzt.

Eine dreiviertel Meile weiter bergwärts, beim Aussichtspunkt an den White-House-Ruinen – der Stelle, von der aus der Schütze auf Nez gefeuert hatte –, lenkte Leaphorn seinen Wagen ins dürre Gras, dahin, wo die Polizei, wie Deke ihm erzählt hatte, auf die frisch abgefeuerten Patronenhülsen vom Kaliber 30.06 gestoßen war. Der gewachsene Fels wölbte sich hier wie ein wohnzimmergroßer Buckel aus dem Boden – der ideale Hinterhalt für jemanden, der das tiefer gelegene Gelände beobachten wollte, ohne Gefahr zu laufen, daß er selbst gesehen wurde. Leaphorn blickte nach unten, wo sich am Fuße der Felsen der Boden des Cañons erstreckte. Dort, im sandigen Bett des trockenen Wasserlaufs, war Nez durch den Cañon geritten. Von der Entfernung her kein Problem für einen einigermaßen erfahrenen Schützen, nur der Schußwinkel machte das Ganze etwas kompliziert. Das Visier mußte – weil sonst ein Weitschuß daraus geworden wäre – sorgfältig eingestellt sein. Nun, wer immer hier gekauert und Nez im Visier gehabt hatte, hatte genau gewußt, was er tun mußte.

Den nächsten Halt legte er beim Büro der Canyon-de-Chelly-Parkverwaltung ein, um sich bei einem Schwätzchen mit den Rangers darüber zu informieren, was sich die Leute hier in der Gegend an Klatsch und Tratsch erzählten. Soweit es um Hosteen Nez ging, bestätigten die Rangers genau das, was er bereits von Deke erfahren hatte: Angeblich war auf den alten Mann geschossen worden, weil er den Cops einen Tip wegen der Fahrzeugeinbrüche gegeben hatte. Hatte er womöglich Feinde? Nein, das konnte sich niemand vorstellen, und sie kannten ihn alle recht gut. Nez war ein freundlicher Mensch, der, getreu den Traditionen der Navajos, niemanden in seiner Familie im Stich ließ und seinen Nachbarn gegenüber großzügig war. Ein Mann mit unerschütterlich guter Laune, der kleine Späßchen liebte und bei allen gut gelitten war. Er war seit vielen Jahren als Führer durch den Cañon tätig und hatte dabei nie Ärger gehabt. Er kam sogar mit den Touristen klar, die aus der Wanderung so etwas wie eine Sauftour machen wollten. Und wenn irgendwo jemand einen heilenden Gesang brauchte, war er bei den Zeremonien mit Rat und Tat zur Stelle.

Gab's denn überhaupt keine heimlichen Schwächen? Glücksspiele? Eigensinn in Weiderechtsfragen? Irgendwas, was anderen sauer aufstoßen konnte?

Nun ja – doch. Nez hatte seine Schwiegermutter im Haus aufgenommen und damit einen groben Verstoß gegen ein strenges Tabu begangen. Aber er hatte eine vernünftige Erklärung dafür. Old Lady Benally und er seien seit vielen Jahren gute Freunde gewesen, sagte er, schon bevor er ihre Tochter kennengelernt habe. Sie hätten das Thema ausführlich besprochen und seien zu dem Schluß gekommen, daß das Gebot des Heiligen Volkes, demzufolge ein Mann nicht mit seiner Schwiegermutter zusammenleben dürfe, weil das den Fluch des Wahnsinns oder der Blindheit oder anderer Gebrechen heraufbeschwöre, nur in den Fällen Gültigkeit habe, in denen die beiden sich nicht leiden konnten. Und so ganz unrecht konnten sie wohl nicht haben: Old Lady Benally, mittlerweile in den Neunzigern, erfreute sich eines rüstigen Lebensabends, und Hosteen Nez war weder erblindet, noch gab es Anzeichen dafür, daß er verrückter gewesen wäre als irgend jemand anderes.

In der Tat, Nez schien ziemlich gut beisammenzusein, als Leaphorn bei ihm ankam.

«Doch», sagte er, «ziemlich gut, wenn man meine allgemeine Form bedenkt.» Und als Leaphorn lachte, fügte er hinzu: «Wenn ich gewußt hätte, daß ich so verdammt lange zu leben habe, hätte ich besser auf mich aufgepaßt.»

Nez lag, alle viere von sich gestreckt, den Kopf halb in einer Aushöhlung im roten Sandstein versteckt, auf einem überdimensionalen, aus Drahtresten zusammengeflochtenen Ruhebett hinter seinem Hogan und ließ sich von der frühen Nachmittagssonne die alten Knochen wärmen. Nahezu tiefblau wölbte sich der Himmel über ihm, der Felsen hinter ihm reflektierte die Wärme wie ein Spiegel, die Luft war kühl und frisch und voll vom würzigen Luzernegeruch der letzten Herbsternte auf dem ein wenig tiefer im Cañon gelegenen Feld. Abgesehen vom Gipsverband, in dem Nez' Beine steckten, und den Bandagen am Hals und um die Brust erinnerte nichts an ein Krankenlager.

Leaphorn hatte sich bei der Begrüßung in der traditionellen Weise der Navajos vorgestellt, indem er die Namen seiner Eltern und die ihrer Clans nannte. «Ich weiß nicht, ob du dich noch an mich erinnerst», hatte er gesagt. «Ich bin der Mann von der Polizei, der vor langer Zeit dreimal mit dir geredet hat, als der Mann, den du durch den Cañon geführt hast, verschwunden ist.»

«Sicher», sagte Nez. «Du bist hartnäckig immer wiedergekommen, hast so getan, als hättest du vergessen, mich was zu fragen, und hast doch nur dieselben Fragen noch mal gestellt.»

«Na ja, ich bin eben ziemlich vergeßlich.»

«Das höre ich gern», sagte Nez. «Ich dachte schon, du hättest angenommen, daß ich dir ein bißchen was vorschwindle, und darauf spekuliert, daß ich mich, wenn du nur oft genug wiederkommst, in meinen eigenen Schwindeleien verstricke und dir dann aus Versehen die Wahrheit erzähle.»

Daß das fast ein Geständnis war, schien den alten Mann nicht zu kümmern. Er lud Leaphorn mit einem Wink ein, auf dem Felsausläufer neben ihm Platz zu nehmen.

«Und jetzt willst du mit mir darüber reden, wer mich abknallen wollte? Eins sag ich dir gleich: Einer von den Autoknackern war's nicht. Da werden eine Menge Lügen über mich verbreitet.»

Leaphorn nickte. «Das stimmt. Die Polizei in Chinle hat mir bestätigt, daß du ihnen nicht geholfen hast, die Burschen zu fassen.»

Wieder etwas, was Nez gern zu hören schien. Er nickte.

«Nur, weißt du, die Autoknacker wissen das vielleicht nicht. Die denken möglicherweise, du hättest doch was ausgeplaudert», sagte Leaphorn.

Amos Nez schüttelte den Kopf. «Nein. Die wissen das besser. Sind ja alles Blutsverwandte von mir.»

Leaphorn sah sich um. «Du hast dir ein schönes Plätzchen in

der Sonne ausgesucht. Der Felsen strahlt eine Menge Wärme aus. Und windgeschützt liegst du hier auch. Und ...»

Nez lachte. «Und niemand kann hier auf mich schießen. Jedenfalls nicht von oben, von der Felskante aus.»

«Das habe ich bemerkt», sagte Leaphorn.

«Dachte ich mir.»

«Ich habe den Polizeibericht gelesen.» Leaphorn gab Nez eine kurze Zusammenfassung. «Ist das ungefähr richtig?»

«Ist es», bestätigte Nez. «Der verdammte Kerl hat gar nicht mehr aufgehört zu ballern. Na gut, ich hab mich halt hinter meinem Pferd verkrochen. Und was macht der Mistkerl? Schießt zweimal auf meinen Gaul.» Der alte Mann schlug zur Demonstration dumpf auf eins der Gipsbeine. «Bumm, bumm.»

«Klingt, als hätte er dich töten wollen», meinte Leaphorn.

«Ich hab schon gedacht, daß er vielleicht bloß mein Pferd nicht leiden konnte», sagte Nez. «Der Gaul hat immer wieder Ärger gemacht. Hat liebend gern Fremde gebissen.»

Leaphorn sagte: «Als ich letztesmal hier war, ging es um eine andere Geschichte, die viel Ärger gemacht hat. Glaubst du, daß es einen Zusammenhang zwischen den beiden Fällen gibt?»

Nez sah ehrlich verdutzt aus. «Einen Zusammenhang? Nein. Auf die Idee bin ich nie gekommen.» Aber er begann darüber nachzudenken. Er musterte Leaphorn stirnrunzelnd. «Was für einen Zusammenhang? Wie sollte der aussehen?»

Leaphorn zuckte die Achseln. «Ich weiß nicht. War nur so ein Gedanke. Hast du schon gehört, daß unser Vermißter von damals wieder aufgetaucht ist?»

Ein erfreutes Lächeln huschte über Nez' Gesicht. «Nein, das hab ich nicht gewußt. Nach einem Monat oder so hab ich gedacht: Der muß wohl tot sein. Wär doch dumm von ihm gewesen, so eine hübsche Frau einfach zu verlassen.»

«Du hast recht gehabt. Er ist tot. Wir haben nur noch seine Knochen gefunden», sagte Leaphorn, hielt den Blick auf den alten Mann gerichtet und wartete auf dessen Frage.

Doch Nez fragte nichts, er sagte nur: «Hab ich mir gedacht. Ich wette, er war schon lange tot.»

Leaphorn nickte. «Vermutlich seit über zehn Jahren.»

«Ja, ja», meinte Nez kopfschüttelnd, «ein verrückter Hund.» Er sah traurig aus.

Leaphorn wartete.

«Ich hab ihn gut leiden können», sagte der alte Mann. «War ein guter Kerl. Immer fröhlich. Immer einen Scherz auf Lager.»

«Spielst du wieder dein Spielchen mit mir wie vor elf Jahren, oder hast du diesmal vor, mir zu erzählen, was du über die Sache weißt? Zum Beispiel, weshalb du ihn für einen verrückten Hund hältst und warum du dir gleich gedacht hast, daß er schon die ganze Zeit tot ist?»

«Ich rede nicht über andere Leute», sagte Nez. «Es gibt auch so schon genug Ärger auf der Welt.»

Leaphorn lächelte verkniffen. «Hal Breedlove kannst du keinen Ärger mehr machen. Aber wenn ich mir so deine Bandagen ansehe, denke ich, irgend jemand hat dir eine Menge Ärger gemacht.»

Nez starrte nachdenklich auf die Gipsverbände. Und dann genauso nachdenklich auf Leaphorn.

«Sag mal», fragte er, «habt ihr ihn auf dem Ship Rock gefunden? Wollte er auf den Tse'Bit'a'i' steigen?»

Durch nichts, aber auch durch gar nichts hätte Amos Nez den Ex-Lieutenant so verblüffen können wie durch diese Frage. Leaphorn brauchte ein paar Sekunden, bis er Ordnung in die Gedanken gebracht hatte, die ihm durch den Kopf wirbelten. «Ja», bestätigte er schließlich, «das ist richtig. Jemand hat sein Skelett auf dem Berg liegen sehen, irgendwo unterhalb vom Gipfel. Woher, zum Teufel, hast du das gewußt?»

Nez hob die Schultern.

«Hat Breedlove dir gesagt, daß er da rauf will?»

«Ja, das hat er gesagt.»

«Wann?»

Nez zögerte. «Ist er wirklich tot?»

«Er ist tot.»

«Unterwegs bei einer Führung», sagte Nez. «Wir waren ziemlich tief im Canyon del Muerto. Seine Frau, Mrs. Breedlove, war mal eben um die nächste Ecke verschwunden. Sie mußte mal, vermute ich. Und Breedlove hat davon geredet, daß er in den Klippen herumklettern will.» Er deutete nach oben. «Du weißt ja, wie es da oben aussieht. Da geht's senkrecht hoch. An manchen Stellen hängt die Felsspitze sogar über. Da kann keiner hochklettern, hab ich gesagt. Er könnte es, hat er gesagt. Hat mir erzählt, wo er alles in Colorado geklettert ist. Hat angefangen, von all den Dingen zu erzählen, die er tun wollte, als er noch jung war. Nun wär er schon dreißig und hätt's immer noch nicht getan. Und dann – dann hat er gesagt …» Der alte Mann brach ab und sah Leaphorn blinzelnd an.

«Ich bin kein Polizist mehr», sagte Leaphorn. «Ich bin jetzt im Ruhestand, genau wie du. Ich will nur rausfinden, was Breedlove zugestoßen ist.»

«Dann hätte ich's dir vielleicht damals erzählen sollen.»

Leaphorn nickte. «Ja, das hättest du vielleicht tun sollen. Warum hast du's nicht getan?»

«Gab keinen Grund dafür», sagte Nez. «Er hat gesagt, vor dem Frühling würde er da nicht raufklettern. Jetzt wär's schon zu nahe am Winter. Und daß ich nicht darüber reden soll, hat er gesagt, weil seine Frau will, daß er die Kletterei aufgibt.»

«Hat Mrs. Breedlove mitbekommen, was er dir erzählt hat?»

«Nein, die war doch Wasser lassen», sagte Nez. «Er hat gesagt, daß er sich überlegt, ob er's nicht ganz allein versuchen soll. Weil das noch keiner gemacht hat, hat er gesagt.»

«Hattest du den Eindruck, daß er das ernst meint? Ich meine, hat es sich so angehört?»

«Hat sich ernst angehört, ja. Aber ich hab trotzdem gedacht, er gibt nur an. Du weißt ja, die Weißen tun das oft.»

«Hat er dir gesagt, wo er hin wollte?»

«Seine Frau ist zurückgekommen. Da wollte er nicht mehr darüber reden.»

«Nein, ich meine … später, als ihr aus dem Cañon gekommen seid. Hat er da gesagt, wohin er an diesem Abend wollte?»

«Er hat was von Freunden gesagt, die sie besuchen kämen, erinnere ich mich. Sie wollten zusammen essen gehen.»

«Betrunken war er nicht, oder?»

«War er nicht», sagte Nez. «Ich lasse meine Touristen unterwegs nichts trinken. Das ist gegen das Gesetz.»

«Er hat jedenfalls gesagt, daß er im kommenden Frühjahr auf den Tse'Bit'a'i' steigen will, daran erinnerst du dich genau?» vergewisserte sich Leaphorn.

«Genau so hat er's gesagt.»

Sie saßen eine Weile da, eingehüllt in Sonnenlicht, frischen Wind und Stille. Ein Rabe ließ sich im Schwebeflug von der Kante der Cañonwand fallen, kreiste über einem Baumwollgehölz und ließ sich schließlich auf einem knorrigen Olivenbaum nieder. Da hockte er dann, äugte zu den beiden Männern hinüber, die stumm dasaßen, und wartete auf ihren Tod.

Nez zog ein Päckchen Zigaretten aus der Hemdtasche, hielt es Leaphorn hin und zündete sich, als der abwinkte, eine an. «Wenn ich nachdenke, rauche ich gern eine dabei», sagte er.

Leaphorn lächelte. «Ja, das hab ich früher auch getan. Aber meine Frau hat mir das Rauchen ausgeredet.»

Nez nickte. «Die Frauen reden einem gern was aus, da muß man auf der Hut sein.»

«Worüber denkst du denn nach?»

«Warum er mir das alles erzählt hat. Weißt du, vielleicht wollte er ja, daß seine Frau es mitbekommt und ihm ausredet.» Nez pustete ein Wölkchen blauen Rauch vor sich hin. «Vielleicht wollte er, daß ihn jemand davon abbringt. Oder er hat sich gedacht, wenn er sich im Frühling heimlich verdrückt und ganz allein dort oben herumklettert, könnte es ja sein, daß er abstürzt, und dann weiß keiner, wo er ist, und niemand wird ihn je finden. Ich denke mir, er wollte bestimmt nicht tot und einsam da oben herumliegen.»

«Du glaubst, er hat damit gerechnet, daß du den anderen erzählst, wo sie nach ihm suchen müssen, wenn du hörst, daß er verschwunden ist?» fragte Leaphorn.

Nez zuckte die Achseln. «Vielleicht.»

«Aber so ist es nicht gekommen.»

«Weil er schon lange, bevor der Frühling kam, vermißt

wurde», sagte Nez. «Wo ist er nur in all den Monaten gewesen, nachdem er aus der Jagdhütte weggefahren und bevor er auf unseren Geflügelten Berg gestiegen ist?»

Leaphorn grinste. «Ich hab gehofft, du wüßtest was darüber. Hat er gar nichts gesagt? Hast du keine Ahnung, wohin er an dem Abend gefahren ist und mit wem er sich getroffen hat?»

Nez schüttelte den Kopf. «Sie war eine gute Frau. Und er war lange verschwunden. Zu lange, denke ich. Habt ihr von der Polizei nicht rausgefunden, wo er bis zum Frühjahr gesteckt hat?»

«Nein», antwortete Leaphorn, «wir haben nicht die geringste Ahnung.»

8

Still und leise hatten sich über Nacht von Arizona her milde Vorboten des Winters in die Reservation geschlichen und Chees Wohnwagen ein Häubchen aus gut zwölf Zentimeter pappigem Weiß aufgesetzt. Er mußte an seinem Pickup den Allradantrieb einlegen, um den Anstieg von seinem Stellplatz unter dem Baumwollgehölz am Flußufer zum Highway zu schaffen. Trotzdem, beim Anblick des ersten Schnees am Anfang des Winters geht den Menschen, die im trockenen Four-Corners-Hochland geboren und aufgewachsen sind, das Herz auf. Und für Chee und seine Officers in der Abteilung zur Aufklärung von Straftaten war die weiße Pracht noch aus einem anderen Grund Anlaß zur Freude: Den Troopers auf den Highways brachte Schnee zusätzliche Mühe und Arbeit, den Detectives nicht, im Gegenteil, die Kriminalitätsrate sank mit jedem Zentimeter, der vom Himmel fiel.

Nicht mal der Anblick des Aktenstapels, den Jenifer ihm auf den Schreibtisch gepackt hatte, konnte die gute Laune des Lieutenant dämpfen. Auf dem obersten Ordner lag die handgeschriebene Notiz: «Cap. Largo möchte Sie wegen des ganz oben liegenden Falls sprechen. Aber ich glaube nicht, daß er vor Mittag da sein wird, weil er bei dem Schnee vermutlich erst Futter auf die Weiden bringen muß.»

Nach dem Organisationsplan war Jenifer als Abteilungssekretärin Chee unterstellt. Aber sie gehörte zum alten Eisen, Captain Largo hatte sie vor langer Zeit eingestellt, und so zählten Lieutenants in ihren Augen zu Leuten, die kamen und gingen. Immerhin, der freundliche Ton, in dem ihre Notiz gehalten war, legte die Vermutung nahe, daß sie Lieutenant Jim Chee zu denen zählte, die möglicherweise ihren Ansprüchen gerecht wurden.

«Ha», machte Chee mit breitem Grinsen. Das ihm allerdings, noch bevor er sich durch den Stapel Aktenordner gewühlt hatte, vergangen war.

Bei dem obersten Ordner ging es um einen neuerlichen Viehdiebstahl – einer Frau namens Roanhorse, die Weideland westlich von Red Rock gepachtet hatte, fehlten zwei Anguskälber. Danach folgten ein paar Ordner mit Routineangelegenheiten. Im Gemeindehaus von Lukachukai hatten sich ein paar Betrunkene bei einem Mädchentanz geprügelt. Irgendwann waren Schüsse gefallen, und der, der geschossen hatte, war in einem Pickup geflüchtet, der ihm nicht gehörte. Ein Versetzungsgesuch von Officer Bernadette (Bernie) Manuelito, einer noch reichlich unerfahrenen Mitarbeiterin, die Chee mit dem neuen Dienstposten geerbt hatte. Eine Meldung über Drogenmißbrauch und Anzeichen für Bandenaktivitäten in der Gegend um Hogback – und so weiter und so weiter. Und natürlich die leidigen Formblätter, in denen einzutragen war, wie viele Meilen die Streifenwagen zurückgelegt hatten und was dabei an Sprit- und Wartungskosten angefallen war. Und die schriftliche Erinnerung, daß er immer noch nicht die Urlaubsplanung für seine Abteilung vorgelegt habe.

Der letzte Ordner enthielt die Dienstaufsichtsbeschwerde eines Bürgers über Officer Manuelito, von der sich der Beschwerdeführer schikaniert fühlte. Beim Durchlesen schrumpelte der Rest von Chees guter Laune dahin wie ein Luftballon in der Sonne.

Die Beschwerde war von einem gewissen Roderick Diamonte

unterzeichnet. Mr. Diamonte führte Klage darüber, daß Officer Manuelito ihren Dienstwagen mit konstanter Bosheit an der Straße parke, die zu seinem Unternehmen führte, seine Kunden unter dem Vorwand, irgendwelche Verkehrsdelikte begangen zu haben, anhalte und sich sodann – wie Mr. Diamonte es ausdrückte – «allerlei gerissener Tricks» bediene, um die Wagen unter Verletzung der Eigentumsrechte des Fahrzeughalters illegal durchsuchen zu können. Roderick Diamonte ersuchte den Dienststellenleiter, Officer Manuelito dieses schikanöse Vorgehen zu untersagen und ihr einen Verweis zu erteilen.

Diamonte? Ach ja, richtig. Chee erinnerte sich an den Namen aus der Zeit, als er hier bei der Dienststelle noch Streife gefahren war. Diamonte betrieb eine Bar im Grenzbereich der Reservation und war einer von denen, die einem gewöhnlich zuerst einfielen, wenn es um irgendwelche lukrativen, aber illegalen Geschäfte ging. Trotzdem, der Mann hatte natürlich seine Rechte.

Chee drückte den Summer der Gegensprechanlage und fragte Jenifer, ob Manuelito da wäre. Nein, sie war auf Streifenfahrt.

«Verständigen Sie sie über Funk, daß ich sie sprechen möchte, sobald sie zurück ist. Bitte.» Er hatte sehr bald gelernt, daß sich bei Jenifer die Zeitspanne zwischen Auftragserteilung und -ausführung in dem Maße verkürzte, in dem er sich bemühte, eine Anweisung wie eine Bitte klingen zu lassen.

«Sofort», sagte Jenifer. «Ich dachte mir schon, daß Sie mit ihr reden wollen. Wer dieser Diamonte ist, wissen Sie vermutlich, oder?»

«Ich kann mich an ihn erinnern.»

«Ach ja», fiel Jenifer ein, «und dann war da noch ein Anruf für Sie. Aus Washington. Von Janet Pete. Sie hat mir ihre Nummer hinterlassen»

Chee nahm sich vor, eines Tages, wenn er ein bißchen fester im Sattel saß, mit seiner Sekretärin über die Art und Weise zu reden, in der sie darüber entschied, über welche Anrufe sie ihn wann unterrichtete. Anrufe von Janet stufte Jenifer gewöhnlich mit niedriger Priorität ein. Vielleicht deshalb, weil sie, wie viele Cops, grundsätzliche Vorbehalte gegenüber Strafverteidigern hegte. Vielleicht aber auch aus anderen Gründen.

Er rief die Nummer an, die Janet hinterlassen hatte.

«Jim», sagte sie, «wie schön, deine Stimme zu hören.»

«Deine auch», sagte er. «Du hast sicher angerufen, um mir zu sagen, daß du am National Airport bist, bald heimfliegst und möchtest, daß ich dich in Farmington abhole?»

«Nichts wäre mir lieber», sagte sie, «aber ich habe noch ein bißchen länger hier zu tun. Wie sieht's bei dir aus? Ist der Ärger mit dem Job weniger geworden? Und sag mal, hattet ihr einen Schneesturm? Das Wettergirl im Fernsehen hat beim Wetterbericht ständig die Four Corners verdeckt, aber soweit ich erkennen konnte, muß von Westen her eine Schlechtwetterfront zu euch rübergetrieben sein.»

Ein paar Sekunden redet sie über das Wetter, dann über die Liebe, und schließlich schmiedeten sie noch eine Weile Hochzeitspläne. Wie es im Justizministerium und beim Bureau of Indian Affairs gelaufen war, fragte Chee nicht. Das war eines jener kleinen Tabuthemen, von denen es zwischen einem Cop und einer Strafverteidigerin mehrere gibt.

Und plötzlich fragte Janet: «Gibt's irgendeine neue Entwicklung in der Sache mit dem Gefallenen Menschen?»

«Mit dem Gefallenen Menschen?» Daran hatte Chee keinen Gedanken mehr verschwendet. Der Fall war abgeschlossen. Sie hatten einen Verschollenen gefunden und identifiziert. Amtliche Todesursache: Unfalltod. Damit ging ihn das Ganze nichts mehr an. Gut, es gab ein paar merkwürdige Begleitumstände, aber von solchen Fällen wimmelte es in der Welt eines Cops, und er hatte auf seinem Schreibtisch zu viele dringende Dinge liegen, um sich auch noch um offiziell erledigte Fälle kümmern zu können.

«Nein, nichts Neues.» Ihm lag auf der Zunge zu sagen: «Abgelegt unter Todesfälle.» Aber für so eine flapsige Bemerkung war er eben doch zu tief in den Traditionen verhaftet. Mit dem Tod treiben Navajos keine Scherze.

«Weißt du, ob noch mal jemand da oben war – ich meine, nachdem der Bergungstrupp die sterblichen Überreste geholt hat? Jemand, der überprüft hat, ob es nicht vielleicht doch irgendwas Merkwürdiges gibt, was man als Beweismittel verwenden kann?»

Chee dachte über ihre Frage nach. Und darüber, weshalb Janet sich dafür interessierte.

Mitten in sein Schweigen hinein sagte sie: «Du weißt schon, was ich meine. Gab es irgendwelche Anhaltspunkte dafür, daß es möglicherweise doch kein Unfall war? Oder daß jemand mit ihm da oben war und den Vorfall dann einfach nicht gemeldet hat?»

«Nein», antwortete Chee. «Also, wir haben jedenfalls niemanden hochgeschickt.» Komisch, aber auf einmal hatte er das Bedürfnis, sich zu verteidigen. «Wenn die Witwe auf sein Geld aus gewesen wäre, wäre das ein erkennbares Motiv gewesen. Aber sie hat fünf Jahre damit gewartet, ihn amtlich für tot erklären zu lassen. Und sie hat ein felsenfestes Alibi. Und ...» Er brach ab und ärgerte sich über sich selbst. Weshalb erklärte er ihr das alles? Das wußte sie doch schon. Sie hatten sich erst vor kurzem darüber unterhalten, bei der Forelle in Farmington.

«Wieso ...», wollte er fragen, aber da hatte Janet schon wieder etwas gesagt. Über ein ganz anderes Thema. Sie hatte gestern abend an einem Dinner in der Kongreßbibliothek teilgenommen. Mit anschließendem Konzert – Barockmusik, gespielt auf Instrumenten, wie sie im fünfzehnten Jahrhundert üblich waren. Sehr interessant. Der französische Botschafter war auch dort gewesen, mit seiner Frau. Deren Kleid hättest du mal sehen sollen – wow! Und so redete und plapperte sie drauflos.

Als sie aufgelegt hatten, griff Chee noch mal zur Manuelito-Akte. Aber dann lag der Ordner ungeöffnet vor ihm, während Chee darüber nachgrübelte, wieso sich Janet eigentlich für den Gefallenen Menschen interessierte. Und darüber, daß man für ein Dinner mit anschließendem Konzert in der Kongreßbibliothek mit Sicherheit eine Einladung brauchte. An die man normalerweise nur kam, wenn man mit einem namhaften Betrag in der richtigen Spendenliste stand. Superexklusiv. Er zum Beispiel hatte nicht mal gewußt, daß derartige Veranstaltungen überhaupt in der Kongreßbibliothek stattfanden. Und er hätte – angenommen, er wäre daran interessiert gewesen – keine Ahnung gehabt, wie er an eine Einladung kommen sollte. So wie er auch keine Ahnung hatte, wie Janet an ihre gekommen war.

Das heißt, in Janets Fall hatte er doch so was Ähnliches wie eine Ahnung. Sie hatte Freunde in Washington. Aus der Zeit, als sie – als «Vorzeigeindianerin», wie sie immer betonte – in der Anwaltssozietät Dalman, MacArthur, White and Hertzog gearbeitet hatte. Einer dieser Freunde war John McDermott. Ihr Ex-Lover. Der Mann, der sie ausgenutzt hatte. Bis sie schließlich vor ihm aus Washington geflüchtet war.

In ähnlicher Weise floh Chee jetzt vor diesen unschönen Gedanken in die Probleme, die ihm Officer Bernadette Manuelito bereitete.

Dieselbe Navajokultur, die den Lieutenant Jim Chee hervorgebracht hatte, hatte ihm auch die Lehre von der Macht der Worte und Gedanken eingeimpft. Westlich orientierte Metaphysiker mochten behaupten, daß sich in der Sprache und den Vorstellungen nur die reale Umwelt widerspiegelt. Aber die Navajos hatten bei ihrer Wanderung aus der Mongolei und über die vereiste Beringstraße eine andere, viel ältere asiatische Philosophie mitgebracht. Gedanken und die Worte, in denen sie Ausdruck finden, beeinflussen das, was die reale Umwelt des Individuums zu sein scheint. Über den Tod zu reden heißt, ihn herbeizulocken. Sich Sorgen zu machen bedeutet, neue Sorgen heraufzubeschwören. Also war es wohl besser, wenn er an seine Pflichten statt an die Liebe dachte.

Er schlug die Manuelito-Akte auf, las darin und fragte sich, wieso er eigentlich auf die Idee gekommen war, ein Posten, bei dem er mit soviel administrativem Kram beschäftigt war, könne ihm Freude machen. Was ihn in Gedanken wieder zu Janet führte. Er hatte sich die Beförderung gewünscht, weil er bei Janet Eindruck schinden wollte. Weil er ihr zeigen wollte, daß er qualifiziert war. Weil er den Abstand zwischen dem Kind aus der privilegierten Klasse der Städter und dem Kind aus dem einsam

75

gelegenen Schafscamp verringern wollte. So hatte er eine Entscheidung getroffen, die auf einem den Navajos durch und durch fremden Denken beruhte. Er legte die Personalakte Manuelito weg und drückte die Gegensprechanlage.

Von Jenifer erfuhr er, daß Officer Manuelito offensichtlich schon früh dagewesen war und später – ungefähr um neun – über Funk gemeldet hatte, daß sie in der Sache mit den Viehdiebstählen unterwegs sei. Was Chee zu einem seiner seltenen Wutausbrüche veranlaßte. Was, zum Teufel, hatte sie mit diesen Viehdiebstählen zu tun? Sie sollte doch versuchen, Zeugen aufzutreiben, die etwas über die Schießerei bei einer wilden Party aussagen konnten!

«Würden Sie bitte der Vermittlung sagen, sie soll Kontakt mit ihr aufnehmen und ihr ausrichten, daß sie herkommen soll?»

«Möchten Sie, daß sie ihr sagt, weshalb?» fragte Jenifer.

«Sie soll ihr nur sagen, daß ich mit ihr reden will», ordnete Chee an. Und merkte erst hinterher, daß er diesmal vergessen hatte, «bitte» zu sagen.

Aber worüber wollte er mit Officer Bernadette Manuelito eigentlich reden? Darüber mußte er sich klarwerden, bevor sie ihm hier in seinem Büro gegenübersaß. Was auch gut war. Es hielt ihn davon ab, über die Frage nachzugrübeln, was Janets Neugier an dem Fall Harold Breedlove geweckt haben mochte. Einem Mann, der zu Lebzeiten ein Mitglied der Breedlove-Familie gewesen war. Einer Familie, die in allen Rechtsfragen von John McDermott beraten und vertreten wurde.

9

Wie es so kommt: Officer Manuelito tauchte nicht im Büro auf.

«Sie sagt, daß sie feststeckt», richtete Jenifer aus. «Sie war auf der Route 5010 unterwegs und ist südlich von Rattlesnake auf den unbefestigten Weg abgebogen, der an der Westwand des Ship Rock entlangführt. Und da ist sie irgendwo im Graben gelandet.» Jenifer kicherte, sie fand das offenbar amüsant. «Ich werde sehen, daß ich jemanden auftreibe, der sie rauszieht.»

«Darum kümmere ich mich selber», sagte Chee. «Trotzdem: danke.»

Er zog sich die Jacke über. Was, zum Teufel, hatte Manuelito in der menschenleeren Gegend am Geflügelten Berg zu suchen? Er hatte ihr eine Liste mit Namen und den Auftrag gegeben, rauszufinden, ob ihnen einer von diesen Leuten etwas über die Schüsse bei der Party in Shiprock erzählen konnte. Von Testfahrten mit dem Streifenwagen der Navajo Tribal Police unter winterlichen Bedingungen auf Schlammstrecken hatte er nichts gesagt.

Ein paar Schritte auf dem Parkplatz genügten, um Chee klarzumachen, wie Manuelito es geschafft hatte, im Graben zu landen. Der nächtliche Schneesturm war nach Osten weitergezogen, über der Stadt Shiprock wölbte sich ein wolkenloser Himmel. Die Temperatur lag bereits deutlich über dem Gefrierpunkt, die Sonne machte kurzen Prozeß mit dem Schnee. Was prompt dazu führte, daß die Räder an Chees Truck, obwohl er den Allradantrieb eingelegt hatte, zunächst durchdrehten. Die Straßengräben zu beiden Seiten des Highways hatten sich in Sturzbäche verwandelt, die verdampfende Feuchtigkeit hing in schmutzigweißen Schwaden über dem Asphalt.

Traute man der Straßenkarte, dann mußte es sich bei der Navajo Route 5010 um eine «ausgebaute Strecke» handeln. Was bedeutete, daß sie begradigt und mit einem festen Belag – zumindest einem Schotterbelag – versehen war. Das mit der Begradigung stimmte, das mit dem festen Belag war streckenweise jedoch reine Theorie. Allerdings wurde die Straße normalerweise nur von etwa sechs bis acht Fahrzeugen täglich benutzt – und das galt dann schon als reger Verkehr. Heute waren die Reifenspuren von Officer Manuelitos Streifenwagen die ersten und einzigen, die sich in den Schnee gedrückt hatten, Chee fügte die von seinem Truck dazu. Er vermerkte positiv, daß Manuelito beim Abbiegen von der 5010 auf den unbefestigten Weg, der zum Ship Rock führte, offensichtlich sehr vorsichtig gewesen war – es gab keine Bremsspuren, und der Wagen war nicht geschlittert. Als er an derselben Stelle abbog, brach der Pickup hinten leicht aus. Von da an ließ er den Fuß nur noch samtweich auf dem Gaspedal spielen.

Er fuhr konzentriert, alle Sinne hellwach, sämtliche Muskeln angespannt. Es machte Spaß, wieder mal auf so einer rutschigen Strecke die eigenen Fahrkünste zu testen. Er genoß das Gefühl, sich die Lungen mit klarer, kalter Luft vollzupumpen, den Blick auf den grau-weißen Flickenteppich gerichtet, den der Schnee über Salbeisträucher, dorniges Krüppelgehölz und Rosazeen gebreitet hatte. Er freute sich an der wilden Schönheit der weiten, leeren Landschaft und der Stille, die nur durch das Keuchen des Motors und die Abrollgeräusche der Reifen im Schneematsch gestört wurde. Seitlich von ihm ragte der gewaltige Basaltmonolith des Ship Rock auf, die Westwand, noch unberührt von den wärmenden Sonnenstrahlen, war immer noch von strahlendweißem Schnee geschmückt. Wie mochte sich der Gefallene Mensch nach Schnee oder Regen gesehnt haben, als er, halb verdurstet, hilflos und einsam auf dem Felssims gelegen hatte ...

Als er den Truck über einen Buckel gelenkt hatte, entdeckte Chee Officer Bernadette Manuelito – eine winzige Gestalt in der leeren Landschaft, neben ihr der im Graben festgefahrene Streifenwagen. Das jähe Ende aller Freude. Die Erinnerung an Manuelitos Personalakte und Diamontes Dienstaufsichtsbeschwerde. Und ein paar wehmütige Sekunden, in denen Chee sich in die Zeit zurückwünschte, in der er nichts als ein einfacher Navajopolizist auf Streifenfahrt gewesen war. Aber dann wischte er diese Anwandlungen beiseite – auch der neue Status hatte seine Sonnenseiten. Schon von ferne konnte er erkennen, wie gründlich Manuelito den Wagen in den Schnee gesetzt hatte. Keine Chance, daß Chee ihn mit dem Schleppseil aus dem Graben holte. Alles, was er tun konnte, war, sie mit zurück ins Büro zu nehmen und einen Abschleppwagen herzuschicken.

Lieutenant Jim Chee hatte immer gefunden, daß jemand, der so auffallend hübsch und jung war wie Officer Manuelito, nicht in der Uniform der Navajo Tribal Police stecken sollte. Heute

78

morgen mußte er nicht daran denken. Sie sah müde und ein bißchen ramponiert aus, und im übrigen wußte er inzwischen aus ihrer Personalakte, daß sie nicht mehr ganz so jung war. Sie war immerhin schon sechsundzwanzig Jahre und ein paar Monate. Irgendwie kam sie ihm heute vor wie ein Mädchen, das weiß, was es will. Er beugte sich über den Beifahrersitz und öffnete ihr die Tür.

«Pech gehabt», sagte er. «Holen Sie Ihre Sachen und die Waffen raus und schließen Sie den Wagen ab. Wir schicken einen Abschleppwagen raus, sobald der Matsch ein bißchen weggetrocknet ist.»

Officer Manuelito hatte sich eine Erklärung zurechtgelegt, wie das Ganze passiert war, und die wollte sie nun auch loswerden.

«Da war ein kleines Schlagloch, das der Schnee so zugeweht hatte, daß ich's nicht gesehen habe. Und da bin ich ...»

«Hätte jedem passieren können», sagte Chee. «Machen wir, daß wir wegkommen.»

«Haben Sie kein Abschleppseil dabei?»

«Ich habe ein Abschleppseil dabei», sagte Chee. «Aber sehen Sie sich doch um. Hier ist alles so naß und weich, daß die Reifen nicht greifen.»

«Sie haben doch Allradantrieb.»

«Das ist mir bekannt.» Chee hatte keine Lust, sich auf lange Diskussionen einzulassen. «Aber damit fahre ich mich nur selber fest, und zwar mit vier Rädern statt mit zweien, und dann komme ich überhaupt nicht mehr vom Fleck. Holen Sie Ihre Sachen und steigen Sie ein.»

Officer Manuelito wischte sich eine Locke aus der Stirn und ersetzte sie durch einen Streifen grauen Matsch. Sie öffnete den Mund, um etwas zu erwidern, aber dann machte sie ihn wieder zu. Und noch mal auf, um zu sagen: «Ja, Sir.» Mehr nicht.

Chee setzte mit dem Pickup zurück bis zu einer Stelle mit felsigem Untergrund, wendete und fuhr rutschend und schlitternd zur 5010 zurück, eingehüllt von bleiern schwerem Schweigen.

Als sie wieder die geschotterte Straße unter den Reifen hatten, sagte er: «Wissen Sie, daß Diamonte sich schriftlich über Sie beschwert hat? Er wirft Ihnen böswillige Schikane vor.»

Officer Manuelito starrte durch die Windschutzscheibe auf die Straße. «Hab ich nicht gewußt. Aber er hat gedroht, daß er's tun will.»

«Sehen Sie», sagte Chee, «und nun hat er's getan. Er behauptet, Sie treiben sich grundlos bei ihm in der Gegend herum. Belästigen seine Kunden.»

«Seine Rauschgift-Kunden.»

«Das sind aber nur einige von ihnen», sagte Chee.

Manuelito starrte weiter durch die Windschutzscheibe.

«Was haben Sie denn da gemacht?» fragte Chee.

«Sie meinen, abgesehen davon, daß ich seine Kunden schikaniert habe?»

«Ja, abgesehen davon», sagte Chee und nahm sich vor, als erstes, wenn er wieder im Büro war, Manuelitos Versetzungsgesuch zu befürworten. Irgendwohin. Am besten nach Tuba City, da hatte er sie am weitesten vom Hals. Er sah nach rechts und wartete auf ihre Antwort. Sie starrte weiter nach vorn.

«Wissen Sie, was der Kerl da draußen treibt?» fragte sie.

«Ich weiß, was er getrieben hat, als ich vor etlichen Jahren nach Shiprock abkommandiert war», sagte er. «Damals hat er den Schnapsschmugglern kistenweise billigen Fusel verkauft, und die haben praktisch die ganze Reservation damit versorgt. Außerdem war er als Hehler und Aufkäufer für gestohlene Sachen bekannt, und hin und wieder hat er mit Marihuana gehandelt. Heutzutage mischt er, wie ich höre, im großen Stil im Drogengeschäft mit.»

«Das stimmt», sagte Manuelito. «Er versorgt die Mistkerle, die mit Gras dealen, und er hat inzwischen auch härtere Sachen im Angebot.»

«Ja, das höre ich immer wieder», sagte Chee. «Und Teddy Begayaye hat mir vor kurzem die Geschichte von einem Kid erzählt, das er im Gemeinde-College mit Koks erwischt hatte. Zuerst hat der Junge ausgesagt, er hätte den Stoff von Diamonte, aber dann hat er sich's anders überlegt und behauptet, daß er sich nicht mehr erinnern könne, woher das Zeug stammt.»

«Ich weiß, daß Diamonte Koks verkauft.»

«Na großartig. Dann legen Sie einfach Ihre Beweise vor, wir leiten sie an den Captain weiter, der verständigt die Bundesbehörden oder die Cops vom San Juan County, und dann stecken wir den Mistkerl ins Gefängnis.»

«Ja, sicher», sagte Manuelito.

«Aber wir treiben uns nicht da draußen im Grenzgebiet herum und belästigen seine Kunden. Das ist nämlich rechtswidrig.»

Chee mußte nicht erst den Kopf drehen, er spürte, daß sie nicht mehr durch die Windschutzscheibe auf die Straße starrte, sondern jetzt ihn ansah.

«Ich habe aber gehört, daß Sie das auch getan haben», sagte Manuelito. «Als Sie hier als Cop gearbeitet haben.»

Chee spürte, daß er rot wurde. «Wer hat Ihnen das gesagt?»

«Captain Largo hat's uns bei der Ausbildung der Polizeianwärter erzählt.»

Der miese Hund, dachte Chee.

«Largo hat mich als schlechtes Beispiel hingestellt?»

«Er hat nicht gesagt, daß Sie's waren. Aber ich hab mich umgehört. Die Leuten sagen, Sie waren das.»

«Und deswegen wäre ich beinahe aus dem Polizeidienst geflogen», sagte Chee. «Was Ihnen übrigens auch passieren kann.»

«Ich hab gehört, daß sein Laden damals geschlossen wurde.»

«O ja», sagte Chee. «Und bis man meine Suspendierung aufgehoben hat, hat er längst schon wieder floriert.»

«Trotzdem …», begann Manuelito, ließ den angefangenen Satz aber dann in der Luft hängen.

«Kommen Sie mir nicht mit ‹trotzdem›. Sie halten sich künftig da raus. Die Beobachtung der Drogenszene ist Begayayes Job. Wenn Sie zufällig irgendwas erfahren, melden Sie's Teddy. Oder mir. Aber unterlassen Sie es, auf eigene Faust zu handeln.»

«Ja, Sir», sagte Manuelito betont förmlich.

«Und nun zu Ihrem Versetzungsgesuch. Was soll das? Paßt Ihnen in Shiprock irgendwas nicht? Wo wollen Sie denn hin?»

«Ist mir egal. Irgendwohin.»

Das überraschte Chee. Er hatte vermutet, sie wolle sich versetzen lassen, um näher bei ihrem Freund zu sein. Oder weil ihre Mutter krank war. Irgendwas in der Art. Aber jetzt fiel ihm wieder ein, daß sie aus Red Rock stammte. Damit war es, gemessen an den in der Großen Reservation üblichen Entfernungen, beinahe nur ein Katzensprung bis zu ihrer Familie.

«Gibt's irgendwas in Shiprock, was Ihnen nicht gefällt?»

Langes Schweigen, dann sagte sie: «Ich will einfach nur von hier weg.»

«Warum?»

«Aus persönlichen Gründen», sagte sie. «Ich muß nicht sagen, warum, oder? In der Dienstvorschrift steht nichts darüber.»

«Nein, ich glaube nicht. Also gut, ich werde das Gesuch befürworten.»

«Danke», sagte Manuelito.

«Das ist allerdings keine Garantie dafür, daß es klappt. Sie wissen ja, wie so was läuft. Könnte sein, daß Largo das Gesuch ablehnt. Außerdem muß gerade irgendwo eine passende Stelle frei sein. Sie werden sich eine Weile gedulden müssen.»

Officer Manuelito zeigte aus dem Fenster. «Ist Ihnen das da drüben aufgefallen?»

Chees Blick folgte ihrem Finger. Alles, was er ausmachte, war endloses Weideland, das sich bis zu den dunklen Umrissen des Ship Rock zu erstrecken schien.

«Ich meine den Zaun», sagte sie. «Da drüben, wo der Bachlauf in die künstliche Senke mündet. Sehen Sie sich die Pfosten an.»

Zwei Pfosten standen auffällig schief. Chee hielt an.

«Da hat einer gegraben und die Pfosten gelockert», sagte Manuelito. «Damit er sie leichter rausziehen kann.»

«Um den Zaun umzulegen?»

«Ich denke eher, um ihn hochzuheben», sagte sie. «Dann kann er die Rinder drunter durchtreiben, direkt auf den Bach zu.»

«Wissen Sie, wer hier die Weiderechte hat?»

«Ja, Sir. Ein Mann namens Maryboy.»

«Hat er Vieh verloren?»

«Ich weiß nicht. In jüngster Zeit nicht. Ich habe jedenfalls keine Meldung darüber gelesen.»

Chee stieg aus, stapfte durch den Schnee auf die Pfosten zu und zog daran. Sie ließen sich leicht hochheben, aber wegen des Schnees konnte er nicht eindeutig feststellen, warum. Er mußte an Zorro denken, Mr. Finchs fiktiven Viehdieb.

Manuelito tauchte neben ihm auf. «Sehen Sie, was ich meine?»

«Wann ist Ihnen das aufgefallen?»

«Ich weiß nicht mehr», sagte sie, «erst vor ein paar Tagen.»

«Wenn ich mich recht erinnere, sollten Sie vor ein paar Tagen – und heute übrigens auch – die Leute befragen, die neulich bei dieser wilden Party dabei waren. Rausfinden, ob jemand die Schießerei beobachtet hat und bereit ist, uns einen Tip zu geben. Es interessiert uns zum Beispiel sehr, wer eine Waffe dabeihatte. Und geschossen hat. Ich dachte, ich hätte mich in diesem Punkt deutlich genug ausgedrückt, oder nicht? Das war die Nummer eins auf der Liste, die ich Ihnen nach der letzten Einsatzbesprechung in die Hand gedrückt habe.»

«Ja, Sir», sagte Officer Manuelito in einem Ton, als wollte sie den ersten Preis in einem Wettbewerb in Duckmäuserei gewinnen. Der Blick, mit dem sie auf ihre Hände starrte, paßte haargenau dazu.

«Wohnt irgendeiner der möglichen Zeugen hier draußen?»

«Nun – äh – nicht direkt. Die Roanhorses stehen auf der Liste, und die wohnen drüben in der Nähe von Burnham.»

«In der Nähe von Burnham?» Der Handelsposten Burnham befand sich weit weg im Süden, meilenweit den Highway 666 hinunter.

«Ich hab einen kleinen Umweg gemacht», sagte Manuelito und hörte sich ganz so an, als wäre ihr selbst nicht wohl dabei. «Wir hatten doch diese Meldung, daß Lucy Sam ein paar Kühe verloren hat. Und weil ich wußte, wieviel dem Captain daran liegt, daß wir einen von den Burschen schnappen und dem Spuk ein Ende machen, hab ich gedacht ...»

«Woher wußten Sie das?»

Auf einmal schoß das Rot in ihr Gesicht. «Na ja», sagte sie, «Sie wissen doch, daß die Leute über alles reden.»

Ja, das wußte Chee.

«Wollen Sie damit sagen, daß Sie einfach auf gut Glück hier rausgefahren sind? Wonach wollten Sie denn suchen?»

«Na ja, ich hatte da so eine Idee.»

«So eine Idee?» Chee wartete.

«Na ja», sagte Manuelito zum drittenmal, «mir war eingefallen, was mein Großvater mir über Hosteen Sam, Lucys Vater, erzählt hatte. Daß der alte Mann immer fuchsteufelswild geworden ist, wenn Weiße hier rausgekommen sind, um auf den Ship Rock zu steigen. Die haben dann dort drüben geparkt, bei der Anhöhe unter der Steilwand. Und Hosteen Sam hat sich die Autokennzeichen und andere besondere Merkmale aufgeschrieben. Und wenn er das nächste Mal in die Stadt gekommen ist, hat er das an die Polizei weitergegeben und verlangt, daß sie die Weißen festnehmen. Weil sie unbefugt ins Sperrgebiet eingedrungen waren. Und nachdem ich dann nach Shiprock abkommandiert worden bin und erfahren habe, daß die Viehdiebstähle dem Captain eine Menge Kopfschmerzen machen, bin ich hier rausgefahren, um Hosteen Sam zu fragen, ob er bereit ist, für uns die Kennzeichen fremder Kleinlaster oder Pickups zu notieren.»

«Keine schlechte Idee. Und was hat er gesagt?»

«Er war tot. Ist letztes Jahr gestorben. Aber seine Tochter hat gesagt, daß sie's für uns macht. Ich wollte ihr ein kleines Notizbuch geben, aber sie hat gesagt, das wär nicht nötig, sie hätte noch das von ihrem Vater. Na ja, und jetzt hab ich eben gedacht, ich mache mal einen kleinen Umweg und höre, ob sie inzwischen schon irgendwas für uns notiert hat.»

«Einen kleinen Umweg nennen Sie das? Ich würde sagen, das sind sechzig Meilen oder so. Hatte sie was notiert?»

«Ich weiß nicht. Ich hab unterwegs – an einer anderen Stelle – Zaunpfosten gesehen, die auch so seltsam schief standen. Da hab ich gedacht, fährst mal rüber und guckst, ob jemand sie gelockert hat oder ob der Draht durchgeschnitten wurde oder ob ich sonst was Verdächtiges finde. Und dann steckte ich auf einmal fest.»

Eine ausgezeichnete Idee, dachte Chee. Das hätte ihm selbst einfallen müssen. Vielleicht sollte er auch versuchen, ein paar Leute zu finden, die oben, im Grenzbereich zur Utah-Reservation, und drüben im Checkerboard auf ähnliche Weise die Augen für ihn offenhielten. Überhaupt überall, wo Vieh gestohlen worden war. Wer kam da wohl in Frage? Aber er konnte jetzt nicht konzentriert darüber nachdenken. Er steckte mit den Füßen bis über die Knöchel im auftauenden Schnee, und die Fußsohlen fingen zu protestieren an – stumm, aber ziemlich energisch. Die Sonne stand inzwischen so hoch, daß sie auf die verschneiten Hänge des Ship Rock fiel. Im grellweißen Glanz des reflektierenden Lichts schien der ganze Berg in taumelnder Bewegung zu sein.

Officer Manuelito beobachtete Chee verstohlen. «Wunderschön, nicht wahr? Der Tse'Bit'a'i' sieht immer wieder anders aus.»

Chee nickte. «Ich weiß noch, daß ich das schon als kleiner Junge gedacht habe. Das war drüben bei Toadlena, eine Tante hatte mich mitgenommen. Als ich da so auf den Geflügelten Berg gestarrt habe, habe ich wirklich gedacht, daß er lebt.»

Auch Officer Manuelito starrte auf den Berg. «Wunderschön», sagte sie noch einmal, und dann überlief sie ein Schaudern. «Ich frage mich, was er dort oben zu suchen hatte. So ganz allein.»

«Der Gefallene Mensch?»

«Deejay glaubt nicht, daß er abgestürzt ist. Wenn jemand an so einer Steilwand abstürzt, sagt er, muß er sich was brechen. Aber der Gefallene Mensch hat sich nicht einen Knochen gebrochen. Deejay glaubt, daß er mit anderen dort oben herumgeklettert ist und daß die ihn einfach zurückgelassen haben.»

Chee zuckte die Achseln. «Wer weiß? In den offiziellen Unterlagen ist jedenfalls nur von einem Unfalltod die Rede. Keine Anzeichen für irgendwelche Manipulationen. Also müssen wir uns keine Gedanken darüber machen.» Seine Füße sandten erneut Signale aus, daß Eiswasser in die Schuhe lief. «Gehen wir», sagte Chee, drehte sich um und wollte zurück zur Straße gehen.

Aber Manuelito schien sich nicht vom Anblick der hochaufragenden Felsen losreißen zu können. «In den alten Legenden heißt es, daß das Todesungeheuer den Abstieg auch nicht geschafft hat. Es ist hoch zum Gipfel gestiegen und hat das Geflügelte Ungeheuer getötet, und dann konnte es nicht mehr hinunterklettern.»

«Kommen Sie», sagte Chee. Er stieg in den Truck und ließ den Motor an. Und dachte, daß Geister wie das Todesungeheuer besser dran sind als Menschen. Wenn ein Geist um Hilfe ruft, gibt es immer irgendeinen anderen Geist, der ihn hört. Beim Todesungeheuer war es die Spinnenfrau, die es gehört und gerettet hatte. Harold Breedlove dagegen hätte bis ans Ende aller Zeiten um Hilfe rufen können, und nur die Raben hätten ihn gehört. Der Stoff, aus dem die Alpträume sind.

Lange saßen sie auf der Rückfahrt stumm nebeneinander.

Bis Officer Manuelito sagte: «Da oben festzusitzen und nicht vor- und nicht zurückzukönnen ... Ich darf gar nicht dran denken. Ich könnte nachts kein Auge mehr zutun.»

«Wie?» Chee hatte nicht zugehört, er war in Gedanken mit einem anderen, einem eher persönlichen Alptraum beschäftigt. Weil er versuchte, sich einen anderen Grund dafür einfallen zu lassen, daß Janet Pete sich so für den Gefallenen Menschen interessiert hatte. Einen Grund, der nichts mit John McDermott und der Anwaltskanzlei zu tun hatte, die die Breedlove-Familie vertrat. Vielleicht war es einfach Neugier, überlegte er jetzt. Es kommt ja nicht jeden Tag vor, daß ein Skelett in den Bergen gefunden wird. Ja, das mußte es sein, an dem Gedanken wollte er sich festklammern. Aber dann fragte er sich, wer Janet wohl zu diesem Konzert mitgenommen hatte, und schon wieder landete er bei John McDermott.

10

Das erste, was Joe Leaphorn ins Auge fiel, als er durch die Tür trat, war das in der Spüle gestapelte Frühstücksgeschirr. Nicht abgewaschen. Eine Nachlässigkeit, die sofortiger Korrektur bedurfte. Gerade als Witwer durfte man keine Schlampereien einreißen lassen. Dann sah er, daß das rote Lämpchen auf dem Anrufbeantworter blinkte. Der Anzeige entnahm er, daß heute zwei Anrufe gekommen waren, ein für einen Pensionär geradezu rekordverdächtiges Ergebnis. Und schon war er unterwegs zum Telefon.

Aber nein, alles der Reihe nach. Er machte kehrt, ging in die Küche, wusch Müslischälchen, Unterteller und Löffel ab und griff zum Geschirrtuch. Erst als alles abgetrocknet und wieder ins Geschirregal eingeräumt war, ging er ins Wohnzimmer, setzte sich in den Schaukelstuhl, legte die Stiefel auf den Fußhocker, drückte den Knopf und hörte das Band ab.

Der erste Anrufer war sein Versicherungsmakler, der ihm mitteilte, daß er, wenn er an einem speziellen Sicherheitstraining teilnehme, einen Nachlaß auf seine Haftpflichtversicherung bekommen könne. Leaphorn drückte den Knopf.

«Mr. Leaphorn», sagte eine Stimme, «hier ist John McDermott. Ich bin Rechtsanwalt, unsere Kanzlei vertritt seit vielen Jahren die Interessen der Familie Edgar Breedlove. Sie haben, erinnere ich mich, vor etlichen Jahren, als Sie noch im aktiven Dienst bei der Navajo Tribal Police waren, die Vermißtenanzeige für Harold Breedlove bearbeitet und in dem Fall ermittelt. Wären Sie bitte so freundlich, mich per R-Gespräch zurückzurufen und wissen zu lassen, ob Sie bereit sind, der Familie bei der Abrundung ihrer eigenen Ermittlungen zu den näheren Umständen von Harolds Tod behilflich zu sein?»

Er hatte eine Nummer in Albuquerque hinterlassen, Leaphorn tastete sie ein.

«O ja», sagte die Sekretärin, «er wartet schon auf Ihren Anruf.»

Nach einem kurzen «Danke für Ihren Rückruf» hielt McDermott sich nicht länger mit Formalitäten auf.

«Wir möchten, daß Sie in dieser Sache für uns tätig werden», sagte er. «Unser übliches Honorar beträgt fünfundzwanzig Dollar die Stunde, zuzüglich Auslagen.»

«Sie sprachen von einer Abrundung der Ermittlungen. Bedeutet das, daß Ihrerseits Zweifel an der Identifizierung des Skeletts bestehen?» fragte Leaphorn.

«Es gibt in diesem Fall eine Reihe von offenen Fragen», antwortete McDermott. «Ein sehr rätselhafter Fall.»

«Könnten Sie etwas genauer werden? Ich möchte mir eine exakte Vorstellung machen, was Sie herausfinden wollen.»

«Dinge dieser Art kann man nicht am Telefon besprechen», sagte der Anwalt. «Eine nähere Erörterung ist ohnehin erst möglich, wenn wir wissen, ob Sie bereit sind, unter den genannten Bedingungen für uns tätig zu werden.» Ein halb unterdrücktes Lachen. «Es handelt sich um eine rein familiäre Angelegenheit, Sie verstehen.»

Irgend etwas irritierte Leaphorn. Der Tonfall und das eingeflochtene Lachen – das zeugte von einer nicht akzeptablen Oberflächlichkeit. Fürs erste verschanzte er sich seinerseits hinter einem kurzen Lachen.

«Nach allem, was mir über den Fall Breedlove in Erinnerung ist, sehe ich nicht, wie ich Ihnen behilflich sein könnte. Wollen Sie, daß ich Ihnen jemand empfehle?»

«Nein, nein», sagte McDermott, «wir möchten Sie persönlich verpflichten.»

«Das hängt davon ab, welche Art von Informationen Sie erwarten. Es ist richtig, daß ich seinerzeit versucht habe, den Verbleib des Vermißten zu ermitteln. Und die Frage zu klären, warum er an diesem Abend nicht zum Canyon de Chelly zurückgekehrt ist. Und natürlich die entscheidende Frage, ob ihm etwas zugestoßen ist, und wenn ja, was. Nun, wenn wir davon ausgehen, daß die Identifizierung des Mannes als gesichert angesehen werden kann, wissen wir das jetzt. Damit verlieren die übrigen Fragen an Bedeutung.»

McDermott brauchte einige Sekunden, um eine Antwort zu finden.

«Die Familie möchte Gewißheit darüber, wer mit ihm dort oben war», sagte er.

Damit wurde die Sache ein bißchen interessanter. «Steht denn fest, daß jemand mit ihm oben war? Woher weiß die Familie das?»

«Das ergibt sich aus den Fakten. Wir haben uns bei Extremkletterern erkundigt, die den Ship Rock kennen. Sie sagen übereinstimmend, daß man nicht allein dort klettern kann. Nicht in der Höhe, in der das Skelett gefunden wurde. Und sie sagen, daß Harold Breedlove weder die nötige Erfahrung hatte noch ausreichend trainiert war, um sich auf so etwas einzulassen.»

Leaphorn wartete, aber McDermott hatte offensichtlich nichts hinzuzufügen.

«Sie gehen also davon aus, daß andere mit ihm in den Berg gestiegen sind?» fragte Leaphorn. «Leute, die ihn, als er abgestürzt ist, allein zurückgelassen und den Vorfall nicht gemeldet haben. Ist es das, was Sie vermuten?»

«Warum sollte sich jemand so verhalten haben?» fragte McDermott zurück.

Leaphorn grinste in sich hinein. Anwälte! Bloß nicht festlegen. Lieber die anderen reden lassen.

«Nun, lassen Sie uns mal überlegen. Es wäre ja zum Beispiel denkbar, daß jemand ihn von der Klippe gestoßen hat. Ihm sozusagen den berühmten tödlichen Schubs gegeben und dann schlichtweg vergessen hat, die Sache zu melden.»

«Hm – ja.»

«Und Sie wollen andeuten, daß die Familie gewisse Hinweise darauf hat, wer der oder die vergeßlichen Begleiter waren?»

«Nein, ich will überhaupt nichts andeuten.»

«Dann ist also der einzige Anhaltspunkt eine Liste der Leute, die ein Motiv gehabt haben könnten. Wenn mich mein Gedächtnis nicht täuscht, kommt da nur die Witwe in Frage. Die Lady, die damit rechnen konnte, Harolds Erbe anzutreten. Ich vermute, sie hat es angetreten, oder nicht? Aber möglicherweise gibt es eine Menge Dinge, die ich noch nicht weiß. Sie müssen verstehen, daß wir damals keinen Kriminalfall bearbeitet haben. Wir sind nicht von einem Verbrechen ausgegangen, für das sich die Tribal Police oder das FBI von Amts wegen interessieren mußte. Und daran hat sich, soweit ich weiß, bis heute nichts geändert. Es geht bei diesem Fall nach wie vor um eine Vermißtenanzeige und einen Verschollenen. Jetzt scheint die Sache aufgeklärt zu sein, die Behörden gehen von einem Unfalltod aus. Es gibt keinerlei Indizien dafür, daß er nicht ...» Leaphorn stockte, suchte nach einer besseren Formulierung, fand keine und nahm die, die ihm spontan eingefallen war: «... nicht einfach seiner Frau davongelaufen ist.»

«Habgier ist ein häufiges Motiv für Mord», sagte McDermott.

Mord, dachte Joe Leaphorn. Ein Wort, das bisher nie gefallen war.

«Das ist wahr. Aber nach allem, was man mir seinerzeit gesagt hat, gab's außer der Ranch nicht viel zu erben, und die kam nicht aus den roten Zahlen raus. Wenn die Eheleute Breedlove keinen besonderen Ehevertrag hatten, hat ihr nach Colorado-Recht die Ranch ohnehin zur Hälfte gehört, aufgrund der ehelichen Gütergemeinschaft. Und soweit ich mich erinnere, hatte Harold Breedlove bereits eine Hypothek auf die Ranch aufgenommen. Da stellt sich doch die Frage, wieso Habgier als Motiv in Frage kommen könnte.»

McDermott zögerte wieder. Dann sagte er: «Wenn Sie den Auftrag übernehmen, werde ich Ihnen das erläutern. Unter vier Augen.»

«Wie ich höre, ist Mrs. Breedlove jetzt die Eigentümerin der Ranch. Trotzdem, ich habe mich immer gefragt, ob es wohl einen Ehevertrag gegeben hat.»

«Nein, hat es nicht gegeben.» McDermott schien die Frage nur widerwillig zu beantworten. «Also, wie haben Sie sich entschieden? Wenn Ihnen der Abrechnungsmodus nach Stunden nicht zusagt, könnten wir auch ein wöchentliches Honorar vereinbaren. Multiplizieren wir die fünfundzwanzig Dollar mit vierzig Wochenstunden, dann macht das tausend Dollar pro Woche.»

Einen Tausender pro Woche, dachte Leaphorn. Eine Menge Geld für einen Cop im Ruhestand. Was ihn nicht zu Tränen rühren mußte, McDermott stellte seinen Klienten mit Sicherheit erheblich mehr in Rechnung.

«Ich sage Ihnen, was ich machen werde: Ich lasse mir die Sache durch den Kopf gehen. Unabdingbare Voraussetzung für eine positive Entscheidung ist allerdings, daß ich detailliertere Informationen erhalte.»

«Also gut», sagte McDermott, «überschlafen Sie's. Ich komme morgen sowieso nach Window Rock. Da würde es sich doch anbieten, daß wir uns zum Lunch treffen, oder nicht?»

Joe Leaphorn sah keinen Grund, das abzulehnen. Er hatte morgen nichts anderes vor. Für den Rest der Woche übrigens auch nicht.

Sie verabredeten sich für ein Uhr mittags im Navajo Inn. So mußte McDermott für die Zweihundert-Meilen-Fahrt von Albuquerque nicht mit den Hühnern aufstehen, und im Inn war um diese Zeit der Mittagsandrang vorbei. Für Leaphorn lag der Vorteil darin, daß er den Vormittag über genug Zeit hatte, einige telefonische Erkundigungen bei alten Freunden einzuholen. Er dachte da an einen Banker in Denver und einen Viehhändler, aber auch an andere, die ihm dies oder jenes über die Lazy-B-Ranch und die Familiengeschichte der Breedloves erzählen konnten.

Und als er das am nächsten Vormittag erledigt hatte, fuhr er zum Navajo Inn und wartete in der Lobby. Ein weißer Lexus hielt auf dem Parkplatz, zwei Männer stiegen aus – der eine groß und schlank, blondes, allmählich ins Graue spielendes Haar, der andere gut einen Kopf kleiner, dunkelhaarig, sonnengebräunt, mit breiten Schultern und schmalen Hüften. So sehen gewöhnlich Männer aus, die regelmäßig mit Gewichten trainieren, dachte Leaphorn. Oder Handballer, fiel ihm ein. Es war zwar erst zehn Minuten vor eins, aber er vermutete, daß einer von beiden McDermott, der andere wahrscheinlich sein Assistent war.

Er ging ihnen entgegen, sie machten sich bekannt, Leaphorn führte die beiden zu einem für sie reservierten Ecktisch.

«Shaw?» fragte er den Dunkelhaarigen. «George Shaw? Ist das richtig?»

Shaw nickte. «Ja, richtig. Hal Breedlove war mein Cousin. Und außerdem mein bester Freund. Bis er auf Elisas Betreiben amtlich für tot erklärt wurde, war ich als Treuhandverwalter für die Ranch eingesetzt.»

«Eine betrübliche Situation», sagte Leaphorn.

«Ja», bestätigte Shaw. «Und eine merkwürdige.»

«Was wollen Sie damit sagen?» Leaphorn hätte gut ein Dutzend Gründe aufzählen können, die Breedloves Tod in einem merkwürdigen Licht erscheinen ließen. Aber er war neugierig, auf welchen Shaw anspielte.

«Nun», sagte Shaw, «da ist zum Beispiel die Frage, warum der Vorfall nicht gemeldet wurde.»

«Sie glauben nicht an die Möglichkeit, daß er allein geklettert ist?»

«Natürlich nicht. Das konnte er gar nicht. Ich selber hätt's auch nicht geschafft, und ich war beim Extremklettern ein, zwei Klassen besser als Hal. Aber das hätte niemand gekonnt.»

Leaphorn empfahl das Hühnchen enchilada, der Anwalt und Shaw folgten seinem Rat.

Dann hakte McDermott wieder nach, ob Leaphorn sich ihr Angebot überlegt habe. Ja, sagte der, das habe er. Und? Wollte er es annehmen? Sie würden die Frage gern jetzt gleich klären. Aber Leaphorn ließ sich nicht drängen. Er brauche zuvor noch einige Auskünfte, sagte er.

Das Hühnchen kam. Leaphorn, der gewöhnlich auf seine eigenen Kochkünste angewiesen war, fand es schlichtweg köstlich. McDermott war offenbar zu sehr in Gedanken versunken, um überhaupt irgend etwas zu schmecken. Das Stirnrunzeln, mit dem Shaw nach dem ersten Bissen auf die Gabel starrte, ließ vermuten, daß ihm der grüne Chilipfeffer zu scharf war.

«Auskünfte welcher Art?» wollte McDermott wissen.

«Zum Beispiel darüber, was ich herausfinden soll.»

McDermott zuckte die Achseln. «Wir können uns, wie ich Ihnen bereits sagte, da nicht im Detail festlegen. Wir wollen einfach alles wissen, was Sie herausfinden. Warum Harold Breedlove den Canyon de Chelly verlassen hat, wann das genau war, mit wem er sich getroffen hat und wohin er und der andere oder die anderen gefahren sind. Und natürlich alles, was mit seiner Witwe und ihren damaligen Affären zu tun hat. Kurz gesagt, wir wollen alles wissen, was Licht in die Sache bringen könnte.» Das kurze Lächeln, mit dem er Leaphorn bedachte, wirkte ein bißchen hilflos. «Alles», wiederholte er.

«Gut», sagte Leaphorn, «soweit zu der Frage, was ich herausfinden soll. Und nun möchte ich gern noch wissen: warum? Die ganze Sache muß für die Familie Breedlove sehr teuer sein. Wenn Mr. Shaw bereit ist, mir durch Ihre Kanzlei jede Woche tausend Dollar zahlen zu lassen, was werden Sie dann ihm erst in Rechnung stellen, Mr. McDermott? Ich weiß, daß ein Rechtsanwalt in Albuquerque früher hundertzehn Dollar die Stunde genommen hat, aber das ist erstens schon lange her, und zweitens war das der Albuquerque-Preis. Sagen wir, das Doppelte – wären wir dann annähernd auf dem Washingtoner Preisniveau?»

«Nun, billig ist das Ganze nicht», wich ihm McDermott aus.

«Und es könnte ja sein, daß ich überhaupt nichts Brauchbares herausfinde. Möglicherweise erfahren Sie gar nichts Neues. In elf Jahren können viele Spuren verwischen. Aber nehmen wir an, die Witwe hätte damals tatsächlich Pläne geschmiedet, um ihren Mann aus dem Weg zu räumen. Ich weiß es nicht genau, aber ich vermute, in diesem Fall würde sie ihr Erbe verlieren. Die Ranch fiele an die Familie zurück. Wieviel ist die wert? Ein wunderschönes Haus, höre ich, wenn jemand es sich leisten kann und Lust hat, so weit weg von allen Erwerbsmöglichkeiten da draußen zu wohnen. Dazu eine Herde von, sagen wir, hundert Rindern. Außerdem wurde mir gesagt, daß das Haus immer noch mit der alten Hypothek belastet ist, die die Witwe seinerzeit aufgenommen hat, um die Verpflichtungen ihres Mannes abzulösen. Wie hoch wäre der Erlös beim Verkauf so einer Ranch?»

«Das Ganze ist eine Frage der Gerechtigkeit», sagte McDermott. «Im einzelnen bin ich nicht in die Überlegungen der Familie eingeweiht, aber ich nehme an, daß es ihr darum geht, den Schuldigen für Harolds Tod bezahlen zu lassen.»

Leaphorn lächelte.

Shaw trank seinen Kaffee aus und stellte die Tasse mit einem wütenden Klappern auf den Unterteller.

«Wir wollen Harolds Mörder hängen sehen», schnaubte er. «Das ist doch hier draußen noch üblich? Die Kerle aufzuknüpfen?»

«Nein», sagte Leaphorn, «nicht mehr. Der Berg liegt zwar in der Reservation, aber jenseits der Grenze zu New Mexico. Und in New Mexico benutzt man Gaskammern. Im übrigen fiele dieser Fall in die Zuständigkeit der Bundesbehörden. Wir Navajos haben keine Todesstrafe, und die Bundesregierung läßt niemanden aufhängen.» Er winkte der Bedienung, ihnen Kaffee nachzuschenken, und nahm bedächtig einen Schluck.

«Wenn ich den Auftrag annehme, will ich nicht unnötig Zeit verschwenden», fuhr er fort. «Ich will mich darauf konzentrieren, nach möglichen Motiven zu suchen. Eins davon wäre das Interesse daran, die Ranch zu erben. Damit gäbe es zwei, die als Verdächtige in Frage kommen: die Witwe und ihr Bruder. Keiner von beiden hätte allerdings Gelegenheit zur Tat gehabt, jedenfalls nicht in der Zeit unmittelbar nach Breedloves Verschwinden. Die nächste Möglichkeit wäre ein – sagen wir, ein sehr enger Freund der Witwe, falls es so einen gab. Ich würde also all diese Möglichkeiten untersuchen. Bei vorsätzlichem Mord muß man mit vielen Risiken und unvorhersehbaren Schwierigkeiten rechnen. Mir ist kein einziger Fall bekannt, in dem jemand das ohne zwingendes Motiv in Kauf genommen hätte.»

Weder Shaw noch McDermott äußerte sich dazu.

«Normalerweise würde ich auf Habsucht tippen», sagte Leaphorn.

Shaw sah ihn lauernd an. «Oder Liebe. Oder Sex.»

«Wofür aber nach Breedloves Tod keine Anzeichen bekannt wurden», sagte Leaphorn. «Die Witwe ist allein geblieben. Als ich damals die Vermißtenanzeige zu bearbeiten hatte, habe ich mich natürlich auch nach einem möglichen Freund umgehört. Irgendwelche Gerüchte, die auf ein Dreiecksverhältnis schließen ließen, sind mir dabei nicht zu Ohren gekommen.»

«So was läßt sich leicht geheimhalten», meinte Shaw.

«Nicht hier draußen», sagte Leaphorn. «Ich würde das Augenmerk eher auf wirtschaftliche Motive richten.» Er sah Shaw an. «Wenn es hier um ein Verbrechen geht, dann war's das Verbrechen eines Weißen. Kein Navajo würde jemanden auf dem Heiligen Berg töten. Ich bezweifle sogar, daß ein Navajo respektlos genug wäre, auf den Ship Rock zu steigen. In meinem Volk sind die Motive für einen Mord meistens Whisky oder Eifersucht. Bei den Weißen, habe ich festgestellt, geht es eher um Geld. Sollte ich die Aufgabe also übernehmen, werde ich meinen Computer anschalten und mich in die statistische Entwicklung der Metallnotierungen und die gegenwärtigen Preistendenzen einklicken.»

Shaw warf McDermott einen Blick zu, aber der merkte das nicht, er ließ Leaphorn nicht aus den Augen.

«Warum?»

«Weil die Gerüchteküche rund um Mancos wissen will, daß Edgar Breedlove die Ranch nicht so sehr wegen des Weidelandes gekauft hat, sondern weil seine Prospektoren molybdäne Vorkommen entdeckt hatten. Man munkelt, der Preis für Gold sei über zehn bis fünfzehn Jahre so stark angestiegen, daß sich der Abbau gelohnt hätte. Man munkelt, Hal oder die Breedlove-Familie oder wer auch immer habe wegen der Schürfrechte bereits mit der Handelskammer von Mancos verhandelt, die sich von dem Vorhaben einen reichen Geldsegen und eine überaus positive Auswirkung auf den Arbeitsmarkt versprochen hat. Aber dann war Harold auf einmal verschwunden, und der Goldpreis ist ungefähr zur selben Zeit in den Keller gerutscht. Ich möchte herausfinden, ob an diesen Gerüchten etwas dran ist.»

«Ich verstehe», sagte McDermott. «Ja, das hätte den Wert der Ranch erheblich gesteigert und das Motiv eindeutiger gemacht.»

«Zum Teufel, was soll das alles?» brauste Shaw auf. «Wir haben das geheimgehalten, weil es eine Menge Probleme gibt, wenn derlei Dinge bekannt werden. Mit örtlichen Politikern, mit Abstaubern, mit Profitgeiern – praktisch mit allen.»

Leaphorn nickte. «Also gut, wenn ich den Job übernehme, kann ich offensichtlich mit einiger Sicherheit davon ausgehen, daß die Ranch mehr wert ist als das Gras, das darauf wächst?»

«Sie sollten allmählich mit der Sprache rausrücken», drängte ihn Shaw ungeduldig. «Können wir damit rechnen, daß Sie die Ermittlungen für uns übernehmen?»

«Ich werde darüber nachdenken», sagte Leaphorn. «Ich rufe Sie im Büro an.»

Shaw ließ nicht locker. «Wir haben nur ein paar Tage hier zu tun. Und die Sache brennt uns unter den Nägeln. Weshalb treffen Sie Ihre Entscheidung nicht gleich jetzt?»

Die Sache brennt dir unter den Nägeln, dachte Leaphorn. Nach all den Jahren.

«Ich lasse Sie's morgen wissen», versprach er. «Aber Sie haben meine Frage über den Wert der Ranch noch nicht beantwortet.»

McDermott zog ein grimmiges Gesicht. «Sie können mit Sicherheit davon ausgehen, daß sie einen Mord wert war.»

11

«Durch leichtes Verdrehen des Schwanzes veranlaßt man eine Kuh, sich nach vorn zu bewegen», hieß es in dem Text. «Wenn man dagegen den Schwanz nach oben biegt, über das Hinterteil des Tieres hinaus, so übt das eine eher hemmende Wirkung aus. In beiden Fällen sollte der Schwanz dicht an der Wurzel gehalten werden, um zu vermeiden, daß er bricht. Außerdem ist es ratsam, sich seitlich vom Tier aufzuhalten, damit man nicht getreten wird.»

Es handelte sich bei dem Text um den ersten Absatz auf der

viertletzten Seite eines kleinen Handbuchs, das die Navajo Nation für die Ausbildung künftiger Viehinspektoren ihrer Resource Enforcement Agency herausgegeben hatte. Lieutenant Jim Chee legte das Handbuch weg und rieb sich die Augen. Er stand nicht auf der Gehaltsliste der REA, aber da Captain Largo ihn nun mal zwang, deren Arbeit zu tun, hatte er sich eben ein Exemplar der Ausbildungsanleitung geben lassen und mißmutig angefangen, sie Kapitel für Kapitel durchzuackern. Die, in denen es um rechtliche Fragen ging, hatte er schon hinter sich, über Weiderechte, Wegerechte beim Viehtrieb, Herdbuchführung, ordnungsgemäße Verkaufsbelege, Bestimmungen über die Zulässigkeit und die zeitlichen Beschränkungen beim Viehtrieb über die Grenzen der Reservation und die Beachtung von Quarantäneregeln war er also hinlänglich unterrichtet. Und nun war er bei dem hochinteressanten Kapitel angekommen, in dem künftigen Viehinspektoren praktische Ratschläge erteilt wurden, wie man mit Vieh umgeht, ohne Verletzungen zu riskieren. Chee, der wiederholt von Pferden, dagegen noch nie von Kühen getreten worden war, fand die Anweisung einleuchtend. Abgesehen davon ersparte ihm das Handbuch, sich mit dem öden Verwaltungskram zu beschäftigen, der sich immer höher auf seinem Schreibtisch türmte: Urlaubsplanungen, Begründungen für Überstundengelder, Nachweis der Meilen, die die Streifenwagen zurückgelegt hatten – und so weiter und so weiter. Er langte wieder nach dem Handbuch.

«Leichtes Verdrehen des Ohrs kann das Tier von notwendigen Aktivitäten an anderen Körperteilen ablenken», begann der nächste Absatz. «Solche Drehbewegungen sollten jedoch mit Vorsicht durchgeführt werden, um Verletzungen an der Knorpelstruktur des Ohrs zu vermeiden. Zur Vorbereitung befestigt man eine Schlinge aus Seil oder gewöhnlicher Schnur an der Basis des Horns und legt das Ende dann halbkreisförmig um das Ohr des Tieres. Das Seilende muß straff angezogen werden, um eine hemmende oder ablenkende Wirkung zu erzielen.»

Chee betrachtete die dazugehörende Illustration, auf der eine schläfrig wirkende Kuh mit verdrehtem Ohr zu sehen war. Seine eigenen Kindheitserfahrungen stammten vom Umgang mit Schafen, denen man kein Ohr verdrehen mußte, um sie abzulenken, auf Trab zu bringen oder festzuhalten. Aber allzu schwierig sah das Ganze nicht aus, er hätte sich das glatt zugetraut.

Der nächste Absatz beschäftigte sich mit «dem einfachen Anbringen eines Halteseils», mit dem man, wenn man auf sich allein gestellt war, ein Muttertier oder einen Bullen ohne Gefahr des Strangulierens bändigen konnte. Auch das sah ziemlich einfach aus, anscheinend benötigte man allerdings eine Menge Seil. Noch zwei Seiten, dann hatte er's geschafft.

Doch dann klingelte das Telefon.

Der Stimme nach Officer Bernadette Manuelito. «Lieutenant», sagte sie, «ich habe etwas entdeckt, was Sie, glaube ich, wissen sollten.»

«Erzählen Sie's mir», sagte Chee.

«Da draußen – nicht weit vom Ship Rock –, die Stelle, wo die Zaunpfosten gelockert waren ... erinnern Sie sich?»

«Ich erinnere mich.»

«Na ja, jetzt ist der Schnee weg, und man kann sehen, daß da jemand, ehe es geschneit hat, ein Bündel Heu ausgestreut hat.»

«Oh», machte Chee.

«Sieht ganz danach aus, als hätte irgendwer Kühe anlocken wollen. Damit er sie leichter ans Seil kriegt. Und dann die Rampe rauf und ab in den Hänger.»

«Manuelito», fragte Chee, «sind Sie mit der Anhörung der potentiellen Zeugen in dieser Sache mit der Schießerei fertig?»

Schweigen. Dann: «Zum größten Teil. Ein paar von den Leuten auf Ihrer Liste suche ich noch.»

«Wohnen die in der Nähe des Ship Rock?»

«Na ja – nein. Aber ...»

«Kommen Sie mir nicht mit ‹aber›», fiel ihr Chee ins Wort. Er verlagerte das Gewicht im Schreibtischsessel, wohl wissend, daß die verflixten Rückenschmerzen vom zu vielen Sitzen kamen. Und daß draußen in der Natur die Sonne von einem dunkelblauen Himmel strahlte und die Rosazeenbüsche sich golden und das Schlangenkraut sich leuchtend gelb färbten. Er seufzte.

«Manuelito», fragte er weiter, «waren Sie bei Sams Tochter? Haben Sie sie gefragt, ob sie irgendwas Verdächtiges beobachtet hat?»

«Nein, Sir», sagte Officer Manuelito. Sie hörte sich verblüfft an. «Sie haben doch gesagt ...»

«Von wo aus rufen Sie an?»

«Vom Handelsposten Burnham. Die Leute hier behaupten, sie hätten bei dieser Party absolut nichts gesehen. Ich glaube aber, daß sie doch was gesehen haben.»

«Wahrscheinlich», sagte Chee. «Sie wollen dem, der geschossen hat, bloß keinen Ärger machen. Gut, kommen Sie jetzt zurück, und melden Sie sich bei mir, wenn Sie da sind. Dann fahren wir raus und fragen nach, ob Lucy Sam irgendwas Interessantes beobachtet hat.»

«Ja, Sir», sagte Officer Manuelito, was sich diesmal anhörte, als hielte sie das für eine gute Idee. Chee fand auch, daß es eine gute Idee war. Und die Sache mit dem Heu, das irgend jemand über den Zaun geworfen hatte, hörte sich ganz nach dem Kerl an, von dem Finch ihm erzählt hatte. Und das sah wiederum nach einer Chance aus, den aufgeblasenen Mistkerl von Brandzeicheninspektor bei seinem eigenen Spiel um eine Nasenlänge zu schlagen.

Heute sah Manuelito besser aus. Die Uniform tadellos sauber, das rabenschwarze Haar ordentlich gekämmt, keine Schlammspritzer, kein verwischter Schneematsch im Gesicht. Ihre Neigung zum Herumkommandieren schien allerdings noch genauso ausgeprägt zu sein wie gestern.

«Biegen Sie da vorn ab», wies sie Chee an und zeigte auf den Weg, der zum Ship Rock führte, «dann zeig ich Ihnen das Heu.»

Chee wußte genau, wo die gelockerten Zaunpfosten waren, aber der wunderschöne Morgen stimmte ihn nachsichtig. Bei Manuelito hatte er noch einige Erziehungsarbeit zu leisten, doch mit der Brechstange würde da nichts draus werden. Schön langsam, einen Fehler nach dem anderen. Die erste Belehrung hob er sich für einen Regentag auf. Er bog also da ab, wo er ihrer Meinung nach abzubiegen hatte, hielt an, als sie ihm das Zeichen gab, und folgte ihr übers freie Feld zum Zaun. Nachdem nun der Schnee weggetaut war, konnte man die Schaufelspuren rund um die Pfosten deutlich ausmachen. Und ebenso deutlich waren die Überreste von etlichen Ballen Luzerneheu zu erkennen, die, nachdem sich die Kühe daran gütlich getan hatten, zwischen Salbeisträuchern, Krüppelwacholder und Kaninchenbüschen verstreut lagen.

«Haben Sie das schon Delmar Yazzie gemeldet?» fragte er.

Sie sah ihn verblüfft an. «Yazzie?»

«Yazzie», wiederholte Chee. «Der für das Gebiet um Shiprock zuständige Ranger von der Resource Enforcement Agency. Zu seinen Aufgaben gehört es, Leute davon abzuhalten, anderen Leuten Vieh zu klauen.»

Officer Manuelito wirkte nervös und verunsichert. «Nein, Sir», sagte sie. «Ich dachte, wir könnten hier so was wie einen Hinterhalt vorbereiten. Uns auf die Lauer legen und die Stelle im Auge behalten. Ich meine, der, der hier Heu ausgestreut hat, kommt doch mit Sicherheit wieder. Und sobald er die Kühe durch seinen Köder dazu gebracht hat, freiwillig an den Zaun zu kommen, wird er ...»

«Ich weiß», sagte Chee. «Er wird rückwärts mit dem Hänger an den Zaun stoßen, eine Rampe runterlassen, ein paar von den Kühen auf seinen Wagen treiben und ...»

Er brach ab. Manuelitos Mienenspiel verwirrte ihn. Erst hatte sie nervös ausgesehen, dann in jugendlichem Enthusiasmus zu lächeln angefangen, und jetzt war das Lächeln verdorrt. Wahrscheinlich, weil sie an Chees gereiztem Tonfall gemerkt hatte, daß er langsam die Geduld verlor.

Eigentlich hatte Chee vorgehabt, brühwarm an sie weiterzugeben, was er bei der Lektüre des Handbuchs für angehende Viehinspektoren gelernt hatte. Wenn es ihnen tatsächlich gelang, einen Viehdieb zu schnappen, und zwar so, daß er eindeutig der Tat überführt war, drohte dem Kerl eine Geldstrafe «nicht über $ 100» und eine Gefängnisstrafe «nicht über sechs Monate». So stand es in Kapitel sieben, Unterkapitel sechs des Handbuchs für die Ausbildung künftiger Viehinspektoren. Chee hatte die Textstelle vorhin, nach Manuelitos Anruf, extra noch mal nachgelesen und war dann mit frisch entfachtem Zorn aus dem Büro geeilt und hierhergefahren – ins Sonnenlicht und zu ihr.

Aber was fiel ihm eigentlich ein, seine schlechte Laune an einer unerfahrenen Polizeianwärterin auszulassen? Und ihr sogar dauernd ins Wort zu fallen? Nach den Regeln der Navajos war das ein unentschuldbar rüpelhaftes Benehmen. Daß sie sich überhaupt in die Sache mit den Viehdiebstählen einmischte, war schließlich nicht ihre, sondern Captain Largos Schuld. Und daß er, Chee, sich derart aufspielte, lag daran, daß Finch, dieser aufgeblasene Gockel, seinen Stolz verletzt hatte. Er wollte es dem Angeber eben zeigen, indem er ihm seinen Zorro vor der Nase wegschnappte. Und dabei konnte ihm Manuelito sehr nützlich sein.

Chee schluckte, räusperte sich und brachte seinen angefangenen Satz zu Ende: «Und dann haben wir den Burschen auf frischer Tat überführt.»

Officer Manuelitos Miene verriet nichts mehr. Die junge Lady ließ sich nicht so leicht hinters Licht führen.

«Und einem –*einem* –Viehdieb das Handwerk gelegt», fügte er hinzu und merkte selber, wie lahm sich das anhörte. «Gut, fahren wir los. Mal sehen, ob bei den Sams jemand zu Hause ist.»

Die Behörde für Elektrifizierung des Hinterlands hatte eine Stromleitung quer über die leere Landschaft gezogen, Richtung Chuska Mountains, was bedeutete, daß sie die Behausung der Sams nur um ein paar Meilen verfehlte. Die Navajo Communication Company war dem Beispiel gefolgt und hatte Ansiedlungen wie Red Rock, Rattlesnake und andere Weiler, in denen es zumindest fünf potentielle Kunden gab, durch Telefonleitungen mit dem Rest der Welt verbunden. Aber das Zuhause der Sams lag entweder zu weit abseits, als daß die Mühe sich gelohnt hätte, oder die Familie hatte es vorgezogen, sich nichts von ihrer Ruhe und Abgeschiedenheit nehmen zu lassen. Jedenfalls waren die Zaunpfosten neben dem Feldweg, der zum Hogan der Sams führte, nicht mit Telefondraht drapiert, und so hatte Jim Chee keine Möglichkeit gesehen, Miss Sam von ihrem bevorstehenden Besuch zu unterrichten.

Aber als sie ins tiefer gelegene Gelände eintauchten, um von dort aus das letzte Stück auf einer armseligen Fahrspur entlang dem Viehpferch zurückzulegen, sah er den alten Stiefel, der an einem der Pfosten hing. Mit der Sohle nach unten, es mußte also jemand zu Hause sein.

Und genau in diesem Augenblick sagte Officer Manuelito: «Ich hoffe, daß jemand da ist.»

«Sie sind zu Hause», sagte Chee und deutete mit dem Kopf auf den Stiefel.

Officer Manuelito sah ihn stirnrunzelnd an, sie hatte keine Ahnung, worauf er hinauswollte.

«Der Stiefel hängt so, daß man reinschlüpfen könnte, mit dem Schaft nach oben», erklärte er ihr. «Wenn man weggeht und sonst niemand zu Hause ist, hängt man den Stiefel verkehrt herum auf. Sohle nach oben – niemand da. Daran sieht ein Besucher, daß er sich die Mühe sparen kann, bis zum Hogan zu fahren.»

«Oh», machte Manuelito, «das wußte ich nicht. Wir haben, bevor Mom nach Red Rock gezogen ist, drüben am Keams Canyon gewohnt.»

Sie schien mächtig beeindruckt zu sein. Und Chee genoß das Gefühl, sich vor ihr aufzuspielen. «Aha. Aber vermutlich haben Sie da drüben irgendwelche anderen Signalzeichen gehabt.» Und er dachte, wie peinlich es wäre, falls sich herausstellte, daß doch niemand zu Hause war. Das Problem mit diesen Zaunzeichen war nämlich, daß die Leute manchmal vergaßen, anzuhalten und den Stiefel umzudrehen.

Aber Lucy Sams Pickup parkte vor dem überlangen Wohnwagen, und Lucy selbst stand hinter der Drahtgittertür und sah neugierig zu ihnen herüber. Chee ließ den Geländewagen inmitten einer Schar aufgescheuchter Hühner ausrollen. Sie warteten, damit Miss Sam die nötige Zeit blieb, sich auf den unangemeldeten Besuch vorzubereiten. Was gleichzeitig Chee Zeit ließ, sich ein wenig umzusehen.

Der Wohnwagen war eins von den billigeren Modellen, aber er stand stabil auf einer Art Grundmauer aus Betonblöcken, so daß der Wind nicht unter ihm entlangpfeifen konnte. Auf dem Dach war – mitten zwischen alten Autoreifen, die wohl dafür sorgen sollten, daß bei Sturm die Aluminiumwaben nicht weggeweht wurden – eine kleine Satellitenschüssel aufgepflanzt, so daß die Sams also doch nicht ganz von der Welt abgeschnitten waren. Neben dieser mehr an neuzeitlichen Bequemlichkeiten als an Traditionen orientierten Behausung stand der Hogan der Sams, solide aus Sandsteinblöcken gefügt, die Tür nach Osten gerichtet, wie es sich gehörte. Chees geübtes Auge erkannte sofort, daß Sam sich beim Bau gewissenhaft an die im Volk überlieferten Anweisungen gehalten hatte, die ihnen von Changing Woman, der Hüterin der Gesetze, gebracht worden waren. Hinter dem Hogan war eine Scheune fürs Heu angebaut, daneben zäunten Planken den Viehpferch ein. Auch das Windrad mit dem Wassertank fehlte nicht, und auf dem Scheunendach drehten sich die Flügel eines kleinen Windgenerators im Morgenwind. Ein Stück den Hang hinunter stand, auf Betonklötzen aufgebockt, ein rostiger, längst ausrangierter Ford F-100-Pickup ohne Räder. Dahinter gab's noch mal einen kleinen Schuppen, und hinter diesem letzten Zeugnis ländlichen Lebens schien sich der Blick bis ins Unendliche zu erstrecken.

Das erinnerte Chee an einen seiner Professoren an der University of New Mexico, der in einem Forschungsprojekt der Frage nachgegangen war, nach welchen Kriterien Navajos den Bauplatz für ihren Hogan auswählten. Die Antwort, die er gefunden hatte, konnte Chee nicht sonderlich überraschen. Ein Navajo benötigt, wie jeder andere Rancher auf der Welt, in der Nähe seines Heims Wasser, Weideland und einen Fahrweg, doch vor allem braucht er für sein Seelenheil den Anblick der – wie es im Gesang, der die Kranken heilt, heißt – «allgegenwärtigen Schönheit».

Der Familie Sam war Schönheit am wichtigsten gewesen. Darum hatten sie sich als Bauplatz den westlichen Kamm einer hochgelegenen Graslandschaft zwischen der Red Wash und der Ship Rock Wash ausgewählt. Drüben im Westen ließ die Morgensonne die wild aufragende Felsformation in jenem Pink und

Orange leuchten, dem die kleine Ansiedlung Red Rock ihren Namen verdankte, noch weiter im Westen ragte das blaugrüne Massiv der Carrizo Mountains auf. Weit im Norden, in Colorado, beherrschte der wie eine kühn geschwungene Römernase geformte Sleeping Ute Mountain das Bild, und westlich davon, schon in Utah – da, wo das Spiel von Licht und Schatten die Landschaft zu jeder Tageszeit anders aussehen ließ –, fing das Canyon Country an. Richtete man den Blick aber nach Osten, so ließ der gewaltige schwarze Monolith des Geflügelten Berges, der das wellenförmig geriffelte Grasland überragte, alles andere nichtig und klein erscheinen. Die Geologen sagten, er sei gerade erst fünf oder sechs Millionen Jahre alt, aber nach Chees Mythologie stand er dort, seit Gott die Zeit geschaffen hatte, oder er war – je nachdem, welcher Version man glauben wollte – erst in der jüngeren Erdgeschichte hierhergeflogen, um die ersten Navajo-Clans aus dem Norden in das Land zu bringen, in dem heute die Große Reservation lag.

Lucy Sam erschien in der Tür, für Chee und Manuelito das Zeichen, daß sie bereit war, ihre Besucher zu empfangen. Sie hatte eine blecherne Kaffeekanne auf den Propangasofen gestellt, sich eine dunkelblaue Bluse aus Baumwollsamt angezogen und, den Gästen zu Ehren, ihren mit Türkisen besetzten Silberschmuck angelegt. Sie tauschten die nach der Tradition der Navajos üblichen Höflichkeitsfloskeln aus, dann setzten Chee und Manuelito sich an den Küchentisch und warteten, bis Lucy aus einem mit Papieren und Zeitschriften vollgestopften Schränkchen das Notizheft – ihr «Viehdiebbüchlein», wie sie sagte – geholt hatte.

Chee hielt sich für einigermaßen geübt, wenn es darum ging, das Alter von Männern einzuschätzen, bei Frauen tappte er dagegen regelmäßig im dunkeln. Miss Sam, vermutete er, mußte in den späten Sechzigern sein, doch auf fünf oder zehn Jahre mehr oder weniger hätte er sich nicht festgelegt. Sie hatte sich das Haar straff nach hinten gebunden und trug einen weiten knöchellangen Rock, alles streng nach der Navajotradition, aber im Fernseher auf dem Ecktisch lief eine Morgen-Talk-Show. Es war eine von den seichteren, in der eine hübsche junge Moderatorin namens Ricki Soundso genüßlich im Privatleben einiger geladener Studiogäste herumstocherte, die alle ein wenig geistig unterbelichtet wirkten und es sich in stoischer Ruhe gefallen ließen, daß Ricki zum Vergnügen des Studiopublikums uralte Geschichten über sexuelle Fehltritte, persönliches Mißgeschick, von Haß und Neid strotzende Nachbarschaftsfehden und ähnliche Unerfreulichkeiten ausgrub. Chee konnte das Fernsehspektakel nicht mit der gebührenden Aufmerksamkeit verfolgen, weil ihn ein anderes, neben dem Fernseher aufgebautes Wunderwerk der Technik viel mehr faszinierte.

Es war ein auf einem kurzen Dreibein montiertes, durchs Fenster nach draußen gerichtetes Teleskop. Ein, wie Chee sich aus der Zeit an der Polizeischule erinnerte, sogenanntes Zielerfassungsgerät; mit so einem Ding hatte sein Schießlehrer seinerzeit gnadenlos festgestellt, wie weit Chees Schießversuche das Schwarze verfehlt hatten. Dieses hier schien ein älteres, etwas unförmigeres Modell zu sein, wahrscheinlich das inzwischen aus Armeebeständen ausgesonderte und zum Verkauf freigegebene Zielerfassungsgerät eines Artilleriebeobachters.

Miss Sam hatte ihr Büchlein geholt, ein schwarzes Notizheft, das noch mitgenommener aussah als das Teleskop. Sie schob sich die Brille auf die Nase und schlug das Heft auf.

«Leider hab ich, seit du mich gebeten hast, die Augen offenzuhalten, nicht viel feststellen können», sagte sie zu Officer Manuelito. «Jedenfalls nichts, weswegen ihr jemanden festnehmen könntet.» Sie sah sie über den Rand der Brille an und wandte sich grinsend an Chee. «Es sei denn, Sie wollen die junge Lady, die beim Handelsposten Red Rock aushilft, festnehmen. Weil sie sich nämlich mit einem verheirateten Mann vergnügt.»

Officer Manuelito grinste ebenfalls, Chee dagegen sah verdutzt aus, weil er absolut keinen Zusammenhang mit dem Teleskop am Fenster erkennen konnte, auf das Miss Sam deutete.

«Dort drüben, nicht weit vom Geflügelten Berg», half sie ihm auf die Sprünge, «gibt's ein hübsches verstecktes Plätzchen. Mit 'ner Quelle und einem kleinen Baumwollgehölz. Na – ich seh mir so durchs Teleskop die Gegend an und denke, guckst mal, ob du irgendwo abgestellte Trucks entdeckst, und da seh ich plötzlich den kleinen roten Wagen von der Lady auf die Bäume zufahren. Und im nächsten Augenblick seh ich Bennie Smileys Pickup-Truck kommen. Es dauert 'ne Weile, dann kommt der Truck über den Hügel zurück, und fünf Minuten später seh ich auch den roten Kleinwagen der Lady zurückkommen.»

Sie nickte Chee zu, schien den Eindruck zu gewinnen, daß er ein hoffnungsloser Fall sei, und wandte sich an Manuelito. «Die Weile hat etwa 'ne Stunde gedauert», fügte sie hinzu, was Manuelito veranlaßte, noch breiter zu grinsen.

«Bennie!» sagte sie. «Das ist ja 'n Ding.»

«Ja», bestätigte Miss Sam, «der war's.»

«Ich kenne Bennie», sagte Manuelito. «Er war mal mit meiner ältesten Schwester befreundet. Sie mochte ihn ganz gern, doch dann hat sie erfahren, daß er für den Clan Streams-Come-Together geboren war, und das wäre eine zu enge Blutsverwandtschaft zu unserem Clan gewesen.»

Miss Sam schüttelte mit mißbilligendem Brummen den Kopf, lächelte aber unverwandt weiter.

«Diese Lady mit dem roten Auto», sagte Manuelito. «Ich frag mich, ob ich die nicht auch kenne. Ist das vielleicht ...»

Chee räusperte sich energisch. «Was ich mich frage, ist, ob Sie irgendwelche Pickups beobachtet haben, Miss Sam. Kleinlaster, mit denen man Heuballen transportieren kann, die auf der Straße hinter der Pumpstation Rattlesnake gestanden haben. Wahrscheinlich ein, zwei Tage vor dem Schneefall oder so.» Er warf einen Blick auf Officer Manuelito und versuchte, in ihrem Gesicht zu lesen, was in ihr vorging. Da ihre Miene nichts verriet, ging er davon aus, daß sie sich schämte, weil sie sich mehr für Klatsch als für dienstliche Belange interessiert hatte. Oder, fiel ihm ein, sie ärgerte sich, weil er ihr schon wieder ins Wort gefallen war. Wahrscheinlich letzteres.

Miss Sam blätterte in ihrem Notizbuch und sagte: «Tja, dann wollen wir mal sehen. Hat es nicht in der Nacht von Montag auf Dienstag angefangen zu schneien?» Sie leckte den Daumen an, blätterte weiter und legte den Zeigefinger auf eine Eintragung. «Da hat so 'n großer Truck an der Route 33 gehalten. Einer mit 'nem fünften Rad, Sie wissen schon. Dunkelblau. Und der Hänger, den er gezogen hat, war zum Teil rot und zum Teil weiß, als ob jemand angefangen hätte, ihn neu zu streichen, aber nicht fertig geworden wäre. Hatte 'n Arizona-Kennzeichen. Aber das war acht Tage, bevor's angefangen hat zu schneien.»

«Hört sich nach dem Truck von meinem Onkel an», warf Manuelito ein. «Der wohnt da in der Gegend, bei Sanostee.»

Lucy Sam sagte, ihr sei er auch irgendwie bekannt vorgekommen. Nein, fremde Trucks habe sie in den Tagen vor dem Schneefall nicht beobachtet. Aber sie sei auch einen ganzen Tag weg gewesen, weil sie nach Farmington gefahren war, um Lebensmittel einzukaufen. Sie las ihnen die vier anderen Eintragungen vor, die sie, seit Manuelito bei ihr gewesen war, gemacht hatte. Die eine hörte sich nach Dick Finchs Truck mit dem unförmigen Campinganhänger an. Die anderen sagten Chee nichts. Sie würden ihm vielleicht erst dann etwas sagen, wenn er ein bestimmtes Schema entdeckt hätte. Schema! Dabei mußte er automatisch an die Zeit denken, als er unter Joe Leaphorn gearbeitet hatte. Leaphorn war immer ganz versessen darauf gewesen, ein Schema zu erkennen.

«Woher wußten Sie, daß es ein Kennzeichen aus Arizona war?» fragte Chee. «Konnten Sie etwa durchs Teleskop ...?»

«Gucken Sie mal durch.» Miss Sam winkte ihn ans Fenster.

Chee legte das Auge ans Okular und stellte die Schärfe nach. Der Berg sprang ihn förmlich an. Riesig. Er richtete den Sucher auf eine von Krüppeleichen gesäumte Basaltplatte. «Wow», staunte er, «das nenne ich ein Teleskop!»

Er schwenkte es, bis er den Punkt erfaßt hatte, an dem die Navajo Route 33 den Lavawall durchschnitt, der sich vom Vulkan nach Süden erstreckte. Ein Schulbus rollte über den Asphalt, er war unterwegs nach Red Rock, um dort Kids abzuholen und – sage und schreibe fünfzig Meilen weit – zur Highschool in Shiprock zu bringen.

«Wir haben's ihm gekauft, lange bevor er anfing, so schlimm

krank zu werden», sagte Miss Sam, die mit dieser Formulierung, wie sich das für eine traditionelle Navajo gehört, einen weiten respektvollen Bogen um das Wort «Tod» schlagen wollte. «Ich hab's in der großen Pfandleihe an der Railroad Avenue in Gallup entdeckt. Damit konnte er hier am Fenster sitzen und die Welt beobachten. Und er war seinem geliebten Berg nahe.»

Sie brachte ein entschuldigendes Kichern hervor, als fürchtete sie, Chee könne das für verschroben halten. «Er hat jeden Tag hier gesessen und alles aufgeschrieben, was es draußen zu sehen gab. Sie wissen schon – welches Falkenpärchen wieder zum selben Nest zurückgekehrt war und wo die Rotschwanzhabichte ihre Kreise zogen und ob irgendwelche Kids irgendwas mit Spraydosen auf den alten Wassertank da unten gesprüht haben oder aufs Windrad geklettert sind – lauter solche Sachen.»

Sie deutete seufzend auf die Talk-Show im Fernsehen. «Besser als dieser Blödsinn. Er hat seinen Berg geliebt. Es hat ihn glücklich gemacht, ihn so nahe zu haben.»

«Ich habe gehört, daß er früher hin und wieder nach Shiprock gefahren ist, zur Polizeistation, um Leute anzuzeigen, die sich nicht an die Durchfahrtsverbote gehalten haben und auf den Tse'Bit'a'i' gestiegen sind», sagte Chee. «Ist das richtig?»

«Ja, er wollte, daß sie in Haft genommen werden», bestätigte Miss Sam. «Es wäre nicht recht von den Weißen, auf einen heiligen Berg zu steigen, hat er gesagt. Wenn er jünger wäre, hat er gesagt, und genug Geld hätte, würde er rüber in den Osten reisen und an dieser großen Kathedrale in New York hochklettern.» Sie lachte. «Mal sehen, wie denen das gefallen würde.»

«Was hat er denn alles in sein Notizbuch geschrieben?» fragte Chee, und weil er dabei wieder an den Ex-Lieutenant Leaphorn denken mußte, spürte er plötzlich so etwas wie beginnendes Jagdfieber. «Darf ich's mal sehen?»

«Alles mögliche», sagte Lucy Sam und schob ihm das Heft über den Tisch zu. «Er war im Krieg bei den Marines. Einer von denen, die verschlüsselte Nachrichten durchgegeben haben

– in der Navajosprache. Da hat er sich das System abgeguckt. Er wollte alles genau so machen, wie sie's bei den Marines gemacht haben.»

Die Eintragungen begannen mit dem Datúm – Tag, Monat, Jahr. Die erste stammte vom 25/07/89. Hinter dem Datum hatte Hosteen Sam in seiner winzigen, ordentlichen Missionsschulhandschrift eingetragen, daß er heute nach Farmington gefahren sei, um dieses Heft zu kaufen, weil das alte voll war. Die nächste Eintragung stammte vom 26/07/89 und lautete: «Die Rotschwanzhabichte nisten. Zwei Widder an D. Nez verkauft.»

Chee klappte das Heft zu. An welchem Datum war Harold Breedlove verschwunden? Ach ja, richtig, am 23. September 1985.

Er gab Miss Sam das Büchlein zurück.

«Haben Sie auch das von früher?»

«Zwei davon», sagte sie. «Er hat immer mehr reingeschrieben, als er angefangen hat, so schlimm krank zu werden.» Sie reckte sich, langte auf den Küchenschrank und zog die beiden Notizbücher zwischen den gestapelten Konservendosen heraus. «Es war eine Krankheit, die die Nerven tötet. Manchmal ging's ihm ganz gut, aber alles in allem lief's auf eine Lähmung raus.»

«Ja», sagte Manuelito, «davon hab ich gehört. Sie sagen, daß man sie nicht heilen kann.»

«Wir haben einen Gesang für ihn abhalten lassen», sagte Miss Sam. «Einen Yeibichai. Danach ging's ihm eine Weile besser.»

Chee suchte die Seite mit dem Datum des Tages heraus, an dem Breedlove verschwunden war, und überflog die Eintragungen der nächsten Tage. Krähen waren eingefallen, es gab Neues über eine Kojotenfamilie, ein Versorgungsfahrzeug war auf ein Ölfeld gefahren – aber es stand nichts da, was darauf hindeutete, daß Breedlove oder irgend jemand anderes in die Gegend gekommen war, um auf Hosteen Sams Heiligen Berg zu steigen.

Enttäuschend. Dennoch wollte er sich das, was er heute erfahren hatte, gründlich durch den Kopf gehen lassen. Und Lieutenant Leaphorn von den Notizbüchern erzählen. Ein Gedanke, der ihn im nächsten Augenblick überraschte. Warum sollte er

Leaphorn etwas davon erzählen? Der war doch nicht mehr im Dienst. Ein Zivilist. Solche Dinge gingen ihn überhaupt nichts mehr an. Im übrigen hätte er nicht sagen können, daß er Leaphorn sonderlich mochte. Zumindest war ihm das seinerzeit so vorgekommen. Also – warum? Aus Respekt? Leaphorn war ein kluger Kopf. Klüger als irgendwer sonst, den er kannte. Mit Sicherheit klüger als der Acting Lieutenant Jim Chee. Vielleicht war das der Grund, warum er ihn nie sonderlich gemocht hatte.

12

Zum erstenmal in seinem Leben verstand Joe Leaphorn die Metapher der Weißen, daß einem Geld ein Loch in die Tasche brennen kann. Bei ihm hatte die Brandstelle etwas mit einem Scheck über zwanzigtausend Dollar zu tun, ausgestellt zu Lasten eines Kontos der Breedlove Corporation. Leaphorn hatte ihn auf der Rückseite unterschrieben und gegen den allerersten Kontoauszug seines frisch bei der Mancos Security Bank eröffneten Kontos eingetauscht. So war es nun strenggenommen kein Geld, sondern dieser Kontoauszug, der in seiner Tasche brannte, während er darauf wartete, daß Mrs. Cecilia Rivera das Beratungsgespräch mit einem Kunden beendete und Zeit für ihn hatte. Und da kam sie auch schon auf ihn zu.

Leaphorn stand auf und rückte ihr einen Stuhl an dem kleinen Tisch zurecht, an dem er auf sie gewartet hatte. «Tut mir leid», sagte sie, «ich lasse einen neuen Kunden nicht gern warten.» Sie setzte sich, examinierte ihn mit einem unauffällig abschätzenden Blick und kam dann ohne Umschweife zur Sache. «Sie wollten mir noch irgendwelche Fragen stellen?»

«Zuerst möchte ich Ihnen erklären, warum ich hier bin», sagte Leaphorn. «Warum ich ein Konto bei Ihnen eingerichtet habe und so weiter.»

«Das habe ich mich auch schon gefragt. Ich habe gesehen, daß Sie in Window Rock wohnen, in Arizona. Aber ich habe mir gedacht, Sie werden vermutlich irgendwelche Geschäftsverbindungen hier oben haben.» Was sich wie eine verschleierte Frage anhörte.

«Haben Sie bemerkt, von wem der Scheck ausgestellt wurde?» fragte Leaphorn. Natürlich hatte sie das bemerkt. Bei einer so kleinen Bank in einer so kleinen Stadt wurden solche Dinge aufmerksam registriert. Der Name Breedlove hatte hier einen guten Klang. Und Leaphorn hatte den Angestellten am Schalter mit Mrs. Rivera tuscheln sehen. Aber es konnte nichts schaden, noch mal nachzufragen.

«Die Breedloves», sagte Mrs. Rivera und schien irgend etwas in seinem Gesicht zu suchen. «Es ist einige Jahre her, seit wir den letzten Breedlove-Scheck hier bei uns gesehen haben, allerdings habe ich nie gehört, daß einer geplatzt wäre. Hals Witwe war eine Zeitlang Kundin bei uns, nach seinem Verschwinden. Sie hat dann irgendwann ihr Konto aufgelöst.»

Mrs. Rivera mußte Mitte Siebzig sein, schätzte Leaphorn, eine hagere Person mit vielen Fältchen und Runen, die ihr wohl eher die Sonne, nicht das Leben ins Gesicht gegraben hatte. Ihre leuchtenden schwarzen Augen musterten ihn mit unverhohlener Neugier.

«Ich arbeite jetzt für sie», sagte Leaphorn. «Für die Breedloves.» Er wartete.

Mrs. Rivera schien einen Augenblick lang nach Luft zu ringen. «Und was tun Sie da? Hat es womöglich etwas mit diesem molybdänen Schürfprojekt zu tun?»

«Das könnte durchaus sein», sagte Leaphorn. «Um ganz ehrlich zu sein, ich weiß es nicht. Ich bin pensionierter Polizist.» Er zeigte ihr den Ausweis, in dem seine frühere Zugehörigkeit zur N.T.P. bescheinigt wurde. «Ich war seinerzeit, als Hal Breedlove verschwunden ist, der für die Ermittlungen in der Vermißtenanzeige zuständige Detective.» Er breitete, wie um Entschuldigung bittend, die Arme aus. «Offensichtlich war ich nicht sehr erfolgreich. Es hat immerhin elf Jahre gedauert, ihn zu finden, und auch das war mehr dem Zufall zu verdanken. Trotzdem, die Familie scheint sich noch an mich zu erinnern.»

111

Mrs. Rivera nickte. «Ja, der junge Hal ist gern in den Bergen rumgeklettert.» Ein schwaches Lächeln spielte um ihre Lippen. «Nach allem, was ich in der *Farmington Times* gelesen habe, hat er sich nicht gründlich genug mit dem Problem beschäftigt, wie man wieder runterkommt.»

Eine Formulierung, die Leaphorn mit einem glucksenden Lachen honorierte.

«Meiner Erfahrung nach haben Banker etwas mit Ärzten, Anwälten und Ministern gemeinsam», sagte er. «Sie sind es von Berufs wegen gewöhnt, Dinge vertraulich zu behandeln.» Eine faustdicke Lüge. Nach Leaphorns Erfahrungen waren Banker eine bereitwillig sprudelnde Informationsquelle. Aber er sah Mrs. Rivera an, als wartete er auf eine Bestätigung.

«Nun ja», sagte sie, «bei der Verhandlung über Darlehen werden uns die meisten sogenannten Geschäftsgeheimnisse durch Gerüchte frei Haus geliefert.»

«Hätten Sie Interesse daran, noch eins in Ihre Sammlung aufzunehmen?»

«Noch ein Geheimnis?» Ein Leuchten huschte über Mrs. Riveras Gesicht. Sie nickte.

Und so legte der Lieutenant im Ruhestand Joe Leaphorn seine Karten auf den Tisch. Jedenfalls mehr oder weniger. Diese Taktik, die er seit Jahren anwandte, basierte auf der Theorie, daß die meisten Menschen Informationen, statt sie einseitig preiszugeben, lieber gegen andere Informationen eintauschen. Er hatte versucht, diese Regel an Jim Chee weiterzugeben: Erzähl jemandem was Interessantes, und er wird alles daransetzen, dir zu beweisen, daß er etwas noch Interessanteres weiß. Er erzählte also Mrs. Rivera alles, was er über den Fall Harold Breedlove wußte. Und da Breedlove nach den Maßstäben der Four Corners sozusagen einer ihrer Nachbarn und außerdem früher mal Kunde der Mancos Security Bank gewesen war, hoffte er, daß sie ihm im Gegenzug irgend etwas über Hal, seine Ranch und seine Geschäfte erzählen konnte. Deshalb hatte er ja sein Konto hier eingerichtet. Ein Entschluß, der keine vierundzwanzig Stunden alt war. Er hatte ihn gestern gefaßt, nachdem er ein paar

Sekunden gezögert hatte, den Scheck anzunehmen. Immerhin ein Scheck, mit dem er nie ernsthaft gerechnet hatte, zumindest nicht in dieser Höhe. Die Würfel waren bei einem neuerlichen Treffen zwischen Leaphorn, McDermott und George Shaw im Navajo Inn gefallen.

«Wenn ich den Job annehme», hatte Leaphorn gesagt, «erwarte ich einen ansehnlichen Vorschuß.» Er hatte Shaw dabei lauernd angesehen.

«Ansehnlich?» fragte McDermott. «Wie ansehn...»

Shaws Frage war viel kürzer. «Wieviel?»

Tja, wieviel? dachte Leaphorn. Und nahm sich vor, eine Summe zu nennen, die zwar nicht lächerlich übertrieben, aber wesentlich mehr sein sollte, als sie rausrücken wollten. Zwanzigtausend Dollar, nahm er sich vor. Dann konnten sie ihm ein Gegenangebot machen. Zweitausend vielleicht. Zwei Wochenhonorare im voraus. Dann konnte er ihnen entgegenkommen auf vielleicht zehntausend. Sie machten erneut ein Gegenangebot, und so zeichnete sich dann Schritt für Schritt immer klarer ab, wie wichtig die ganze Sache für Shaw war.

Leaphorn gab sich einen Ruck und sagte: «Zwanzigtausend.»

Eine Forderung, die McDermott nur ein verächtliches Schnaufen entlockte. «Bleiben Sie auf dem Teppich. Wir können Ihnen doch nicht...»

Aber George Shaw griff in die Tasche seines Überziehers und brachte sein Scheckheft und einen Kugelschreiber zum Vorschein. «Nach allem, was ich über Sie gehört habe, können wir das unter uns ausmachen», sagte er, «ohne Anwalt. Die Zwanzigtausend sind das Pauschalhonorar für zwanzig Wochen Arbeit, inklusive aller Ihnen entstehenden Kosten und Auslagen. Anders ausgedrückt, Sie sind damit für die ganze Zeit bezahlt, bis Sie uns die Information liefern, die wir zur Lösung unserer geschäftlichen Probleme benötigen. Akzeptieren Sie das?»

Leaphorn hatte gar nicht die Absicht gehabt, irgend etwas zu akzeptieren. Und schon gar nicht, mit den beiden Männern zusammenzuarbeiten. Er brauchte kein Geld. Oder besser gesagt, er wollte es nicht. Aber George Shaw schrieb bereits mit grimmig entschlossener Miene den Scheck aus. Was für Leaphorn so etwas wie der Beweis war, daß es bei dieser Sache um sehr viel mehr ging, als er bisher angenommen hatte.

Shaw riß den Scheck aus dem Heft und hielt ihn ihm hin. Ein winziges Stück aus dem Puzzle fügte sich ins Bild. Ein Puzzle, an dem Leaphorn seit elf Jahren gedanklich arbeitete. Und seit jemand auf Hosteen Nez geschossen hatte, mit neuer Intensität. Er wußte noch nicht, wie das eine mit dem anderen zusammenhing, aber irgendwie schien der Scheck ein – wenn auch noch schwaches – Licht auf den Versuch zu werfen, Nez zu töten. Wenn zwanzigtausend Dollar so mir nichts, dir nichts den Besitzer wechseln konnten, dann mußte es bei dem Spiel um Millionen gehen. Im Augenblick sagte ihm das noch nicht viel, allenfalls, daß Nez, um die Formulierung zu gebrauchen, die Weiße in solchen Fällen benutzten, «einen Mord wert war». Oder, aus Shaws Sicht, daß es sich lohnte, ihn am Leben zu halten.

Er hatte den Scheck einen Moment lang peinlich berührt zwischen den Fingern gehalten und versucht, sich irgendwas einfallen zu lassen, was er sagen konnte, wenn er ihn George Shaw zurückgab. Mittlerweile stand für ihn fest, daß er das alte Rätsel lösen wollte, aber wenn er's tat, dann für sich, nicht für diese beiden Männer. Er war schon drauf und dran, den Scheck Shaw hinzuhalten und zu sagen: Tut mir leid, aber ich glaube...

Und dann war ihm plötzlich klargeworden, wie nützlich dieser Scheck sein konnte. Er war kein Polizist mehr. Nun konnte dieser Scheck der Schlüssel sein, der ihm Türen öffnete, durch die er anders nicht mehr durchkam.

Und so hatte er ihn heute morgen in dieser kleinen, rührend altmodisch ausstaffierten Bank eingelöst.

«Das ist etwas schwierig zu erklären», sagte er zu Mrs. Rivera. «Die Aufgabe, die ich für die Breedlove-Familie zu lösen versuche, hat sehr vage Umrisse. Sie wollen, daß ich alles über Harold Breedloves Verschwinden und über seinen Tod am Ship Rock herausfinde.»

Mrs. Breedlove beugte sich vor. «Die Breedloves glauben also, daß es kein Unfall war?»

«Das haben sie nicht ausdrücklich gesagt. Aber das Ganze war in der Tat eine recht merkwürdige Geschichte. Erinnern Sie sich an die Sache?»

«Und ob ich mich daran erinnere», sagte sie mit schiefem Lächeln. «Der junge Breedlove hatte – das war bei der Ranch immer so gewesen – sein Konto bei uns. Ich war seine Kontobetreuerin. Na ja, und er war drei Hypothekenraten im Rückstand. Wir haben ihm eine Erinnerung geschickt. Sogar zweimal, glaube ich. Tja – und dann habe ich plötzlich erfahren, daß er verschwunden ist.» Mrs. Rivera lachte. «An so was erinnert man sich als Bankerin noch lange.»

«Wie war die Hypothek abgesichert?» fragte Leaphorn. Der Grundbucheintragung nach ist ihm die Ranch doch erst an seinem Geburtstag überschrieben worden, kurz bevor er verschwunden ist?»

Mrs. Rivera lehnte sich zurück und verschränkte die Arme vor der Brust. «Nun, dieses Thema wollen wir nicht weiter vertiefen, das ist eine Privatangelegenheit.»

«Natürlich. Nehmen Sie's mir nicht übel, daß ich gefragt habe. Ein alter Polizist kann eben nie aus seiner Haut. Machen wir's doch einfach so: Ich sage Ihnen, was ich weiß, und Sie entscheiden dann, ob's noch was gibt, was Sie zusätzlich wissen. Und ob Sie mir das sagen können.»

Mrs. Rivera nickte. «Klingt fair. Sie reden, ich höre zu.»

Und das tat sie dann auch, nickte hin und wieder, deutete ab und zu Verwunderung an und genoß im übrigen ihre Rolle als Zeugin bei einer überaus bedeutsamen Untersuchung. Sie wurde dieser Rolle durchaus gerecht. Als Leaphorn eine Theorie erläuterte, signalisierte sie stumme Zustimmung, und als er ihr erzählte, wie spärlich die Informationen waren, die er von McDermott und Shaw bekommen hatte, drückte ihre Miene deutliche Mißbilligung aus. Zu guter Letzt ging Leaphorns Rechnung auf, sie schlüpfte aus der Rolle der Zuhörerin in die einer Partnerin.

«Ach, Sie wissen ja, wie Anwälte sind», sagte sie. «Und Shaw ist eben auch einer. Ich habe mich umgehört. Er hat sich auf

Unternehmensbesteuerung spezialisiert. Na ja, damit hab ich Gott sei Dank nicht viel zu tun.»

Sie richtete den Blick an die Decke und überlegte laut: «Tja, was kann man da noch hinzufügen? Hal konnte nicht mit Geld umgehen, soviel steht fest. Hat sich dauernd alle möglichen Spielzeuge gekauft. Snowmobiles. Und sündhaft teure Autos. Zum Beispiel ein italienisches, das noch mit der Hand zusammengebaut wird – ich komme jetzt nicht auf den Namen. Einen ‹Ferrari›, glaub ich, wie immer man das ausspricht. Damit ist er dann auf unseren alten Nebenstraßen herumgekurvt und hat den Wagen prompt zuschanden gefahren. Er hat mit der Treuhandverwaltung irgendeine Abmachung getroffen, und da haben wir ihm dann die Hypothek auf die Ranch gegeben. Aber als sie irgendwann im Herbst Vieh verkauft hatten – das Geld ist hier auf seinem Konto eingegangen –, da hat er die Einnahmen, statt seine Schulden zu bezahlen, gleich wieder mit beiden Händen ausgegeben.»

Wieder ein Blick an die Decke, vermutlich auf der Suche nach dem nächsten Stichwort. «Ach ja, und wenn er geflogen ist, mußte Sally ihm immer Erster-Klasse-Tickets besorgen. Sally leitet das Mancos-Reisebüro. Und für die erste Klasse muß man eine schöne Stange Geld bezahlen.»

«Dabei ist man mit der Economy Class genauso schnell», sagte Leaphorn.

Mrs. Rivera nickte. «Sogar wenn sie zusammen geflogen sind, mußte Sally für Hal die erste Klasse und für Demott Economy buchen. Wie finden Sie das?»

Leaphorn schüttelte den Kopf.

«Ich finde so was verletzend», empörte sich Mrs. Rivera.

«Vielleicht wollte Demott das so», gab Leaphorn zu bedenken.

«Das glaube ich nicht», sagte Mrs. Rivera. «Sally hat mir erzählt ...» Aber den Rest verschluckte sie dann lieber.

«Ich habe mich damals, während meiner Ermittlungen wegen Hals Verschwinden, mit Demott unterhalten. Er hat auf mich einen recht soliden Eindruck gemacht.»

«Ja, das würde ich auch sagen. Aber ... ein wenig sonderlich

116

ist er trotzdem.» Sie kicherte in sich hinein. «Ich vermute, wir sind alle etwas verschroben hier oben. Mit all den Bergen um uns herum – Sie verstehen schon.»

«Sonderlich?» fragte Leaphorn. «In welcher Beziehung?»

Mrs. Rivera wand sich vor Verlegenheit. Sie zuckte die Achseln. «Also, erst mal ist er Junggeselle. Obwohl es bei uns bestimmt 'ne Menge Junggesellen gibt. Aber er ist auch einer von diesen grünen Träumern. Das erzählen sich jedenfalls die Leute. Natürlich gibt's von der Sorte viele hier, nur sind das meist Zugereiste aus Kalifornien oder aus dem Osten. Leute, die ihr ganzes Leben lang zupacken müssen, damit sie über die Runden kommen und ihre Kinder satt kriegen, sind anders.»

«Ein grüner Träumer? Wie ist er denn bloß zu dem Ruf gekommen?» Leaphorn mußte an seinen Lieblingsneffen denken – auch so ein «grüner Träumer», der festgenommen worden war, weil er bei einer Ratsversammlung des Tribal Council eine lautstarke Protestaktion gegen das Abholzen der Chuskas angeführt hatte. Nach Leaphorns Meinung hatte der Neffe allerdings bei dieser Auseinandersetzung die besseren Argumente vertreten.

«Tja, das weiß ich auch nicht», sagte Mrs. Rivera. «Aber es wird allgemein behauptet, daß es Eldon Demott war, der damals dafür gesorgt hat, daß das Schürfprojekt nicht realisiert wurde. Ich meine, das wäre ja praktisch am Rand des San Juan National Forest gewesen.»

«Aha. Und wie ist es gelaufen?»

«Das war vor einigen Jahren. Ich glaube, im Frühjahr, nachdem Hal vermißt gemeldet worden war. Wir waren natürlich nicht mit im Geschäft. Unsere Bank ist für so ein Multi-Millionen-Dollar-Projekt viel zu klein. Soviel ich weiß, hatte eine Bank in Denver die Federführung bei der Finanzierung. Und die Abbaugesellschaft war, glaube ich, die MCA – die Moly Corporation. Na, jedenfalls wurde allgemein erzählt, es hätte ein Vorvertrag bestanden über die Abtretung der Schürfrechte oben an dem Cañon auf dem Grund und Boden der Breedloves. Zunächst war die Witwe wohl die treibende Kraft, aber Hal war, rechtlich gesehen, noch am Leben. Und sie hat's abgelehnt, die notwendigen

Papiere auszufüllen, damit das Gericht ihn amtlich für tot erklären konnte. Also war das Projekt blockiert. Die Leute meinen, sie hätte absichtlich gemauert, weil Demott dagegen war. Er ist ihr Bruder, das wissen Sie wahrscheinlich. Aber wenn ich ganz ehrlich sein soll, ich glaube, sie hat's von sich aus getan. Sie hat die Gegend da oben schon immer geliebt, schon als kleines Mädchen. Sie ist ja hier aufgewachsen, aber das wissen Sie sicher.»

«Ich weiß nicht viel über die familiären Hintergründe», behauptete Leaphorn.

«Nun, die Lazy-B war früher mal die Double-D-Ranch, gehörte Demotts Daddy. Aber in den Dreißigern rutschten die Preise für Rindfleisch in den Keller. Da sind viele Ranches hier in der Gegend unter den Hammer gekommen, darunter auch seine. Edgar Breedlove senior hat sie gekauft, und er hat den alten Demott als Vormann behalten. Mit der Führung der Ranch hatte Breedlove nie viel im Sinn. Einer seiner Prospektoren hatte die molybdäne Schicht im Quellgebiet des Cache Creek entdeckt. Das war's, was ihn interessierte. Aber ich rede und rede wieder. Was ich eigentlich nur sagen wollte: Eldon und Elisa sind auf der Ranch aufgewachsen.»

«Und warum hat Breedlove das molybdäne Vorkommen nicht abgebaut?» fragte Leaphorn.

«Na ja, der Krieg ist ausgebrochen, und ich nehme an, er hat's nicht geschafft, sich die nötigen Prioritätsbescheinigungen zu beschaffen, um Gerät und Arbeitskräfte zu bekommen.» Sie lachte. «Und als der Krieg zu Ende war, fiel der Goldpreis. Er blieb jahrelang auf einem dramatischen Tiefstand, bevor er plötzlich wieder nach oben geschossen ist. Aber zu der Zeit ist Hal verschwunden, weshalb wieder alles im Sande verlaufen ist.»

«Und als Breedlove dann doch für tot erklärt worden ist, war der Goldpreis wieder ganz unten, richtig?»

«Richtig.» Mrs. Rivera sah plötzlich sehr nachdenklich aus.

«Und jetzt ist er wieder nach oben geklettert», sagte Leaphorn.

«Das ist mir auch gerade durch den Kopf gegangen.»

«Denken Sie, das könnte der Grund dafür sein, daß die Breedlove Corporation mir zwanzigtausend Dollar gezahlt hat?»

Sie sah ihn über den Brillenrand hinweg an. «Kein sehr angenehmer Gedanke», sagte sie. «Aber ich gebe zu, daß er mir auch gerade gekommen ist.»

«Obwohl die Ranch doch jetzt Hals Witwe gehört.»

«Sie gehört ihr. Es sei denn, die Breedloves könnten beweisen, daß sie etwas mit Hals Tod zu tun hatte. Wir haben unseren Anwalt damals auch beauftragt, diese Frage zu prüfen. Als Elisa die auf die Ranch aufgenommene Hypothek aufstocken wollte.» Sie schien den Eindruck zu haben, daß sie das Verhalten ihrer Bank entschuldigen müsse. «Man darf ja mit dem Geld, das unsere Kunden uns anvertrauen, keine Risiken eingehen.»

«Haben Sie die Hypothek aufgestockt?»

Mrs. Rivera lehnte sich wieder zurück und verschränkte die Arme. Aber schließlich rang sie sich dazu durch, zu sagen: «Nun, ja. Haben wir.»

Leaphorn grinste. «Darf ich daraus schließen, daß die Witwe Ihrer Meinung nach nichts mit dem Tod ihres Mannes zu tun hatte? Oder daß Sie zumindest davon ausgehen, daß ihr das nie von jemandem nachgewiesen werden kann?»

«Ich bin nur Teilhaberin der Bank. Mit einem kleinen Anteil. Es sind unsere Anleger, denen gegenüber ich Verantwortung trage. In diesem Sinn antworte ich auf Ihre Frage mit Ja. Ich war der Ansicht, daß das Darlehen ausreichend gesichert ist.»

«Und dieser Ansicht sind Sie immer noch?»

Sie nickte. Dachte nach. Schüttelte den Kopf. «Damals, als es passiert ist – ich meine, als er gerade erst verschwunden war, so plötzlich und unter ungeklärten Umständen –, da hatte ich meine Zweifel. Ich habe Elisa immer für eine nette junge Frau gehalten. Aus guter Familie, anständig erzogen. Ich weiß noch, wie rührend sie für ihre Großmutter gesorgt hat, als die alte Dame an Krebs erkrankt war. Aber wissen Sie, das Ganze sah natürlich schon ein wenig verdächtig aus. Hal erbt die Ranch, und in derselben Woche – oder jedenfalls nicht viel später – verschwindet er auf einmal. Da fängt man an, an die Möglichkeit zu denken, daß sie vielleicht was mit einem anderen Mann hat und ... na ja, Sie wissen schon.»

«Das habe ich seinerzeit auch gedacht», sagte Leaphorn. «Wie denken Sie jetzt darüber?»

«Ich hatte unrecht», sagte Mrs. Rivera.

«Das hört sich überzeugt an.»

«Sie wohnen in Window Rock», sagte sie, «eine kleine Stadt, genau wie Mancos. Glauben Sie, daß eine junge Witwe, deren reicher Mann plötzlich unter ungeklärten Umständen verschwunden ist, etwas mit einem anderen Mann haben könnte, ohne daß jemand was davon weiß?»

Leaphorn lachte. «Ich bin Witwer. Ich habe mal, als ich einen Fall zu bearbeiten hatte, eine hübsche Lady aus Flagstaff kennengelernt. Es hat sich so ergeben, daß ich sie zum Lunch eingeladen habe. Als ich danach ins Büro zurückkam, hatten sie dort quasi schon angefangen, meine Hochzeit zu planen.»

«Sehen Sie», sagte Mrs. Rivera, «genau so ist es hier draußen auch. Irgendwann hatte sich bei den Leuten die Meinung durchgesetzt, daß Hal aus freien Stücken verschwunden war, und gleich wollten alle Elisa mit dem Castro-Jungen verheiraten.»

Leaphorn lächelte. «Sie wissen ja, wir Cops neigen dazu, uns für besonders schlau zu halten. Als ich hier oben war, um mich nach Hals Verschwinden ein bißchen umzuhören, bin ich mit der Überzeugung weggefahren, daß es keinen Freund im Hintergrund gegeben hat.»

«Da waren Sie vielleicht ein bißchen zu früh hier. In Mancos lassen wir einen Toten erst kalt werden, ehe wir anfangen zu reden.»

«Nun», sagte Leaphorn, «falls es doch eine Romanze gab, ist jedenfalls nichts daraus geworden. Sie ist immer noch Witwe.»

«Was, soweit ich gehört habe, mit Sicherheit nicht an Tommy Castros mangelndem Interesse gelegen hat. Als Elisa damals die Highschool hinter sich hatte, sind alle davon ausgegangen, daß die beiden ein Paar sind. Aber dann ist Hal aufgetaucht.» Mrs. Rivera zuckte die Achseln, ein bißchen Wehmut lag in ihrem Tonfall. «Eine Zeitlang waren sie unzertrennlich, die vier.»

«Vier?»

«Na ja, eine Weile waren's sogar fünf. George Shaw kam näm-
lich manchmal mit Hal raus auf die Ranch. Die Anführer waren
Eldon und Castro, die beiden haben immer alles ausgeheckt.
Wapitis jagen und Campingtouren machen und in den Felsen
rumklettern. Ständig mit den Jungs zusammen, da war's kein
Wunder, daß Elisa ein richtiger Wildfang geworden ist.»

«Was hat die Gruppe auseinandergebracht? Konnte der
Junge vom Land – Tommy, meine ich – nicht mithalten, als Hal
den Glanz der Großstadt auf die Ranch gebracht hat?»

«Oh, ich schätze, das hat auch eine Rolle gespielt. Aber vor
allem lag's wohl daran, daß Eldon und Tommy über Kreuz gerie-
ten», antwortete sie. «Sie waren sich zu ähnlich. Beide richtige
Hitzköpfe.»

Leaphorn versuchte, die Situation einzuschätzen. Emmas großer Bruder hatte ihn auch nicht leiden können. Aber Emma hatte
nie was darauf gegeben. «Wissen Sie, was dahintersteckte?»

«Nur, was so erzählt wurde. Eldon hat wohl gedacht, daß
Tommy es nicht ernst meint mit seiner kleinen Schwester. Sie
hatte ja gerade erst die Highschool hinter sich. Es lagen bestimmt
zehn Jahre Altersunterschied zwischen den beiden.»

«Elisa hat sich also gefallen lassen, daß ihr großer Bruder ein
Wort dabei mitredet, in wen sie sich verliebt? Das mag man nach
allem, was man heute über die jungen Leute hört, gar nicht mehr
für möglich halten.»

Mrs. Rivera lachte. «Ja, da haben Sie wirklich recht.» Aber
dann wurde sie auf einmal todernst. «Elisa ist eine ungewöhnliche Persönlichkeit. Sie war erst in der zweiten Klasse, als ihre
Mutter starb, aber sie ist ganz nach ihr geraten – ein Herz, das so
groß ist wie ein Kürbis, und hart im Nehmen, wenn's nötig ist.
Als die Demotts die Ranch verloren hatten, war es Elisas Mutter,
die alles zusammengehalten hat. Ich weiß nicht, wie oft sie ihren
Mann aus der Kneipe geholt hat. Und ein-, zweimal auch aus der
Ausnüchterungszelle. Sie war eine von den Frauen, die sich immer um andere Menschen kümmern, ohne viel davon herzu-
machen, wissen Sie?»

Sie sah Leaphorn an, als warte sie darauf, daß er etwas dazu sagte. Aber da Leaphorn beim besten Willen nicht wußte, worauf sie hinauswollte, nickte er nur.

«Und genauso war Elisa, nachdem Hal von der Bildfläche verschwunden war. Zu der Zeit hat Tommy wieder angefangen, sich um sie zu bemühen. Eldon war das gar nicht recht, er hätte ihn am liebsten davongejagt. Die beiden sollen sich im High Country Inn fürchterlich angebrüllt haben. Man kann sicherlich sagen, daß Elisa irgendwie auf beide Rücksicht nehmen mußte. Tja, und wenn ich das so recht bedenke ... ich hab mir da eine eigene Theorie zurechtgelegt.» Sie ließ ein paar Sekunden verstreichen. «Wie gesagt, nur eine Theorie.»

«Ich würde sie gern hören», sagte Leaphorn.

«Ich glaube, sie hat sie beide geliebt», sagte Mrs. Rivera. «Aber wenn sie Tommy Castro geheiratet hätte, was wäre dann bloß aus Eldon geworden? Es war ja jetzt ihre Ranch. Eine Ranch, an der Eldon sehr gehangen hat. Aber er wäre nicht der Typ gewesen, der für Tommy arbeitet und sich von ihm sagen läßt, wann er was tun soll. Und Tommy hätte ihn auch nicht auf der Ranch haben wollen.» Sie seufzte. «Wenn wir hier in unserer Gegend einen Shakespeare hätten, wäre das für den der Stoff für eine große Tragödie gewesen.»

«Dieser Tommy Castro war also Extremkletterer», sagte Leaphorn nachdenklich. «Lebt er noch hier in der Gegend?»

«Wenn Sie unten an der Texaco-Station getankt haben, kann es sein, daß Sie ihn sogar gesehen haben. Der Laden gehört ihm.»

«Was meinen Sie: Hat sich Elisa, auch nachdem sie Hal geheiratet hatte, zu Tommy Castro hingezogen gefühlt?»

«Wenn's so war, hat sie es sich nicht anmerken lassen.» Mrs. Rivera dachte einen Augenblick nach, und als sie dann den Kopf schüttelte, lag ein Ausdruck ehrlichen Mitleids auf ihrem Gesicht. «Soweit man so was als Außenstehender beurteilen kann, war sie Hal eine treue Ehefrau. Ich persönlich habe nicht viel Liebenswertes in Hal entdecken können, aber das muß eben jede Frau selbst wissen. Und Elisa war eine von denen, die – na ja, die um so bedingungsloser zu einem Mann halten, je mehr an ihm auszusetzen ist. Sie trauerte heftig um ihn, und wenn ich es recht bedenke, tut sie das immer noch. Sie werden's kaum erleben, daß sie mal einen glücklichen Eindruck macht.»

«Und wie ist das nun mit ihrem Bruder? Sie sagten vorhin, er sei ein wenig sonderlich.»

Sie hob die Schultern. «Ich bitte Sie, er klettert senkrechte Felswände hoch. In meinen Augen ist das sonderlich.»

«Irgendwer hat mir erzählt, daß er auch Hal das Extremklettern beigebracht hat.»

«Das kann sein. Nachdem Old Edgar Demotts Daddy die Ranch weggenommen hatte, haben Hal und Shaw die Sommer hier draußen verbracht. Shaw konnte bereits klettern, ihm mußte keiner mehr viel beibringen. Und bei Demott und Castro war's so ähnlich, die haben jede freie Minute draußen in den Bergen verbracht. Eldon war sieben, acht Jahre älter als Hal und viel athletischer gebaut. Er soll, wie ich gehört habe, der beste in der Gruppe gewesen sein.»

Ein Kunde kam herein. Durch die offene Tür wehte der würzige Geruch des Herbstes herein, gefolgt von einem Schwall übermütigen Lachens auf der Straße. Leaphorn war froh, daß es nur noch eine Frage gab, auf die er gern eine Antwort gehabt hätte.

«Sie haben vorhin erwähnt, daß Hal Breedlove, als er verschwand, mit den Zahlungsverpflichtungen aus der Hypothek im Rückstand war. Wie ist das Konto ausgeglichen worden?»

Da es wieder um Bankgeschäfte ging, war er nicht sicher, ob er von Mrs. Rivera darauf eine Antwort bekommen würde. Und tatsächlich, sie zögerte eine Weile. Aber schließlich schüttelte sie lachend den Kopf.

«Nun gut, so ganz falsch lagen Sie mit der Vermutung nicht, daß wir die Hypothek nicht ausreichend abgesichert hatten. Alte Familie – Sie wissen ja, wie das ist. Deshalb haben wir auch niemanden gedrängt. Aber dann ergab sich plötzlich eine völlig unerwartete Möglichkeit für Eldon. Jemand, der im Futterhandel tätig war, hatte ein Darlehen bei einer Bank in Denver aufgenommen. Er war ein etwas leichtsinniger Bursche, ist oft rüber nach Vegas gefahren und hat versucht, die Jungs an den Black-jack-Tischen zu überlisten. Trotzdem hatten die Banker in Denver ihm das Darlehen gegeben. Bei solchen Leuten verlangt man eben besondere Sicherheiten. Er hatte seiner Bank zweiundsechzig Zuchtkühe überschrieben, die weiter nördlich auf einer von der Forstverwaltung gepachteten Bergweide standen. Und eines Tages wollten die Banker in Denver darauf zurückgreifen und riefen uns an und baten, die Sache für sie abzuwickeln.»

Sie lachte. «Stellen Sie sich das vor: Zweiundsechzig trächtige Kühe auf einer Weide da oben in den Bergen. Den Bankern in Denver fiel absolut nichts ein, was sie damit anfangen sollten. Also hab ich Eldon Demott gebeten, sie für die Banker einzufangen, auf Viehtransporter zu verladen und rüber nach Durange in den Auktionspferch zu bringen. Und das hat er dann auch getan.»

«Und beim Verkauf genug herausgeschlagen, um Breedloves Verpflichtungen ablösen zu können?»

Ihr Lachen bekam einen spitzbübischen Zug. «Nicht direkt. Es waren, wie ich schon sagte, Zuchttiere. Wir haben der Bank in Denver den Erlös für die zweiundsechzig Tiere überwiesen. Nur daß die Kühe, als Demott sie eingefangen hat, gar nicht mehr trächtig waren. Inzwischen waren Muttertiere daraus geworden.»

Sie sah Leaphorn an, um sich zu vergewissern, ob ihm klargeworden sei, was das bedeutete.

«Ach so», sagte Leaphorn. «Der Besitzer trieb sich in Las Vegas herum, er hatte den Kälbern also noch nicht das Brandzeichen aufgedrückt?»

«So war's», bestätigte Mrs. Rivera. «Er ist überhaupt nicht mehr zurückgekommen. Mittlerweile hatte der Sheriff nämlich einen Haftbefehl für ihn ausgestellt. Und so ist Eldon mit seiner Fracht von zweiundsechzig Kühen und etlichen Kälbern in Durange angekommen. Keins von den Kälbchen trug ein Brandzeichen, keine Menschenseele auf der ganzen Welt konnte Besitzansprüche geltend machen, die Tiere haben sozusagen nur Gott im Himmel gehört.»

«Und Eldon hat genug dafür herausgeschlagen, um die noch offene Hypothek abzulösen?»

«Könnte sogar sein, daß ein bißchen was für ihn übriggeblieben ist.» Sie musterte Leaphorn über den Brillenrand. «Aber ich will da was klarstellen, nicht, daß Sie sich etwa falsche Vorstellungen machen. Ich habe absolut keine Ahnung, was aus diesen Kälbern geworden ist. Und überhaupt – ich habe jetzt schon viel zuviel geredet und noch eine Menge Arbeit zu erledigen.»

Als er wieder draußen in seinem Wagen saß, nahm Leaphorn das Mobiltelefon aus dem Handschuhfach, wählte seine Telefonnummer in Window Rock an und tastete den Code für den Anrufbeantworter ein. Der erste Anruf war von George Shaw, der nachfragen wollte, ob Leaphorn bereits etwas zu berichten habe, und ihn wissen ließ, er sei gegebenenfalls auf Zimmer 23 im Navajo Inn zu erreichen. Der zweite Anruf stammte von Sergeant Addison Deke in der Dienststelle der Tribal Police in Chinle.

«Sie sollten mich mal zurückrufen, Joe», hatte Deke auf Band hinterlassen. «Hat vielleicht nichts zu bedeuten, aber Sie hatten mich ja gebeten, ein Auge auf Amos Nez zu haben, und darum interessiert Sie die Sache möglicherweise doch.»

Leaphorn nahm sich nicht mal Zeit, zu prüfen, ob auf dem Band noch ein dritter Anruf aufgezeichnet war, er wählte die Vorwahl von Arizona und die Nummer der Polizeistation Chinle. Ja, Sergeant Deke war da.

Und er fing mit einer Entschuldigung an. «Ist vermutlich gar nichts, Joe, wahrscheinlich verschwende ich nur Ihre Zeit. Aber nach unserem Gespräch neulich hab ich meinen Jungs gesagt, sie sollten immer daran denken, daß es der, der auf Nez geschossen hat, vielleicht noch mal versucht. Paßt ein bißchen auf, haltet die Augen offen, hab ich gesagt.» Und dann sagte Deke erst mal gar nichts mehr.

Leaphorn, der normalerweise nicht zu Ungeduld neigte, drängte ihn: «Na und? Was haben sie entdeckt?»

«Im Grunde genommen nichts. Aber heute morgen kam Tazbah Lovejoy zu mir … Ich glaub, den kennen Sie gar nicht, ist erst vor zwei Jahren zu uns gekommen, frisch von der Polizeischule. Na, jedenfalls erzählt er mir, daß er unterwegs einen von den Rangers der REA getroffen hat, und der hat ihm bei einem Becher Kaffee erzählt, daß er gestern oben auf der Felskante über dem Canyon del Muerto einen Wilddieb gesehen hat.»

Sergeant Deke machte wieder eine Pause. Diesmal wartete Joe Leaphorn, bis Deke seine Gedanken gesammelt hatte.

«Der Ranger hat Tazbah erzählt, daß er unterwegs war, um in einem Fall von illegalem Holzeinschlag zu ermitteln, und da hat er an dieser Ausbuchtung haltgemacht, von der aus man runter in den Cañon gucken kann. Wollte eigentlich nur 'nen Strahl Wasser ins Eck stellen. Ja, und als er das erledigt hat und so dasteht und noch mal 'nen Blick über den Cañon wirft, da sieht er drüben auf der anderen Seite der Schlucht was blinken. Nanu, denkt er sich, was mag das wohl sein, wo's doch da drüben gar keine Straße gibt? Er geht zum Truck, um sein Fernglas zu holen, und was stellt sich heraus? Drüben auf der Felskante kauert irgend so ein Kerl, auch mit einem Fernglas. Das Blinken muß die Reflexion vom Objektiv gewesen sein, nehm ich mal an. Und der Bursche hat außerdem noch ein Gewehr dabei.»

«Wollte vielleicht Rehwild jagen», sagte Leaphorn.

Deke lachte. «Joe, wie lange ist es her, daß Sie das letzte Mal auf der Jagd waren? Auf dem Plateau zwischen dem del Morte und dem Black Rock Canyon gibt's kein Rehwild. Seit Olims Zeiten hat da keiner mehr ein Reh gesehen.»

«Dann war's vielleicht ein Anglo, der das nicht wußte. Konnte der Ranger ihn deutlich erkennen?»

«Ich glaube nicht. Er hat noch gedacht: Ist ja komisch, dort liegt einer mit 'ner Jagdflinte rum, und dabei gibt's hier gar nichts zu jagen. Aber er hatte wohl vor, dem Kerl versuchte Wilddieberei vorzuwerfen. Jedenfalls ist er hoch bis nach Wheatfields gefahren und hat versucht, auf der alten ausgewaschenen Fahrspur so weit wie möglich bis zu der Stelle vorzustoßen. Aber unterwegs hat er dann aufgegeben.»

«Hat er denn wenigstens soviel erkannt, daß er sagen konnte, ob es ein Mann oder eine Frau war?»

«Hab ich Tazbah auch gefragt. Er sagt, der Rancher wäre nicht ganz sicher gewesen, aber er hätte gemeint, daß es wahrscheinlich ein Mann gewesen sein muß, weil eine Frau nicht so dämlich ist, irgendwo jagen zu gehen, wo's gar nichts zu jagen gibt. Na ja, ich hab gedacht, Sie sollten das erfahren, weil die Stelle über dem Cañon gerade mal 'ne halbe Meile von dem Punkt entfernt ist, von dem aus damals jemand auf Old Amos geschossen hat.»

«Dann muß die Stelle ja direkt über Nez' Haus liegen», sagte Leaphorn.

«Genau», sagte Deke. «Von da aus können Sie ihm direkt aufs Dach springen.»

13

Bei Sonnenaufgang parkte Acting Lieutenant Jim Chee an der Zufahrtsstraße zur Beclabito Tagesschule, weil er etwas mit Officer Teddy Begayaye besprechen wollte – von Mann zu Mann, unter vier Augen. Denn Officer Begayaye mußte auf dem Weg von seinem Haus bei Tec Nos Pos zum Büro hier vorbeikommen, und Chee wollte ihm sagen, daß heute die Urlaubsplanung ausgehängt werden sollte und daß sein Urlaub in der Thanksgiving-Woche wie beantragt genehmigt sei. Es ging ihm darum, von Begayaye (mit zwölf Dienstjahren auf dem Buckel einer ihrer Veteranen) nachträglich so was wie einen zwingenden Grund für die Genehmigung zu hören. Er war nämlich nicht der einzige in Chees Criminal Investigation Squad, der für diese Woche Urlaub beantragt hatte. Officer Manuelito wollte zur selben Zeit frei nehmen, sie hatte den Urlaub sogar schon vor Begayaye beantragt. Also suchte Chee nach einem Grund, warum er ihr Urlaubsgesuch nicht genehmigen konnte. Es mußte natürlich etwas sein, was er ihr gegenüber als Begründung für die Ablehnung anführen konnte. Daß sie noch nicht mal ein Dienstjahr auf dem Buckel und Begayaye daher die älteren Rechte hätte, wäre keine überzeugende Begründung gewesen. Das hätte bloß zu Ärger in der Abteilung geführt, und genau das wollte Chee vermeiden. Darum hatte er den Streifenwagen vorn am Straßen-T geparkt, wo Officer Begayaye ihn sofort sehen mußte, und nicht hinter dem breiten Schild der Tagesschule, wo er viel bessere Chancen gehabt hätte, einen dieser irren Raser zu erwischen.

Im Augenblick war Chee mit seinen Gedanken nicht bei dem Urlaubsplan der Abteilung. Er dachte an Janet Pete. Sie war aus Washington von ihren Besprechungen zu Rechtsfragen – oder was immer sie dort getrieben hatte – zurück, und sie hatten sich für heute abend verabredet. Janet teilte sich ihr Apartment in Gallup mit Louise Guard, die auch Anwältin beim DNA war. Insgeheim hegte Chee die Hoffnung, daß Louise (so sehr er sie auch mochte) vielleicht heute abend irgend etwas anderes vorhätte (oder womöglich inzwischen in ein eigenes Apartment umgezogen wäre). Er wollte Janet das Video von einer traditionellen Navajohochzeit zeigen, das er sich ausgeliehen hatte. Mehr oder weniger hatte Janet sich schon mit einer Feier nach dem Navajoritus einverstanden erklärt. Auch damit, daß Chee einen *haatalii* verpflichten wollte, vor dem sie ihr Eheversprechen ablegten, letzteres allerdings mit gewissen Vorbehalten. Sie war absolut nicht sicher, wie ihre Mutter das aufnehmen würde, der, wie Janet sich ausdrückte, «etwas gesellschaftlich Korrekteres» vorschwebte. Wie auch immer, vielleicht hatte er Glück, und Louise Guard hatte sich heute abend verdrückt und ihnen so eine sturmfreie Bude hinterlassen. Janet und er hatten sich immerhin eine Woche lang nicht gesehen.

Das Vehikel, das auf der U.S. 64 auf ihn zurollte, war ein schmutziger Truck mit einem mit Touristikaufklebern bepflasterten Campingwagen im Schlepp – eindeutig Dick Finchs Rostlaube. Das Gespann bremste ab, bis es am Schluß nur noch dahinkroch, und Finch lehnte sich aus dem Fenster und begann wild zu gestikulieren. Die meisten Handzeichen waren für Chee völlig unverständlich, aber in einem Zeichen erkannte er die Aufforderung «Folgen Sie mir».

Chee ließ den Motor an und folgte Finch, der immer stärker

beschleunigte, ostwärts die 64 hinunter. Als Chee auf einer Hügelkuppe ankam, war von Finchs Gefährt schon nichts mehr zu sehen, aber die Staubwolke, die über dem unbefestigten Weg zur Pumpstation Rattlesnake hing, verriet, wo der Brandzeicheninspektor abgeblieben war. Chee bog ebenfalls nach links ab und staunte einmal mehr darüber, wie schnell in diesem trockenen Landstrich aus matschigem Schnee wirbelnde Staubwolken wurden. Und dort – gerade so weit entfernt, daß es vom Highway aus nicht mehr zu sehen war – stand das Campinggespann.

Finch war ausgestiegen, stand neben seinem Gefährt und kam mit seinem typischen breiten Grinsen auf ihn zu. Eine Reihe weißer Zähne in einer Menge grauem Staub.

«Guten Morgen», sagte Chee.

Finch sparte sich die Förmlichkeiten und kam gleich zur Sache. «Captain Largo möchte, daß wir zusammenarbeiten. Und meine Leute wollen das auch. Tu dich mit den Navajos zusammen, sagen sie. Und mit den Utahs und den Zunis, der Arizona State Police, den County Mounties und was weiß ich, mit wem. Vernünftige Überlegung, finden Sie nicht?»

«Warum nicht?» sagte Chee nur.

«Nun ja, es könnte einen Grund geben, der dagegen spricht», sagte Finch mit unverdrossenem Grinsen und wartete darauf, daß Chee «welchen, zum Beispiel?» fragte. Doch Chee sah ihn nur unverwandt an, bis Finch sein Spielchen aufgab.

«Zum Beispiel, daß es da jemanden gibt, der sich von Zeit zu Zeit eine kleine Ladung Jungkühe von dem Pachtland westlich von euerm Ship Rock holt. Die gehören einem alten Kauz, der drüben bei Toadlena zu Hause ist. Hat sich die Weiderechte von einem Kerl namens Maryboy gekauft, und jetzt steht sein Vieh zusammen mit dem von Maryboy auf der Weide, und keiner von beiden kümmert sich richtig um die Rinder oder guckt mal nach, ob noch alle da sind.»

Finch sah ihn an. Und Chee ihn. Was Finch ihm bis jetzt erzählt hatte, war völlig normal. Wenn jemand Weideland gepachtet hatte, war es üblich, daß er jemand anderem gegen eine Gebühr Weiderechte überließ. Darin lag eben eine der Schwierigkeiten bei dem Versuch, Viehdiebe zu fangen: Die Rinder waren manchmal schon einen Monat lang verschwunden, bevor einer der Viehhalter es überhaupt merkte.

Schließlich fragte Chee: «Worauf wollen Sie hinaus?»

«Das will ich Ihnen sagen. Ich hab Grund zu der Annahme, daß der Bursche, der sich dort Rinder holt, genau der Kerl ist, hinter dem ich her bin. Kommt alle sechs Monate oder so in die Gegend am Ship Rock und holt sich wieder 'ne Wagenladung. Genauso macht er's rund um Bloomfield und am Whitehorse Lake und bei Burnham und was weiß ich, wo. Wenn ich diesen Kerl erst erwischt habe, hören eine Menge Viehdiebstähle schlagartig auf, was meinen Job ein bißchen erleichtern würde. Vor ein paar Monaten bin ich dahintergekommen, wo er sich seine letzten Rinder von der Ship-Rock-Weide geholt hat. Der Hundesohn hat da eine Stelle ausgemacht, an der er mit seinem Truck rückwärts bis an den Zaun stoßen kann. Und da wirft er dann Heu über den Zaun. Füttert die Rinder an wie ein Angler die Fische. Ich vermute, er hupt jedesmal, wenn er wieder 'ne Ladung Heu über den Zaun wirft. Kühe sind neugierig. Noch neugieriger als Katzen. Die kommen sofort angetrottet, um zu sehen, was da los ist. Und sie haben ein gutes Gedächtnis. Wenn einer so was zweimal macht, fällt den Viechern, sobald sie eine Hupe hören, sofort gutes Luzerneheu ein. Und schon kommen sie an.»

Finch lachte. Chee wußte inzwischen genau, worauf der Brandzeicheninspektor hinauswollte.

«Das mit dem Heu», sagte Chee, «hat Manuelito auch schon entdeckt. Und sie hat außerdem festgestellt, daß die Zaunpfosten gelockert worden sind, so daß der Zaun leicht nach oben gezogen werden kann. Sie hat mir die Stelle gezeigt.»

Finch nickte. «Ich hab euch gesehen. Hab euch aus etwa zwei Meilen Entfernung durchs Fernglas beobachtet. Das Ärgerliche ist, daß unser Viehdieb euch wahrscheinlich auch beobachtet hat. Er hat jetzt schon dreimal an der Stelle Heu ausgestreut. Noch mehr Heu zu verschwenden lohnt sich nicht. Für ihn wär's an der Zeit, sich die Kühe zu holen.»

Finchs Blick war starr, aber sein Lächeln wirkte immer noch

freundlich. Chee merkte, wie ihm das Blut in die Wangen schoß. Und das war wohl genau die Reaktion, auf die Finch gewartet hatte.

«Aber das wird er jetzt wohl hübsch bleibenlassen. Sie können Ihren Arsch darauf verwetten, daß sein Fernglas nicht schlechter ist als meins. Der Bursche ist vorsichtig. Er sieht da unten einen Polizeiwagen stehen. Sieht, daß zwei Cops sich am Zaun zu schaffen machen. Der ist auf und davon und läßt sich so schnell nicht wieder hier blicken. Und damit war meine ganze Arbeit umsonst.»

«Das bringt mich zu einer Erkenntnis», sagte Chee.

«Das hab ich gehofft. Ich hab gehofft, es bringt Sie zu der Erkenntnis, daß Sie das eine oder andere über den richtigen Umgang mit Viehdieben lernen sollten, statt einfach loszuschlagen.»

«Meine Erkenntnis besteht eher darin, daß Sie die Sache vermasselt haben. Sie hatten während unserer Fahrt nach Mancos vier Stunden Zeit, mir alles mögliche zu erzählen, und ich hab Ihnen die ganze Zeit zugehört. Sie haben mir lang und breit erzählt, wie Sie's anstellen wollen, diesen Zorro zu fangen – und um den geht's ja wohl. Aber Sie haben völlig vergessen, mir von der Falle zu erzählen, die Sie ihm hier auf Navajogebiet, an der Weide westlich vom Ship Rock, stellen wollen. Das hätten Sie mir aber erzählen müssen, damit wir unsere Arbeit koordinieren können. Wie konnten Sie das nur vergessen?»

Nicht mal die Sonnenbräune konnte das fleckige Rot verbergen, das plötzlich auf Finchs Wangen lag. Das Lächeln war wie weggewischt. Er starrte Chee an. Dann blickte er auf seine Stiefel. Als er wieder hochsah, grinste er.

«Volltreffer. Ist 'ne schlechte Angewohnheit von mir, andere Leute immer wieder zu unterschätzen. Sie sagten, Ihr weiblicher Cop hat entdeckt, daß die Zaunpfosten gelockert waren? Ist mir glatt entgangen. Die Lady hat 'n gutes Auge. Sagen Sie ihr meinen Glückwunsch. Und daß sie herzlich willkommen ist, wann immer sie Lust hat, mit mir zusammenzuarbeiten oder sich bei mir anstellen zu lassen.»

Chee nickte und ließ den Motor an.

«Einen Moment noch», sagte Finch mit einem Lächeln, das nicht mehr ganz so herzlich, dafür ein bißchen echter aussah. «Ich hab Sie nicht hergelotst, bloß um mich mit Ihnen zu streiten. Ich wollte Sie fragen, ob Sie mir den Gefallen tun, in einer bestimmten Sache als Zeuge für mich zu fungieren.»

Chee ließ den Motor laufen. «Als Zeuge? Wofür?»

«Da stehen fünf Anguskälber auf 'ner Weide drüben bei Kirtland. Ihre Brandzeichen sehen so aus, als hätte sie ihnen irgendein Neunmalkluger durch 'nen Jutesack aufgedrückt, Sie kennen sicher den Trick. Ist noch nicht mal Schorf drübergewachsen. Und der Kerl, der die Verkaufsunterlagen unterschrieben hat, hat überhaupt keine Muttertiere; behauptet, er hätte sie verkauft. Was wir noch überprüfen werden. Zufällig vermißt ein Kerl namens Bramlett fünf Anguskälber auf seinem Pachtland. Ich hab vor, zu ihm rüberzufahren und nachzusehen, ob er fünf nasse Kühe hat. Wenn ja, ruf ich unten in Kirtland an und sag meinen Leuten, sie sollen die fünf Kälber rauf zu Bramletts Weide bringen. Dann brauche ich nur noch meine Videokamera anzustellen und kann einen hübschen Film von fünf glücklichen Mutterkühen drehen, die ihren verlorenen Kälbern hallo sagen und sie saugen lassen und alles.»

«Und wozu brauchen Sie mich dabei?»

«Der Viehdieb ist ein Navajo. Also werden in der Jury hauptsächlich Navajos sitzen», sagte Finch. «Und da wär's gut, einen Navajocop im Zeugenstand zu haben.»

Chee warf einen Blick auf die Uhr. Inzwischen war Teddy Begayaye mit Sicherheit bereits im Büro und führte Freudentänze auf, daß sein Urlaub genehmigt worden war. Und Manuelito war stinksauer. Zu spät, um irgendwas zu unternehmen, damit es keinen Stunk gab. Außerdem hatte er Finch irgendwie doch die Tour an der Pachtweide am Ship Rock vermasselt und war ihm deshalb gewissermaßen einen Gefallen schuldig. Wenn er mitfuhr, ersparte er sich mindestens eine Stunde langweiliger Büroarbeit. Und er hatte etwas Positives für seinen Wochenbericht an Captain Largo: einen Silberstreif am Horizont über der Viehdieb-Front.

«Ich fahre hinter Ihnen her», sagte er. «Und wenn Sie wieder so rasen, kriegen Sie einen Strafzettel.»

Finch raste, aber er blieb innerhalb der Toleranzgrenze der Navajo Tribal Police. Es war noch nicht neun Uhr morgens, als er am Zaun der Pachtweide anhielt – saftiges Schwemmland, durch einen Stichgraben zum San Juan River bewässert. An die zweihundert Angusrinder befanden sich auf dem Weideland, junge Kühe und ihre Kälber, der Wurf vom letzten Frühjahr, noch nicht entwöhnt. Chee war gerade erst angekommen, als Finch bereits über den Zaun kletterte (und dabei prompt mit der Jeans am Stacheldraht hängenblieb).

«Ich glaub, ich hab schon eine nasse Kuh entdeckt», rief er Chee zu und wies auf die Herde, die sich anschickte, vor dem Eindringling gemächlich nach hinten auszuweichen. «Aber Sie bleiben besser beim Wagen.»

Eine «nasse Kuh»? überlegte Chee, der mit Schafen, nicht mit Kühen großgeworden war. Mit «naß» mußte Finch das meinen, was man gewöhnlich ein schmerzhaft prallvolles Euter nannte. Also eine Kuh, die ihr Kalb noch säugte und, nachdem es verlorengegangen war, nicht mehr wußte, wie sie ihre Milch loswerden sollte.

Übrigens hatte Finch mit seiner Bemerkung über das gute Gedächtnis von Kühen offensichtlich recht gehabt. Männer, die zu Fuß auf sie zukamen, schienen bei ihnen Erinnerungen an Lassos, gewaltsames Niederwerfen und glühendes Brandeisen zu wecken. Sie trotteten immer hastiger vor Finch davon. So war es sehr fraglich, wie Finch in der aufgescheuchten Herde seine fünf nassen Kühe ausmachen wollte und hinterher sicher sein konnte, daß er nicht im Gedränge fünfmal dieselbe Kuh gezählt hatte.

Finch suchte sich ein Fleckchen aus, wo keine Kuhfladen lagen, knickte in den Knien ein, ließ sich rücklings ins Gras fallen, verschränkte die Arme unter dem Kopf und lag reglos da. Beinahe augenblicklich kam Ruhe in die Herde, die eben noch nervös vor ihm geflüchtet war. Die Tiere drehten den Kopf und starrten Finch an. Der gähnte und verschaffte sich eine bequemere Lage. Eine Kuh machte den Anfang: Mit gerecktem Hals, die Ohren nach vorn gelegt, kam sie vorsichtig auf ihn zu. Und wie Kühe eben sind: Die anderen trotteten hinterher. Die Kälber, noch von keiner Erinnerung an glühende Brandeisen belastet, kamen als erste bei ihm an. Elf Minuten nach neun war Finch von schnüffelnden, neugierig starrenden Angusrindern umringt.

Er brauchte nur den Kopf zu bewegen, und schon konnte er die Tiere in aller Ruhe aus der Froschperspektive inspizieren. Nach einer Weile stemmte er sich hoch, was wieder zu einer Panik unter den Kühen führte, und während er sich noch durch die auseinanderstiebende Herde zwängte, hatte er schon sein Mobiltelefon in der Hand und gab Anweisungen durch. Er kletterte über den Zaun, klappte das Telefon zu, kam zu Chees Streifenwagen und stellte sich ans Fenster.

«Fünf nasse», sagte er. «Meine Leute bringen die Kälber her. Ich nehme das Ganze auf Video auf, aber es wär gut, wenn Sie noch ein bißchen bleiben, damit Sie das, was sich gleich hier abspielt, als Augenzeuge miterleben. Und der Jury erzählen können, daß die Kälber direkt zu ihren Müttern gelaufen sind und zu saugen angefangen haben und daß die Mamas absolut nichts dagegen hatten.»

«Das war verdammt clever von Ihnen», sagte Chee.

«Ich hab Ihnen ja gesagt, daß Kühe neugierig sind. Vor Menschen, die aufrecht stehen, haben sie mächtig Angst. Aber wenn man sich hinlegt, wollen sie wissen, was los ist, und kommen angetrottet.» Er wischte den Schmutz von der Jeans ab. «Das Risiko dabei ist lediglich, daß man ein paar Kuhfladen abbekommt.»

«Ging jedenfalls viel schneller, als wenn Sie versucht hätten, die Kühe kreuz und quer über die Weide zu jagen, um die richtigen rauszufinden.»

Soviel Lob – und auch noch von Chee – schien Finch gutzutun.

«Wissen Sie, wo ich den Trick gelernt hab? Ich saß im Wartezimmer beim Zahnarzt in Farmington, sollte 'ne Wurzelbehandlung kriegen. Na, ich schnapp mir den *New Yorker*, und da lese ich den Artikel über einen Brandzeicheninspektor namens Chris Collis in Nevada, der den Trick benutzt hat. Hab ihn am nächsten Tag angerufen und gefragt, ob das tatsächlich funktioniert. Na klar, hat er gesagt, immer.»

Finch holte die Videokamera aus der Fahrerkabine seines Trucks und fing an, daran herumzuhantieren. Chee nutzte die Zeit dafür, über Funk im Büro anzurufen, durchzugeben, wo er war, und sich über inzwischen aufgelaufene Anrufe zu informieren. Einer stammte von Joe Leaphorn. Eine kurze Nachricht.

Wenig später kam ein Truck mit zwei Männern und fünf verängstigten Anguskälbern an. Jedes bekam eine Klemmnummer ins Ohr, dann wurden sie auf die Weide getrieben. Sie liefen sofort blökend los, suchten ihre Muttertiere, fanden sie, wurden einer mütterlichen Prüfung unterzogen und durften sich dann nach Herzenslust satt trinken. Und Finch stand dabei und bannte die Wiedersehensfreude auf Zelluloid.

Chee verfolgte das Geschehen nicht mit der Aufmerksamkeit, die Finch sicherlich von ihm erwartet hätte. Er war in Gedanken schon im Büro. Und bei Leaphorns Anruf. Leaphorn hatte für ihn die Nachricht hinterlassen, daß er noch einmal mit ihm über den Gefallenen Menschen sprechen wolle. Und daß er jetzt für die Breedlove-Familie arbeite.

14

Die Frage, an der Jim Chee herumnagte, berührte ein Thema, das er nicht über das Funknetz der Tribal Police erörtern wollte. Er machte am Handelsposten Hogback halt, warf einen Quarter ins Münztelefon und wählte die Nummer, die Leaphorn der Vermittlung genannt hatte: das Anasazi Inn in Farmington, wie sich herausstellte. Aber die Rezeption teilte ihm mit, daß Leaphorn schon wieder ausgecheckt habe. Chee warf noch eine Vierteldollarmünze ein und rief sein Büro an. Jenifer meldete sich. Ja, Lieutenant Leaphorn habe noch mal angerufen und gesagt, er sei auf dem Rückweg von Farmington nach Window Rock und werde versuchen, Chee im Büro zu erreichen.

Chee kam ungefähr fünf Minuten früher dort an, als das bei Einhaltung der Geschwindigkeitsbegrenzung möglich gewesen wäre. Der Wagen stand auf dem Parkplatz, Leaphorn selbst saß – kerzengerade, als hätte er einen Ladestock verschluckt – im Warteraum auf einem Stuhl und las die *Navajo Times* von gestern.

«Wenn Sie ein paar Minuten Zeit haben, würde ich gern einige Informationen bei Ihnen loswerden», sagte Leaphorn. «Sonst könnte ich auch ein andermal wiederkommen.»

«Ich habe Zeit.» Chee führte ihn in sein Dienstzimmer.

Leaphorn setzte sich. «Ich will's kurz machen. Ich habe einen Honorarvorschuß von der Breedlove Corporation angenommen. Eigentlich steckt wohl eher die Familie dahinter, vermute ich. Ich soll eine Art Neuuntersuchung der näheren Umstände bei Hal Breedloves Verschwinden für sie durchführen.» Dabei beließ er's fürs erste und wartete auf Chees Reaktion. Wenn er dessen zwar aufmerksame, aber völlig unbewegte Miene richtig deutete, gefiel das Arrangement dem jungen Mann nicht sonderlich.

«Sie sind demnach jetzt offiziell in der Sache tätig», sagte Chee. «Zumindest inoffiziell offiziell.»

«Richtig», sagte Leaphorn. «Ich wollte Sie das wissen lassen, weil es sein könnte, daß ich Sie hin und wieder mit Fragen belästige.» Er machte wieder eine Pause.

«War das schon alles?» fragte Chee. Er wollte in dem Fall selber noch ein paar Fragen stellen.

«Nein, es gibt noch etwas, was ich Ihnen sagen will. Offenbar geht die Familie davon aus, daß Hal ermordet wurde. Beweise dafür haben sie anscheinend nicht, es sei denn, sie verschweigen mir etwas. Vielleicht entspringt der Mord auch nur ihrem Wunschdenken, und ich soll ihnen die Beweise liefern. Sie wollen den Rechtsanspruch auf die Ranch wiedererlangen.»

«Oh», machte Chee, «hat das jemand aus der Familie gesagt?»

Leaphorn zögerte und sah Chee erstaunt an. Was, zum Teufel, störte Chee daran? «Ich hätte gedacht, daß es das naheliegendste Motiv ist», sagte er. «Glauben Sie nicht?»

Chees Kopfnicken ließ alles offen. «Darf ich fragen, mit wem Sie die Abmachung getroffen haben?»

«Sie meinen, über meine Ermittlungstätigkeit?» fragte Leaphorn zurück. «Ich nehme an, Privatdetektive unterliegen gewöhnlich einer Art Schweigepflicht, aber ich kenne mich in deren Berufsethos nicht so gut aus. Und ich werd's auch nicht mehr lernen. Es ist das erste und das letzte Mal, daß ich mich auf so einen Auftrag einlasse. Also – den Scheck habe ich von George Shaw.» Lachend erzählte er Chee, wie er sich bei seinem Versuch, auszuloten, wie wichtig die Sache für die Breedlove Corporation war, selbst in eine Lage manövriert hatte, in der er keinen Rückzieher mehr machen konnte.

«Hals Cousin hat also den Scheck ausgeschrieben. Aber da war doch noch ein Anwalt dabei. Erinnern Sie sich an seinen Namen?»

«McDermott», sagte Leaphorn, «John McDermott. Er hat die Sache eingefädelt. Hat mich angerufen und ein Treffen vereinbart. Er arbeitet für ein Anwaltssyndikat in Washington, aber früher hatte er, glaube ich, ein Büro in Albuquerque. Und er...» Chees Miene veranlaßte ihn, mitten im Satz abzubrechen. «Kennen Sie den Kerl?»

«Indirekt», sagte Chee. «Er war bei einer Kanzlei in Albuquerque so was wie der Spezialist für alle Rechtsangelegenheiten, die etwas mit Indianern zu tun hatten. Ich glaube, er hat Peabody Coal vertreten, als die mit uns über einen Vertrag zur Kohleförderung verhandelt haben. Und ein paar Erdölgesellschaften bei den Verhandlungen mit den Jicarillas. Dann ist er nach Washington gegangen und hat dort ähnliche Dinge bearbeitet, nur auf einem höheren Level. Ich glaube, es ist dasselbe Anwaltssyndikat.»

Leaphorn sah ihn überrascht an. «Sie wissen viel mehr über ihn als ich. Wie sieht's mit seiner Reputation aus? Alles okay damit?»

«Als Anwalt? Ich denke ja. Er hatte eine Professur an einer Rechtsakademie.»

«Er kam mir arrogant vor. Ist das auch Ihr Eindruck?»

Chee zuckte die Achseln. «Ich kenne ihn nicht. Ich habe nur das eine oder andere über ihn gehört.»

«Na, mein erster Eindruck von ihm war jedenfalls nicht gut.»

«Können Sie mir sagen, wann er Sie angerufen hat? Ich meine, als er zum ersten Mal Kontakt mit Ihnen aufgenommen hat?»

Wieder eine Frage, die Leaphorn überraschte. «Lassen Sie mich nachdenken ... vor zwei oder drei Tagen.»

«War das letzten Dienstag?»

«Dienstag? Da muß ich erst überlegen. Ja. Eine Nachricht auf meinem Anrufbeantworter. Ich hab dann zurückgerufen.»

«Vormittags oder nachmittags?»

«Das weiß ich beim besten Willen nicht. Aber der Anruf ist immer noch aufgezeichnet. Ich denke, das kann ich feststellen.»

«Dafür wäre ich Ihnen sehr dankbar», sagte Chee.

«Mache ich», versprach Leaphorn. Und dann, nach ein paar Sekunden Zögern: «Ich versuche immer noch, das Datum einzuordnen. Das muß ungefähr zu der Zeit gewesen sein, als Sie das Skelett identifiziert haben. Am Tag danach, richtig?»

Chee seufzte. «Lieutenant Leaphorn, woher wissen Sie eigentlich immer schon, was ich gerade denke?»

«Nun, ich nehme an, Sie fragen sich, wie dieser Anwalt so schnell herausgefunden hat, daß es bei diesem Skelett um jemanden geht, der für seine Mandanten überaus wichtig ist. Eine offizielle Verlautbarung gab's noch nicht. Und in den Zeitungen hat's auch erst ein, zwei Tage später gestanden. In den Regionalzeitungen. Landesweit ist sicherlich nicht darüber berichtet worden. Nur eine Story von lokalem Interesse. Drei Absätze im *Albuquerque Journal* und ein etwas ausführlicherer Artikel in den *Rocky Mountain News*.»

«Genau das habe ich mir auch gerade überlegt», sagte Chee.

«Aber irgendwie sind Sie mir ein paar Schritte voraus. Warum ist das Datum so wichtig? Das verstehe ich noch nicht.»

«Können Sie auch nicht», sagte Chee. «Es ist etwas rein Persönliches.»

«Oh», machte Leaphorn, senkte den Kopf, schüttelte ihn, sah

wieder hoch und machte noch mal «oh». Und dann sagte er mit einem traurigen Unterton: «Ich vermute, die Kanzlei hat schon die ganze Zeit auf das Ergebnis der gerichtsmedizinischen Untersuchung gewartet. Ein wichtiger Mandant – Sie wissen ja, wie so was ist. Der einzige Sohn und Erbe. Möglicherweise hatten sie mit einer Anwaltskanzlei hier in der Gegend vereinbart, daß die sie sofort benachrichtigen, falls sich in der Sache etwas Neues ergibt.» Er zuckte die Achseln. «Was wissen wir schon über die Zusammenarbeit zwischen Anwaltskanzleien?» Soviel Mühe er sich auch gab, es hörte sich nicht so an, als ob er selber an seine Theorie glaubte.

«Sicher», sagte Chee, «alles ist möglich.»

Leaphorn griff zum Hut, stand auf und wollte gehen. Aber an der Tür drehte er sich noch mal um.

«Da ist noch etwas, was mit der Sache zu tun haben könnte», sagte er und erzählte Chee, was er bei seinem Telefonat mit Sergeant Deke über den Mann mit dem Fernglas und dem Gewehr auf der Felsklippe über dem Cañon erfahren hatte. «Deke hat mir gesagt, er werde Nez warnen, daß es jemanden gibt, der es anscheinend weiterhin darauf anlegt, ihn zu töten. Ich hoffe, wir können das aufklären, bevor er's wirklich tut.»

Als die Tür sich hinter Leaphorn geschlossen hatte, saß Chee eine Weile da und dachte nach – über Leaphorn, über Janet Pete und über John McDermott, der plötzlich wieder eine aktive Rolle in New Mexico spielte. Spielte er auch wieder eine aktive Rolle in Janets Leben? Offensichtlich. Zum ersten Mal bekam die Sache mit dem Gefallenen Menschen eine größere Bedeutung für ihn, auf einmal war es nicht nur eine abstrakte Tragödie. Er drückte den Knopf der Wechselsprechanlage.

«Ich fahre jetzt los», teilte er Jenifer mit, «nach Gallup. Wenn Largo mich braucht oder wenn jemand anruft, sagen Sie, daß ich morgen wieder zu erreichen bin.»

«Moment», sagte Jenifer, «Sie haben heute nachmittag noch zwei Termine im Kalender. Der Sicherheitsmensch vom Community College, und Captain Largo wollte…»

«Rufen Sie beide an und sagen Sie ihnen, ich müßte die Termine absagen.» Chee vergaß, bitte zu sagen – und danke, bevor er auflegte. So eine plötzliche Absage gehörte bestimmt zu den Dingen, die Largo stanken. Aber der Captain stank ihm ja auch. Und was ihm am allermeisten stank, war dieser verdammte Job als Acting Lieutenant.

15

Louise Guards Ford Escort stand nicht in der Einfahrt des Häuschens in Gallup, das sie sich mit Janet Pete teilte. Ein guter Anfang, über den Chee sich jedoch nicht so freute, wie er's getan hätte, wenn sein allgemeines Lebensgefühl etwas besser gewesen wäre. Er hatte heute ein Wechselbad der Gefühle durchlebt. Sein Stimmungsbarometer schwankte zwischen verbissener Wut auf die Welt, die Janet mit Beschlag belegte, und der Verachtung, die er für sein eigenes, von spätpubertärem Mißtrauen geprägtes Verhalten empfand. Normalerweise durchschaute er sich selbst sehr schnell, aber diesmal hatte es lange gedauert, bis ihm klargeworden war, daß hinter seinem Problem schlichtweg Eifersucht steckte. Jedenfalls zu neunzig Prozent. Für die übrigen zehn Prozent mußte es immerhin andere, handfeste Gründe geben.

Daß er die Tür seines Pickups mit einem lauten Knall zuschlug, hatte jedoch nichts mit seiner Stimmung, sondern nur etwas mit dem ausgeleierten Schließmechanismus zu tun. In einer Hand die Videokassette von der traditionellen Navajohochzeit, in der anderen einen Topf mit Herbstblumen, ging er auf dem Pflasterweg zur Haustür. Der Laden, in dem er den Topf gekauft hatte, nannte sich *Gallup Best Blossoms*. Gemessen an diesem Anspruch machten die paar Blüten bemerkenswert wenig her, aber was konnte man im November schon erwarten?

«Jim!» rief Janet und umarmte ihn stürmisch, was er – links das Video, rechts die Blumen – nicht so recht erwidern konnte. Außerdem weckte die Begrüßung Schuldgefühle in ihm. Warum, zum Teufel, hatte er sich innerlich eigentlich so verkrampft? Janet war wunderschön. Sie war bezaubernd. Und sie liebte ihn. Ihre Designerjeans saßen wie angegossen, dazu trug sie eine Bluse aus irgendeinem schimmernden Material. Sie hatte sich eine schicke neue Frisur zugelegt, so eine, wie er sie vor kurzem bei einem der Stars in einer Seifenoper im Abendprogramm gesehen hatte. Sie sah jung damit aus – und so flott, daß sich der Muskelprotz in dem ausgeflippten Coca-Cola-Werbespot jeden Augenblick lächelnd zu ihr umgedreht hätte.

«Ich hatte fast schon vergessen, wie schön du bist», sagte er. «Und dafür, daß du gerade erst aus Washington zurück bist, siehst du erstaunlich frisch aus.»

Janet war gerade in der Küche, um den Blumen Wasser zu geben und irgendwas, was sie für ihn und sich vorbereitet hatte, aus dem Kühlschrank zu holen.

«Es war nicht so anstrengend», rief sie ihm durch die offene Tür zu. «Ich hatte eine Menge Spaß. Die Leute im BIA waren geradezu verdächtig höflich, und die im Justizministerium haben sich immerhin Mühe gegeben. Ich hatte sogar Zeit, mir eine Ausstellung im Nationalmuseum anzusehen. Verschiedene Künstler aus Deutschland, wirklich hochinteressant. Skulpturen und Zeichnungen. Und dann gab's das Konzert, von dem ich dir erzählt habe. In der Kongreßbibliothek. Sie haben auch Mozart gespielt. Es war wunderschön.»

Ja, das Konzert. Daran hatte Chee oft denken müssen. Vielleicht zu oft. Es war bestimmt keine öffentliche Veranstaltung gewesen, in Washington und in der Kongreßbibliothek. So was war nur für einen exklusiven Kreis bestimmt. Quasi als Bonus zu den Spendenquittungen. Zutritt mit an Sicherheit grenzender Wahrscheinlichkeit nur mit Einladung. Oder nur für den kleinen Kreis der Förderer des Bibliotheksprojekts. Und deren Gäste. Irgendein Botschafter sei auch dort gewesen, hatte Janet erwähnt.

Anfangs hatte Chee gedacht, daß sie vielleicht in Begleitung von John McDermott dagewesen war. Aber das war eine dumme Idee gewesen. Janet verabscheute den Kerl. Er hatte skrupellos ihr Abhängigkeitsgefühl ausgenutzt, die ehrfürchtige Bewunderung, die eine junge Studentin ihrem lebenserfahrenen Professor entgegenbringt. Er hatte sie verführt. Sie als Lebensgefährtin mit nach Albuquerque genommen und dann nach Washington. Er hatte eine Indianerin zu seinem festen Eigentum gemacht. Beschämt und mit gebrochenem Herzen war sie nach New Mexico zurückgekehrt, nachdem sie begriffen hatte, was für ein Spiel er mit ihr trieb. Es gab Dutzende Möglichkeiten, wie McDermott erfahren haben konnte, daß man den Toten vom Heiligen Berg identifiziert hatte. Leaphorn hatte wieder mal recht. Wahrscheinlich gab es enge Verbindungen zwischen McDermotts Anwaltskanzlei und irgendwelchen Anwälten in New Mexico. Mußte es ja geben, wenn sie von Washington aus Rechtsangelegenheiten bearbeiten wollten, die etwas mit indianischen Interessen zu tun hatten. Für Chee stand jedenfalls fest, daß er dieses Thema von sich aus nicht anschneiden würde. Es wäre für Janet verletzend gewesen.

Aus der Küche drang das Geräusch von klapperndem Geschirr, und Kaffeeduft wehte herüber. Chee sah sich im Zimmer um. Alles wie immer – bis auf das Gebilde auf dem Sims des gasbefeuerten Kamins. Irgend etwas aus dünnem Edelstahl, kombiniert mit abstrakten Plexiglasfiguren in drei oder vier verschiedenen Farben, das Ganze zusammengehalten von einer Art Zwirn. Das heißt, es konnte auch Aluminiumdraht sein. Jedenfalls irgendwie merkwürdig. Sogar ein bißchen komisch. Chee grinste. Louise trieb immer solche Kuriositäten auf. «Genrekunst» nannte sie das. Louise konnte an keinem Ramschladen vorbeigehen. Und in Gallup hießen Ramschläden nicht nur so, sie verkauften auch nur Ramsch.

Janet tauchte mit einer Tasse Kaffee für ihn und einem Pokal Wein für sich auf. Sie schmiegte sich neben ihn auf die Couch und stieß mit ihm an – feinstes Porzellan auf einem hauchdünnen Untersetzer gegen edles Kristall. Aber noch kostbarer war das Lächeln, mit dem sie sagte: «Darauf, daß du die ganze Bande der Viehdiebe fängst, zum Chef der Navajopolizei ernannt wirst und anschließend Karriere machst als Oberboss im Federal Bureau der Inkompetenz, auch FBI genannt, bevor du die Leitung von Interpol übernimmst.»

«Du hast ein paar wichtige Zwischenstationen vergessen. Zuerst muß ich noch die Graffitivandalen in Shiprock zur Strecke bringen, damit ich zum Sheriff im San Juan County gewählt und ein paar Jahre lang oberster Sesselhocker der Drug Enforcement Agency werden kann.»

«Auf all das», sagte Janet, hob noch mal ihr Glas und trank ihm zu. Dann entdeckte sie die Videokassette. «Was ist das?»

«Weißt du nicht mehr? Ich hab dir erzählt, daß meine Cousine, die Tochter meines Onkels väterlicherseits, eine traditionelle Hochzeitszeremonie abgehalten hat – oben bei Little Water, in ihrem Hogan. Ich hab meinen Onkel gebeten, mir eine Kopie der Videokassette zu machen.»

Janet drehte den Schuber hin und her, aber er war hinten genauso schwarz wie vorn, ohne Beschriftung. «Willst du mir das vorführen?»

«Sicher», sagte Chee und merkte, daß er sich plötzlich nicht mehr so wohl in seiner Haut fühlte. «Wir haben doch darüber gesprochen. Weißt du das nicht mehr?» Genaugenommen hatten sie darüber diskutiert. Und sich sogar ein bißchen gestritten. Über Kulturen und Traditionen und all das. Es lag nicht daran, daß Janet strikt gegen eine solche Zeremonie gewesen wäre, aber ihre Mutter wollte eine große, festliche Hochzeit in der Episkopalkirche in Baltimore. Und Janet hatte sich damit einverstanden erklärt, daß sie nach beiden Ritualen heiraten sollten. Er hatte sie jedenfalls so verstanden. «Du hast gesagt, du wärst noch nie bei einer Navajohochzeit gewesen, mit einem Medizinmann und dem ganzen Zeremoniell, und da hab ich gedacht, der Film interessiert dich vielleicht.»

«Louise hat mir erzählt, wie das abläuft», sagte sie und legte die Kassette weg. So nachdrücklich, daß Chee begriff, es wurde Zeit, das Thema zu wechseln. Louises frisch erstandenes Stück Genrekunst bot sich dazu an.

«Ich sehe, daß Louise wieder mal in einem Ramschladen fündig geworden ist. Eine echte Bereicherung eurer Wohnung.» Er deutete lachend mit dem Kopf zum Kaminsims. «Louise ist ein großartiges Mädchen, aber ihr Geschmack ist manchmal zum Davonlaufen.»

Janet sah ihn stumm an.

«Was stellt das Ding dar?» fragte Chee. Und als Janet wieder nichts sagte, wurde ihm klar, daß es besser gewesen wäre, wenn er seinen vorlauten Mund gehalten hätte.

«Es trägt den Titel ‹Technische Umkehrung Nummer drei, Seiteneinblick›», sagte Janet.

«Bemerkenswert», murmelte Chee. «Sehr interessant.»

«Ich hab's in der Galerie Kremont entdeckt. Das Werk eines Künstlers namens Egon Kurkuzski. Der Kritiker der *Washington Post* bzeichnet ihn als einen der innovativsten Gestalter der letzten zehn Jahre. Ein Künstler, der in der Technologie eine Schönheit und Aussagekraft entdeckt, die weit über das in der zeitgenössischen Kultur übliche Maß hinausgeht.»

«Sehr komplex», sagte Chee. «Und die Farben …» An dieser Stelle scheiterte sein Versuch, eine Bemerkung zu machen, die Janet möglicherweise beeindruckte.

«Ich hab wirklich gedacht, daß es dir gefallen würde», sagte Janet. «Es macht mich traurig, daß es nicht so ist.»

«Es gefällt mir ja», behauptete Chee, wußte aber, daß er nichts wiedergutmachen konnte. «Na ja – eigentlich nicht. Ich nehme an, bei derart innovativen Kunstwerken dauert es eine Weile, bis man sie versteht. Und … die Geschmäcker sind eben verschieden, wie man so sagt.»

Wieder etwas, was Janet nicht kommentierte.

«Sonst gäb's zum Beispiel keine Pferderennen.» Er riskierte ein verlegenes Lachen. «Dazu hat auch jeder seine eigene Meinung.»

«Ich habe in Washington etwas Interessantes festgestellt», sagte Janet, offensichtlich entschlossen, der Diskussion ein Ende zu machen. «Ich glaube, das war auch der Grund, warum plötzlich alle so aufgeschlossen für unsere Anregungen waren. In den Städten im Osten sind Verbrechen in der Indianerreservation der letzte Schick bei Partygesprächen. Jeder hat was darüber gelesen, daß die Stammesgebiete von Drogen überschwemmt werden und daß es Probleme mit Banden gibt und mit Graffitischmierereien und einer steigenden Zahl von Morden und Kindesmißbrauch – du weißt schon, der ganze Schmutz und Dreck. Bei den Intellektuellen im Osten das Topthema. Ist das nicht toll? Endlich haben wir's bis in die Schaltzentrale der Macht geschafft.»

«Ich vermute, das gehört in der Kategorie der erfreulichen Neuigkeiten zu den weniger erfreulichen», sagte Chee und grinste erleichtert. Nett von Janet, daß sie ihm eine Brücke aus seiner Sackgasse gebaut hatte.

«Wie immer du's nennen willst, es bedeutet, daß unser Rat neuerdings sehr gefragt ist.»

Chees Grinsen verschwand. «Hat man dir eine Stelle angeboten?»

«Es geht nicht um mich. Einer der Spitzenleute in der Law-and-Order-Abteilung des BIA hat mich vertraulich wissen lassen, daß sie sehr daran interessiert sind, erfahrene Cops aus der Reservation einzustellen, wenn sie die nötige Qualifikation für den Dienst in Bundesbehörden mitbringen. Und im Justizministerium ist es, wie ich gehört habe, genauso.» Sie lächelte ihn an. «Dort haben sie mich sogar gebeten, so was wie eine Talentsucherin für sie zu spielen. Und als sie mir beschrieben haben, welche Art von Mitarbeitern sie suchen, hat sich das für mich wie eine Personenbeschreibung von dir angehört.» Sie tätschelte sein Knie. «Ich habe ihnen gesagt, daß ich dich schon so gut wie unter Vertrag habe.»

«Das ist ja großartig», sagte er sarkastisch. «Ich hab zweimal ein paar Monate in Washington abgerissen, erinnerst du dich? Bei dem Ausbildungskurs an der FBI-Akademie und einmal während einer Ermittlung.» Er schüttelte sich bei der Erinnerung daran. An der Akademie war er so was wie der Trottel vom Dienst gewesen, er hatte nie wirklich dazugehört. Bei Janet war das natürlich anders, sie war für die Klugscheißer im Osten «eine von uns». Eine Tatsache, mit der er sich abfinden mußte, auch wenn es etwas dauerte.

Janet nahm die Hand von seinem Knie.

«Wirklich, Jim, Washington ist ein hübsches Fleckchen. Sauberer als die meisten Großstädte. Wohin du auch schaust, findest du etwas Schönes. Und dann ist da noch die...»

«Etwas Schönes? Meinst du etwa Gebäude? Oder Monumente? Dort hängt immer Smog in der Luft, es gibt zuviel Lärm, zuviel Verkehr und zu viele Menschen. Nachts kannst du die Sterne nicht sehen, und morgens ist es zu bewölkt, um den Sonnenaufgang zu beobachten.» Er schüttelte den Kopf.

«Und die Brise, die vom Pontomac in die Stadt weht?» konterte Janet. «Und der frische Salzgeruch über der Bucht? Und fangfrischer Meeresfisch. Und guter Wein. Die Kirschblüte im April. Und die weiten grünen Hügel ringsum. Und die phantastischen Ausstellungen, die Theater, die Konzerte...» Sie breitete die Arme aus, als wollte sie den ganzen Glanz der Washingtoner Kultur einfangen. «Übrigens sind die Gehälter etwa doppelt so hoch wie das, was wir hier kriegen, besonders im Justizministerium.»

«O Gott», stöhnte Chee, «im J. Edgar Hoover Building zu arbeiten ist der reinste Alptraum. Dem erpresserischen alten Gauner hätten sie zwanzig Jahre aufbrummen müssen für den Mißbrauch von Personalakten, aber nein, sie haben sogar ein Gebäude nach ihm benannt. Allerdings wenigstens ein angemessen häßliches.»

In dem Punkt konnte ihm Janet nicht widersprechen. Sie nahm einen Schluck Wein und machte Chee darauf aufmerksam, daß sein Kaffee kalt wurde. Er probierte ihn. Sie hatte recht.

«Jim», sagte sie, «das Konzert, zum Beispiel, war Balsam für die Seele. Das Sinfonieorchester aus Philadelphia. Die Jahresveranstaltung für den Kreis der Gönner und Förderer. Die First Lady war da und alle möglichen Diplomaten. Die Herren im Smoking, die Damen hatten ihre schönsten Juwelen aus dem Safe genommen. Und Mozart. Du magst doch Mozart.»

«Mozart mag ich sehr», sagte Chee. Er atmete tief ein. «Einer von diesen Abenden nur für eingeschriebene Mitglieder, nehme ich an. Und deren Gäste.»

«Richtig», sagte sie lächelnd, «ich habe mich unter die Crème de la crème gemogelt.»

«Ich wette, jemand aus deiner ehemaligen Anwaltskanzlei ist Mitglied in dem Verein. Vermutlich einer, der besonders großzügig spendet.»

«Darauf kannst du wetten», sagte Janet. Dann wurde ihr klar, worauf Chee anspielte. Ihr Lächeln verdorrte.

«Du willst wissen, wer mich mitgenommen hat.»

«Nein, will ich nicht», sagte Chee.

«Ich war Gast von John McDermott.»

Chee saß stumm da, wie erstarrt. Er hatte es gewußt, aber er hatte es nicht glauben wollen.

«Beunruhigt dich das?»

«Nein», sagte Chee, «ich glaube nicht. Sollte es mich beunruhigen?»

«Nein, sollte es nicht», sagte sie. «Schließlich haben wir viel zusammen erlebt. Er war mein Lehrer. Und ich habe mit ihm zusammengearbeitet.»

Er sah sie an. Er wußte einfach nicht, was er dazu sagen sollte.

Sie wurde rot. «Was denkst du jetzt?»

«Ich denke, wie falsch ich das alles eingeschätzt habe. Ich dachte, du verabscheust den Mann, weil er dich so schlecht behandelt hat. Weil er dich benutzt hat.»

Sie sah weg. «Eine Zeitlang hab ich's getan. Ich war wütend auf ihn.»

«Und jetzt?» fragte er. «Jetzt bist du nicht mehr wütend?»

«Die Lebensphilosophie der Navajos», sagte sie. «Wir müssen unseren Weg zur Harmonie mit der Welt finden. Mit der Welt, wie sie nun mal ist.»

«Wußtest du, daß er wieder hier in der Gegend ist?»

Janet nickte.

«Wußtest du auch, daß er Joe Leaphorn angeheuert hat, damit der die Sache mit dem Gefallenen Menschen noch mal unter die Lupe nimmt?»

«Er hat mir erzählt, daß er's versuchen will», sagte sie.

«Ich hab mich gefragt, woher er wußte, daß das Skelett als das von Hal Breedlove identifiziert worden ist. So etwas steht vermutlich nicht als Aufmacher in der *Washington Post*.»

«Nein.»

«Hast du's ihm erzählt?» fragte er.

Sie starrte ihn an. «Warum nicht? Warum, zum Teufel, nicht?»

«Na ja, ich weiß nicht. Du telefonierst mit dem Mann, den du heiraten willst. Er sagt dir, daß er dich liebt. Und du fragst ihn, ob's Fortschritte in diesem Fall gibt. Er vergißt für einen Augenblick die Dienstvorschriften und erzählt dir, daß das Skelett identifiziert worden ist.» Er preßte die Lippen aufeinander. Das war nicht fair. Er hatte seinen Zorn zu lange heruntergeschluckt. Jetzt saß er ihm in der Kehle, Chee hörte es am emotionsgeladenen Klang seiner Stimme.

Janet starrte ihn weiter grimmig an. Wartete darauf, was er noch alles zu sagen hatte.

«Und?» fragte sie. «Nur weiter.»

«Ich weiß nicht, wie's dann weitergegangen ist. Hast du ihn auf der Stelle angerufen und ihm gesagt, was du gerade erfahren hast?»

Sie gab ihm keine Antwort. Aber sie rückte ein Stück von ihm weg.

«Noch eine Frage, dann bin ich fertig. Hat der Mistkerl dich gebeten, die Information aus mir rauszulocken? Mit anderen Worten, hat er...»

Janet war aufgestanden. «Ich glaube, du gehst jetzt besser.»

Er stand ebenfalls auf. Sein Zorn war verflogen. Er fühlte sich hundeelend und müde.

«Eins möchte ich gern noch wissen», sagte er. «Es würde mir eine Menge darüber sagen, wie wichtig die Sache für die Breedlove Corporation ist. Es gibt zwei Möglichkeiten. Entweder hast du ihm, als du nach Washington kamst, erzählt, daß das Skelett gefunden wurde. Das wäre ein Stichwort gewesen, bei dem McDermott sofort an Hal Breedloves Verschwinden gedacht hätte. Dann könnte man verstehen, daß er wissen wollte, wessen Skelett es war. Aber es könnte auch sein, daß er schon vorher dar-

148

über nachgedacht hat. Mit anderen Worten, wenn er das Thema angeschnitten hat und nicht du, würde das bedeuten, daß sie ohne äußeren Anlaß... also, daß sie bereits...»

«Geh jetzt», sagte Janet. Sie drückte ihm die Videokassette in die Hand. «Und nimm das mit.»

Er nahm die Kassette. «Janet, war es dein Vorschlag, daß er Leaphorn anheuern sollte?»

Er hatte die Frage schon gestellt, als er die zornigen Tränen in ihren Augen sah. Sie gab ihm keine Antwort. Und er hatte auch nicht mehr damit gerechnet.

16

Es war Dezember geworden, doch der Winter hing noch über den Ute Mountains fest. Er hatte das Hochland von Wasatch unter einer fast meterdicken Schneedecke begraben und seine kalten Finger so weit nach Süden ausgestreckt, daß die Felsen, die Colorados San Juan einrahmten, schon Schneehäubchen trugen. Aber im Four Corners war der Schneesturm kurz nach Halloween, der den Ship Rock und die Chuskas weiß angemalt hatte, falscher Alarm gewesen. Im Kernland der Navajo Nation herrschte wieder Trockenheit, die frühen Morgenstunden waren kühl, tagsüber hing eine verwaschene Sonne am dunkelblauen Himmel. Der Südzipfel des Coloradoplateaus wurde von zauberhaft schönem Herbstwetter verwöhnt – eine trügerische Erinnerung an den Sommer, denn wenn dann unerwartet die ersten Schneestürme tobten, war das Chaos um so größer.

Jim Chee hatte sich mit solchem Eifer in seiner Arbeit vergraben, daß er, selbst wenn er in nicht ganz so düsterer Stimmung gewesen wäre, kaum Augen für die Schönheit ringsum gehabt hätte. Er machte eine neue, zwiespältige Erfahrung: zum einen, daß er, wenn er sich genug Mühe gab, durchaus in der Lage war, seinen administrativen Pflichten nachzukommen, zum anderen, daß er nie Freude daran haben würde. Zum ersten Mal in seinem

Leben fuhr er morgens lustlos zum Dienst. Was zu erledigen war, wurde erledigt. Es gab sogar Fortschritte. Er hatte zum Beispiel die Urlaubsplanung für das kommende Jahr unter Dach und Fach, ohne daß es zu ernstem Unmut in seiner Abteilung gekommen war. In der Sache mit Diamonte hatte er mit seinen Leuten ein System ausgearbeitet, das darauf hinauslief, daß jeder Navajopolizist, der in der Nähe von Hogback zu tun hatte, sich zu einem freundlichen Plausch in Roderick Diamontes Spelunke blicken ließ. Das passierte nun jede Woche ein paarmal, mit der Folge, daß Diamonte vorsichtiger wurde und seine Kunden zwar ein unbehagliches Gefühl, aber keinen stichhaltigen Grund zu irgendeiner Beschwerde bekamen. Als unverhoffter Bonus waren dabei ein paar Festnahmen herausgekommen: einige junge Burschen, die entweder irgendwo aus einem Arrest ausgebrochen oder einer Vorladung vor Gericht nicht gefolgt waren und per Haftbefehl gesucht wurden.

Dazu kam etwas, was Chee geradezu als persönliche Bestleistung betrachtete: Er hatte die Budgetplanung für das nächste Jahr halb fertig, und der Plan für eine Wirtschaftlichkeitsoptimierung beim Benzinverbrauch und den Kosten für die Reparatur und Wartung der Dienstfahrzeuge war immerhin schon bis zum Entwurfsstadium gediehen. Was Captain Largo ein eindeutig anerkennendes Lächeln abgenötigt hatte – eine bei ihm höchst ungewöhnliche und nach Acting Lieutenant Jim Chees persönlichen Erfahrungen nicht zu erwartende mimische Bemühung. Damit nicht genug, die neue Effizienz in Chees Criminal Investigation Squad schien sich sogar auf Officer Bernadette Manuelito positiv auszuwirken.

Das stellte sich heraus, kurz nachdem Captain Largo (und infolgedessen wenig später Chee) Finchs Erfolg zu Ohren gekommen war: Mr. Finch hatte es geschafft, zwei auf Viehdiebstähle spezialisierte Brüder mit derart unwiderlegbaren Beweisen zu konfrontieren, daß das Brüderpaar nicht nur die jüngste Straftat – den Diebstahl von fünf noch nicht entwöhnten Kälbern –, sondern auch gleich sechs, sieben früher begangene Viehdiebstähle zugegeben hatte. Die Beweislast war so erdrückend, daß sie sich, um einigermaßen glimpflich wegzukommen, vor dem Gericht von Aztec freiwillig mit einer Haftstrafe einverstanden erklärt hatte. Die Diebstähle waren zwar in New Mexico und damit außerhalb von Chees Zuständigkeitsbereich begangen worden, aber Captain Largo hatte ihn prompt zur Rücksprache zu sich bestellt.

«Tja», hatte Chee gesagt, «sehr schön.»

«Gott verdammt noch mal», hatte Largo losgepoltert und gefragt: «Wieso können wir nicht *unsere* Mistkerle so festnageln?»

Das «wir» war offensichtlich nur eine rhetorische Figur, in Wirklichkeit meinte Largo ihn. Im übrigen rieb ihm Largo, bevor das unerfreuliche Gespräch endlich beendet war, unter die Nase, daß Finch ihm von Chees Mißgeschicken berichtet hatte. Daß nämlich durch seine und Officer Manuelitos Schuld die von Finch sorgfältig vorbereitete Falle am Ship Rock aufgeflogen war und daß Chee nicht mal zu wissen schien, wie neugierig Kühe waren. Anschließend war Chee mit drei festen Vorsätzen in sein Büro zurückgekehrt. Erstens würde er den Viehdieb, auf den Finch so scharf war, zur Strecke bringen, ehe der arrogante Brandzeicheninspektor auch nur den Hauch einer Chance hatte, ihn in die Finger zu kriegen. Zweitens würde er danach von seinem Posten als Acting Lieutenant zurücktreten und um Rückversetzung in den normalen Polizeidienst bitten. Zumal jetzt keinerlei Notwendigkeit mehr bestand, sich im Bürodienst zu profilieren, bloß um bei Janet Eindruck zu schinden. Und um den Vorsatz Nummer eins so rasch wie möglich zu realisieren, wollte er, das war sein dritter Punkt, die Ermittlungen in Sachen Viehdiebstähle ab sofort Officer Bernadette Manuelito übertragen. Sie und Largo waren offenbar die einzigen im Distrikt von Shiprock, die die Vorfälle ernst genug nahmen.

Officer Manuelitos erste Reaktion auf diese Übertragung neuer Pflichten bestand darin, daß sie ihr Versetzungsgesuch zurückzog. Jim Chee vermutete jedenfalls, daß das eine mit dem anderen zusammenhing. Etwa zur gleichen Zeit machte

Jenifer eine andere Feststellung. Es war ihr aufgefallen, daß der gewöhnlich rege Telefonkontakt zwischen einer Anwältin in Window Rock und einem Lieutenant in Shiprock abrupt abgenommen hatte. Ihr Erfolgsgeheimnis bei dem Bemühen, dem Dienstbetrieb in der Abteilung zur Aufklärung von Straftaten in Shiprock zu einer gewissermaßen lautlosen Geschmeidigkeit zu verhelfen, lag weitgehend darin begründet, daß sie stets rechtzeitig das Gras wachsen hörte. Und so griff Jenifer nun selbst zum Telefon und holte bei dem einen oder anderen guten alten Freund in der kleinen Welt der Verbrechensbekämpfung in Window Rock diverse Erkundigungen ein. Und tatsächlich, man hatte die hübsche Anwältin dabei beobachtet, wie sie sich mit ihrer Freundin in deren Wagen unterhalten und dabei bitterlich geweint hatte. Und einmal – auch dafür gab es Augenzeugen – hatte sie im Navajo Inn mit diesem gutaussehenden Anwalt aus Washington zu Abend gegessen. Sah ganz danach aus, als ob da was im Busch war.

Weiß der Himmel, aus welchem Grund, Manuelito schien von ihren neuen Pflichten hellauf begeistert zu sein. Sie glühte vor Aufregung, als sie vor Chees Schreibtisch stand. Dabei ging es zunächst gar nicht um Viehdiebstähle.

«Genau das meine ich ja», sagte sie. «Sie sind gestern abend bei Old Maryboy zu Hause aufgetaucht und wollten eine Erlaubnis zum Betreten seines Weidelands. Weil sie oben auf dem Ship Rock rumklettern wollen.»

«Und es handelte sich bei den beiden um George Shaw und John McDermott?» wollte Chee wissen.

«Ja, Sir. Das haben sie jedenfalls behauptet. Sie haben ihm hundert Dollar gezahlt und zugesagt, falls sie irgendwo Schaden anrichten, dafür aufzukommen.»

«Großer Gott.» Chee konnte es kaum fassen. «Sie meinen, die beiden Anwälte haben tatsächlich vor, den Ship Rock zu besteigen?»

«Old Man Maryboy sagt, der Kleinere wäre schon mal oben gewesen. Vor vielen Jahren. Die meisten Weißen fahren einfach heimlich hin und klettern rauf, sagt er, aber George Shaw wäre schon damals zu ihm gekommen und hätte sich die Erlaubnis geholt. Er erinnert sich ganz genau daran. Weil Shaw so höflich war. Damals hatte er ein ganzes Bergsteigerteam dabei.»

«Dann will der große Schlanke vielleicht gar nicht mit raufklettern», sagte Chee. Und fragte sich, ob das wirklich so enttäuscht geklungen hatte, wie es ihm im nachhinein vorkam. Aber weshalb sollte er enttäuscht sein? Wenn McDermott von den Klippen gestürzt wäre – hätte das etwa irgendeins seiner Probleme mit Janet gelöst? Nein, das glaubte er nicht.

«Weshalb sie raufklettern wollen, haben sie vermutlich nicht gesagt, oder?» fragte er.

«Nein, Sir. Ich hab Mr. Maryboy danach gefragt, aber er hat geantwortet, das hätten sie nicht gesagt.» Sie lachte und zeigte dabei sehr hübsche weiße Zähne. «Bei den Weißen weiß man nie so genau, warum sie was machen, hat er gesagt. Und mir von jemandem erzählt, der 'ne Vorrichtung zum Bungee-Jumping zum Patent anmelden wollte. Und zwar ohne Sicherung am Seil.»

Chee lachte verschluckt. Nach allem, was er bisher über die Irren gehört hatte, die sich an einem elastischen Seil aus großer Höhe in die Tiefe stürzten, mußte es sich um eine Art Jo-Jo mit lebenden Hampelmännern handeln. Aber Maryboy schien anzunehmen, daß es was mit Bergsteigen zu tun hatte.

«Eigentlich wollte ich Ihnen was Dienstliches melden», sagte Officer Manuelito. «Mr. Maryboy hat mir nämlich berichtet, daß ihm drei Ochsen fehlen.»

«Maryboy? Augenblick mal. Ist das nicht der, der...»

«Ja, Sir. Ihm gehört das Pachtland, bei dem wir die lockeren Zaunpfosten entdeckt haben. Wo jemand das Heu über den Zaun geworfen hatte. Deswegen bin ich auch hingefahren, ich wollte ihm davon erzählen. Wollte ihm eins von unseren kleinen Notizbüchern geben und ihn bitten, ein bißchen auf fremde Trucks mit Hängern zu achten. Was seine drei Ochsen anginge, käme ich leider zu spät, hat er gesagt. Aber er hat das Notizbuch genommen und versprochen, uns zu helfen.»

«Hat er gesagt, wieviel zu spät?» fragte Chee. Maryboy hatte keinen Viehdiebstahl gemeldet. Das wußte er genau, er über-

153

prüfte jeden Tag, ob es im Wachbuch irgendwelche Eintragungen über Viehdiebstähle gab. «Hat er gesagt, warum er den Vorfall nicht gemeldet hat?»

«Er vermißt sie seit der Zeit kurz nach dem Frühjahr, hat er gesagt. Er wollte Ochsen verkaufen und merkte plötzlich, daß nicht mehr alle da waren. Er hätte es erst gar nicht gemeldet, sagt er, weil er sowieso nicht glaubt, daß was dabei rauskommt. Er sagt, es wär ihm schon mal passiert, ist schon 'ne Weile her. Damals wäre er bei uns gewesen und hätte es gemeldet, aber er hätte sein Vieh trotzdem nicht wiedergesehen.»

Das war eine der Enttäuschungen, mit denen Chee, wenn es um Viehdiebstähle ging, zu leben gelernt hatte. Die Leute merkten erst viel zu spät, wenn ihnen ein paar Tiere fehlten, weil das Vieh manchmal weit entfernt auf gepachtetem Weideland stand. Und wenn's dort genug Futter und Wasser gab, kamen die Besitzer höchstens drei- oder viermal im Jahr raus, um nach dem Rechten zu sehen, meistens zu der Zeit, in der die Muttertiere kalbten, und später noch mal, wenn die Jungtiere ihre Brandzeichen bekamen. Da war es kein Wunder, wenn sie nicht auf Anhieb merkten, daß ein paar Tiere fehlten. Chee hatte seine Kindheit bei Schafzüchtern verbracht, er schaffte es gerade mal, ein Angus- von einem Herefordrind zu unterscheiden, ansonsten sah für ihn eine Kuh wie die andere aus. Daher hatte er Verständnis dafür, daß die Viehhalter oft nicht merkten, daß ihnen ein paar Tiere fehlten – und wenn sie's merkten, was sollten sie dann noch groß tun? Vielleicht hatten die Kojoten sie geholt, vielleicht waren's aber auch die grünen Männchen in den fliegenden Untertassen gewesen. So oder so, kaum einer bekam sein gestohlenes Vieh zurück.

«Na gut», seufzte er, «malen wir also ein X auf unsere Karte und daneben das Kürzel für einen nicht gemeldeten Fall. Helfen wird's nicht viel.»

«Vielleicht doch», sagte Officer Manuelito. «Irgendwann später.»

Chee zog die Karte aus der Schreibtischschublade, wo er sie normalerweise versteckte, weil er fürchtete, daß jeder in der Abteilung – ausgenommen Manuelito – das Ganze für ein albernes Spiel hielt. Oder schlimmer noch: daß jeder dachte, Chee wolle damit versuchen, Joe Leaphorns berühmte Wandkarte zu imitieren. In der Tribal Police gab es niemanden, der nicht Leaphorns Karte und mindestens ein Dutzend Geschichten darüber kannte, wie der legendäre Lieutenant mit Hilfe bunter Stecknadeln seine Theorie bewiesen hatte, daß es für alles gesetzmäßige Zusammenhänge gab und daß zu jeder Wirkung eine Ursache gehörte und so weiter.

Es war die rechteckige Karte des Geologischen Dienstes der Vereinigten Staaten, die in so großem Maßstab gehalten war, daß man jede Schlucht, jeden Hogan, jedes Windrad und jeden Bachlauf darauf finden konnte. Chee schob den Korb mit den Ein- und Ausgängen beiseite und malte ein winziges blaues Fragezeichen und daneben eine winzige Drei auf Maryboys Weideland, darunter trug er das Datum ein, zu dem der letzte Verlust bemerkt worden war.

Officer Manuelito sah ihm zu und fragte: «Eine blaue Drei?»

«Die blaue Farbe für einen nicht gemeldeten Viehdiebstahl», sagte Chee, «und die Drei, weil's drei Ochsen waren.» Er wies mit einer fahrigen Handbewegung auf die Karte. «Sobald wir zu irgendeinem Fall etwas Neues herausfinden, trage ich das hier ein.»

«Gute Idee», sagte Manuelito. «Und tragen Sie bitte noch ein X ein. Weil Maryboy ab jetzt für uns die Augen offenhält.» Sie zog sich einen Stuhl heran, setzte sich, stemmte die Ellbogen auf den Schreibtisch und studierte die Karte.

Chee malte das X dazu. Ungefähr zwanzig X enthielt die Karte bis jetzt, jedes stand für einen der freiwilligen Helfer, denen sie für ihre Bemühungen nicht viel mehr an die Hand geben konnten als ein Notizbuch und einen Kugelschreiber. Dieses kümmerliche Handwerkszeug hatte Chee von seinem eigenen Geld gekauft, weil er keine Lust hatte, Largo lang und breit das System seines Beobachternetzes zu erklären. Falls sich das Ganze auszahlte – wonach es, fand Chee, derzeit nicht aussah –, konnte er immer noch darüber entscheiden, ob er beantragen wollte, die

155

Auslagen von bislang siebenundzwanzig Dollar erstattet zu bekommen.

«Komisch, daß man jetzt schon was erkennen kann», sagte Manuelito nachdenklich. «Ich hätte gedacht, das dauert Monate.»

«Was meinen Sie damit?»

«Ich meine das Verhaltensmuster, von dem Sie gesprochen haben. Die Regelmäßigkeit. Sehen Sie mal: Fast immer wenn nur ein Stück Vieh gestohlen wurde, war das ungefähr um die Monatsmitte.»

Chees Blick huschte über die Karte. Richtig, unter den meisten mit einer Eins markierten Stellen – also bei den Weideflächen, von denen nur ein Rind verschwunden war – stand ein Datum von der Monatsmitte. Und an der Reservationsgrenze ballten sich die Einser-Eintragungen besonders dicht. Aber was sagte ihnen das? «Hm, ja», machte Chee.

«Ich glaube nicht, daß wir uns auf diese kleinen Diebstähle konzentrieren sollten», sagte Officer Manuelito. «Aber wenn Sie wollen, könnte ich ein Auge auf die Bars und Alkoholläden rund um Farmington haben und eine Liste von den Kerlen aufstellen, die um die Monatsmitte noch Bargeld in den Taschen haben.» Sie schüttelte den Kopf. «Beweisen würde das nichts, aber wir hätten immerhin die Namen von Leuten, die man im Visier behalten sollte.»

Bei Chee dauerte es ein bißchen, bis er verstand, worauf Manuelito hinauswollte. Die Sozialhilfeschecks der Navajo Nation trafen ungefähr um den Monatsersten ein. Jeder Polizist in der Reservation wußte, wieviel Mehrarbeit dann auf ihn zukam, weil er haufenweise Betrunkene in Ausnüchterungsarrest nehmen mußte. Irgendwann in der zweiten Woche, wenn die Schnapsbrüder ihr Geld verjubelt hatten, hörte das gewöhnlich auf. Den Rest konnte er sich leicht ausmalen: Irgendein halb verdursteter Trunkenbold kam auf dem Heimweg an einer Weide vorbei und entdeckte am Zaun eine Fünfhundert-Dollar-Kuh, die ihn mit großen dösigen Augen anstarrte ... Wie sollte er da widerstehen?

Himmel noch mal, wieso war er da nicht schon selber draufgekommen?

Er dachte über die Idee nach. Ein paar Wochen, um die Liste aufzustellen, dann noch mal ein paar Wochen für die nötigen Recherchen und Vernehmungen, und schließlich würden vier, fünf Fälle übrigbleiben, bei denen es zu einer Anklage reichte. Die Anklage würde in vielleicht zwei Fällen zu einer Verurteilung führen. Machte pro Fall hundert Dollar Geldstrafe, die unter Berücksichtigung der sozialen Lage des Täters wahrscheinlich erlassen wurde, und dreißig Tage Haft, die zur Bewährung ausgesetzt wurden. Und da die Polizeikräfte gebunden waren, hatten die wirklich kriminellen Viehdiebe so lange Narrenfreiheit.

«Sie haben recht», sagte Chee. «Lassen wir die Kleinen lieber laufen und konzentrieren uns auf die, die das Geschäft im großen Stil betreiben.»

Manuelito meinte nachdenklich: «Bei denen gibt's auch so was wie ein Verhaltensmuster, oder sehe ich das falsch?»

Diesmal war Chee genauso schnell wie sie. Die Viehdiebe, die sich ihre Beute gleich in ganzen Wagenladungen holten, schlugen regelmäßig in einsamen, menschenleeren Gegenden zu, auf gepachteten Weiden, auf denen sich der Viehhalter – wie in Maryboys Fall – oft wer weiß wie lange nicht blicken ließ. Und als Chee und Manuelito darüber nachdachten, welche Konsequenzen sie daraus ziehen könnten, kamen sie zurück zu der erfreulich anwachsenden Zahl ihrer aufmerksamen Helfer und zu guter Letzt zu Lucy Sam.

«Sie haben doch durch ihr Teleskop geguckt», sagte Manuelito. «Ist Ihnen aufgefallen, daß sie von ihrem Fenster aus die Stelle sehen kann, an der die Zaunpfosten gelockert waren?»

Chee schüttelte den Kopf. Er hatte das Teleskop auf den Berg gerichtet und dabei an den Gefallenen Menschen gedacht, der irgendwo dort oben gelegen und verzweifelt um Hilfe gerufen hatte.

«Kann sie tatsächlich», versicherte ihm Manuelito. «Ich hab selber durchgesehen.»

Chee nickte. «Ich glaube, ich muß mich noch mal mit ihr unterhalten», sagte er. Aber dabei dachte er nicht an die Viehdiebe. Ihn interessierte mehr, was Lucy Sams Vater möglicherweise vor vielen Jahren beobachtet hatte, als Hal Breedlove hilflos auf dem schmalen Felssims gelegen und darauf gewartet hatte, daß der Tod ihn erlöste.

17

Joe Leaphorn blieb abrupt stehen. *Bang-bang, wumm-wumm*, dröhnte es über ihm am Cache Creek – gar nicht weit weg, gleich hinter der nächsten Wegbiegung und einem Espenstand am Flußufer. Doch er hielt sich nicht lange damit auf, dem dumpfen Klopfen zu lauschen. Bei solchen Gelegenheiten kamen die Instinkte des Cop wieder zum Vorschein, der allerdings immer eine Pistole an der Hüfte getragen hatte, dachte er schmunzelnd und ging weiter. Die Rinde der Espen hatte sich winterlich weiß gefärbt, das Laub bedeckte den Boden wie ein gelber Teppich. Jenseits der kahlen Äste konnte Leaphorn Eldon Demott erkennen, der sich angestrengt nach vorn beugte und...

Ja, was machte er da? Leaphorn blieb erneut stehen und versuchte dahinterzukommen. Aha, Demott spannte zwischen zwei Bäumen quer über den schmalen Fluß Stacheldraht aus und befestigte ihn mit Stahlkrampen am Stamm. Sah aus, als sollte das eine Art Absperrung werden, rüber zur anderen Seite des Flüßchens, wo die Ponderosakiefern als Zaunfosten herhalten mußten.

«Hallo!» rief Leaphorn.

Es dauerte einen Augenblick, bis Demott den Lieutenant wiedererkannte. «Ach, Sie – ich erinnere mich. Aber diesmal nicht in Uniform? Oder sind Sie gar nicht mehr bei der Tribal Police?»

«Die haben mich aufs Altenteil geschickt», sagte Leaphorn. «Ich bin seit Ende Juni im Ruhestand.»

«Tja, dann lassen Sie mich mal raten, was Sie den weiten Weg hoch zum Cache Creek treibt. Muß wohl was damit zu tun haben, daß Hal nach all den Jahren schließlich doch noch gefunden wurde, stimmt's?»

«Volltreffer», sagte Leaphorn. «Breedloves Familie hat mich angeheuert, damit ich die ganze Sache noch mal unter die Lupe nehme. Könnte ja sein, daß ich damals was übersehen habe. Ich soll rausfinden, warum er seinerzeit Ihre Schwester allein im Canyon de Chelly zurückgelassen hat. Und ob sich vielleicht im Laufe der letzten zehn Jahre irgendwelche neuen Gesichtspunkte ergeben haben.»

«Ist ja interessant.» Eldon Demott griff wieder zum Hammer. «Lassen Sie mich das hier gerade noch zu Ende bringen.» Er heftete den Draht mit zwei weiteren Krampen fest, dann kam er hoch und reckte sich. «Ich versuche ein Problem zu lösen, das uns Ärger macht», erklärte er. «Die dummen Kühe kommen zum Trinken an den Fluß, und wenn's keine Absperrung gibt, trotten jedesmal ein paar von ihnen flußabwärts, meistens die Kälber. Und dann sind sie plötzlich auf der anderen Seite des Zauns und finden nicht zurück. Wir nennen so was einen Wasserschlupf. Keine Ahnung, wie's unten bei Ihnen heißt.»

«Da unten, wo ich aufgewachsen bin, gibt es nicht genug Wasser. Wir müssen uns für so was nicht extra einen Namen ausdenken», sagte Leaphorn.

«Hier in den Bergen ist es die Schneeschmelze, die uns Probleme macht. Der Fluß schwillt an und reißt das Unterholz weg. Durch den Zaun bildet sich dann ein richtiger Damm, der das Wasser zurückstaut. Wenn der Wasserdruck immer stärker wird, schwemmt der Fluß irgendwann alles weg. Dann ist vom Zaun nichts mehr zu sehen. Jedes Jahr dasselbe Theater.» Demott zuckte die Achseln. «Und wenn die Kühe am Flußufer rauf und runter trotten, verschlimmert das die Erosion. Dann dauert's nicht lange, bis alles, was hier wächst, im Schlamm erstickt.»

Es war kühl hier oben, der Cache Creek lag mindestens zweitausend Meter hoch. Aber Demott schwitzte, er fuhr sich mit dem Hemdsärmel über die Augenbrauen.

«Was ich hier mache, wird so was wie 'ne kleine Schwimmbrücke. Na ja, es soll jedenfalls so ähnlich funktionieren», erklärte er. «Ich spanne ein Stück Zaun quer über den Fluß. Der Baumstamm, den ich drangehängt habe, zieht den Draht nach unten. Wenn dann die Flut einsetzt, hebt sie den Baumstamm an, und damit wird auch der Draht angehoben, so daß losgerissenes Buschwerk drunter durchgeschwemmt werden kann. Wenn die Schneeschmelze vorbei ist, sackt der Baumstamm wieder nach unten, der Zaun spannt sich wieder, und die Kühe merken, wo ihr Ausflug zu Ende ist.»

«Hört sich todsicher an», sagte Leaphorn, obwohl er seine Zweifel hatte. Bei der Schneeschmelze funktionierte das System vielleicht, aber wenn Dauerregen einsetzte und das Wasser von allen Seiten in den tief eingeschnittenen Flußlauf strömte, schwemmte es den Baumstamm und den Draht wie Spielzeug weg. Wenn es schlimm kam, wurden dabei sogar Bäume entwurzelt. «Oder sagen wir lieber: kuhsicher.»

Demott selbst sah skeptisch aus. «Tja, es funktioniert leider nur, wenn sich nicht zuviel Treibholz hinter dem Baumstamm anstaut», sagte er. «Aber versuchen muß man's ja.» Er setzte sich auf einen Findling, fuhr sich noch mal mit dem Ärmel übers Gesicht und fragte: «Und was wollen Sie von mir hören?»

«Das weiß ich selber nicht so genau», sagte Leaphorn. «Als Ihr Schwager vor elf Jahren plötzlich verschwunden war, haben wir ihn zu guter Letzt einfach abgeschrieben. Kommt nicht selten vor, daß Erwachsene untertauchen, ohne daß jemand sich einen Reim darauf machen kann, warum und wohin sie gegangen sind. Wieder ein Aussteiger, sagen wir dann. Nur, inzwischen ist viel Zeit vergangen. Da könnte es ja sein, daß Sie einen Brief bekommen, irgendwelche Gerüchte gehört oder erfahren haben, daß ihn ein Bekannter an den Automaten in Las Vegas gesehen hat. Da es um kein Verbrechen ging, gab es keinen zwingenden Grund, uns das zu erzählen.»

Demott wischte Schlamm von seiner Hand am Hosenbein ab. «Ich kann Ihnen sagen, warum die Sie angeheuert haben.»

Leaphorn wartete.

«Die wollen die Ranch wiederhaben.»

«Das habe ich mir auch überlegt», sagte Leaphorn. «Ich kann mir jedenfalls keinen anderen Grund vorstellen.»

«Diese Mistkerle», schnaubte Demott. «Die wollen die Schürfrechte verpachten. Oder, was noch einfacher wäre, das ganze Gelände an eine Bergbaugesellschaft verkaufen, die dann alles kaputtmacht.»

«Die Vermutung hatte die Bankerin in Mancos auch.»

«Hat sie Ihnen gesagt, was die vorhaben? Die heben hier eine riesige Grube aus, damit sie die molybdänen Vorkommen möglichst bequem abbauen können.» Demott zeigte flußaufwärts, wies auf die Gegend hinter den Espen und den Ponderosakiefern, wo sich, so weit das Auge reichte, das dunkle Grün der Koniferen erstreckte. «Wird alles rausgerissen. Und dann...»

Er war von seinen Gefühlen so überwältigt, daß er nicht weitersprechen konnte. Eine Weile starrte er stumm auf seine Hände. Dann atmete er tief durch.

Leaphorn wartete. Demott hatte bestimmt noch mehr zu sagen. Und das wollte er hören.

Breedloves Schwager sah ihn von der Seite an. «Haben Sie den Red River Canyon gesehen? Nördlich von Taos?»

«Ja», sagte Leaphorn, «den habe ich gesehen.»

«Vorher oder nachher?»

«Ich war seit Jahren nicht mehr dort», sagte Leaphorn. «Das, woran ich mich erinnere, ist ein zauberhafter Forellenbach – obwohl er für einen Bach eigentlich ein bißchen zu breit ist –, der sich durch ein enges Tal windet, von hohen Felswänden eingeschlossen. Ein wunderschönes Fleckchen Erde.»

«Und einem dieser Berge haben sie einfach die Spitze weggehobelt», sagte Demott. «Da sind jetzt meilenweit nur noch weißliche Abraumhalden zu sehen – zermahlener Stein. Und häßliche Rinnsale, die sie in den Fels geschlagen haben, um ihre Abwässer billig und schnell in den Red River leiten zu können. Beim Abbau des Metalls verwenden sie Zyanidlösung. Dadurch sind die Forellen eingegangen, und nach und nach geht auch alles andere ein.»

«Wie gesagt, ich war seit Jahren nicht mehr dort.»

«Zyanid», wiederholte Demott bitter, «mit Steinschlamm vermischt. Dasselbe Teufelszeug, das bald auch hier in den Cache Creek gelangt, wenn's nach der Breedlove Corporation geht. Ein tödliches Gemisch aus weißem Schlamm und Zyanid.»

Leaphorn sagte nichts, er wollte sich nicht mit irgendeinem Kommentar in Demotts Gedanken drängen. Er lauschte dem Murmeln und Plätschern, mit dem der Cache Creek sich den Weg durch sein steiniges Bett suchte, und beobachtete eine behäbige weiße Wolke, die satt und schwer südwärts trieb, es mit Mühe über den Felskamm nördlich von ihnen geschafft hatte und nun ihren Wattebauch an den Spitzen der Koniferen rieb, wobei sich ein paar weiße Fetzen ablösten. Ein Siegellacksperling ließ sich in einem Baumwipfel am Cache Creek nieder und äugte mißtrauisch zu ihnen herunter.

Ein schöner Tag an einem verwunschenen Ort.

Demott rieb wieder an seinem Handballen, wo – anscheinend mit Harz vermischt – ein hartnäckiger Rest Schlamm klebte. «Na ja, genug davon», sagte er. «Und sonst weiß ich nichts, was ich Ihnen erzählen könnte. Briefe habe ich nicht bekommen. Auch Elisa nicht. Sie hätte es mir gesagt, weil wir keine Geheimnisse voreinander haben. Und gehört haben wir auch nichts. Überhaupt nichts.»

«Es muß doch wenigstens Gerüchte gegeben haben. Sie wissen ja, wie die Leute sind», sagte Leaphorn.

«Ja, das weiß ich. Ich fand es ja selber rätselhaft. Ich bin sicher, daß es in Mancos und der ganzen Gegend viel Gerede gegeben hat. Hals Verschwinden war seit Jahren das Aufregendste, was hier passiert ist. Ich wette, ein paar Leute haben sich hinter vorgehaltener Hand erzählt, Elisa hätte ihren Mann umgebracht, weil sie die Ranch haben wollte. Andere werden an das Märchen vom heimlichen Geliebten geglaubt haben, der Hal für Elisa getötet hat. Oder daran, daß ich's getan habe, damit die Ranch wieder der Familie Demott gehört.»

«Ja», meinte Leaphorn, «das sind die Spekulationen, mit denen man unter den gegebenen Umständen rechnen mußte. Aber Sie selber haben nicht gehört, daß so was geredet wurde?»

Demott sah ihn entgeistert an. «Na, nun machen Sie aber mal 'nen Punkt. So was hätten die Leute doch nicht in meiner Gegenwart erzählt. Und erst recht nicht, wenn Elisa dabei war. Und dann... Wissen Sie, das Komische war, daß sie Hal wirklich geliebt hat. Und ich glaube, das wußten die Leute hier in der Gegend genau.»

«Und wie stand's mit Ihnen? Was haben Sie von ihm gehalten?»

«Oh, herzlich wenig, wenn ich ehrlich bin. Er hat der Ranch wahrhaftig keinen Segen gebracht. Aber es gab andererseits auch vieles, was ich an ihm mochte. Er hatte ein gutes Herz, und er war gut zu Elisa. Hat sie wie eine Lady behandelt, was sie ja auch ist. Wissen Sie, irgendwie hat es einen traurig gemacht, ihn zu beobachten. Wenn er richtig erzogen worden wäre, hätte was aus ihm werden können.»

Demott gab den Versuch auf, den Handballen am Hosenbein sauberzureiben. Er ging zum Fluß, beugte sich hinunter und begann den Schlamm abzuwaschen.

«Ich bin nicht ganz sicher, ob ich verstanden habe, was Sie meinen», sagte Leaphorn. «Was hat er denn falsch gemacht?»

Demotts Hand war endlich sauber, er kam zurück, ließ sich wieder auf dem Findling nieder und dachte eine Zeitlang darüber nach, wie er's Leaphorn erklären sollte.

«Gar nicht so einfach, es so zu sagen, daß Sie sich ein Bild machen können. Sehen Sie, er war noch ein Junge, als er zum ersten Mal zu uns kam. Wir haben ihm ein Pferd gegeben, und er hat auf der Ranch mit angepackt wie alle anderen auch. Für einen Anfänger hat er sich sogar ganz geschickt angestellt. Ob's bei der Heuernte oder beim Viehtrieb war, er hat täglich seine zwölf Stunden gearbeitet, wie jeder von uns. Und wenn wir fertig waren, ist er mit Elisa und mir klettern gegangen. Er war am Schluß wirklich gut. Und dann muß ihm so was passieren.» Er schüttelte den Kopf und seufzte schwer.

Kein Wort über Tommy Castro. «Waren Sie beim Klettern immer nur zu dritt?» hakte Leaphorn ein.

Demott zögerte. «Meistens.»

163

«Tommy Castro war nicht dabei?»

Demott lief rot an. «Wo haben Sie denn das aufgeschnappt?»

Leaphorn zuckte die Achseln.

Demott schnaufte. «Na schön, Castro und ich waren Freunde in der Highschool, und wir haben manchmal auch Klettertouren zusammen gemacht. Aber als Elisa groß genug war, um mitzukommen, fing Tommy an, sich für sie zu interessieren. Ich hab ihm gesagt, er soll die Finger von ihr lassen, weil sie noch zu jung war. Ich hab der Sache ein Ende gemacht.»

«Klettert er noch?»

«Keine Ahnung. Ich mache einen Bogen um ihn und er um mich.»

«Aber mit Hal gab's keine Probleme?» fragte Leaphorn.

«Er hat vom Alter her besser zu ihr gepaßt und war auch mehr ihr Typ, obwohl er ein Stadtjunge war und mit einem goldenen Löffel im Mund geboren wurde.» Demott versank mit seinen Gedanken in der Vergangenheit. «Wissen Sie, ich glaube, er hat an der Ranch genauso gehangen wie wir. Er hat davon gesprochen, daß er seine Familie dazu bringen will, ihm die Ranch als Erbteil zu überschreiben. Er meinte, er hätte sich das genau ausgerechnet. Die Ranch war nicht mal annähernd soviel wert wie das, was er sonst bekommen hätte, aber er wollte sie eben haben. Hat er jedenfalls gesagt. Es wäre der schönste Ort auf Erden, hat er gesagt, und er würde alles tun, um ihn noch schöner zu machen. Er wollte zum Beispiel hier am Flußbett etwas gegen die Erosion tun. Und überall da, wo wir einen Baum geschlagen hatten, einen Kiefernsetzling pflanzen. Und die Herde so klein halten, daß wir keinen Ärger mit Überweidung mehr hätten.»

«Ich habe auf dem Weg hierher keine Anzeichen für Überweidung entdeckt», sagte Leaphorn.

«Nein, heute sehen Sie davon nichts mehr. Aber Hals Daddy wollte zu Lebzeiten immer mehr Vieh halten, als das Weideland vertragen konnte. Ständig hat er meinem Vater in den Ohren gelegen, die Herden zu vergrößern, und als mein Dad gestor-

164

ben war, hat er mich unter Druck gesetzt. Er hat sogar gedroht, mich zu feuern, wenn ich's nicht schaffe, den Erlös so zu steigern, wie er es sich vorgestellt hat.»

«Glauben Sie, daß er das wirklich getan hätte?»

«Das werden wir nie erfahren», sagte Demott. «Ich hätte mich nie darauf eingelassen, unser Weideland zu ruinieren, das steht fest. Aber dann hatte der alte Breedlove genau im richtigen Augenblick eine Herzattacke und ist gestorben.» Er lachte in sich hinein. «Es muß an der Kraft meiner Gebete gelegen haben, meint Elisa.»

Leaphorn wartete. Und mußte lange warten. Denn Demott schien es nicht eilig zu haben, aus seinen Erinnerungen in die Gegenwart zurückzukehren. Flußabwärts wehte eine kühle, frische Brise, raschelte im gelben Laubteppich unter den Espen und sang in den Wipfeln der Koniferen eine jener wundersamen Melodien, die nur der Wind kennt.

«Ein prächtiger Tag», sagte Demott schließlich. «Aber warten Sie's ab: Ehe wir uns zweimal umsehen, kommt der Winter über den Berg gekrochen.»

«Sie wollten mir erzählen, was Hal falsch gemacht hat», erinnerte ihn Leaphorn.

«Na ja», sagte Demott, «ich bin kein gelernter Psychiater.» Er zögerte einen Moment, aber Leaphorn ahnte, daß es nicht lange dauern würde, bis er fortfuhr. Es war etwas, was Demott sich von der Seele reden wollte – wahrscheinlich schon seit sehr langer Zeit.

«Und auch kein Theologe», fuhr er fort, «wenn das in dem Zusammenhang der richtige Begriff ist. Sie kennen wahrscheinlich dieses Kapitel in unserer Schöpfungsgeschichte. Gott schuf Adam und gab ihm alles, was er sich nur wünschen konnte, um zu sehen, ob er richtig damit umging und gehorsam blieb und tat, was Rechtens ist. Adam tat es nicht, und darum verlor er Gottes Gnade.»

Demott suchte Leaphorns Blick, um zu sehen, ob der ehemalige Lieutenant der Navajopolizei mitkam.

«Er flog im hohen Bogen aus dem Paradies.»

165

«Natürlich», sagte Leaphorn, «ich erinnere mich an die Geschichte.» Er hatte sie zwar bisher immer etwas anders gehört, konnte sich aber denken, worauf Demott mit seiner Version hinaus wollte.

«Old Breedlove hat Hal mitten ins Paradies gesetzt. Hat ihm alles gegeben. Tolle Schulausbildung, zusammen mit lauter anderen reichen Kids, danach Dartmouth, wo auch nur Jungs mit dem richtigen Elternhaus hinkommen – immer und überall nur das Beste, was sein Daddy ihm mit seinem beschissenen Geld kaufen konnte. Wenn ich ein Prediger wäre, würde ich sagen: Hals Vater hat das Geld mit vollen Händen ausgegeben, um dem Jungen beizubringen, den Dingsda ... den Mammon anzubeten. Ich weiß zwar nicht, wie man das ausspricht, aber es bedeutet, daß einer alles, was man mit Geld kaufen kann, zu seinem Gott macht.» Er musterte Leaphorn wieder mit einem fragenden Blick.

«In unserer Schöpfungsgeschichte gibt es eine ganz ähnliche Philosophie», sagte Leaphorn. «Bei uns nennt First Man die Jagd nach dem Geld das schlimmste aller Übel. Übrigens hab ich an der Arizona State an einem Kurs in vergleichender Religionswissenschaft teilgenommen. Ich habe mit A abgeschnitten.»

«Oh», machte Demott, «'tschuldigung. Na, jedenfalls, im Jahr vor dem Examen kam Hal im Sommer zum ersten Mal mit einem eigenen kleinen Flugzeug nach Mancos. Er wollte, daß wir für ihn in der Nähe vom Haus eine Landebahn planieren. Ich hab ausgerechnet, was das kosten würde, aber sein Dad wollte das Geld nicht rausrücken. Sie hatten deswegen einen Mordsstreit. Sie hatten sich schon häufiger gestritten, weil Hal immer wollte, daß sich sein Dad mehr um die Ranch kümmerte und auch mal Geld reinsteckte, statt immer nur welches rauszuholen. Ich vermute, nach dem Streit wegen der Landepiste hatte sein alter Herr endgültig genug von ihm. Er beschloß, daß Hal später tatsächlich nur die Ranch bekommen sollte und sonst nichts. Hal sollte eben sehen, ob er von seiner geliebten Ranch leben konnte, hat er gesagt.»

«Und sein Dad wußte, daß er's nicht konnte?»

«Ja», sagte Demott, «das wußte der alte Breedlove natürlich ganz genau. Trotzdem hat sich der Wechsel für mich positiv ausgewirkt. Der Druck, immer mehr Profit aus der Ranch zu schlagen, hat aufgehört. Ich hab Geld bekommen, um bei abgelegenen Weiden neue Zäune zu bauen und Gerät zu kaufen, damit wir was gegen die fortschreitende Erosion am Cache Creek unternehmen konnten. Dann haben Elisa und Hal geheiratet, und alles war in bester Ordnung. Aber es blieb nicht lange so. Hal machte mit Elisa eine Europareise. Und kam dort auf die Idee, er müßte sich unbedingt einen Ferrari kaufen. Genau das richtige Auto für unsere miserablen Straßen, aber er kaufte ihn sich. Und noch eine Menge anderes Zeug dazu. Schließlich mußte er ein Darlehen aufnehmen. Nicht lange, und unsere Einnahmen aus dem Verkauf von Heu und Rindfleisch reichten nicht mehr, um seine Ausgaben zu decken. Tja, da hat er sich eben wieder an seinen alten Herrn gewandt.»

Demotts Stimme hörte sich plötzlich belegt an. Er brach ab, wischte sich mit dem Hemdsärmel übers Gesicht und murmelte: «Verdammt heiß für die Jahreszeit.»

«Ja», sagte Leaphorn, obwohl er fand, daß es eher kühl war, höchstens fünfundzwanzig Grad in der Sonne. Dabei hatte sich die frische Brise schon wieder gelegt.

«Wie auch immer», nahm Demott den Faden wieder auf, «Hal kam jedenfalls mit leeren Händen von seinem Vater zurück. Er hat nicht viel erzählt, aber es sah so aus, als hätte er sich mit der ganzen Familie angelegt. Ich habe gehört, daß er auch versucht hat, sich von George Geld zu leihen – George Shaw, seinem Cousin, der früher mit zur Ranch gekommen war und mit uns klettern gegangen ist. Aber George hat ihn ebenfalls abblitzen lassen. Ich glaube, die Familie hat ihm klipp und klar gesagt: Scher dich zum Teufel, wir bauen das Gold in den Bergen. Und du gehst dabei leer aus.»

«Aber sie haben es nicht abgebaut. Warum nicht?»

«Ich nehme an, weil der alte Mann kurz danach seinen Herzanfall hatte. Nachdem er gestorben war, mußte erst mal alles beim Nachlaßgericht geklärt werden, und das hat eine Weile gedauert. Hal sollte die Ranch bekommen, aber erst, wenn er dreißig war, so lange stand sie unter Treuhandverwaltung. Trotzdem hatte die Familie hier draußen nichts mehr zu sagen. Das war so 'ne Art Schwebezustand, der eine Zeitlang angehalten hat.»

Demott vertiefte sich wieder in den Anblick des Handballens, den er gerade gewaschen hatte. Auch Leaphorn hing seinen Gedanken nach: über das Zerwürfnis der Breedlove-Familie und darüber, welche Schlüsse sich daraus ziehen ließen.

«Als ich mich mit Mrs. Rivera in der Bank unterhalten habe», sagte Leaphorn, «hat sie mir erzählt, daß die Pläne für einen Abbau der Goldvorkommen anscheinend kurz vor Hals Verschwinden wieder akut geworden sind. Aber sie meinte, diesmal wär's eine andere Bergbaugesellschaft gewesen, mit der die Familie in Verhandlung stand. Davon, daß die Breedlove Corporation die Sache möglicherweise selbst in die Hand nimmt, sei nicht mehr die Rede gewesen.»

Demotts Interesse an seinem Handballen erlosch schlagartig.

«Das hat sie Ihnen erzählt?»

«Genau so hat sie's gesagt. Und daß die Finanzierung über eine Bank in Denver abgewickelt werden sollte. Weil eine kleine Bank wie ihre gar nicht in der Lage gewesen wäre, ein Darlehen in dieser Größenordnung bereitzustellen.»

«Wirklich, wenn Mrs. Rivera ihre Finger im Spiel hat, können wir in unserer Gegend getrost auf die Tageszeitung verzichten», sagte Demott kopfschüttelnd.

«Ich habe mir überlegt, daß es ungefähr so gewesen sein könnte: Irgendwie ist durchgesickert, daß die Familie vorhat, ältere Rechte an dem Vorkommen geltend zu machen, und da hat Hal beschlossen, ihnen einen Strich durch die Rechnung zu machen, das Geschäft selber abzuwickeln und die anderen leer ausgehen zu lassen.»

«Ich glaube, ungefähr so ist es tatsächlich gelaufen», sagte Demott. «Ich weiß, daß sein Anwalt ihm dazu geraten hat, alles bis zu seinem Geburtstag zu verschleppen. Dann waren seine Ansprüche unstreitig, er konnte also tun, was er wollte. Und das deckte sich mit dem, was Elisa wollte. Aber Hal war einer von denen, die nie warten können. Es gab immer etwas, was er kaufen wollte. Und immer etwas, was er unternehmen wollte – Reisen oder so. Und er hatte ja schon eine Menge Schulden, die er zurückzahlen mußte.»

Demotts Lachen hatte einen bitteren Unterton. «Elisa hat von all dem nichts gewußt. Sie hat gar nicht geahnt, daß man die Ranch beleihen konnte, obwohl sie einem noch gar nicht gehörte. War ein richtiger Schock für sie, als sie es erfuhr. Hals Anwalt hat das irgendwie alles geregelt. Ich kenne mich in solchen Dingen nicht aus.»

«Ging's um viel Geld?»

«Eher eine relativ kleine Summe. Hal hatte sein Flugzeug abgestoßen und eine erste Anzahlung auf eine größere Maschine geleistet. Als er verschwunden war, haben wir die Lieferfirma dazu überredet, den Vertrag zu stornieren. Aber die Zinsen mußten wir natürlich bezahlen.»

Demott stand auf und sammelte sein Werkzeug ein. «Ich muß mich wieder an die Arbeit machen. Tut mir leid, daß ich Ihnen nicht weiterhelfen konnte.»

«Nur noch ein, zwei Fragen», sagte Leaphorn. «Klettern Sie immer noch?»

«Bin zu alt dafür. Steht da nicht auch was in der Bibel? Daß einer, der zum Mann geworden ist, nicht mehr dieselben Wege gehen soll, die er als Jüngling gegangen ist? So ähnlich.»

«War Hal ein guter Kletterer?»

«Ziemlich gut, aber zu leichtsinnig. Ist viel eher Risiken eingegangen als ich. Aber an Können und Erfahrung hat's ihm nicht gefehlt. Er hätte ein richtiger Profi werden können, wenn er's gewollt hätte.»

«Trauen Sie ihm zu, daß er allein auf den Ship Rock gestiegen ist?»

Demott sah nachdenklich aus. «Das frage ich mich schon die ganze Zeit, seit Elisa das Skelett identifiziert hat. Am Anfang hab ich gedacht: Nein, das hätte er auf keinen Fall versucht. Aber ich weiß nicht so recht. Ich würde es nicht riskieren, aber Hal ...»

Demott hob die Schultern. «Wenn er sich was in den Kopf gesetzt hatte, mußte er es um jeden Preis tun.»

«George Shaw war vor ein, zwei Tagen bei Maryboy, um sich die Erlaubnis zu holen, sein Land zu betreten», sagte Leaphorn. «Mit anderen Worten, er will hoch auf den Berg. Können Sie sich vorstellen, was er da oben sucht?»

Demott sah ihn groß an – zuerst ungläubig, dann erschrocken. «George will auf den Berg steigen? Wo haben Sie das gehört?»

«Ich weiß nur, daß er Maryboy hundert Dollar für das Durchgangsrecht bezahlt hat. Kann sein, daß er den Passierschein für jemand anders haben will, aber ich glaube, er hat gesagt, daß er selbst rauf will.»

«Warum, zum Teufel?»

Leaphorn antwortete nicht darauf. Er wollte Demott Zeit lassen, die Antwort selber zu finden.

«Verdammt», murmelte Demott, «dieser elende Mistkerl.»

«Ich könnte mir vorstellen, daß er glaubt, jemand hätte Hal einen kleinen Schubs gegeben.»

Demott nickte. «Ja. Entweder glaubt er, daß ich's getan und irgendwas oben zurückgelassen habe, was er als Beweis verwenden kann, um Elisas Erbe anzufechten. Oder er hat's selber getan, und ihm ist eingefallen, daß er etwas Belastendes da oben vergessen hat. Dann muß er natürlich hoch und dafür sorgen, daß das Beweismaterial verschwindet.»

Leaphorn zuckte die Achseln. «In solchen Fällen ist ein Verdacht so gut wie der andere.»

Demott legte das Werkzeug weg.

«Als Elisa vom Krematorium zurückkam, hat sie mir erzählt, daß nicht einer von Hals Knochen gebrochen war. Nur die Sehnen waren an ein paar Stellen gerissen. Das kann beim Sturz passiert sein, es können aber auch die Aasvögel gewesen sein. Ich glaube, die haben soviel Kraft im Schnabel, daß sie das schaffen. Wie auch immer, ich hoffe, daß er tot unten angekommen ist und nicht irgendwo hilflos herumgelegen hat, bis er verdurstet ist. Er war auf seine Art ein verdammt guter Kerl.»

«Ich habe ihn nie kennengelernt», sagte Leaphorn. «Für mich

war er immer nur ein Verschollener, den wir gesucht und nie gefunden haben.»

«Doch, er war ein guter, anständiger Kerl. Immer großzügig, immer für andere da.» Demott begann wieder sein Werkzeug einzusammeln. «Wissen Sie, als neulich der Cop zu uns gekommen ist, um Elisa die Sachen zu zeigen, die sie gefunden hatten, hatte er auch einen Aktenordner dabei. Und auf dem Aufkleber stand: ‹Gefallener Mensch›. Ja, hab ich gedacht, besser kann man Hal nicht beschreiben. Der alte Breedlove hatte ihm ein Paradies gegeben, aber ihm hat das nicht gereicht.»

18

Lucy Sam schien froh zu sein, daß Jim Chee sich bei ihr blicken ließ.

«Ich glaube, da wollen wieder welche auf unsern Tse'Bit'a'í' steigen», berichtete sie dem Lieutenant aufgeregt. «Ich hab vor zwei Tagen einen großen Wagen die Straße runterkommen sehen, der zu Hosteen Maryboy gefahren ist. Und als er wieder weg war, bin ich rüber, um zu sehen, ob mit ihm alles in Ordnung ist. Da hat er's mir erzählt.»

«Ich hab schon davon gehört», sagte Chee und wurde sich einmal mehr bewußt, wie schwierig es war, in dem weiten, menschenleeren Land irgend etwas geheimzuhalten.

«Der Mann hat Hosteen Maryboy hundert Dollar gezahlt», sagte Lucy kopfschüttelnd. «Ich finde, er sollte trotzdem nicht da raufklettern dürfen, nicht mal für tausend Dollar.»

Chee nickte. «Das sehe ich genauso. Die Weißen haben genug eigene Berge, auf die sie klettern können.»

«Der, der früher hier gelebt hat –» Lucy meinte ihren Vater, wollte durch ihre Umschreibung nach Navajoart aber vermeiden, den Namen eines Toten auszusprechen – «hat immer gesagt, das wäre so, als wenn wir Navajos auf der großen Kirche in Rom herumklettern würden. Oder die Klagemauer besteigen. Oder auf allen vieren über den Platz robben, an dem der Prophet des Islams in den Himmel gefahren ist.»

«Es ist respektlos», gab ihr Chee recht. Und da dieses Thema nun abgehandelt war, kam er auf die Viehdiebstähle zu sprechen.

Hatte Hosteen Maryboy ihr gegenüber erwähnt, daß er wieder einige Rinder verloren hatte? Ja, hatte er. Und er war deswegen sehr zornig. Mit dem Geld für die Ochsen hätte er die letzte Rate für seinen Pickup bezahlen können.

Hatte sie, seit er das letzte Mal hier gewesen war, irgend etwas Verdächtiges beobachtet? Nein, nicht daß sie wüßte.

Und ob er wohl mal einen Blick in ihr Notizbuch werfen dürfe? Sicher doch, sie wollte es ihm gern zeigen.

Sie nahm das Notizbuch aus der Tischschublade und reichte es Chee.

«Ich hab's genauso weitergeführt wie der, der früher hier gelebt hat», sagte sie und zeigte auf die letzte Seite. «Oben in die Ecke das Datum und die Zeit. Und dann, was ich gesehen habe.»

Chee blätterte zurück und stellte fest, daß Lucy Sam sehr viel notiert hatte. Das Büchlein fungierte für sie als eine Art Tagebuch, genau wie für ihren Vater. Und sie hatte nicht nur sein System übernommen, sie schrieb in derselben, bei den Franziskanerpatres abgeguckten, zierlichen, kleinen Schrift, jede Zeile schnurgerade und dicht unter der anderen. Geradezu ein Markenzeichen für Generationen von Navajos, die in der St.-Michaels-Schule westlich von Window Rock erzogen worden waren. Die Eintragungen waren leicht zu lesen, niemand hätte Lucy Sam vorwerfen können, daß sie verschwenderisch mit Papier und Tinte umging. Nur, Chee fand leider nichts, was ihm weitergeholfen hätte.

Er blätterte zurück zu dem Datum, als er und Officer Manuelito die lockeren Zaunpfosten auf Maryboys Weideland entdeckt hatten. Und siehe da, sie waren tatsächlich in Lucys Notizbuch verewigt. Die Notizen begannen mit der Eintragung: «Yazzie war hier. Sagt, daß er mir bald Brennholz bringen will.» Am Schluß stand die Beobachtung: «Die Rotschwanzbussarde sind wieder da.» Und in die Zeilen dazwischen hatte Lucy geschrieben: «Polizeiauto steckt auf dem Weg unter dem Tse'Bit'a'i' fest. Ein Truckfahrer kommt und hilft.» Ganz unten auf der Seite die Eintragung: «Abschleppwagen holt das Polizeiauto.» Aber dazwischen gab es noch eine Zeile. Und in der stand: «Wieder das Campinggespann. Macht halt. Fahrer guckt sich die Gegend an.»

Das Campinggespann? Chee spürte, daß sein Gesicht zu glühen anfing. Es war ihm peinlich, daß Lucy auch das beobachtet hatte. Denn zweifellos handelte es sich um Finchs Campinggespann und um den Augenblick, in dem er festgestellt hatte, daß Chee und Manuelito seine schöne Falle für Zorro hochgehen ließen, im denkbar ungünstigsten Augenblick.

Er blätterte weiter durch das Buch, jetzt in chronologischer Folge. Eine wahre Fundgrube für jeden, der etwas über Turmfalken, brütende Kernbeißer, Kojotenfamilien und andere Details aus der heimischen Fauna erfahren wollte, aber darum ging es Chee ja nicht. Das Büchlein verriet ihm viel über Lucys Einsamkeit, aber irgendwas, was ihm bei seiner Jagd auf die Viehdiebe nützlich sein konnte, verriet es ihm leider nicht. Falls Finchs fiktiver Zorro irgendwann wieder zu der Futterstelle gekommen und sich eine Wagenladung von Maryboys Rindern geholt hatte, dann mußte er das getan haben, als Lucy gerade nicht an ihrem Teleskop saß.

Obwohl es doch ganz so aussah, als würde ihr absolut nichts entgehen. Da gab es eine Eintragung über einen «sehr schmutzigen» weißen Pickup mit einem Pferdetransporter im Schlepp, der den Feldweg am Ship Rock benutzt hatte, aber es stand nicht dabei, daß er irgendwo gehalten hätte. Chee nahm sich vor, der Sache nachzugehen. Ungefähr ein Dutzend anderer Fahrzeuge hatte Lucy mit ihrem Teleskop ausgemacht – darunter einen Paketwagen der Post, der sich offensichtlich verirrt hatte –, auch Finchs Campinggespann hatte sie noch mal beobachtet und drei Pickups, von denen sie aber wußte, wem sie gehörten. Doch irgendwas, was Chee als noch so vagen Hinweis auf einen Viehdieb deuten konnte, war nicht darunter.

Das warf die Frage auf, ob die ganze Aktion überhaupt einen

Sinn hatte. Angenommen, Manuelitos Netz freiwilliger Beobachter brachte ihnen irgendwann doch eine Erkenntnis, dann stand zumindest fest, daß sie sehr lange darauf warten und viel Geduld aufwenden mußten. Es konnte Jahre dauern, bis ein Verhaltensmuster erkennbar wurde, das sie auf die richtige Spur führte. Und noch etwas wurde Chee klar: Finch sah in ihm einen unliebsamen Konkurrenten bei der Jagd auf den sogenannten Zorro. Dem Brandzeicheninspektor lag daran, daß Chee und Manuelito sich nicht mehr bei der Weide mit den lockeren Zaunpfählen blicken ließen, aber er selbst dachte gar nicht daran, ein bißchen vorsichtig zu sein, im Gegenteil, er kam offenbar alle paar Tage her und beobachtete, was sich dort tat. Das gab Chee zu denken.

Ihm fiel ein, daß Maryboy nicht zum ersten Mal Rinder gestohlen worden waren. Hatte Lucy oder ihr Vater vielleicht schon früher etwas beobachtet, was sich als interessant herausstellen konnte? Hatte Lucy zum Beispiel den weißen Truck mit dem Pferdetransporter schon irgendwann früher gesehen? Oder diesen Schulbus, den sie in ihrem Büchlein notiert hatte? Ein Schulbus, stand da, der sich im Schlamm festgefahren hatte. Dabei war der Weg, der am Ship Rock entlangführte, mit Sicherheit keine normale Schulbusroute. Es gab noch andere merkwürdige Eintragungen, zum Beispiel über einen Campingwagen, der fast den ganzen Tag am Fuß des Ship Rock geparkt hatte. «Steigt da etwa jemand auf unsern Berg?» hatte Lucy in ihr Büchlein geschrieben. Irgendwann, wenn er Zeit hatte, wollte er sich die Notizen noch mal vornehmen und gründlich durchblättern.

Fürs erste legte er das Notizbuch weg. Lucy war nach draußen gegangen, um die Hühner zu füttern. Durchs Fenster sah er, daß sie sich inzwischen beim Ziegenstall zu schaffen machte, wo sich ein junges Zicklein mit dem Strick am Zaun verheddert hatte. Er ertappte sich bei dem Versuch, sich Janet Pete in dieser Rolle vorzustellen. Und sich selbst in der von Old Sam, drüben in der Ecke, im Schaukelstuhl. Ein Bild, das keine Konturen annehmen wollte. Der weiße Porsche kam angeröhrt und rettete sie. Aber jetzt tat er ihr unrecht. Er fing an, wie ein Rassist zu denken.

Das heißt, er hatte, seit er Janet begegnet war und sich in sie verliebt hatte, schon immer wie ein Rassist gedacht. Weil er geglaubt hatte, sie müsse, weil sie mit dem Familiennamen Pete hieß und weil ihr Vater ein Navajo war, in der Tradition des *diné* aufgewachsen und daher eine von ihnen sein. Aber die Werte, denen jemand sich verpflichtet fühlt, werden ihm nur durch die Kultur vermittelt, in der er lebt. Und die Kultur, die Janet geprägt hatte, war die des blaublütigen, weißen Staates Maryland mit seiner Eliteuniversität, seinem Schick, seiner Indifferenz in religiösen Fragen und seinem alten Reichtum. Wer seine geistige Heimat in so einer Umgebung suchte, mußte zwangsläufig anfangen, an Werte zu glauben, die im krassen Gegensatz zu den Werten seines Volkes standen. Bei den Navajos galt Reichtum als Zeichen der Eigensucht. Darum hatte zum Beispiel einer von Chees Freunden beschlossen, nie mehr beim Rodeo zu gewinnen. Weil der Ruhm, den er sich bei den Rodeowettbewerben erworben hatte, ihn eitel machte und weil das Geld, das er dabei verdiente, ihm nichts Gutes, sondern nur den Verlust der inneren Harmonie brachte.

Ach, zum Teufel mit der Grübelei. Er stand auf, stellte das Teleskop auf seine Sehschärfe ein, schwenkte es herum und fand die Stelle, an der die Zaunpfosten gelockert waren. Der unbefestigte Weg war nach den Maßstäben der Reservation so etwas wie eine Nebenstraße, aber die wurde von vielleicht gerade mal einem Dutzend Fahrzeugen in der Woche benutzt – bei gutem Wetter. Bei Regen oder Schnee war meist niemand unterwegs. Heute tat sich auf dem Weg nichts. Und auch hinten, bei Finchs Zorrofalle, war alles ruhig. Chee zählte achtzehn Kühe und Kälber – zum Teil Hereford-, zum Teil Angusrinder – und drei Pferde auf der Weide. Er ließ das Teleskop nach links wandern und richtete es auf die Stelle, von der aus, wie Lucy ihm erzählt hatte, die Klettergruppen gewöhnlich zu ihrem großen Abenteuer aufbrachen. Nichts zu sehen außer Salbeibüschen, Rosazeengestrüpp und einem Habicht auf der Suche nach einem Leckerbissen zum Mittagessen.

Chee setzte sich wieder und griff nach dem ältesten Notizbuch. Er hatte die Eintragungen schon bei seinem letzten Besuch durchgesehen, aber nur flüchtig und erst ab dem Datum von Hals Verschwinden. Diesmal fing er vorn an und überflog Seite für Seite.

Lucy kam herein, wusch sich die Hände und schaute, während sie nach dem Handtuch langte, zu Chee herüber.

«Irgendwas nicht in Ordnung?»

«Ich bin nur enttäuscht», sagte Chee. «So viele Details in den alten Notizbüchern. Das dauert ewig.»

«Er hatte eben nichts anderes zu tun», sagte Lucy in einem Ton, als müsse sie sich für ihren Vater entschuldigen. «Nachdem er so krank wurde mit den Nerven, konnte er ja nicht mehr aus dem Haus gehen, nur noch hier im Schaukelstuhl sitzen. Manchmal hat er gelesen oder Radio gehört, aber dann hat er sich wieder ans Teleskop gesetzt und aufgeschrieben, was es zu sehen gab.»

Und es gab eben so viel zu sehen, dachte Chee, nur das, was ich suche, finde ich in seinen Aufzeichnungen nicht.

Etwa in der Mitte des Notizbuches stieß er auf das Datum des Tages, an dem Hal Breedlove verschwunden war. Nach Hosteen Sams Eintragungen ein kühler, windiger Tag. Wie immer, wenn der Sommer zu Ende ging, sammelten sich die Krähen, um in großen, lockeren Schwärmen am Ship Rock vorbei zu ihren Winterquartieren in den Wäldern am San Juan zu fliegen. Drei Versorgungsfahrzeuge der Ölgesellschaft waren Richtung Red Rock den Weg heruntergekommen und schließlich zum Ölfeld Rattlesnake abgebogen. Am Himmel waren ein paar dunkle Wolken aufgezogen, aber nach Regen hatte es nicht ausgesehen.

Die Eintragung am nächsten Tag war länger. Hosteen Sam beschrieb ausführlich den Übermut von vier Kojotenjährlingen, die sich darin übten, einen Präriehund den Berghang hinunterzujagen. Las sich hübsch, war aber wieder nicht das, wonach Chee suchte.

Eine Stunde und Dutzende Seiten später klappte er das Büchlein zu und rieb sich seufzend die Augen.

«Möchten Sie gern was essen?» Genau die Frage, auf die Chee

176

insgeheim gewartet hatte, seit Lucy am Herd hantierte, Zwiebeln schnitt, sich mit Töpfen und Pfannen zu schaffen machte und geduldig Chees Fragen beantwortete. Fragen zu einem Kürzel, das er nicht entziffern konnte, oder einer Textstelle, die er nicht verstand. Und dazu zog, von Minute zu Minute verlockender, der Duft des Hammeleintopfs durch die Küche. Ein Wink des Himmels, daß es Wichtigeres gab als dieses ohnehin nicht vielversprechende Blättern in alten Notizbüchern.

«O ja, bitte», sagte er. «Das riecht genauso wie der Eintopf, den meine Mutter früher immer gekocht hat.»

«Und schmeckt vermutlich auch genauso», meinte Lucy. «Sind immer dieselben Zutaten – Hammel, Zwiebeln, Kartoffeln, eine Dose Tomaten, Salz und Pfeffer.»

Es schmeckte köstlich, genau wie bei seiner Mutter. Während des Essens erzählte er Lucy, wonach er suchte. Und daß er wohl den ganzen Zeitraum zwischen Hals Verschwinden und der Entdeckung des Skeletts durchblättern müsse, obwohl es ihm eigentlich nur um eine einzige Eintragung ging. Und zwar um die von dem Tag, an dem Hal Breedlove zum Ship Rock gekommen war, um jene Klettertour zu wagen, die ihm zum Verhängnis werden sollte.

«Und? Haben Sie nichts gefunden?»

«Bis jetzt habe ich nur festgestellt, daß er offenbar nicht gleich hier war, nachdem er seiner Frau davongelaufen war. Jedenfalls steht in dem Buch nichts von einem Kletterer.»

«Das hätte er bestimmt aufgeschrieben», sagte sie. «Wie weit sind Sie denn schon gekommen?»

«Ich habe bisher nur die ersten acht Wochen nach seinem Verschwinden geschafft. Das kann noch Stunden dauern.»

«Wissen Sie, die Leute, die da hochklettern, beginnen mit dem Aufstieg immer bei Sonnenaufgang. Das machen alle so, damit sie wieder unten sind, bevor es dunkel wird. Außerdem kann der schwarze Fels in der Nachmittagssonne furchtbar heiß werden. Lesen Sie einfach von jedem Datum nur die erste Zeile. Er ist jeden Morgen vor Sonnenaufgang aufgestanden, im Rollstuhl vor die Tür des Hogans gerollt, hat den Gesang zum Lobpreis des jungen Morgens gesungen und den neuen Tag mit einer Handvoll Blütenstaub gesegnet. Danach hat er sich ans Fenster gesetzt und mit dem Teleskop den Berg abgesucht, das war immer das erste. Und wenn da ein Auto gestanden hat – die Kletterer haben immer an derselben Stelle geparkt –, war das das erste, was er notiert hat.»

«Gut», sagte Chee, «dann werde ich's mal mit der Methode versuchen.»

Die Seite, die Chee aufschlug, trug das Datum 15/09/85, also mußte er acht Tage weiterblättern. Um sich an das von Lucy empfohlene System zu gewöhnen, überflog er die erste Zeile. Ein Turmfalke hatte einen Grasfrosch gefangen. Er blätterte weiter, den Blick immer nur auf die erste Zeile unter dem Datum gerichtet.

Drei, vier Seiten weiter, etwa in der Seitenmitte, fing die Eintragung für den 18. September an. «Kletterer. Sind in einem komischen grünen Kastenwagen gekommen. Drei Männer steigen auf den Berg. Wenn Lucy aus Albuquerque zurückkommt, schicke ich sie gleich nach Shiprock, damit sie's der Polizei meldet.»

Chee starrte auf das Datum. Kein Irrtum: 18/09/85. Aber Hal Breedlove war erst fünf Tage später verschwunden, am 23. September, nachdem Hosteen Nez ihn und Elisa durch den Canyon de Chelly geführt hatte, drei Tage nach seinem Geburtstag. Er überflog den Rest der Seite und fand zwei weitere Notizen über die Kletterer.

Die erste lautete: «Haben jetzt mehr als die Hälfte des Aufstiegs hinter sich. Kriechen unter einem Felsüberhang entlang, sehen aus wie Käfer an einer Mauer.» Und die zweite: «An dem seltsamen grünen Auto gehen die Scheinwerfer an. Und das Innenlicht. Ich sehe, daß sie ihre Ausrüstung verstauen. Jetzt fahren sie weg. Die Polizei ist wieder nicht gekommen. Ich habe Maryboy gesagt, er soll keinen mehr auf den Tse'Bit'a'i' klettern lassen. Aber er hört ja nicht auf mich.»

Lucy wusch in einer Schüssel das Geschirr ab, hin und wieder warf sie einen Blick auf Chee, um zu sehen, ob er jetzt schneller vorankam. Er hielt ihr das Notizbuch hin und deutete auf die Eintragung.

«Erinnern Sie sich daran?» fragte er. «Es ist schon elf Jahre her. Drei Männer sind in einer Art grünem Kastenwagen gekommen und auf den Ship Rock gestiegen. Ihr Vater hat auf Sie gewartet, er wollte Sie nach Shiprock schicken, damit Sie der Polizei Bescheid sagen. Aber Sie waren an dem Tag in Albuquerque.»

Lucy Sam setzte die Brille auf und las die Zeilen.

«Tja – warum hab ich da den Bus nach Albuquerque genommen?» grübelte sie. Und dann hatte sie's: «Ja, Irma hatte dort ihr Baby bekommen. Die kleine Alice. Die nun auch schon elf ist. Als ich heimkam, war er ganz außer sich über diese Kletterer. Und wütend. Er wollte, daß ich ihn hoch zu Hosteen Maryboy fahre. Ich hab ihn hingebracht. Ich erinnere mich, daß sie sich deswegen gestritten haben.»

«Hat er irgendwas über die drei Bergsteiger erzählt?»

«Daß sie ein bißchen langsam waren, hat er gesagt. Sie sind nämlich erst nach Einbruch der Dunkelheit wieder beim Wagen gewesen.»

«Irgendwas über den Wagen?»

«Der Wagen?» Lucy dachte nach. «Ich weiß noch, daß er gesagt hat, er hätte so einen noch nie gesehen. Häßlich und unförmig – wie eine viereckige Schachtel auf Rädern. Und daß er grün war. Und Skihalterungen auf dem Dach hatte.»

Chee klappte das Notizbuch zu, gab es Lucy zurück und versuchte sich zu erinnern, wie Joe Leaphorn Hal Breedloves Wagen beschrieben hatte, den man seinerzeit verlassen an einem Aussichtspunkt über dem Canyon de Chelly gefunden hatte. Er war auch grün gewesen, irgendein ausländisches Fabrikat, ein Geländewagen ... richtig: ein Land-Rover. Nun, da hatte Old Man Sam nicht ganz unrecht, die sahen tatsächlich wie eine viereckige Schachtel auf Rädern aus.

«Danke», sagte Chee zu Lucy Sam. «Ich muß jetzt los. Mal sehen, woran sich Hosteen Maryboy erinnern kann.»

19

Der Sonnenuntergang war hinter dem Beautiful Mountain verglüht, als Chee mit dem Geländewagen der Navajopolizei über Lucy Sams Viehweide holperte, um so auf dem kürzesten Weg die Teerstraße zu erreichen. Im Zwielicht zwischen Tag und Dunkelheit nutzten ihm die Scheinwerfer auch auf der Straße nicht viel, und um ein Haar hätte er die Abbiegung auf den staubigen Feldweg verpaßt, der nach Süden führte, mitten hinein in das Hochland von Rol Hai Rock zwischen der Chuska und den massiven alten Spitzkegeln, wo sich im weiten menschenleeren Land nun endgültig Fuchs und Hase gute Nacht sagten.

«Achten Sie auf Ihren Meilenzähler», hatte Lucy ihm geraten. «Ungefähr acht Meilen hinter der Abbiegung kommen Sie auf einen kleinen Kamm. Von dort aus können Sie Maryboys Hogan sehen, etwa eine Meile links.»

«Und wie komme ich da hin?» hatte Chee gefragt. «Es wird sicher schon dunkel sein. Muß ich noch mal abbiegen?»

«An einer kleinen Auswaschung steht ein großer Baumwollbaum, da geht's links ab. Ist der einzige Baum weit und breit. Außerdem läßt Hosteen Maryboy am Hogan die ganze Nacht über ein Geisterlicht brennen. Das können Sie gar nicht verfehlen.»

«Okay», hatte Chee gesagt. Den letzten Satz hätte sich Lucy, wenn's nach ihm gegangen wäre, ruhig sparen können. Gerade diese sogenannten markanten Punkte hatten ihre Tücken, er fuhr da jedesmal prompt vorbei.

«Ein paarmal führt der Weg über ausgetrocknete Bachläufe mit steilen Ufern, die der Sand zugeweht hat. Wenn Sie dort zu langsam fahren, stecken Sie fest. Aber sonst ist das bei trockenem Wetter eine ziemlich gute Strecke.»

Chee war den Weg früher schon ein paarmal gefahren, er hatte ihn nicht als «ziemlich gute Strecke» in Erinnerung, im Gegenteil, es war ein miserabler Rütteltrack. Derart miserabel, daß sogar die Karteneinzeichnung – eine gestrichelte Linie, die eine

«nicht ausgebaute, gefährliche Strecke» symbolisierte – an argli-
stige Täuschung grenzte. Trotzdem fuhr Chee an diesem Abend
schneller, als es nach den Regeln des gesunden Menschenver-
stands ratsam gewesen wäre. Es war die innere Unruhe, die ihn
antrieb. Dieses schachtelförmige grüne Vehikel mußte Hal
Breedloves viereckiger grüner Land-Rover gewesen sein, der-
selbe Wagen, den er auf der Lazy-B gesehen hatte. Also mußte
einer der drei Männer, die Hosteen Sam vor elf Jahren beobachtet hatte, Breedlove gewesen sein. Was die Vermutung nahe-
legte, daß es sich bei einem der beiden anderen um den Mann
gehandelt hatte, der Breedlove drei, vier Tage später angerufen
und – weiß der Teufel, unter welchem Vorwand – von der Lodge
und seiner Frau weggelockt hatte. Er hoffte sehr, daß Hosteen
Maryboy ihm den Mann beschreiben konnte. Die Chancen dafür waren gar nicht so schlecht, denn Menschen, die ihr einsames
Leben weitab von Ansiedlungen und Dörfern verbringen, haben
meist ein gutes Gedächtnis für Fremde, insbesondere für solche,
die sich das Ziel gesetzt haben, irgend etwas völlig Unsinniges zu
tun – zum Beispiel, ihr Leben auf dem Ship Rock aufs Spiel zu
setzen. Chee nahm sich jedenfalls vor, nicht lockerzulassen, bis
er soviel wie möglich in Erfahrung gebracht hatte. Und dann
wollte er Leaphorn anrufen.

Warum er das tun wollte, hätte er selber nicht erklären können, aber irgendwie bedeutete es ihm sehr viel, dem legendären
Ex-Lieutenant gegenüberzusitzen und ihm zu berichten, was er
herausgefunden hatte. Eigentlich hätte Chee erwartet, verärgert
zu sein, weil Leaphorn jetzt für die Breedlove Corporation arbeitete, und das ausgerechnet durch die Vermittlung von John
McDermott. Aber nun stellte er sich nur noch vor, daß er in
Leaphorns dunklen Augen Anerkennung lesen würde. Und daß
sich auf Leaphorns gewöhnlich so strenger Miene ein Lächeln
breitmachte. Und daß der legendäre Ex-Lieutenant, nachdem er
eine Weile nachgedacht hatte, ihm sagte, daß er, der Acting Lieutenant Jim Chee, mit seinen Ermittlungen die letzte Lücke in
einem schrecklichen, bis jetzt rätselhaften Fall geschlossen habe.

Auf Lucy Sams Beschreibung war Verlaß: Nahezu auf den

Meter genau acht Meilen hinter der Abbiegung nach Süden stieg der Weg zu einem Kamm an. Der Mond war noch nicht aufgegangen, aber die beherrschenden Konturen der Landschaft zeichneten sich klar gegen den sternengeschmückten Himmel ab – rechts die zerklüfteten Felsen der Chuskas und links der oben wie mit dem Messer abgeschnittene dunkle Block der Tafelmesa, und dazwischen erstreckte sich bis zum Horizont wie ein unendliches Meer der Finsternis die Dunkelheit. Dann aber, als die Fahrspur mit einem scharfen Knick um einen mit Mormonentee bewachsenen Buckel herumführte, sah Chee in einiger Entfernung einen hellen gelben Punkt: Maryboys Geisterlicht.

Er bog hinter dem Baum, den Lucy ihm beschrieben hatte, nach links ab und merkte an den zu beiden Seiten der Grasnarbe tief ausgefahrenen Furchen, daß er auf dem richtigen Weg war. Die Furchen führten über eine flache Auswaschung geradewegs auf das Licht zu, das, je mehr die Fahrspur sich hangabwärts senkte, immer strahlender zu leuchten schien. Von irgendwoher hörte er, ziemlich weit entfernt, ein kurzes, dumpfes Geräusch, wie lautes Händeklatschen. Aber Chee war zu sehr damit beschäftigt, den Wagen in der Spur zu halten, als daß er lange darüber nachgedacht hätte. Ein tiefeingeschnittener Trockenlauf schüttelte den Geländewagen durch, dann führten die Furchen ein Stück weit durch einen mit Gestrüpp bewachsenen Hohlweg, der das Licht der Scheinwerfer zu einem scharfen Strahl bündelte, und als der Weg nach etwa zweihundert Metern wieder nach oben kletterte ...

... war das Geisterlicht verschwunden.

Chee runzelte verdutzt die Stirn, sagte sich aber, daß ihm wahrscheinlich das Gebüsch, an dem er gerade vorbeifuhr, die Sicht versperrte. Doch dann hörten die Büsche auf, vor ihm lag nur noch offenes Grasland, weit und breit nichts, was höher gewesen wäre als die Spitzen der Salbeisträucher. Aber von Maryboys Geisterlicht war immer noch nichts zu sehen. Warum nicht? Vermutlich hatte Maryboy es ausgeschaltet, was sonst? Oder die Birne war durchgebrannt. So weit hier draußen war der alte Mann wahrscheinlich nicht ans Netz der ländlichen

182

Elektrizitätsversorgung angeschlossen, er bezog seinen Strom aus einem Windgenerator und einer Batterieanlage. Und wenn nun die Batterien leer waren? Unsinn. Und dennoch die einzige Erklärung dafür, daß das Licht auf einmal erloschen war. Denn wenn jemand ein Geisterlicht an seinem Hogan anbringt, dann tut er das, weil er sich vor den Geistern der Toten fürchtet. Und dann schaltet er das Licht bestimmt nicht aus, bevor nicht der Sohn des Morgens der Welt die Harmonie zurückgebracht hat. Und Hosteen Maryboy hätte es erst recht nicht ausgeschaltet, wenn er an schwankenden Autoscheinwerfern gesehen hätte, daß er Besuch bekam. Oder hatte er vielleicht mit jemandem gerechnet, vor dem er sich lieber im Dunkel verstecken wollte?

Chee legte die letzten fünfhundert Meter langsamer zurück, als er's getan hätte, wenn das Licht weiter gebrannt hätte. Der geländegängige Streifenwagen rollte an einem Viehpferch mit einer Verladerampe für Rinder vorbei. Das Licht der Scheinwerfer brach sich in der Aluminiumverkleidung eines Wohnwagens. Dahinter sah Chee das Wrack eines Trucks ohne Hinterräder, ein Stück weiter hinten einen ziemlich neuen Pickup und noch ein Stück weiter den Hogan, einen kleinen Ziegenpferch, einen aus Büschen geformten Bogengang und zwei Schuppen. Er parkte weiter abseits vom Hogan, als er's normalerweise getan hätte, und ließ den Motor ein wenig länger laufen. Und als er den Zündschlüssel schließlich doch nach links gedreht hatte, kurbelte er das Fenster auf der Fahrerseite herunter, saß da und lauschte.

Aus dem Wohnwagen drang kein Lichtschimmer. Kalte, trokkene Dezemberluft kroch durchs offene Wagenfenster und trug den Geruch von Salbei und Staub, verrottendem Laub und Ziegenkot herein. Und noch etwas wehte Chee mit der kalten Luft an: die tödliche Stille einer Winternacht, in der sogar der Wind den Atem anhielt. Aus einem der beiden Schuppen kam ein struppiger alter Hund gehinkt und schleppte sich bis zum Streifenwagen. In seinen müden Augen spiegelte sich, als er vor dem Kühler haltmachte, das grelle Licht der Scheinwerfer. Chee beugte sich aus dem Wagenfenster und fragte: «Jemand zu

Hause?» Aber der Hund drehte sich nur um und hinkte zurück zum Schuppen.

Chee schaltete die Scheinwerfer aus, horchte in die Stille, trommelte mit den Fingern aufs Lenkrad und wartete mit einem unguten Gefühl darauf, daß sich im Hogan etwas rührte. Aus weiter Ferne hörte er den Schrei einer Höhleneule, die ihre nächtliche Beute jagte. Er dachte nach. Irgend jemand mußte das verdammte Geisterlicht ausgeschaltet haben. Also mußte auch jemand da sein. Ich fahre jetzt bestimmt nicht einfach so weg und gebe später zu, daß ich hergekommen bin, um mit Old Maryboy zu reden, dann aber zu feige war, in der Dunkelheit aus dem Wagen zu steigen, sagte er im stillen zu sich selbst.

Er überzeugte sich, daß seine .38er Dienstwaffe gesichert im Holster steckte, zog die Taschenlampe aus der Halterung, öffnete die Wagentür und fand auf einmal, daß es doch ganz sinnvoll gewesen war, bei den Dienstwagen der Tribal Police die Automatik zu blockieren, durch die sich normalerweise beim Öffnen der Tür das Innenlicht einschaltete. Er stand neben dem Streifenwagen, war froh, daß die Dunkelheit ihn wie eine Tarnkappe einhüllte, und rief laut «Hosteen Maryboy?», dann einen Gruß und – wie es der Brauch verlangte – seinen Namen und den seines Clans und seiner Familie.

Ringsum nur Stille. Aber der helle, laute Klang seiner eigenen Stimme hatte seine Nervosität weggewischt. Er wartete noch eine Weile, gerade so lange, wie es sich nach den Geboten der Höflichkeit gehörte, dann ging er auf den Eingang zu, stieg die beiden Betonstufen hoch und klopfte an die mit Fliegendraht bespannte Außentür.

Drinnen rührte sich nichts. Er klopfte noch einmal, dieses Mal lauter. Dann zog er die Außentür auf und probierte, ob der Türknauf verriegelt war. Nein, war er nicht, er ließ sich drehen, das Schloß schnappte auf.

«Hosteen Maryboy», rief er, «Sie haben Besuch bekommen.» Er lauschte. Chee stieß die Tür auf. Dunkelheit gähnte ihn an. Er schaltete die Taschenlampe ein.

Soweit man sich hinterher auf das eigene Zeitgefühl verlassen kann, hätte Chee gesagt, daß es höchstens ein, zwei Sekunden dauerte, bis der Lichtstrahl der Taschenlampe einmal durch den Hogan gewandert war. Niemand da. Aber entweder war es eine innere Stimme oder eine unbewußte Wahrnehmung aus den Augenwinkeln, jedenfalls gab es irgend etwas, was ihm sagte, daß da etwas nicht stimmen konnte. Er schwenkte den Lichtstrahl nach unten.

Der Tote lag auf dem Rücken, mit den Füßen zur Tür. Als hätte er ein Geräusch gehört, wäre auf den Eingang zugegangen, um nach dem Rechten zu sehen, und auf halbem Weg von den Füßen gerissen worden.

Nur der Bruchteil einer Sekunde verging, bis Chee die Lampe ausgeknipst und sich tiefer ins Dunkel des Hogans zurückgezogen hatte, aber dieser winzige Moment genügte ihm, um sich über ein paar Dinge klarzuwerden. Der Schuß hatte den Mann ziemlich genau ins Zentrum der Brust getroffen. Zwar nicht mit absoluter Sicherheit, aber doch mit hoher Wahrscheinlichkeit handelte es sich um Mr. Maryboy. Der klatschende dumpfe Laut, den er vorhin gehört hatte, mußte der tödliche Schuß gewesen sein. Also mußte der, der ihn abgegeben hatte, sich noch irgendwo in der Nähe aufhalten. Wahrscheinlich war er es gewesen, der, nachdem er Maryboy erschossen und die näher kommenden Scheinwerfer gesehen hatte, das Geisterlicht ausgeschaltet hatte. Chee lehnte an der Wand neben der Tür, zog die Pistole, entsicherte sie und brachte sie in Anschlag.

Sekunden reihten sich zu Minuten, er lauschte in die Stille der Nacht und dachte über seine Situation nach. In die Gerüche, die aus Maryboys Küche drangen, mischte sich scharfer Pulvergeruch. Ein weiteres Indiz dafür, daß Hosteen Maryboy erst vor wenigen Minuten erschossen worden war. Was die Situation nur um so erschreckender erscheinen ließ. Eine zusätzliche Bestätigung für die Richtigkeit der Theorie, daß der Mörder noch nicht weggefahren war. Sonst hätte er sich die Mühe sparen können, das Geisterlicht auszuschalten. Und er hätte Chee auf der Fahrspur entgegenkommen müssen. Chee konnte zwar nicht mit Sicherheit ausschließen, daß er zu Fuß das Weite gesucht hatte, aber es war recht unwahrscheinlich. Dann hätte er das Fahrzeug, mit dem er hergekommen war, stehenlassen müssen. Oder war das der Pickup, den Chee vorhin gesehen hatte? Möglich, aber wiederum eher unwahrscheinlich. Vermutlich gehörte der Pickup Maryboy. Der Mörder hatte Chee kommen sehen und alle Zeit der Welt gehabt, seinen Wagen irgendwohin ins Dunkel zu fahren.

Also gut. Was konnte Chee jetzt tun?

Er kauerte sich neben den Mann, der auf dem Boden lag, und suchte nach dem Pulsschlag. Es gab keinen. Der Mann war tot. Eine Feststellung, die zumindest bedeutete, daß es nichts gab, was Chee sofort veranlassen mußte. Er konnte warten, bis es Tag und hell wurde, was die Unwägbarkeiten ein wenig reduzierte. Im Augenblick waren die Chancen ungleich verteilt, der Mörder wußte genau, wo Chee war, Chee dagegen hatte keine Ahnung, wo der Mörder steckte. Aber die verlockende Möglichkeit, einfach abzuwarten, barg auch ein hohes Risiko. Früher oder später kam der Mörder bestimmt auf die Idee, auf den Bezintank des Streifenwagens zu feuern. Oder ihm fiel irgendwas anderes ein, um ihn schachmatt zu setzen. Dann konnte er in aller Ruhe davonfahren, ohne fürchten zu müssen, daß er verfolgt wurde. Noch eine Möglichkeit fiel Chee ein: Der Mörder zapfte Benzin aus einem der draußen abgestellten Fahrzeuge, setzte den Wohnwagen in Brand und schoß Chee, sobald der die Nase aus der Tür steckte, über den Haufen.

Mittlerweile hatten seine Augen sich an die Dunkelheit angepaßt. Durch die Fenster drang ein schwacher Schein vom Sternenhimmel in den Hogan, Chee konnte ein paar Möbel ausmachen: einen Stuhl, eine Couch, einen Tisch. Und die Tür, die in die Küche führte.

Konnte es sein, daß der Mörder sich noch im Hogan aufhielt? In der Küche? Oder hinten in der Schlafkammer? Unwahrscheinlich. Er setzte sich mit dem Rücken zur Wand hin, hielt den Atem an und versuchte sich ganz darauf zu konzentrieren, irgend etwas wahrzunehmen. Es gelang ihm tatsächlich, ein paar Sekunden lang alle anderen Gedanken auszuschalten. Nur die

186

beklemmende Angst, in den Rücken geschossen zu werden, ließ sich nicht verdrängen.

Er hielt die Taschenlampe mit ausgestrecktem Arm so weit wie möglich links von sich, richtete die Mündung der Dienstpistole auf die Küchentür und knipste den Lichtstrahl an. Im vorderen Teil der Küche – dem Teil, den er einsehen konnte – rührte sich nichts. Er huschte, die Taschenlampe möglichst weit vom Körper entfernt, zur Tür und schob vorsichtig den Kopf um die Ecke. In der Küche war niemand. Dann wiederholte er die Prozedur in der Schlafkammer und im winzigen Bad. Ebenfalls leer.

Er kam zurück ins Wohnzimmer, machte es sich, soweit das unter den gegebenen Umständen möglich war, auf der Couch bequem und überdachte noch einmal alle Möglichkeiten, die ihm blieben. Irgendeine neue fiel ihm nicht ein. Im Geiste sah er sich schon hier sitzen und warten, während draußen der Morgen dämmerte und die Sonne aufging. Aber irgendwann mußte er sich so oder so dazu aufraffen, raus zum Streifenwagen zu gehen. Das war dann der erste Augenblick der Wahrheit: Entweder schoß der Mörder auf ihn oder nicht. Wenn er nicht schoß, gab es einen zweiten Augenblick der Wahrheit: Chee mußte zum Mikro greifen und Captain Largo melden, was hier los war.

Und dann fragte der Captain: «Wann ist das alles passiert?» Und die zweite Frage: «Warum haben Sie die ganze Nacht abgewartet, ohne eine Meldung abzusetzen?» Und die dritte Frage lautete: «Wollen Sie damit etwa sagen, daß Sie die ganze Nacht einfach nur herumgesessen haben, weil Sie zu feige waren, aus dem Hogan zu kommen?» Worauf es nur eine Antwort gab, nämlich: «Ja, Sir, genauso war's.» Und ein paar Tage später fragte ihn dann Janet Pete, warum sie ihn bei der Navajopolizei entlassen hätten. Und dann mußte er antworten ... Aber die Frage war, ob Janet überhaupt noch so viel an ihm lag, daß sie ihn irgend etwas fragte. Und wenn sie fragte, spielte es dann noch eine Rolle, was er antwortete?

Ja, irgendwie spielte es doch eine Rolle. Er stand auf, ging zur Tür, blieb stehen, lauschte und suchte das Gelände ab. Verblüffend, wie hell ihm die Nacht, verglichen mit dem Dunkel im Hogan, auf einmal vorkam. Trotzdem, zu sehen war nichts. Und zu hören auch nicht. Er stieß die Außentür auf, huschte mit gezogener Pistole zum Streifenwagen, riß die Tür auf, rutschte hinein, duckte sich so tief wie möglich, langte nach dem Mikro und ließ den Motor an.

Das Mädchen, das in der Vermittlung Nachtdienst hatte, meldete sich nahezu augenblicklich. «Ich hab hier einen Mord», gab Chee durch. «Auf Maryboys Grundstück. Der Täter hält sich noch in der Gegend auf. Ich brauche ...»

Das Mädchen erinnerte sich später an zwei rasch nacheinander abgegebene Schüsse, an splitterndes Glas und an Geräusche, die sie als «Kratzen, einen hellen Schrei und einen dumpfen Fall» beschrieb. Damit brach die Meldung von Acting Lieutenant Jim Chee mitten im Satz ab.

20

Zunächst merkte Chee nur, daß irgend etwas unangenehm Drückendes auf seinem Gesicht lag und ihm das linke Auge zudeckte. Ein paar Sekunden später wurde ihm bewußt, daß sich die linke Gesichtshälfte seltsam taub anfühlte. Und danach dauerte es nicht mehr lange, bis er begriff, daß der Schmerz, der ihm das Liegen so unbequem machte, etwas mit den linken Rippen zu tun hatte. Wenig später hörte er zwei Stimmen, Frauenstimmen, von denen die eine Janet Pete gehörte. Mit einiger Mühe brachte er es fertig, das rechte Auge aufzuschlagen, und tatsächlich, Janet war da, hielt seine Hand und sagte etwas, was er nicht verstand. Hinterher meinte er, es müsse etwas wie «Hab ich's dir nicht gesagt?» oder in der Richtung gewesen sein.

Als er das nächste Mal zu sich kam, stellte er fest, daß außer ihm nur Captain Largo im Zimmer war, der ihn irgendwie rätselnd musterte.

«Was, zum Teufel, ist dort draußen passiert?» fragte Largo. «Was war da los?» Und dann, als hätte er plötzlich doch so etwas wie menschliches Mitgefühl in sich entdeckt, wollte er wissen: «Wie geht's Ihnen, Jim? Der Arzt meint, es käme alles wieder in Ordnung.»

Chee war inzwischen wach genug, um zu wissen, daß der Captain auf eine Antwort wartete. Aber er brauchte noch einen Augenblick, um zu begreifen, was eigentlich los war. Ganz offensichtlich befand er sich in einem Krankenhaus. Wahrscheinlich im Indian Health Service Hospital in Gallup. Aber es konnte auch das Krankenhaus in Farmington sein. Ebenso offensichtlich war mit ihm irgend etwas Schlimmes passiert. Nur, er wußte nicht, was. Eine dumpfe Ahnung sagte ihm lediglich, daß es etwas mit seinen Rippen zu tun hatte, die verdammt weh taten, und mit seinem Gesicht, das vermutlich genauso weh tun würde, sobald das taube Gefühl aufhörte. Der Captain konnte ihm bestimmt auf die Sprünge helfen. Indem er ihm zum Beispiel verriet, welchen Tag sie heute hatten.

Also drehte Chee den Spieß um und fragte Largo, was der auch schon gefragt hatte: «Was, zum Teufel, ist eigentlich passiert? Ein Autounfall?»

«Jemand hat Sie angeschossen, verdammt noch mal», sagte Largo. «Wissen Sie, wer das war?»

«Mich angeschossen? Wer hätte das denn tun sollen?» Aber ehe er die zweite Frage ganz ausgesprochen hatte, setzte die Erinnerung wieder ein. Hosteen Maryboy tot auf dem Boden. Und er – war er nicht zum Streifenwagen gerannt? Aber das war alles sehr vage und verschwommen, wie ein Traumbild.

«Es wurde zweimal auf Sie geschossen, durch die Tür des Geländewagens», sagte Largo. «Teddy Begayaye hatte den Eindruck, daß Sie gerade im Begriff waren, Maryboys Grundstück zu verlassen, und da haben der oder die Täter durch die Tür auf der Fahrerseite zwei Schüsse auf Sie abgegeben. Teddy hat die leeren Hülsen gefunden. Dem Augenschein nach Achtunddreißiger. Und genau das Kaliber haben die Ärzte hier aus Ihnen rausgeholt. Aber Sie hatten das Seitenfenster offen, darum mußten die Geschosse nicht nur das Türblech, sondern vorher das Sicherheitsglas der Scheibe durchschlagen. Der Doc meint, das war's wahrscheinlich, was Sie gerettet hat.»

Chee, inzwischen wieder bei vollem Bewußtsein, hatte keineswegs das Gefühl, daß er von irgendwem oder durch irgendwas gerettet worden war. Sonst hätte er sich nicht so beschissen gefühlt. «Ja», murmelte er, «teilweise erinnere ich mich jetzt wieder.»

«Reicht Ihr Erinnerungsvermögen dazu, daß Sie mir sagen können, wer auf Sie geschossen hat? Und was, zum Teufel, Sie mitten in der Nacht bei Maryboy zu suchen hatten? Und wer Maryboy erschossen hat? Und warum? Können Sie uns irgendeine Personenbeschreibung geben? Oder wenigstens sagen, wonach wir Ausschau halten müssen? War's ein Mann, eine Frau, ein Kind?»

Die meisten Fragen konnte Chee beantworten, bevor ihn die schmerzstillenden Mittel, die sie im Rettungswagen, in der Notaufnahme, im Operationssaal oder weiß der Himmel wann und wo in ihn reingepumpt hatten, wieder in irgendein nebelverhangenes Traumland zerrten. Die Schwester kam herein und versuchte Largo hinauszuscheuchen, aber Chee schaffte es noch, ihr ins Wort zu fallen.

«Captain...» Seine Stimme war schwach und breiig und hörte sich an, als käme sie von weither. «... ich glaube, der Mord an Maryboy hängt irgendwie mit dem Fall Hal Breedlove zusammen, den Joe Leaphorn vor elf Jahren bearbeitet hat. Diese Sache mit dem Gefallenen Menschen, das Skelett auf dem Ship Rock. Ich muß unbedingt mit Leaphorn reden, um rauszukriegen...»

Als er das nächste Mal aus der Bewußtlosigkeit in die reale Welt zurückkehrte, hatte er das Gefühl, wieder ganz da zu sein, mehr oder weniger jedenfalls. Zur Realität gehörte der Schmerz, aber er war erträglich. Eine Schwester – hübsch, irgendwo zwischen fünfunddreißig und vierzig – machte sich an den Schläuchen zu schaffen, an denen er hing. SANCHEZ stand auf ihrem Namensschild. Sie erkundigte sich lächelnd, wie er sich fühle und ob sie irgendwas für ihn tun könne.

«Wie wär's mit einem kurzen Überblick, was bei mir alles kaputt ist?» fragte Chee zurück. «So was wie ein Zustandsbericht. Einschließlich Prognose. Der Captain meint, ihr hättet mich noch nicht ganz aufgegeben, aber mich würde interessieren, was mit meinem linken Auge passiert ist. Und was ist mit meinen Rippen los?»

«Der Arzt kommt jeden Augenblick vorbei. Solche Dinge bespricht immer nur er mit den Patienten.»

«Warum verraten Sie mir nicht schon mal ein bißchen was? Ich bin wirklich sehr, sehr neugierig.»

«Gut, warum nicht?» Sie ging zum Fußende des Bettes, langte nach dem Klemmbrett mit dem Krankenblatt, überflog die Eintragungen, runzelte die Stirn und machte mißbilligende Schnalzlaute.

«Das hört sich gar nicht gut an», sagte Chee. «Sind sich die Ärzte noch nicht einig, ob sich die Reparatur bei mir lohnt?»

«Es geht um etwas anderes», sagte die Schwester. «In so einem kurzen Text finde ich zwei falsch geschriebene Wörter. Lernen die jungen Ärzte heutzutage keine Rechtschreibung mehr? Aber sonst ... also, ich wäre froh, wenn ich so gesund wäre wie Sie. Ich würde mal sagen, in der Reparaturwerkstatt würde Sie der Meister als mittelschweren Blechschaden einstufen. Nicht so schlimm, daß die Karre sofort verschrottet werden müßte, aber schlimm genug, um den Sachverständigen der Versicherung hinzuzuziehen. Zumal der sowieso die Prämie für Ihre Kaskoversicherung erhöhen muß.»

«Und was ist mit dem Auge?» wollte Chee wissen. «Warum die Bandage?»

«Das ist, weil ...» Sie blickte auf das Klemmbrett und las ihm vor: «‹Mehrere Schnittverletzungen durch Glassplitter an der obersten Hautschicht.› Aber nach dem, was hier steht, müssen Sie nicht damit rechnen, daß die Sehkraft beeinträchtigt wird. Möglicherweise laufen Sie 'ne Weile rum, als hätten Sie sich beim Rasieren geschnitten. Und ein Stück Augenbraue müssen Sie nachwachsen lassen. Aber das Auge hat offenbar nichts abgekriegt.»

«Das hört sich ja ganz gut an», sagte Chee. «Und wie sieht's mit dem Rest von mir aus?»

Sie musterte ihn streng. «Also, wenn nachher der Arzt kommt, müssen Sie so tun, als wüßten Sie von nichts, klar? Alles, was er Ihnen erzählt, ist absolut neu für Sie. Und fangen Sie um Himmels willen nicht mit ihm zu diskutieren an. Nicht, daß Sie sagen, Florence Nightingale hat mir aber was ganz anderes gesagt. Verstanden?»

Chee nickte. Und hörte aufmerksam zu. Zwei Kugeln waren eingedrungen. Eine hatte anscheinend die Schädeldecke am Hinterkopf gestreift und zu einer stark blutenden Fleischwunde und einer Gehirnerschütterung geführt. Die andere hatte das Wagenblech offenbar erst durchschlagen, nachdem er bereits nach vorn gekippt war, das schlossen die Ärzte zumindest aus den Verletzungen durch Glassplitter auf der linken Gesichtshälfte. Die Kugel war ins Muskelfleisch eingedrungen, wobei zwei Rippen angeknackst worden waren.

«Ich denke, daß Sie eine ganze Menge Glück gehabt haben.» Sie blickte auf die Blumen neben seinem Bett. «Was ich, wenn es um die Auswahl Ihrer Freunde geht, nicht unbedingt behaupten kann.»

Chee zuckte zusammen. «Hm», machte er. «Steht auf einer der Karten, wer mir das Grünzeug geschickt hat?»

Bei dem, was er respektlos Grünzeug nannte, handelte es sich um einen bunten Topf mit üppig blühenden Chrysanthemen und einen Strauß Schnittblumen. Die Schwester griff zuerst nach der Karte, die in dem Strauß steckte. «Soll ich's Ihnen vorlesen?»

«Bitte», sagte Chee.

«Da steht: ‹Ducken üben.› Und als Unterschrift: ‹Ihre Shiprocker Spürnasen.›»

«Die verdammte Bande», murmelte Chee und merkte, daß ihm vor Freude warm ums Herz wurde.

«Freunde von Ihnen?»

«Ja, das kann man sagen. Das sind sie wirklich.»

«Auf der anderen Karte steht: ‹Werd schnell gesund, paß besser auf dich auf, wir haben viel zu bereden.› Darunter steht: ‹In

Liebe – Janet.›» Diesmal hielt Schwester Sanchez einen Kommentar offenbar für überflüssig.

Sein nächster Besucher war ein gutgekleideter junger Mann, der sich bereits durch den korrekten Straßenanzug und die ordentlich gebundene Krawatte als Special Agent des Federal Bureau of Investigation auswies. Was ihn aber nicht davon abhielt, Chee zusätzlich seinen Dienstausweis hinzuhalten. Sein Interesse galt dem bedauerlichen Tod von Austin Maryboy, da solche Verbrechen in einem unter Bundesverwaltung stehenden Reservat in die Zuständigkeit des FBI fielen. Chee erzählte ihm, was er wußte, ließ aber alles weg, was in den Bereich von Vermutungen gehörte. Lewis sagte seinerseits in bester FBI-Manier gar nichts.

«Diese Geschichte muß einigen Wirbel in der Presse ausgelöst haben», sagte Chee. «Habe ich da recht?»

Lewis verstaute sein Notizbuch und das Bandaufzeichnungsgerät im Aktenkoffer. «Wie kommen Sie auf die Idee?»

«Weil das FBI so schnell hier auftaucht.»

Lewis brach die Bemühungen ab, Ordnung in seiner Aktentasche zu schaffen, sah hoch, verkniff sich ein Grinsen und rang sich ersatzweise zu einem Nicken durch. «In der *Phoenix Gazette*, dem *Albuquerque Journal* und den *Desert News* stand's auf der Titelseite. Und ich denke, in der *Navajo Times*, dem *Gallup Independent*, der *Farmington Times* und im restlichen Blätterwald wird's nicht anders gewesen sein.»

«Wie lange sind Sie schon hier draußen tätig?» fragte Chee.

«Das ist meine dritte Woche», antwortete Lewis. «Bin frisch von der Akademie hier raus versetzt worden, aber daß wir in dem Ruf stehen, unser Wissen vorwiegend aus Zeitungen zu beziehen, ist mir schon zu Ohren gekommen. Immerhin, Sie werden bemerkt haben, daß ich die Namen der wichtigsten Regionalzeitungen bereits auswendig kenne.»

Was Chee zu dem Schluß brachte, daß es besser gewesen wäre, keine dummen Fragen zu stellen. Lewis war schließlich auch nur einer von den jungen Sprintern, die zusehen mußten, daß sie ihren Job erledigten. Vielleicht brachte das FBI seinen Cops die berüchtigte Arroganz schon auf der Akademie bei. Obwohl sich Lewis allem Anschein nach noch nicht an dem Bazillus angesteckt hatte. Vielleicht gaben die Jungs, nachdem die alte J. Edgar Hoover-Gang allmählich von der Bildfläche verschwand, ihre Superman-Allüren aber auch langsam auf. Auch beim FBI gab es solche und solche, Chee hatte mit Vertretern beider Gruppen zu tun gehabt.

Und was man Lewis ebenfalls nicht absprechen konnte: Er verstand sein Handwerk. Aus seinen Fragen wurde klar, daß auch das Bureau einen möglichen Zusammenhang zwischen dem Mord und den Viehdiebstählen, zu deren Opfern ja auch Maryboy zählte, erkannt hatte. Chee war drauf und dran, das Stichwort Bergsteigen einzubringen, aber das ließ er dann doch lieber bleiben. Die Sache war sowieso schon kompliziert genug, und außerdem tat ihm der Schädel weh. Und wie, zum Teufel, hätte er dem Special Agent erklären können, worauf er hinauswollte? Im übrigen war Lewis gerade fertig, klappte sein Aktenköfferchen zu und ging zur Tür.

Wieder allein, dachte Chee über den Text auf der Karte nach, die an Janets Chrysanthementopf gesteckt hatte. Ein bißchen unterkühlt, fand er, besonders unter den gegebenen Umständen und verglichen mit früheren Nachrichten von ihr – oder bildete er sich das nur ein?

Und auf einmal stand sie unter der Tür, wunderschön wie immer, und ihr Lächeln wirkte warm und herzlich. «Verträgst du noch mehr Besuch? Der Fed hatte Vorrang, ich mußte warten.»

«Komm rein», sagte er, «setz dich und rede mit mir.»

Und das tat sie. Das heißt, ehe sie sich setzte, beugte sie sich über ihn, suchte sich ein nicht bandagiertes Fleckchen in seinem Gesicht und küßte ihn liebevoll.

«Jetzt habe ich zwei Gründe, sauer auf dich zu sein.»

Chee wartete.

«Du wärst um ein Haar erschossen worden, um mit dem schlimmsten anzufangen. Lieutenants schicken ihre Leute vor, damit die den Kopf hinhalten. Sie selber halten sich, wenn die Luft bleihaltig ist, vornehm zurück.»

«Ich weiß», sagte er. «Daran muß ich noch arbeiten.»

«Und du hast mich gekränkt», fuhr sie fort. «Geht's dir wieder gut genug, daß wir darüber reden können?» Kein scherzhafter Ton mehr. Und kein Lächeln.

«Ich habe dich gekränkt?»

«Als ob du das nicht selber wüßtest. Du hast angedeutet, daß ich dich ausgetrickst habe. Indem ich bestimmte Informationen aus dir rausgelockt habe, um sie brühwarm an John weiterzugeben.»

Chee sagte nichts. John, dachte er. Nicht McDermott oder gar Mr. McDermott, nein, einfach John.

Er zuckte die Achseln. «Dann bitte ich dafür um Entschuldigung. Ich glaube, ich hab da irgendwas falsch verstanden. Mein Eindruck war immer, daß dieser verdammte Kerl alles andere als dein Freund ist. Ich meine, ich kenne ihn ja nur aus deinen Erzählungen. Wie er dich und seine Position dir gegenüber ausgenutzt hat. Zuerst, als er der angesehene Professor und du seine Studentin warst, und später, als er der Boss war und du seine Angestellte. Ich hätte gedacht, daß du keine sehr freundschaftlichen Gefühle mehr für ihn aufbringen kannst. Ich kann es, wenn jemand so mit dir umgesprungen ist, jedenfalls nicht.»

Sie hatte, die Hände im Schoß gefaltet, ganz still dagesessen, während er all das sagte. «Jim», brachte sie schließlich heraus, mehr nicht. Dann saß sie wieder stumm da, die Unterlippe zwischen den Zähnen.

«Ich nehme an, das hat mich völlig durcheinandergebracht», sagte er. «Ich kam mir vor wie ein naiver, romantischer Schwärmer, der sich einbildet, Sir Galahad zu sein und das Burgfräulein vor dem Drachen zu retten, bis er plötzlich dahinterkommt, daß das Burgfräulein mit dem Drachen eine Party besucht.»

Auf Janets Gesicht entstanden rote Flecken. «In einigen Punkten gebe ich dir recht. Zum Beispiel, wenn du sagst, daß du naiv bist. Aber ich glaube, wir sollten das Gespräch lieber irgendwann später führen, wenn's dir wieder bessergeht. Ich hätte nicht damit anfangen sollen. Tut mir leid, das war gedankenlos von mir. Ich wollte, daß du schnell wieder gesund wirst

und auf die Beine kommst, da war das natürlich Gift für dich.»
Sie stand auf.

«Okay», sagte Chee, «und mir tut's leid, daß ich deine Gefühle verletzt habe.»

An der Tür blieb sie noch einmal stehen. «Ich hoffe, daß bei dieser schlimmen Geschichte wenigstens etwas Gutes herauskommt. Hoffentlich hat dir die Tatsache, daß du gerade noch mal davongekommen bist, den Spaß am Polizeidienst ausgetrieben.»

«Wie meinst du das?» fragte er, obwohl er nur zu gut wußte, wie sie das meinte.

«Ich meine damit, daß du durchaus weiter für Recht und Gesetz tätig sein kannst, ohne mit einer verdammten Kanone rumzulaufen und die Dinge zu tun, die du jetzt tust. Du kannst dir den Job sogar aussuchen. Du hast die Wahl unter einem halben Dutzend Angeboten in ...»

«In Washington?» fragte er schnell.

«Oder woanders. Es gibt Dutzende von Büros und Agenturen. Im Bureau of Indian Affairs oder im nachgeordneten Bereich des Justizministeriums. Zufällig habe ich gerade was von einer phantastischen freien Stelle in Miami gehört. Da geht es um die Beratung der Seminolen in Rechtsangelegenheiten.»

In Chees Schädel tobte der Schmerz, er fühlte sich nicht besonders gut. «Danke, daß du gekommen bist, Janet. Und natürlich auch für die Blumen», sagte er.

Und dann klappte die Tür hinter ihr zu.

Chee fiel in einen unruhigen Schlaf voller unruhiger Träume. Geweckt wurde er, als es Zeit war, die Antibiotika zu schlucken und sich die Temperatur und den Puls messen zu lassen. Er nickte wieder ein, aber es dauerte nicht lange, bis ihn die Schwester abermals weckte, diesmal, weil er eine Tasse Pilzcremesuppe, eine Portion Grießbrei mit Kirschkonfitüre und eine Schale Joghurt mit Bananengeschmack löffeln sollte. Anschließend erinnerte sie ihn daran, daß er jetzt aufstehen und eine Weile im Zimmer auf und ab gehen sollte, damit er's nicht verlernte. Und als er gerade dabei war, brav zu tun, was sie ihm aufgetragen hatte, spürte er, daß jemand ins Zimmer gekommen war.

Joe Leaphorn stand unter der Tür, mit genau der mißbilligenden Miene, die Chee in seiner Zeit als Assistent und Laufbursche des legendären Lieutenant fürchten gelernt hatte.

21

«Sollten Sie nicht eigentlich im Bett liegen?» fragte Leaphorn. Er trug ein schlichtes T-Shirt und eine Baseballkappe der Chicago Cubs, aber für Chee sah er trotzdem wie eine Respektsperson aus. Eben der legendäre Lieutenant.

«Ich mache nur, was der Doktor mir gesagt hat», sagte Chee. «Ich soll mich viel bewegen, damit mir die Rippen nicht weh tun.» Daß er es auch tat, weil er dabei einen Blick in den Spiegel werfen und sich an den Anblick eines bandagierten und eines blauschwarzen Auges gewöhnen konnte, mußte er Leaphorn ja nicht auf die Nase binden. Und überhaupt – wie kam er eigentlich dazu, dem Ex-Lieutenant gegenüber Rechenschaft abzulegen? Machen Sie, daß Sie Land gewinnen, hätte er sagen sollen. Tat er aber nicht. Statt dessen sagte er: «Ja, Sir, ich gelte hier als Musterpatient, deshalb genieße ich kleine Vergünstigungen. Wegen guten Benehmens.»

«Nun, ich bin froh, daß es nicht so schlimm ist, wie sich's zunächst angehört hat.» Leaphorn machte es sich auf einem Stuhl bequem. «Mir hatte man gesagt, Sie wären um ein Haar über die Klinge gesprungen.»

Chee setzte sich auf die Bettkante und schilderte Leaphorn kurz und bündig, was sich nachts auf Maryboys Grundstück abgespielt hatte. Leaphorn hatte die Chicago-Cubs-Kappe abgenommen, sein streichholzkurzer Haarschnitt kam Chee noch grauer vor als bei der letzten Begegnung.

«Ich bleibe nicht lange», sagte Leaphorn, «Sie brauchen, wie ich höre, noch Ruhe. Aber ich muß Ihnen etwas sagen.»

«Ich bin ganz Ohr», sagte Chee und dachte: Mir anderen Worten, du willst mich was fragen. Leaphorns alte Strategie: Zuerst erzähl ich dir was, dann erzählst du mir was. Listig, aber nicht hinterlistig. Nur, was wollte Leaphorn von ihm erfahren?

Leaphorn räusperte sich. «Es sei denn, Sie wollen sich lieber etwas ausruhen.»

«Zur Hölle mit dem Ausruhen», sagte Chee, «ich will raus und hoffe, sie lassen mich heute abend gehen. Der Doc will erst noch mal die Verbände wechseln und alles durchchecken.»

Leaphorn nickte. «Je schneller, desto besser. In Krankenhäusern kommen die meisten Leute um.»

Beinahe hätte Chee darüber gelacht, doch er konnte sich gerade noch beherrschen. Leaphorns Frau war im Krankenhaus gestorben – in dem gleichen, in dem er jetzt lag, fiel ihm ein. Sie hatten ihr einen Gehirntumor entfernt. Alles lief bestens. Der Tumor war gutartig. Aber die anschließende Staphylokokkusinfektion war tödlich.

«Ja», sagte Chee, «ich möchte gern nach Hause.»

«Ich hab mich nach den Schüssen auf Sie ein wenig umgehört.» Leaphorn machte eine verlegene Handbewegung. «Wenn man so lange wie ich bei der Navajo Tribal Police war und erst seit kurzem nicht mehr dazugehört, haben manche Leute offenbar Schwierigkeiten damit, daß man nur noch Zivilist ist und nichts mehr zu sagen hat.»

Diesmal verschluckte Chee das Lachen nicht. «Lieutenant, ich fürchte, es gibt eine Menge Leute, auf die Sie immer den Eindruck machen werden, als hätten Sie was zu sagen. Ich gehöre übrigens auch dazu.»

Leaphorn sah aus, als wäre ihm das ein bißchen peinlich. «Na ja, es ist jedenfalls so gekommen, wie's zu erwarten war. Ein gefundenes Fressen für die Zeitungen. Die haben das ganz groß rausgebracht. Und darauf springen die Feds natürlich sofort an. Sie haben die Zeitungen gelesen, nehme ich an?»

«Nein.» Chee zeigte auf sein linkes Auge. «Ich sehe erst seit heute wieder einigermaßen klar. Aber der Fed war schon da.»

«Tja, das ist nicht überraschend bei so fetten Schlagzeilen.

Mörder schießt am Tatort Polizisten an. Kein Verdächtiger, kein Motiv, Polizei steht vor einem Rätsel. So was landet prompt auf der Titelseite. Und da steigt das FBI natürlich sofort ein, ohne sich erst lange um die üblichen Formalitäten zu kümmern. Die Feds sind schnell dahintergekommen, daß Maryboy Vieh gestohlen wurde. Und daß Sie hinter den Viehdieben her waren. Also denken sie, Sie hätten zwei und zwei zusammengezählt ...» Leaphorn sah hoch und grinste Chee schief an. «Sie wissen, was ich meine?»

Chee grinste zurück. «Wenn die Feds nicht seit gestern zu völlig neuen Methoden übergegangen sind, haben sie mittlerweile schon meine Leute in Shiprock darauf angesetzt – und die Arizona Highway Patrol, die New Mexico Statepolice und sämtliche Deputies aus dem San Juan und dem McKinley County.»

Eine Vermutung, der Leaphorn nicht widersprach. «Außerdem vermuten sie, daß das Ganze was mit Drogenhandel oder Bandenaktivitäten zu tun hat. Irgendwas, was ein bißchen Pep in die Sache bringt.»

«Keine anderen Theorien?» fragte Chee.

«Nach allem, was ich höre, nicht.»

«Und jetzt zu dem, was Sie mir sagen wollten.» Obwohl er inzwischen aus Erfahrung wußte, daß es weh tat, konnte Chee sich ein Grinsen nicht verkneifen. «Ich nehme an, Sie wollen mir sagen, daß weder die Feds noch irgendwer sonst auf die Idee gekommen ist, einen Zusammenhang zwischen diesem Mord und einer elf Jahre alten Vermißtenanzeige zu sehen, zumal es damals offenbar nur um einen davongelaufenen Ehemann ging. Liege ich da richtig?»

Leaphorn ließ sich äußerst selten zu einem Lächeln hinreißen, aber jetzt war sein Amüsement unverkennbar. «Goldrichtig», bestätigte er.

Chee sagte: «Ich hab versucht, mir das bildlich vorzustellen. Sie kennen Captain Largo schon länger als ich, aber glauben Sie, er würde versuchen, einem Special Agent klarzumachen, warum ich wirklich da draußen war? Weil ich Maryboy fragen wollte, ob er mir mehr über drei Männer erzählen konnte, die 1985 auf den Ship Rock geklettert sind? Und das alles, weil wir immer noch die Vermißtenanzeige von damals bearbeiten? Können Sie sich vorstellen, daß Largo das macht? Weil er annimmt, das müsse – obwohl er's selber nicht versteht – für die Jungs vom FBI hochinteressant sein?»

Von Leaphorns Amüsement war nicht viel übriggeblieben. «Ich habe mir schon gedacht, daß Sie deswegen da draußen waren. Was haben Sie rausgefunden?»

Chee konnte sich die Gelegenheit nicht entgehen lassen, den legendären Lieutenant ein bißchen zu ärgern. Zumal Leaphorn inzwischen für McDermott arbeitete. «Nichts», sagte er genüßlich. «Maryboy war tot, als ich ankam.»

«Nein, nein.» Leaphorns Miene verriet Ungeduld. «Ich meine, was hatten Sie rausgefunden, was so wichtig war, daß Sie in der Nacht zu Maryboys Hogan gefahren sind?»

Und damit war der Augenblick gekommen, auf den Chee gewartet hatte.

«Ich hatte herausgefunden, daß am 18. September 1985 ein grüner, kastenförmiger, häßlicher Geländewagen mit Skihalterungen auf dem Dach frühmorgens auf Maryboys Weideland – den üblichen Ausgangspunkt für die Klettertouren auf den Ship Rock – gefahren ist. Drei Männer sind aus dem Wagen gestiegen und haben mit dem Aufstieg begonnen. Hosteen Sam hat das aus seinem Hogan mit dem Teleskop beobachtet und in ein Tagebuch notiert. Maryboy hatte den Männern die Erlaubnis für den Aufstieg gegeben. Und um gleich den aktuellen Stand der Dinge anzufügen: Gestern habe ich erfahren, daß McDermott Hosteen Maryboy einhundert Dollar gezahlt hat, bar auf die Hand, wiederum für eine Zutrittserlaubnis, wiederum für eine Klettertour. Ich vermute, daß George Shaw mit von der Partie war. Sobald er das Team zusammen hat, wird er mit seiner Gruppe auf den Berg steigen. Ich bin also sofort zu Hosteen Maryboy gefahren, um ihn zu fragen, ob er noch weiß, wer ihn seinerzeit, 1985, für die Zutrittserlaubnis bezahlt hat.»

Chee sprach langsam, mit ruhiger Stimme, und beobachtete dabei Leaphorns Gesicht. Über dem Krankenzimmer lag eine

200

schwere, nahezu atemlose Stille. Und in dieser Stille wurden Fäden geknüpft. Gedankenfäden – von dem kastenförmigen grünen Wagen zu Hal Breedloves repräsentativem Geländewagen, von einem Datum in der Woche, bevor Breedlove sein rätselhaftes Verschwinden inszeniert hatte, zu der Tatsache, daß Hal Breedlove zwei Tage nach der Klettertour, am 20. September, einen überaus wichtigen Geburtstag feierte, seinen dreißigsten. Chee konnte es Joe Leaphorn ansehen: All das und alle Schlußfolgerungen, die sich daraus ziehen ließen, gingen ihm durch den Kopf, nachdem Chee ihm erzählt hatte, was er wußte. Seine erste Frage, darauf hätte Chee gewettet, war jetzt bestimmt, wie er an diese Informationen herangekommen war. Weil er wissen wollte, ob es sich um eine verläßliche Quelle handelte. Na schön, er konnte ruhig fragen, Chee war darauf vorbereitet.

Leaphorn seufzte.

Und dann fragte er: «Wie viele Leute können wohl gewußt haben, daß George Shaw ein Team zusammenstellen wollte, um auf den Berg zu steigen?»

Chee verdrehte das rechte Auge zur Decke, machte einen kleinen Schnalzlaut und sagte: «Ich hab keine Ahnung.» Und fragte sich, warum er es nicht endlich aufgab, im voraus ahnen zu wollen, was in Leaphorns Kopf vorging. Der Mann war ihm immer meilenweit voraus.

Und plötzlich klatschte Leaphorn in die Hände.

«Jetzt haben Sie uns die Öse geliefert, an der wir die Fäden zusammenknüpfen können.» Die Begeisterung, mit der er das feststellte, war für Leaphorns Verhältnisse geradezu überschwenglich. «Endlich haben wir etwas, was uns weiterbringt. Monatelang habe ich seinerzeit über den Fall nachgedacht, beinahe von morgens bis abends, aber ich bin einfach nicht drauf gekommen. Emma war damals noch gesund, sie hat auch daran herumgegrübelt. Und ich hab nie aufgehört, darüber nachzudenken, nicht mal, als wir die Akte offiziell schon geschlossen hatten. Und da kommen Sie und finden in – na, wie viele Tage waren's? Nicht mal zehn, stimmt's? – das fehlende Glied in der Kette.»

Chee schluckte verdutzt. Daß Leaphorn ihn so anstrahlte, mit unverkennbarem Stolz, machte alles noch schlimmer. Oder besser. Oder beides zugleich.

«Aber wer Hosteen Maryboy getötet hat, wissen wir immer noch nicht», sagte Chee. Und korrigierte sich in Gedanken: Ich weiß es zumindest nicht.

«Aber wir haben einen Ausgangspunkt. Etwas, womit wir arbeiten können», sagte Leaphorn. «Wieder ein Stück aus dem Puzzle, das Form und Gestalt angenommen hat.»

«Hmm», machte Chee und gab sich Mühe, eher nachdenklich als irritiert auszusehen.

Leaphorn hielt den breiten Zeigefinger hoch. «Breedloves Skelett wurde auf dem Ship Rock gefunden.» Der Mittelfinger kam dazu. «Prompt hat jemand auf Amos Nez geschossen.» Der Ringfinger. «Und jetzt, kurz nachdem die Vorbereitungen für eine neue Klettertour auf den Ship Rock angelaufen sind, wurde wieder jemand erschossen. Und zwar jemand, der zu den Leuten gehört, die Breedlove zuletzt gesehen haben.»

«Ja.» Chee nickte. «Wenn man sämtliche relevanten Fakten zusammenzählt, wird die Liste der potentiellen Verdächtigen ziemlich klein.»

«Ich kann noch etwas dazu beisteuern», sagte Leaphorn. «Eigentlich bin ich nämlich gekommen, um Ihnen zu sagen, daß Eldon Demott mir ein paar interessante Dinge über seinen Schwager Hal erzählt hat. Der entscheidende Punkt war, daß er seinerzeit mit seinem Vater und dem Rest der Familie in Streit geraten ist. Er hatte beschlossen, die Breedlove Corporation, sobald er das Erbe angetreten hatte und die Ranch ihm gehörte, bei dem Geschäft mit den Schürfrechten auszubooten.»

«Hat die Familie das gewußt?»

«Demott nimmt an, daß sie's gewußt hat. Und ich auch. Er hat es ihnen wahrscheinlich selber gesagt. Soweit Demott wußte, hat Hal versucht, seinen Vater anzupumpen, ist aber abgeblitzt. Er ist ziemlich verbittert nach Hause zurückgekommen. Aber selbst wenn Hal über seine Absicht den Mund gehalten hat, seine Geldgeber scheinen gewußt zu haben, was er vorhatte. Hal hatte nämlich bei der Bank ein Darlehen aufgenommen. Und wenn die Bankleute was gewußt haben, ist die Sache über kurz oder lang auch der Breedlove Corporation zu Ohren gekommen, da bin ich ziemlich sicher.»

«Aha», sagte Chee, «dann können wir also George Shaw getrost mit auf die Liste derjenigen setzen, die glücklich gewesen wären, wenn Hal Breedlove seinen alles entscheidenden dreißigsten Geburtstag nicht erlebt hätte.»

«Und noch glücklicher, wenn sie den Beweis dafür gehabt hätten, daß er von seiner Frau ermordet wurde. Denn dann hätte sie ihn nicht beerben können. Ich gehe davon aus, daß die Ranch in diesem Fall an die Treuhandgesellschaft zurückgefallen wäre. Und damit letztendlich an die Familie Breedlove.»

Sie saßen sich eine Weile stumm gegenüber und dachten darüber nach.

Bis Leaphorn sagte: «Falls Ihnen das noch nicht verwirrend genug ist: Ich bin auf jemanden gestoßen, der möglicherweise eng mit Elisa Breedlove befreundet war. Ursprünglich haben, wie ich erfahren habe, vier Leute zu Demotts Kletterteam gehört.» Er erklärte Chee, was Mrs. Rivera ihm über Tommy Castro erzählt und was er später zusätzlich von Demott erfahren hatte.

Chee schüttelte den Kopf. «Noch einer, der auf unserem Berg herumklettert. Glauben Sie, er könnte Hal umgebracht haben, damit er an die Witwe rankommt? Oder daß die Witwe und Castro gemeinsam etwas ausgeheckt haben, um Hal aus dem Weg zu schaffen?»

«Wenn's so war, ist für Tommy Castro nicht viel dabei herausgesprungen. Jedenfalls, soweit wir wissen.»

«Und wie wär's mit der Theorie, daß Shaw derjenige war, der Breedlove hilflos auf dem Felssims liegen gelassen hat? Oder vielleicht noch mit einem kleinen Schubs nachgeholfen hat?»

Leaphorn zuckte die Achseln. «Besser gefällt mir die Theorie, daß Demott oder seine Schwester dahintersteckt.»

«Und die Schüsse auf Nez? Und der Mord an Maryboy?»

«Da vermute ich dasselbe.»

Wieder saßen sie da und dachten nach. Chee verspürte etwas wie nostalgische Wehmut bei der Erinnerung an die Zeit, als er für Leaphorn gearbeitet, ihm in dem mit allem möglichen Krempel vollgestopften Büro des Lieutenant im oberen Stock der Dienststelle in Window Rock gegenübergesessen und sich gemeinsam mit ihm bemüht hatte, bruchstückhafte Erkenntnisse so zusammenzufügen, daß das Wann und Wie und Warum eines Verbrechens klar wurden. Was manchmal ziemlich anstrengend gewesen war, vor allem, weil Leaphorn viel verlangte. Trotzdem war es eine schöne Zeit gewesen. Eine Zeit, in der die Arbeit Spaß gemacht hatte, mit wenig Formularen und sonstigem Papierkram.

«Haben Sie eigentlich immer noch Ihre Karte?» fragte Chee.

Leaphorn ging nicht darauf ein, er hatte die Frage anscheinend gar nicht gehört. Weil er schon damit beschäftigt war, an einem anderen Punkt herumzunagen. «Das Problem bei diesem Fall ist die Zeit.»

«Die Zeit?» fragte Chee.

«Überlegen Sie mal, wie anders das Ganze aussähe, wenn Hal Breedloves dreißigster Geburtstag nicht in die Woche vor seinem Verschwinden, sondern in die danach gefallen wäre.»

«Ja, aber ... hätte das nicht alles einfacher gemacht?»

«Es hätte automatisch den Verdacht nahegelegt, daß bei dem Verschwinden nicht alles mit rechten Dingen zugegangen ist. Ein Mord, um zu verhindern, daß Hal das Erbe antreten konnte.»

«Richtig», murmelte Chee.

Leaphorn stand auf und griff nach seiner Cubs-Kappe. «Glauben Sie, Sie könnten Largo dazu bringen, für ein paar Tage ein absolutes Kletterverbot am Ship Rock zu verfügen?»

«Und was sage ich ihm als Begründung?» fragte Chee.

«Sagen Sie ihm, daß es zur Tradition der Bergsteiger gehört, eine schriftliche Notiz zu hinterlassen, wenn sie einen schwierigen Gipfel bezwungen haben. Und dazu gehört der Ship Rock zweifellos. Da oben liegt eine Metallkiste – einer von den Behältern, in denen die Army gegurtete MG-Munition lagert. Natürlich wasserdicht. In der Kiste wird ein Buch aufbewahrt, in dem sich die Kletterer eintragen. Mit dem Datum und der Uhrzeit und wichtigen Hinweisen für Gruppen, die irgendwann später aufsteigen.»

«Hat Shaw Ihnen das erzählt?»

«Nein, ich hab mich ein wenig umgehört. Aber Shaw kennt das Buch bestimmt auch.»

Chee nickte. «Sie wollen verhindern, daß Shaw hochsteigt und sich das Buch holt. Haben Sie nicht gesagt, daß Sie für ihn arbeiten?»

«Er hat mich unter Vertrag genommen, damit ich alles herausfinde, was zur Aufklärung der näheren Umstände bei Hal Breedloves Verschwinden beiträgt», sagte Leaphorn. «Wie soll ich aber an die möglicherweise wichtigen Informationen in dem Buch kommen, wenn Shaw es mir vor der Nase wegschnappt?»

«Oh», machte Chee.

«Ich will wissen, wer zu dem Dreierteam gehört hat, das vor Hals Verschwinden auf den Ship Rock gestiegen ist. Ob einer davon Hal oder Shaw oder Demott oder vielleicht sogar Castro war. Drei Männer, meint Hosteen Sam. Aber wie konnte er, wenn er sie nur aus etlichen Meilen Entfernung durch sein Teleskop gesehen hat, sicher sein, daß es wirklich drei *Männer* waren? Kletterer tragen Helme. Im Rock läuft da oben niemand rum. War möglicherweise Mrs. Breedlove mit von der Partie? Und wenn Hal dabei war und auch mit bis zum Gipfel hochgestiegen ist, steht sein Name bestimmt in diesem Buch. Wenn nicht, wenn er auf halbem Weg aufgegeben hat, dann könnte das die Erklärung dafür sein, warum er sich ein paar Tage später aus dem Canyon de Chelly davongestohlen hat: weil er's noch mal versuchen wollte. Und wenn er's beim zweitenmal geschafft hat, steht sein Name mit dem entsprechenden Datum im Gipfelbuch. Ich will rausfinden, wann der Aufstieg stattgefunden hat, der ihn das Leben gekostet hat.»

«In den ersten acht Wochen nach seinem Verschwinden war's jedenfalls nicht», murmelte Chee gedankenverloren.

Leaphorn stutzte. «Was? Woher wissen Sie das?»

Chee erzählte ihm, daß es zu Hosteen Sams festen Gewohnheiten gehört hatte, sich jeden Tag nach den Gebeten zum Lobpreis des jungen Morgens in seinem Rollstuhl vor das Teleskop zu setzen und den Berg abzusuchen. Er erzählte Leaphorn auch, nach welchem gewissenhaften System Sam seine Eintragungen vorgenommen hatte.

«Aber nach dem 18. September, als er die drei Bergsteiger beobachtet und sich anschließend bei Hosteen Maryboy darüber beklagt hat, gibt es bis zur vierten Novemberwoche keine Eintragung über irgendwelche Kletterer. Wenn Hal also in dieser Zeit da oben gewesen wäre, müßte er sich heimlich, ohne daß Old Sam ihn sehen konnte, hochgeschlichen haben. Ich bezweifle, daß das möglich ist, auch wenn er gewußt hätte, daß Sam ständig den Berg und alles, was sich dort oben tut, beobachtet. Aber erstens hat er das nicht gewußt, und zweitens hätte Sam ihn sehen müssen. Es gibt, wie man mir gesagt hat, für den Aufstieg keinen anderen Ausgangspunkt als Maryboys Weide.»

«Ich glaube, wir sollten dieses Notizbuch in sichere Verwahrung nehmen», sagte Leaphorn. «Sieht ganz danach aus, als könnte es uns eine Menge erzählen. Unter anderem, daß Hal Breedlove länger am Leben war, als ich gedacht habe.»

«Ich werde Largo anrufen und ihn bitten, den Berg eine Zeitlang für Klettertouren zu sperren», sagte Chee. «Und ich werde im Büro anrufen. Manuelito kennt Lucy Sam. Sie kann rausfahren und das Notizbuch eine Weile in Verwahrung nehmen.»

Leaphorn nickte. «Und Sie passen gut auf sich auf und sehen zu, daß Sie gesund werden.» Er wandte sich zur Tür.

«Einen Augenblick noch. Wenn wir das Klettern verbieten, wie können Sie dann jemanden raufschicken, der die Eintragungen in diesem Gipfelbuch überprüft?»

«Ich hab vor, einen Hubschrauber zu mieten», sagte Leaphorn. «Ich kenne einen Anwalt in Gallup. Begeisterter Bergsteiger, er war selber schon auf dem Ship Rock. Ich denke, ich kann ihn dazu überreden, mit mir und dem Piloten hochzufliegen, und dann setzen wir ihn oben ab und er sieht sich das Buch an.»

«Und bringt es mit runter?»

«Nein, das möchte ich lieber nicht. Ich bin jetzt Zivilist, ich möchte nicht in den Verdacht geraten, daß ich mir widerrechtlich Beweismittel angeeignet hätte. Wir nehmen eine Kamera mit und machen ein paar Aufnahmen von den Seiten mit den relevanten Eintragungen.»

«Das wird Sie eine Stange Geld kosten», meinte Chee.

Leaphorn schmunzelte. «Die Kosten trägt die Breedlove Corporation. Ich hab als Vorschuß zwanzigtausend Dollar auf der Bank liegen.»

22

Gestern abend hatte die Wetterkarte im KOAT-TV einen kräftigen Schwall bitterkalter Luft gezeigt, der sich in einem tiefgezogenen Bogen von Kanada über die Rocky Mountains nach Süden ausdehnte. Die Frühnachrichten meldeten Schnee in ganz Idaho und im nördlichen Utah, Vieh auf offenen ungeschützten Weiden sollte vorsorglich in Unterstände getrieben werden. Die Wetterlady nannte den Kälteeinbruch einen «blauen Nordling» und riet dazu, sich für morgen auch im Four Corners auf Schnee gefaßt zu machen. Im Augenblick herrschte hier unten allerdings noch heller Sonnenschein, ein wunderschöner Morgen für einen Hubschrauberflug. Vorausgesetzt, daß man überhaupt fürs Fliegen in solchen motorisierten Libellen schwärmte, was Joe Leaphorn nicht tat.

Als er das letzte Mal in einem dieser häßlichen Riesenbrummer mitgeflogen war, hatten sie ihn ins Krankenhaus gebracht, weil er dringend so etwas wie eine Runderneuerung brauchte. Vielleicht konnte er dem Abenteuer in gesundem Zustand mehr Geschmack abgewinnen, überlegte er. Aber viel mehr bestimmt nicht.

Wie auch immer, Bob Rosebrough schien den Flug zu genießen. Das war gut, weil er sich bereit erklärt hatte, vom Hubschrauber aus die Wurfleiter hinunterzuklettern, ein paar Seiten dieses Gipfelbuchs abzufotografieren, das im Rappel Gully lag, und sich dann wieder rauf in den Helikopter zu hieven.

«Kein Problem, Joe», hatte er gesagt. «Beim Felsklettern hat man's runter oft schwerer als rauf, aber bei Strickleitern ist das anders. Und irgendwie gefällt mir die Vorstellung, daß ich der erste bin, der den Berg von oben besteigt.» Sie gefiel ihm sogar so gut, daß er keine finanzielle Entschädigung annehmen wollte, obwohl ihm ja ein Tag in seinem Anwaltsbüro in Gallup verlorenging. Und das gefiel wiederum Leaphorn. Zumal er, um die Hubschraubermiete zu bezahlen, sein Konto bei der Mancos Security Bank um achthundert Dollar erleichtert hatte. Und weil es sich bei den zwanzigtausend Dollar von der Breedlove Corporation um einen Vorschuß handelte – also um Geld, das er erst noch verdienen mußte –, quälten ihn gelinde moralische Skrupel.

Der Ausblick war jetzt atemberaubend. Sie flogen vom Airport Farmington Richtung Süden, und wenn Leaphorn direkt nach unten gesehen hätte (was er wohlweislich vermied), hätte er mitten in das mehrere Reihen tief gestaffelte Drachengebiß geblickt, das die Erosion aus der unter dem Namen Hogback bekannten Bodenerhebung geformt hatte. Die aufgehende Sonne malte Schatten auf die Drachenzähne, was ihre Konturen nur um so klarer erscheinen ließ, irgendwie an eine überdimensionale groteske Panzersperre erinnerte und die Landschaft aus der Vogelperspektive noch unwirtlicher erscheinen ließ als vom Boden aus. Nicht der einzige Effekt, den das schräg einfallende Sonnenlicht an diesem Morgen ins Four Corners zauberte – den Morgan Lake hatte es mit spiegelndem Silberstaub bestreut und aus den gewöhnlich behäbig dahinziehenden Dampfwolken, die die Schornsteine des Kraftwerks in die Luft pafften, eine riesige, scheinbar flaumweiche Feder geformt. Bei dem Blick aus dem Hubschrauber wurde Leaphorn – der in der Einöde der Four Corners großgeworden war – klar, wie unvorstellbar weit sich die Große Reservation erstreckte.

Der Pilot deutete nach unten.

«Wie wär's mit einer kleinen Zwischenlandung in diesem Haifischgebiß?» fragte er. «Oder noch schlimmer: am Fallschirm da runterzutrudeln? O Mann, wenn ich bloß daran denke, tut mir mein Hinterteil weh.»

Leaphorn zog es vor, sich mit anderen Gedanken zu beschäftigen, die allerdings ähnlich unerfreulich waren. Er dachte darüber nach, wie rätselhaft Morde im allgemeinen und dieser im besonderen war. Da verschwindet eines Tages Hal Breedlove spurlos. Elf Jahre lang rührt sich nichts. Dann, urplötzlich, innerhalb weniger Tage, kommt Bewegung in die Sache. Auf dem Ship Rock wird ein zunächst nicht identifiziertes Skelett gefunden, offensichtlich das Skelett eines Mannes, der bei einem Absturz tödlich verunglückt ist. Dann schießt jemand auf Amos Nez. Kurz darauf werden die Knochen als die sterblichen Überreste von Hal Breedlove identifiziert. Wiederum wenig später wird Hosteen Maryboy ermordet. Ursache und Wirkung. Erst wenn er das fehlende Glied in der Kette gefunden hatte – das winzige Stück Erkenntnis, durch das plötzlich alles sonnenklar wurde –, konnte aus dem Rätsel ein in sich logisches Bild werden. Und der Kern des Rätsels mußte irgendwo dort vor ihm liegen, auf dem gewaltigen, dunklen vulkanischen Monolith, der wie die Ruine einer in Urzeiten von einem geheimnisvollen Riesengeschlecht errichteten Kathedrale aus der Landschaft aufragte. In einem Metallbehälter versteckt, in einer Schlucht unterhalb des Gipfels, hoffte Leaphorn heute das fehlende Stück in dem Puzzle Hal Breedlove zu finden.

«Der spitze Kegel links von uns», sagte Rosebrough, «das ist der Gipfel.» Seine Stimme drang metallisch verzerrt durch den Kopfhörer der Bordsprechanlage, den sich Leaphorn übergestülpt hatte. «Von hier oben sehen die Kegel aus, als wären sie alle gleich hoch, aber auf dem dort muß man gestanden haben, wenn man sagen will, man hat den Ship Rock bestiegen.»

«Ich werd erst mal 'ne Zeitlang kreisen», kündigte der Pilot an. «Ein Gefühl für den Wind kriegen, die Auf- und Abdrift und das alles. In so einer Höhe kann's plötzlich tückische Turbulenzen geben, sogar an einem stillen, kühlen Morgen wie heute.»

Sie kreisten also. Irgendwer hatte Leaphorn davor gewarnt,

nach unten zu blicken, solange der Hubschrauber Flugmanöver um die eigene Achse beschrieb, weil die Spiralen sich sonst in der eigenen Magengrube fortsetzen konnten. Er kreuzte also die Arme über dem Sicherheitsgurt und richtete den Blick starr auf die Knöchel seiner Finger.

«Okay», sagte Rosebrough, «direkt unter uns, das ist es.»

«Sieht nicht gerade flach aus.» Der Pilot hörte sich irgendwie besorgt an. «Wie groß ist die Felsplatte?»

«Nicht sehr groß», sagte Rosebrough, «etwa wie eine Schreibtischplatte. Die Metallkiste liegt ein Stück weiter unten. Da, wo das Gelände flacher wird. Ich muß an der Wurfleiter runterklettern, um dort hinzukommen.»

«Sie haben nur etwa acht Meter Strickleiter», gab der Pilot zu bedenken. «Aber ich glaube, ich könnte tief genug gehen, daß Sie nur noch abspringen müssen.»

Rosebrough lachte. «Ich nehm lieber die Leiter.»

Und ein paar Minuten später hangelte er sich hinunter.

Leaphorn riskierte einen Blick. Bob Rosebrough war unten angekommen, er schickte sich an, von der geneigten Felsplatte in den flacheren Teil der Schlucht zu klettern. Leaphorn beobachtete, wie er den olivgrünen Munitionsbehälter aus Beständen der U. S. Army aus einer Felsspalte zog und öffnete, das Gipfelbuch herausnahm und versuchte, es mit seinem Körper vor den Windwirbeln des Hubschrauberrotors zu schützen. Schließlich machte er dem Piloten Zeichen, ein Stück seitwärts zu schweben. Leaphorn, in dessen Magen plötzlich ein Feuer loderte, konzentrierte sich auf das Studium der Fingerknöchel.

«Alles in Ordnung mit Ihnen?» fragte der Pilot.

«Alles bestens», behauptete Leaphorn, obwohl er schon schluckte.

«Hier ist ein Papierbeutel. Für alle Fälle.»

«Danke», keuchte Leaphorn.

«Er macht jetzt Fotos», informierte ihn der Pilot. «Ist gerade dabei, eine Seite zu fotografieren.»

«Ja, gut», murmelte Leaphorn.

«Dauert höchstens 'ne Minute», sagte der Pilot.

Leaphorn konnte sich dazu nicht äußern, weil sein Kopf inzwischen halb im Papierbeutel steckte. Aber bis die, gemessen an der zuversichtlichen Behauptung des Piloten, längste Minute seines Lebens vergangen und Rosebrough wieder nach oben geklettert war, ging es ihm ein wenig besser.

«Ich habe gleich den ganzen Film vollgeknipst», sagte Rosebrough, rekelte sich auf seinem Sitz zurecht und legte den Sicherheitsgurt an, «mit unterschiedlicher Blende, da können wir uns später die besten aussuchen. Und das Ganze für vierzehn Tage – ein paar Tage vor und ein paar nach deinem Datum. Ich hoffe, das ist dir recht so.»

«Sehr schön.» Leaphorn, froh, daß seine grauen Zellen wieder einigermaßen funktionierten, stürzte sich sofort auf den Punkt, um den es ihm ging. «Hast du Breedloves Namen entdeckt? Und wer war sonst noch …» Er brach ab, weil er sich lieber an die bewährte Regel halten wollte, Rosebrough erzählen zu lassen, statt ihm irgend etwas in den Mund zu legen.

«Er hat sich mit seiner Unterschrift eingetragen», sagte Rosebrough. «Und dazugeschrieben: ‹vita brevis›.»

Er verzichtete darauf, Leaphorn mitzuteilen, daß das Latein war, und ihm womöglich gleich die Übersetzung dazu zu liefern. Einer der Gründe, warum Leaphorn den Mann mochte. Weshalb hatte Breedlove diesen Sinnspruch in das Buch geschrieben? «Das Leben ist kurz.» Eine Art vorsorglicher Abschiedsgruß? Weil er wußte, auf welches Risiko er sich eingelassen hatte, und ahnte, daß er es vielleicht doch nicht schaffte?

«Eine komische Sache», riß Rosebrough ihn aus seinen Gedanken. «Außer ihm hat sich niemand eingetragen. Ich hab dir neulich noch gesagt, daß er unmöglich allein da oben gewesen sein kann. Aber so wie's aussieht, hab ich mich geirrt.»

«Vielleicht hatten die anderen aus der Gruppe den Gipfel bereits bei einer früheren Tour bezwungen?» meinte Leaphorn.

«Das hätte keine Rolle gespielt. Jeder trägt sich nach jeder Gipfeltour neu ein. Er will die anderen wissen lassen: Ich war noch mal oben. Immerhin ist der Ship Rock ein verdammt schwieriger Berg.»

«Stand sonst noch was in dem Buch?»

«Breedlove hat eingetragen, daß er um 11 Uhr 27 auf dem Gipfel war. Und daruntergeschrieben: ‹Vier Stunden und neunundzwanzig Minuten für den Aufstieg. Nun nehme ich für den Rückweg die schnelle Strecke.›»

«Was er ja offensichtlich auch versucht hat», warf der Pilot ein. «Hat aber trotzdem elf Jahre gedauert, bis er wieder unten war.»

«Kann er denn den Aufstieg so schnell geschafft haben, wenn er allein war?» fragte Leaphorn. «Ist das glaubwürdig?»

Bob Rosebrough nickte. «Heutzutage gibt es so ausgezeichnete Bergkarten, daß ein gutes, erfahrenes Team vier Stunden für den Aufstieg und drei für den Abstieg rechnet.»

«Wie ist das mit dieser schnellen Strecke?» fragte Leaphorn, «was kann er damit gemeint haben?» Für ihn hörte sich das fast wie die Ankündigung eines Freitods an.

Rosebrough schüttelte skeptisch den Kopf. «Sogar gute Teams brauchen Jahre, bis sie die ideale Strecke für den Aufstieg gefunden haben. Und die ist dann immer noch kein Spaziergang. Wer auf den Ship Rock will, muß etliche Extremstrecken überwinden – angeseilt, weil sonst jeder noch so kleine Fehltritt unweigerlich das Ende bedeutet. Und abwärts muß man wieder eine Steilwand bezwingen, um an eine Stelle zu kommen, von der man in die nächste Steilwand steigen kann, und zwar zunächst wieder ein Stück aufwärts. Alle, die je auf dem Gipfel waren, haben diesen Weg nehmen müssen. Es gibt keinen anderen, auch für den Abstieg nicht.»

«Also gibt es diese ‹schnelle Strecke› gar nicht?»

Rosebrough dachte kurz nach. «Es gab immer wieder Vermutungen über irgendeine Abkürzung. Aber die Strecke, die da in Frage gekommen wäre, führt über extrem lockeres Gestein. Ich hab nie gehört, daß es jemand ernsthaft versucht hat. Ich denke, es ist einfach zu gefährlich.»

Der Ship Rock lag schon weit hinter ihnen, sie näherten sich Farmington, und Leaphorn fühlte sich zunehmend besser. Mit den Gedanken war er längst ganz woanders. Was immer Hal

Breedlove mit seiner schnellen Strecke gemeint hatte, er schien sich tatsächlich auf ein hohes Risiko eingelassen zu haben.

«Ich habe gerade noch mal über die Abstiegsstrecke nachgedacht, von der ich gesprochen habe», sagte Rosebrough. «Die mit dem lockeren Gestein. Wenn er die genommen hat, würde das erklären, wieso sein Skelett auf dem Felssims gefunden wurde.» Er unterbrach sich und sah Leaphorn fragend an. «Joe – alles okay mit dir? Du bist so still. Und siehst aus wie gespuckt.»

«Ich fühle mich wie gespuckt», sagte Leaphorn. «Aber so still bin ich, weil ich über die beiden anderen nachdenke, die an dem Tag mit Breedlove aufgestiegen sind. Warum haben sie sich nicht ins Gipfelbuch eingetragen? Waren sie nicht mit ganz oben? Oder was?»

«Wer waren die beiden?» wollte Rosebrough wissen. «Die meisten guten Kletterer in unserer Gegend kenne ich.»

«Das wissen wir nicht», sagte Leaphorn. «Alles, was wir haben, sind die Notizen eines alten Mannes, der Tag für Tag beobachtet hat, was sich auf dem Berg tut. Er hat alles sehr genau aufgeschrieben. Unter dem Datum des 18. September 1985 hat er zum Beispiel notiert, daß unten am Fuß des Berges ein Wagen geparkt hat und drei Männer ausgestiegen sind und mit dem Aufstieg begonnen ...»

«Augenblick mal», unterbrach ihn Rosebrough. «Hast du gesagt, dem 18. September '85? Das ist aber nicht das Datum, das oben im Gipfelbuch steht. Breedlove hat den 30. September '85 eingetragen.»

Leaphorn sah ihn groß an. Flugangst und Brechreiz waren vergessen. «Bist du sicher? Breedlove hat den 30. 9. eingetragen? Nicht den 18.?»

«Ich bin absolut sicher», sagte Rosebrough. «Auf den Fotos wirst du's selber sehen. Oder hab ich da irgendwas durcheinandergebracht?»

«Nein», sagte Leaphorn, «ich glaube, ich war derjenige, der was durcheinandergebracht hat.»

«Und ... es geht dir wirklich gut, ja?»

«Ich fühl mich bestens», sagte Leaphorn. Obwohl er sich eigentlich eher beschämt fühlte. Wie ein Trottel. Er war hinters Licht geführt worden. Und er hatte elf Jahre benötigt, um die erste brauchbare Erklärung dafür zu finden, wie sie ihn hinters Licht geführt hatten.

23

Chee hatte sich gerade zu der Entscheidung durchgerungen, daß das Fett in der Bratpfanne heiß genug sei und er jetzt den Patentverschluß an der Dose mit Bratwürsten aufreißen könne, als der Lichtstrahl von Autoscheinwerfern über die Fenster huschte. Blitzschnell knipste er das Deckenlicht in seinem Wohnwagen aus – eine Vorsichtsmaßnahme, die ihm noch vor wenigen Tagen mit Sicherheit nicht in den Sinn gekommen wäre. Aber die angeknacksten Rippen schmerzten eben noch, und der Bursche, der ihm das angetan hatte, lief immer noch irgendwo da draußen frei herum. Möglicherweise saß er am Steuer des Fahrzeugs, das gerade unter dem Baumwollgehölz ausrollte.

Der Mann am Steuer stieg aus und trat in den Lichtkegel seiner Scheinwerfer, so daß Chee ihn deutlich erkennen konnte. Es war Joe Leaphorn – schon wieder der legendäre Lieutenant. Chee knurrte unwillig, murmelte «o Scheiße» und knipste das Deckenlicht wieder an.

Leaphorn trat, den Hut in der Hand, ein. «Ist verflixt kalt geworden», sagte er. «Die Wetterlady im Fernsehen hat was von einer Schneewarnung für die Four Corners gesagt. Vieh reinholen und so was alles.»

«Wird langsam Zeit für den ersten richtigen Wintertag», sagte Chee. «Darf ich Ihnen den Hut abnehmen?»

Leaphorn, für den das Thema Wetter damit abgehakt war, machte ein schuldbewußtes Gesicht, wehrte mit einem «Nein, danke» ab und entschuldigte sich, daß er so spät hier aufgetaucht, ohne lange Umstände hereingekommen sei und Chee nun auch noch bei den letzten Handgriffen fürs Abendessen gestört habe. Er werde nur einen Augenblick bleiben, versicherte er, er wolle Chee nur rasch zeigen, was sie in dem Munitionsbehälter auf dem Ship Rock gefunden hätten. Und damit zog er einen Stapel Fotos aus der Klappmappe, die er unter dem Arm trug, und gab sie Chee.

Chee breitete die Fotos auf dem Tisch aus.

«Beachten Sie das Datum neben der Unterschrift», sagte Leaphorn. «Das ist eine Woche, nachdem er aus dem Canyon de Chelly verschwunden ist.»

Chee studierte aufmerksam die Fotos und dachte nach. «Außer ihm hat sich an dem Tag niemand eingetragen?»

«Nein, nur Breedlove», antwortete Leaphorn. «Wie man mir gesagt hat, ist es aber eine alte Bergsteigertradition, daß sich jeder aus einem Team einzeln einträgt, wenn er mit auf dem Gipfel war.»

«So, so», murmelte Chee. Er tippte mit dem Zeigefinger auf den Sinnspruch, den Breedlove eingetragen hatte. «Sieht aus wie Latein. Wissen Sie, was das heißt?»

Leaphorn übersetzte es ihm. «Nur, was wollte er damit sagen? Vermutlich können Sie da, genau wie ich, nur raten.» Er berichtete Chee, was Rosebrough ihm im Zusammenhang mit der Anmerkung über den «schnellen Weg für den Abstieg» gesagt hatte: Daß der Fundort des Skeletts – die Felsnase unter dem Steilhang – dafür sprach, daß Hal tatsächlich die gefährliche Geröllroute gewählt hatte.

Sie standen am Tisch, Chee starrte auf die Fotos. Leaphorn beobachtete Chees Miene, bis der Geruch von extrem heißem Fett und die blaugraue Rauchwolke, die aus der Pfanne aufstieg, ihn ablenkten. Er räusperte sich.

«Jim, ich glaube, ich hab Sie doch beim Kochen gestört.»

«Oh.» Chee wandte sich von den Fotos ab, riß die Pfanne vom Propangasherd, trug sie nach draußen und stellte sie vor dem Wohnwagen ab. «Ich wollte Würstchen braten und dazu ein paar Rühreier in die Pfanne tun. Falls Sie noch nicht gegessen haben, mache ich gern eine Portion mehr.»

«Klingt wundervoll», sagte Leaphorn, dessen Frühstück während des Hubschrauberflugs im Papierbeutel gelandet war. In der Mittagszeit war er noch nicht wieder in der Verfassung gewesen, irgend etwas zu sich zu nehmen, und auf dem Weg zu Chee hatte er es zu eilig gehabt, um unterwegs haltzumachen und einen Happen zu essen. In so einer Situation genügte sogar der Geruch von rauchigem Fett, um verdrängten Appetit zu einem wahren Heißhunger zu steigern.

Gemeinsam mit Leaphorn erledigte Chee die wenigen Handgriffe, die zu tun sind, wenn man in der Enge eines Wohntrailers ein einfaches Abendessen vorbereiten will – die Fotos zur Seite schieben, Teller hinstellen, Besteck dazulegen, die Pfanne wieder hereinholen und das halb verrauchte Fett durch ein großes Stück Margarine ersetzen. Nicht lange, und sie saßen am Tisch und ließen es sich schmecken. Normalerweise machte Leaphorn sich nichts aus Dosenwürstchen, nicht mal, wenn er's eilig hatte, aber heute abend schmeckte ihm die zusammengerührte Mixtur so gut, daß er sogar ein zweites Mal zulangte. Chee war bereits fertig, suchte das Foto heraus, über das Leaphorn und er gesprochen hatten, und studierte es noch einmal nachdenklich.

«Ich weiß nicht recht, wie ich's sagen soll. Aber was halten Sie von dem Datum?»

«Sie meinen, weil selbst Hosteen Sams wachsames Auge an diesem Tag keinen Kletterer entdeckt hat?» fragte Leaphorn.

«Genau.»

Leaphorn hob die Schultern. «Einen endgültigen Reim kann ich mir noch nicht darauf machen. Was denken Sie denn?»

«Mir geht's genauso», sagte Chee. «Und warum hat sich zwölf Tage vorher niemand in das Gipfelbuch eingetragen? Es wäre möglich, daß die drei Männer, die Old Sam an diesem Tag beobachtet hat, nicht auf dem Gipfel waren. Oder daß sie sich aus Bescheidenheit nicht eintragen wollten. Wenn ich nicht mit eigenen Augen gesehen hätte, wie genau Sam es mit seinen Notizen genommen hat, könnte er sich auch im Datum geirrt haben.»

«Diese Möglichkeit schließen Sie also aus?» Leaphorn sah ihn gespannt an.

«Ja, das würde ich doch sagen. Sie hätten das Notizbuch mal sehen sollen. Nein, das wäre keine Erklärung. Das können Sie vergessen.»

Leaphorn nickte. «Okay. Gestrichen.»

Die Eintragung, die Breedlove mit seiner Unterschrift bestätigt hatte, war ungefähr in der Mitte der abfotografierten Seite gemacht worden. Darüber hatten sich vier Männer unter dem Datum vom 4. April 1983 ins Gipfelbuch eingetragen, die Namen sagten Chee nichts. Unten auf der Seite bestätigte ein Dreierteam, daß es den Gipfel bezwungen habe, zwei der Namen ließen auf japanische Bergsteiger schließen. Das war am 28. April 1988 gewesen.

Kommen wir noch mal auf den 18. September zu sprechen», sagte Leaphorn. «Nehmen wir an, Hal wäre einer der drei gewesen, die Sam unten auf Maryboys Weide und später oben auf dem Berg gesehen hat. So wie Old Sam den Wagen beschrieben hat, könnte es dieser verrückte britische Geländewagen gewesen sein, den Hal fuhr. Und nehmen wir weiter an, sie hätten es nicht bis zum Gipfel geschafft, weil Breedlove unterwegs schlappgemacht hat. Wenn es so war, ist das Hal natürlich mächtig an die Nerven gegangen. Und dann ruft ihn am 23. September einer von seinen – wie nennt man die Jungs? –, von seinen Bergkameraden im Canyon de Chelly an. Klar, daß Hal beschließt, mitzukommen und es noch mal zu versuchen.»

«Gut», meinte Chee, «und dann nehmen wir an, daß er und dieser Bergkamerad – nennen wir ihn der Einfachheit halber George Shaw – am 30. September den kürzeren, aber gefährlicheren Abstieg wählen. George macht irgendeinen Fehler, Hal stürzt ab, und George fühlt sich schuldig. Aber er geht davon aus, daß Hal nach so einem Sturz sowieso tot ist, und behält das Ganze für sich.»

«Hm», machte Leaphorn, «darüber habe ich auch schon nachgedacht. Es gibt nur zwei Punkte, mit denen ich Schwierigkeiten habe: Wo war Hal zwischen dem 23. und dem 30. September? Und warum hat sich George Shaw nicht in das Gipfelbuch eingetragen, ehe sie mit dem Abstieg begonnen haben?»

Chee zuckte die Achseln.

«Glauben Sie wirklich, daß er aus Bescheidenheit darauf verzichtet hat?» hakte Leaphorn nach. «Gibt's so was?»

«Der einzige Grund, den ich mir vorstellen kann, hat was mit Mord zu tun», sagte Chee. «Mit vorsätzlichem Mord.»

Leaphorn nickte. «Richtig. Und das Motiv?»

«Das ist doch klar», sagte Chee. «Das Ganze hatte irgendwas mit der Ranch und den Schürfrechten zu tun.»

Leaphorn nickte wieder.

«Inzwischen gehört die Ranch Hal, er hat sein Erbe angetreten. Gehen wir mal davon aus, Shaw ahnt, daß Hal seine Drohung wahrmachen, das Geschäft mit den Schürfrechten allein abwickeln und den Rest der Familie ausbooten wird. Als Hal für den Abstieg die Abkürzung nimmt, läßt George ihn eben abstürzen. Hal landet ohne schwere Verletzungen auf dem Felssims und verendet dort jämmerlich.»

«Könnte sein», sagte Leaphorn. «Bleibt nur ein Problem.»

«Oder», unterbrach ihn Chee, «Demott war mit ihm oben, nicht Shaw. Demott weiß, daß Hal vorhat, die Schürfrechte für die Goldvorkommen zu verkaufen. Also stößt er ihn hinunter, um die Ranch zu retten. Hal bricht sich keinen Knochen, weil er die Geröllstrecke genommen hat. Äh – was sagten Sie? Was für ein Problem gibt's mit der ersten Hypothese?»

«Elisa ist Hals Erbin. Shaw hätte also mit ihr handelseinig werden müssen.»

«Vielleicht hat er gedacht, daß er das hinkriegt.»

«Zu mir hat er heute nachmittag gesagt, mit ihr wäre darüber ganz bestimmt nicht zu reden gewesen. Elisa wäre, was die Ranch anging, genauso fanatisch gewesen wie ihr Bruder. Sie soll zu ihm gesagt haben, solange sie lebt, würde sie nie einen solchen Raubbau zulassen.»

«Sie haben sich heute mit Shaw getroffen?» Chee sah Leaphorn fassungslos an.

«Natürlich. Ich hab ihm die Fotos gezeigt. Schließlich war's sein Geld, das ich dafür ausgegeben habe.»

«Und wie hat er darauf reagiert?»

«Er kam mir enttäuscht vor. Der Beweis, daß Hal bereits einige Zeit vor dieser Eintragung im Gipfelbuch, vor seinem dreißigsten Geburtstag, tot war, wäre ihm lieber gewesen.»

Chee nickte.

«Mit Ihrer zweiten Hypothese gibt's auch ein Problem.»

«Welches?» wollte Chee wissen.

«Ich habe am 30. September mit Demott telefoniert. Er kann an diesem Tag also nicht auf dem Ship Rock gewesen sein.»

«Daran erinnern Sie sich noch? Nach elf Jahren?»

«Nein. Ich führe bei jedem Fall Tagebuch. Ich hab's nachgeschlagen. Ich habe ihn vormittags auf der Ranch angerufen, um zu hören, ob Breedlove inzwischen wieder aufgetaucht wäre. Oder sich telefonisch gemeldet hätte. Oder ob's sonst was Neues gäbe.»

«Teufel noch mal», sagte Chee, «ich glaube, dann bleibt nur noch die Möglichkeit, daß Hal allein oder mit Shaw auf dem Ship Rock war. Und daß sie für den Abstieg diese Selbstmordabkürzung genommen haben.»

Leaphorn sagte nichts, aber seine Miene verriet, daß er dieser Schlußfolgerung nicht zustimmte.

Chee seufzte. «Und für mich bedeutet das, daß mir nichts anderes übrigbleibt, als jeden, der in den letzten zehn Jahren dort oben rumgeklettert ist, zu fragen, ob er bei seiner Klettertour irgendwo ein längeres Stück Seil gefunden und mitgenommen hat.»

«Das muß es nicht unbedingt bedeuten», meinte Leaphorn. «Sie vergessen, daß es bei der Sache mit unserem Gefallenen Menschen nach wie vor nicht um ein Verbrechen, sondern nur um eine Vermißtenanzeige geht. Die offiziell abgeschlossen wurde mit der Feststellung, daß es sich um einen Tod durch Unfall handelt.»

«Na ja», sagte Chee, was sich nicht sehr überzeugt anhörte.

«Ein Grund mehr, daß ich froh bin, Zivilist zu sein.»

Der Wind war stärker geworden, er trieb ganze Ladungen Sand gegen die Aluminiumverkleidung des Trailers und fuhr heulend in alle Ritzen und Kanten.

«Und noch einen Grund gibt's dafür», sagte Leaphorn, «das Wetter. Wer jetzt Uniform trägt, wird diese Woche 'ne Menge Überstunden machen und sich 'ne Menge Frostbeulen holen.»

Chee deutete auf Leaphorns Teller. «Möchten Sie noch was?»

«Ich bin voll bis obenhin. Hab bestimmt mal wieder zuviel in mich reingeschlungen. Und Sie viel zu lange aufgehalten.» Er stand auf und griff nach dem Hut. «Ich lasse Ihnen die Fotos da. Rosebrough hat die Negative. Er ist zugelassener Anwalt und kann sie dem Gericht, falls es zu einem Prozeß kommt, als Beweismittel präsentieren.»

«Sie meinen, falls jemand auf den Ship Rock klettert und das Gipfelbuch stiehlt?»

«Ist nur eine vorsorgliche Überlegung», sagte Leaphorn. «Was haben Sie übrigens morgen vor?»

Chee hatte zu lange für Leaphorn gearbeitet, um bei so einer Frage nicht automatisch die innere Alarmglocke läuten zu hören. «Warum?»

«Nun», sagte Leaphorn, «wenn ich morgen hoch zur Ranch fahre, Elisa und Demott die Fotos zeige und sie frage, was sie davon halten, oder wenn ich gar Elisa frage, wer damals am 18. September ihrer Meinung nach versucht hat, auf den Ship Rock zu steigen, könnte es sein, daß man mir versuchte Zeugenbeeinflussung vorwirft.»

«Welche Zeugen würden Sie denn beeinflussen? Offiziell geht es doch gar nicht um ein Verbrechen», erinnerte ihn Chee.

«Glauben Sie nicht, daß sich das bald ändert? Vorausgesetzt, wir sind schlau genug, das Rätsel um das Datum zu lösen.»

Chee nickte. «Doch, ich denke schon. Außerdem ist da ja noch der Mord an Maryboy und der Mordversuch an mir. Aber wenn Sie sich, so lange der Fall offiziell noch kein Fall ist, darauf beschränken, sich nur mit Elisa zu unterhalten, kann Ihnen keiner was am Zeug flicken. Sie handeln ja im Auftrag des Anwalts der Familie, da ist so ein Gespräch doch naheliegend.»

«Die Frage ist nur, ob Elisa oder Demott sich ausgerechnet mit dem Beauftragten des Familienanwalts unterhalten will», gab Leaphorn zu bedenken.

Chee mußte zugeben, daß er da recht hatte.

«Und für mich gäbe es, glaube ich, etwas Dringenderes zu tun», sagte Leaphorn.

Chee sprach die Frage nicht aus, die ihm auf den Lippen lag, er war ziemlich sicher, daß Leaphorn sie ihm an der gerunzelten Stirn ablesen konnte.

«Old Amos Nez hat Vertrauen zu mir», sagte Leaphorn, dachte noch mal darüber nach und korrigierte sich: «Na ja, im großen ganzen jedenfalls. Ich möchte ihm den Beweis unter die Nase halten, daß Hal – gerade mal eine Woche, nachdem er spurlos aus dem Cañon verschwunden war – auf den Ship Rock gestiegen ist. Und ihm erzählen, daß Maryboy ermordet wurde. Und ... na ja, was sich eben sonst noch ergibt.»

Chee dachte an seine schmerzenden Rippen und an die qualvolle, lange Fahrt hoch nach Colorado. Er atmete tief durch und sagte: «Das kann man eine Weile aufschieben.»

«Kann schon sein», räumte Leaphorn ein. «Aber ich erinnere Sie daran, daß Sie neulich auch das Gefühl hatten, Sie könnten Ihren Besuch bei Hosteen Maryboy und die Frage, ob er einen der drei Bergsteiger identifizieren kann, nicht aufschieben. Also sind Sie mitten in der Nacht zu ihm gefahren. Und Sie hatten recht. Es war dringend.»

«Ja, ja», sagte Chee, «ich verstehe nur nicht, warum das mit Amos Nez so wichtig sein soll. Glauben Sie, Breedlove könnte ihm was erzählt haben?»

«Versuchen wir's mal mit einer anderen Theorie. Nehmen wir an, Hal Breedlove wäre an seinem dreißigsten Geburtstag bereits tot gewesen. Und nehmen wir weiter an, daß die drei, die Hosteen Sam am 18. September dabei beobachtet hat, wie sie auf den Ship Rock gestiegen sind, den Gipfel erreicht haben. Oder zumindest zwei von ihnen. Einer davon war Hal. Angenommen, der andere hat Hal auf dem Rückweg in die Tiefe gestoßen. Oder, was ich für wahrscheinlicher halte, Hal ist einfach abgestürzt, als er beim Abstieg die Abkürzung nahm. Jedenfalls starb er, ohne sich die Knochen zu brechen. Und zwar zwei Tage zu früh, er war noch neunundzwanzig. Und dann haben seine beiden Bergkameraden das Gipfelbuch gefälscht, damit es so aussah, als sei Hal erst nach seinem dreißigsten Geburtstag ums Leben gekommen.»

Chee hob die Hand und grinste. «Die Theorie hat einen Riesenhaken. Denken Sie daran, daß Hal mit seiner Frau und Amos Nez nach dem 18. September noch munter im Canyon de Chelly herumspa ...» Und auf einmal biß er sich auf die Lippen. Sagte nur noch «oh» und starrte Leaphorn an.

Leaphorn zog kopfschüttelnd eine Grimasse. «Ich hab wahrhaftig lange genug gebraucht, um auf diese Möglichkeit zu kommen. Und wenn Sie nicht so fleißig in Old Sams Tagebuch geblättert hätten, wäre ich wahrscheinlich nie darauf gekommen.»

«Mein Gott», sagte Chee, «so ist das also gelaufen. Nun verstehe ich auch, warum sie versuchen mußten, Nez zu töten. Und wenn sie schlau sind, werden sie's noch mal versuchen. Je eher, desto besser für sie.»

«Deshalb bitte ich Sie, bei der Lazy-B anzurufen, um festzustellen, ob Demott und die Witwe zu Hause sind, und dann gleich für morgen einen Termin mit ihnen zu vereinbaren, hinzufahren und mit ihnen darüber zu reden, was wir aus dem Gipfelbuch auf dem Ship Rock erfahren haben.»

«Und wenn sie nicht zu Hause sind?»

«Dann», sagte Leaphorn, «müssen wir uns, glaube ich, etwas mehr einfallen lassen, um Amos Nez das Leben zu retten.» Und er stieß die Tür auf und stiefelte hinaus in den eisigen Wind.

24

Elisa Breedlove hatte sich bei Chees Anruf gemeldet. Ja, Eldon sei zu Hause. Natürlich, er könne gern bei ihnen vorbeikommen. Wie wär's mit morgen nachmittag?

Und so tauchte Acting Lieutenant Chee ziemlich früh am nächsten Morgen im Büro auf, um schnell durchzusehen, was sich auf seinem Schreibtisch angesammelt hatte, und anschließend die nötigen Anweisungen für den Tag zu geben. Unter seinem linken Auge prangten etliche Pflasterstreifen, die aber zu schmal waren, um das Veilchen, das darunter blühte, vollständig abzudecken. Er ließ sich mit der nötigen Vorsicht auf dem Schreibtischsessel nieder (auf sorglosen Kontakt mit der Rückenlehne reagierten seine Rippen, wie er aus leidvoller Erfahrung wußte, ziemlich nervös) und wartete, bis die Officers Teddy Begayaye, Deejay Hondo, Edison Bai und Bernadette Manuelito mit der Inaugenscheinnahme seiner lädierten Physiognomie fertig waren. Bei Begayaye und Bai schien der Anblick eine Mischung aus Bewunderung und Amüsement hervorzurufen, letzteres natürlich nicht zu dick aufgetragen, auf Hondo machten die Schnitte und Kratzer offenbar keinen nachhaltigen Eindruck, Bernadette Manuelitos Miene spiegelte mitleidiges Erschrecken wider.

Nachdem alle ausgiebig Gelegenheit zu optischer Schadensinspektion gehabt hatten, gab Chee ihnen – wohl wissend, daß die knappe offizielle Darstellung den engsten Mitarbeitern nie zur Befriedigung ihrer Neugier reicht – eine kurzgefaßte persönliche Schilderung der Ereignisse in und um Maryboys Hogan, und nachdem auch diese Pflichtübung erledigt war, konnten sie sich endlich den Dienstgeschäften zuwenden.

Er trug Bai auf, der Frage nachzugehen, wie der Junge an der Shiprock Highschool, bei dem sie eine .38er Pistole konfisziert hatten, an die Waffe gekommen war. Manuelito sollte sich weiterhin darum bemühen, einen gewissen Adolph Deer dingfest zu machen, der aus der Umgebung von Shiprock stammte, wegen eines Banküberfalls im Gefängnis gesessen hatte, ausgebrochen war und sich Zeugenaussagen zufolge «wiederholt beim Handelsposten Two Gray Hills herumgetrieben» haben sollte. Hondo erhielt den Auftrag, die Unterlagen über einen Einbruch zusammenzustellen, der demnächst vor dem Geschworenengericht verhandelt werden sollte. Blieb noch Teddy Begayaye übrig.

«Ich sag's nicht gern, Teddy, aber Sie müssen heute Chauffeur für mich spielen. Ich muß in der Mordsache Maryboy hoch zur

Lazy-B-Ranch. Ich dachte, ich schaff's allein, aber ...» Chee hob den linken Arm an, zuckte zusammen und verzog das Gesicht. «... das alte Gerippe ist nicht mehr, was es mal war.»

«Sie sollten überhaupt nicht in der Gegend rumfahren», sagte Officer Manuelito, «auch nicht als Beifahrer. Sie gehören ins Bett, damit Sie sich auskurieren. Die hätten Sie noch nicht aus dem Krankenhaus entlassen dürfen.»

«Krankenhäuser sind gefährlich», sagte Chee, «man hört immer wieder, daß dort Leute sterben.»

Edison Bai grinste breit, Officer Manuelito fand Chees flapsige Bemerkung überhaupt nicht komisch. «Wenn man bei gebrochenen Rippen nicht aufpaßt, kann man sich schnell eine punktierte Lunge holen», sagte sie.

«Die Dinger sind ja nur angeknackst», wiegelte Chee ab, «das ist so ähnlich wie mit blauen Flecken.»

Er entließ die anderen, nur Bai sollte noch bleiben und ihm in der Sache mit dem Schüler vortragen, der mit einer Pistole herumgelaufen war. Wie es typisch für Bai war, verlor er sich in Details, die Chee überhaupt nicht wissen wollte. Der Junge war kein unbeschriebenes Blatt, letzten Sommer hatte er bei einem Autodiebstahl mitgemischt – einem von diesen Joyride Cars, die jetzt groß in Mode waren. Er war im Streams-Come-Together-Volk – dem Clan seiner Mutter – und für den Salt Clan geboren worden, dem sein Vater angehörte, obwohl unter dessen Vorfahren auch ein paar Hopi gewesen waren. Angeblich gehörte er zu einer der kleineren, als besonders brutal verschrienen Jugendbanden in Shiprock. Ein ganz übles Bürschchen, das stand für Bai fest, durch und durch verdorben. Warum konnten die Leute heutzutage ihre Kids nicht mehr anständig erziehen? Chee nahm Bai mit der Bemerkung, er habe absolut recht, den Wind aus den Segeln, setzte die Dienstmütze auf und machte sich etwas steifbeinig, aber um angemessene Eile bemüht, auf den Weg zum Parkplatz. Heute morgen, bei der Fahrt ins Büro, war es kalt und bewölkt gewesen, jetzt hatte der Himmel sich vollständig zugezogen, ein eisiger Nordwestwind wehte Chee Staub und Blätter gegen die Beine.

Und dann wehte er ihm Teddy Begayaye vor die Füße.

«Jim, ich hatte es ganz vergessen – meine Frau hat heute einen Zahnarzttermin. Wie wär's, wenn ich mit Bernie tausche? Sie hat nichts Wichtiges vor.»

«Na ja», machte Chee und blickte nach rechts. Bernie Manuelito stand im Windschatten der geparkten Streifenwagen – sozusagen auf dem Sprung – und reckte den Hals. «Und wie sieht sie das? Ist sie einverstanden?»

«Ja, Sir», sagte Begayaye, «sie springt gern ein. Ist ja ein echter Schatz.»

«Ach, übrigens», fiel Chee ein, «ich hab ganz vergessen, mich bei euch Jungs für die Blumen zu bedanken.»

Begayaye schaute verdutzt. «Was für Blumen?»

Also ließ sich Jim Chee, die gesunde Schulter an die Rückenlehne des Beifahrersitzes gestützt, von Officer Bernadette Manuelito Richtung Norden ins Grenzgebiet von Colorado kutschieren. Als gelernter Schnüffler war er mühelos dahintergekommen, wer ihm die Blumen geschickt hatte. Begayaye war's nicht gewesen, und Bai wäre so was nicht mal im Traum eingefallen, selbst wenn er plötzlich sein Herz für Chee entdeckt hätte, was, da hatte Chee keine Zweifel, ganz bestimmt nicht der Fall war. Blieben Deejay Hondo und Bernie. Damit war hinlänglich klar, daß Bernie ihm die Blumen geschickt, aber so getan hatte, als kämen sie von allen, damit Chee ja nicht auf die Idee kam, sie wolle sich bei ihm einschmeicheln. Und das legte wiederum den Schluß nahe, daß sie ihn mochte. Wofür es, wenn er es sich recht überlegte, auch in der Vergangenheit schon das eine oder andere Anzeichen gegeben hatte.

Und wenn er ganz genau in sich hineinhorchte: Er mochte sie ebenfalls. Ein cleveres Mädchen. Und nett zu allen im Büro. Und sie verbrachte jeden freien Tag bei ihren Verwandten, unter denen es anscheinend immer jemanden gab, der krank war oder Zuspruch brauchte oder sich nach einer geduldigen Zuhörerin sehnte, bei der er sein Herz ausschütten konnte. Was bewies, daß sie sich den althergebrachten Navajotraditionen verpflichtet fühlte. Und das imponierte Chee mächtig. Wenn irgendwann eine Beurteilung fällig war, würde sie von ihm bestimmt eine gute Note bekommen. Er blickte verstohlen zu ihr hinüber. Bernie sah starr durch die Windschutzscheibe auf die Straße, auf den miserablen Asphaltbelag des berühmt-berüchtigten U.S. Highways 666. In ihren Mundwinkeln hatte sich ein winziges Lächeln eingenistet, das sie irgendwie glücklich aussehen ließ. Was sicher ihrem Naturell entsprach, da hatte er keine Zweifel. So wie es übrigens auch keinen Zweifel gab, daß sie ein unglaublich hübsches junges Mädchen war.

Das gehörte eindeutig nicht zu den Gedanken, mit denen sich der Acting Lieutenant Jim Chee, soweit es um Officer Bernadette Manuelito ging, nach der Dienstvorschrift beschäftigen sollte. Nicht nur, weil er Manuelitos Vorgesetzter war, auch weil er gewissermaßen drauf und dran war, eine andere Frau zu heiraten. Daß sich überhaupt solche Gedanken bei ihm eingeschlichen hatten, lag wahrscheinlich daran, daß es ein irritierendes Problem mit dieser anderen Frau gab. Er fing daran zu zweifeln an, daß sie ihn wirklich heiraten wollte. Beziehungsweise daß Janet den Jim Chee heiraten wollte, der er war: ein braver Cop, der in einer einfachen Navajofamilie in einem Schafscamp aufgewachsen war. So gar nicht der romantisch veranlagte, in gesellschaftlichen und politischen Ansichten untadelig korrekte, gebildete Ureinwohner, von dem sie träumte. Und das Schlimmste dabei war, er hatte keine Ahnung, wie er das Problem lösen sollte. Wenn es überhaupt eine Lösung gab. Eine Situation, die ihn sehr traurig machte.

Chee seufzte, hoffte, daß seine Rippen mitspielten, wenn er sich zur Abwechslung mal mit der linken Schulter anlehnte, probierte es, schnappte nach Luft und verzog das Gesicht.

«Alles in Ordnung?» Bernie sah ihn besorgt an.

«Ja, ja», schwindelte Chee.

«Ich hab Aspirin in meiner Tasche.»

«Kein Problem», behauptete Chee.

Eine Weile starrte Bernie stumm auf die Straße.

«Lieutenant», sagte sie schließlich, «erinnern Sie sich, wie Sie uns mal von Lieutenant Leaphorns Karte mit den vielen bunten

Stecknadeln erzählt haben? Und daß er immer darauf aus war, hinter den Zusammenhang zwischen irgendwelchen Vorkommnissen zu kommen? Ich meine, auch wenn's ein so verzwickter Fall war, daß es scheinbar gar keine Zusammenhänge gab?»

«Ja», sagte Chee.

«Und Sie wollten doch, daß ich das bei diesen Viehdiebstählen genauso mache?»

Chee beschränkte sich auf ein indifferentes Brummen und versuchte sich zu erinnern, wann er so was je gesagt hatte.

«Wissen Sie, als ich nach Ihrem Anruf Hosteen Sams Notizbücher in Verwahrung genommen habe, habe ich Lucy Sam überredet, mir auch die jüngeren Tagebücher ihres Vaters zu überlassen. Ich bin damit zu einem Schnellkopierladen in Farmington gefahren und hab mir von einigen Seiten Kopien gemacht. Von den Seiten, die schon ein paar Jahre zurückliegen. Damit ich sie immer zur Hand habe. Und dann habe ich in unseren alten Dienstbüchern geblättert und mir alle Daten rausgeschrieben, wann wer in diesen Jahren einen Viehdiebstahl gemeldet hat.»

«Großer Gott», stöhnte Chee und versuchte sich vorzustellen, wie lange das gedauert haben mußte. «Wer hat sich denn so lange um Ihre normale Arbeit gekümmert?»

«Nur die Fälle, in denen mehrere Tiere gestohlen wurden. Sie wissen schon: die Fälle, die irgendwie professionell aussehen.» Offenbar hatte Bernie den Eindruck, sich rechtfertigen zu müssen. «Und ich hab das alles nach Dienstschluß gemacht.»

«Oh», sagte Chee. Und hatte fast ein schlechtes Gewissen.

«Also, ich hab angefangen, die Daten zu vergleichen. Die, an denen Mr. Sam sich etwas über einen ganz bestimmten Truck notiert hat, mit denen, an denen in unserem Zuständigkeitsbereich ein Viehdiebstahl gemeldet wurde.»

Bis jetzt hatte sich Officer Manuelitos Bericht wie ein auswendig gelernter Vortrag angehört, und als sie nun eine Pause einflocht, beschlich Chee das Gefühl, daß auch das Teil ihrer sorgfältig einstudierten Dramaturgie war.

«Was haben Sie festgestellt?»

Sie lachte verlegen. «Ich glaube, das hört sich ziemlich albern an.»

«Das kann ich mir nicht vorstellen», sagte Chee. Und dachte, daß es vielleicht gut wäre, nicht so oft an Janet Pete zu denken. Sondern die Uhr lieber ein Stück zurückzudrehen, damit alles wieder so wurde, wie es vor ihr mal gewesen war. «Sagen Sie's doch einfach, dann sehen wir ja, wie es sich anhört.»

«Es gibt einen zeitlichen Zusammenhang zwischen den Fällen, in denen jemand gemeldet hat, daß ihm Vieh gestohlen wurde – und zwar mehrere Tiere –, und den Eintragungen in Mr. Sams Notizbuch, daß er ein zerbeultes, dreckiges weißes Campinggespann beobachtet hat, und zwar ganz in der Nähe des Tatorts.» Officer Manuelito starrte auf den Mittelstreifen, als traue sie sich nicht, Chee in die Augen zu sehen. «Natürlich nicht jedesmal, aber so oft, daß es einen stutzig macht.»

Chee dachte fieberhaft nach. «Ein Campinggespann wie das von Mr. Finch, dem Brandzeicheninspektor aus New Mexico?»

«Ja, Sir.» Wieder ein nervöses Lachen. «Ich sag ja, es hört sich wahrscheinlich albern an.»

«Nun, ich nehme an, unsere Dienststelle hat ihn über gemeldete Viehdiebstähle unterrichtet. Dann ist er rausgefahren und hat sich am Tatort umgesehen.»

Officer Manuelito blickte weiter starr auf die Straße. Einen Moment lang sah es aus, als wollte sie widersprechen, sie hatte schon den Mund geöffnet. Aber dann machte sie ihn wieder zu. Sie wirkte enttäuscht.

«Augenblick mal.» Chee dämmerte was. «Hat Hosteen Sam Finchs Trailer vor den Diebstählen beobachtet? Oder war's ...»

«Im Regelfall vorher», beantwortete Bernie seine Frage, ehe er sie ganz ausgesprochen hatte. «Also, in einigen Fällen sowohl vorher wie nachher. Aber meistens war's vorher. Bloß, Sie wissen ja, wie das ist. Manchmal liegt der Diebstahl schon eine Weile zurück, ehe der Besitzer merkt, daß ihm Vieh fehlt.»

Manuelito nahm den Blick nicht von der Straße, aber irgendwie schien sie innerlich vor Ungeduld zu zappeln. Doch es half alles nichts, sie mußte warten, bis Chee das Ganze zu Ende gedacht hatte. Und dann schlug er sich plötzlich mit der flachen Hand aufs Bein. «Was sagt man dazu? Dieser miese alte Hund.»

Officer Manuelitos innere Anspannung löste sich, sie grinste erleichtert. «Heißt das, Sie glauben, daß ich recht haben könnte?»

«Ich wette, daß Sie recht haben», sagte Chee. «Niemand hätte es leichter als er. Er hat alle Informationen: Zuchtbucheintragungen, welches Vieh wo steht und so weiter. Er kann sich sozusagen von Amts wegen auf den Weiden umsehen, kein Cop schöpft dabei irgendeinen Verdacht. Und die nötigen Papiere für einen Viehtransport kann er auch selber ausstellen. Ideale Voraussetzungen.»

Bernies Grinsen wurde breiter und sah richtig fröhlich aus. «Ja, so was Ähnliches ist mir auch durch den Kopf gegangen.»

«Jetzt müssen wir rausfinden, wo er sie verkauft. Und wie er den Transport bewerkstelligt.»

«Ich nehme an, in seinem Trailer.»

«Was? Sie glauben wirklich, er karrt das Vieh in seinem eigenen Wohntrailer durch die Gegend?»

Bernie lief ein bißchen rot an. «Ist nur eine Vermutung. Beweisen könnte ich's nicht.»

Vor ein paar Tagen hätte Chee das noch für eine abwegige Idee gehalten. Aber jetzt kam ihm der Gedanke nicht mehr so abenteuerlich vor. «Die Frage ist nur, wie kriegt er sie durch die Wohnwagentür?»

«Es hat eine Weile gedauert, bis ich überhaupt auf die Idee gekommen bin», sagte sie. «Ich glaube, es war, als ich beim Anasazi Inn vorbeigefahren bin und gesehen habe, daß Finchs Gespann auf dem Parkplatz steht. Nanu, hab ich mir gedacht, wieso schleppt er so einen sperrigen Wohnwagen durch die Gegend, wenn er gar nicht darin schlafen will? Vielleicht will er vor dem Schlafengehen noch ein heißes Bad nehmen, hab ich mir gesagt. Aber irgendwie hat's mir keine Ruhe gelassen.» Sie lachte. «Ich hab immer Probleme damit, die Weißen zu verstehen.»

«Ja», sagte Chee, «geht mir genauso.»

«Aber gestern hat das Gespann auf dem Parkplatz vor unserer Dienststelle gestanden. Ich bin langsam vorbeigeschlendert, und da ist mir aufgefallen, daß der Wohnwagen so komisch riecht.»

Chee, der das auch schon bemerkt hatte, nickte. «Stinkt eindeutig nach Kuhdung. Aber er hat eben dauernd auf Viehauktionen und Weiden zu tun oder tritt auch mal in einen Kuhfladen und vergißt hinterher, sich die Stiefel abzutreten. Weil er an den Gestank gewöhnt ist.»

«Das hab ich auch erst gedacht», sagte Bernie. «Aber der Geruch war ziemlich stark. Kann sein, daß Frauen die bessere Nase für so was haben.»

Kann sogar sein, daß Frauen generell die bessere Nase haben, dachte Chee. «Haben Sie einen Blick ins Innere geworfen?»

«Er hat sämtliche Fenster mit diesen Touristikplaketten vollgeklebt. Und die Fenster sitzen recht hoch. Ich hab's versucht, aber nur ganz vorsichtig. Er sollte ja nicht merken, daß ich ihm nachspioniere.»

«Hmm», machte Chee. «Wir könnten uns natürlich einen Durchsuchungsbefehl besorgen. Die Frage ist nur, wie wir das dem zuständigen Richter gegenüber begründen. Der Wohnwagen des Brandzeicheninspektors riecht nach Kuhmist. Na klar, sagt der Richter, so muß er ja riechen. Aber Mr. Finch übernachtet gar nicht in seinem Wohnwagen, Euer Ehren. Na klar, sagt der Richter wieder, das würden Sie auch nicht tun, wenn's drinnen nach Kuhmist stinkt.»

«Das mit dem Durchsuchungsbefehl», sagte Manuelito nachdenklich, «das ist wirklich nicht so einfach. Es ist ja nicht verboten, Vieh in einem Wohnwagen zu transportieren.»

Chee nickte. «Stimmt. Das reicht höchstens dazu, Finch eine Zwangstherapie beim Psychiater verordnen zu lassen.»

«Tja», machte Bernie, «wie auch immer. Ich hab dann später in seinem Büro angerufen und ...»

«Was haben Sie getan?»

«Ich wollte doch nur rauskriegen, wo er steckt. Wenn er selber dran gewesen wäre, hätte ich aufgelegt. Wenn nicht, wollte ich fragen, wo er zu erreichen ist. Er war nicht da. Seine Sekretärin hat gesagt, er hätte gerade aus der Gegend um Iyanbito angerufen, von der Viehauktion draußen bei Davis and Sons. Ich bin dort hingefahren. Neben dem Stall stand tatsächlich sein Camper. Er selbst hatte irgendwo weiter hinten zu tun, wo gerade Ochsen verladen wurden. Und da konnte ich mir sein Gespann endlich mal näher ansehen.»

«Sie sind doch hoffentlich nicht eingebrochen?» fragte Chee und rechnete fast damit, daß sie's getan hatte. Bei dem Mädchen hielt er inzwischen alles für möglich.

Sie gab keine Antwort, sah ihn nur beleidigt an. «Vielleicht ist Ihnen aufgefallen, daß sein Campingwagen eine glatte Rückfront hat. Keine Tür, kein Fenster, nichts. Sie ist rundherum mit breiter Silberfolie abgeklebt. Sieht aus wie ein Staubschutz. Aber wenn man in die Hocke geht, sieht man, daß unten Scharniere angebracht sind. Kräftige Scharniere, die sogar schwere Gewichte aushalten.»

Auf einmal war Chee alles klar. «Er stößt mit seinem Gespann rückwärts an einen Zaun heran, zieht die Silberfolie ab und läßt die Rückwand herunter, die in Wirklichkeit so was wie eine Laderampe ist. Wahrscheinlich hat er sogar Stallboxen im Wohnwagen, damit das Vieh während der Fahrt nicht unruhig werden und hin und her laufen kann.»

«Ich hab das mal abgeschätzt», sagte Bernie. «Ich denke, da passen sechs Boxen rein, jeweils zwei nebeneinander, drei hintereinander.»

Chee räusperte sich. «Bernie, wenn meine Rippen nicht in so einem miserablen Zustand wären und wenn ich ganz sicher wüßte, daß Sie mich nicht wegen sexueller Belästigung in Tateinheit mit Verkehrsgefährdung anzeigen, würde ich mich jetzt rüberbeugen und Ihnen mit einer kräftigen Umarmung gratulieren.»

Bernie brachte das Kunststück fertig, gleichzeitig hocherfreut und verlegen auszusehen.

«Sie haben da eine Menge Arbeit reingesteckt und gute Ideen

gehabt», fuhr Chee fort. «Viel mehr, als es Ihre Pflicht gewesen wäre.»

«Ich möchte eben ein guter Detective sein. Und ich habe auch so was wie persönliche Gründe gehabt. Ich mag diesen Mann nicht besonders.»

Chee nickte. «Ich auch nicht. Er ist arrogant.»

«Und er hat versucht, mit mir anzubändeln», sagte Manuelito. «Na ja – nicht direkt. Vielleicht war's auch nicht so gemeint.»

«Wie hat er's denn versucht?» wollte Chee wissen.

«Ach, Sie wissen schon – sagt dauernd ‹Süße› und ‹Puppe› und so was zu mir. Er würde sich wünschen, daß ich mich zu ihm versetzen lasse, um mit ihm zusammenzuarbeiten. Er hat's allerdings anders ausgedrückt: ‹unter ihm›, hat er gesagt. Und dann meinte er noch, ich könnte der Sonnenstrahl in seinem einsamen Leben werden.»

«Der Sonnenstrahl?» wiederholte Chee skeptisch. «Na, wenn er sich da mal nicht die Finger verbrennt. Ich sage Ihnen, was wir machen. Wir behalten ihn im Auge. Und wenn er wieder mit einem Viehtransport unterwegs ist, nageln wir ihn fest. Und wenn's soweit ist, sind Sie diejenige, die ihm die Handschellen anlegt.»

25

Als Officer Bernadette Manuelito den Streifenwagen auf den Hof der Lazy-B lenkte, erwartete Elisa Breedlove sie bereits unter der Tür – die Arme verschränkt, die Hände zum Schutz gegen den kalten Wind um die Achseln geschlungen. Oder steht sie so da, fragte sich Chee, weil sie sich davor fürchtet, was ich ihr zu sagen habe?

«Four-Corners-Wetter», sagte sie. «Gestern noch milder, sonniger Herbst und heute schon Winter.» Sie führte sie ins Wohnzimmer, bat sie, Platz zu nehmen, tauschte ein paar freundliche Worte mit Bernie, äußerte ihr Bedauern über Chees Verletzungen und wünschte ihm gute Besserung. «Ich habe den Bericht, wann und wie das passiert ist, im Fernsehen gesehen. Der Reporter hat offensichtlich zwar etwas übertrieben, aber es scheint Sie trotzdem ganz schön erwischt zu haben.»

«Nur ein paar angeknackste Rippen», winkte Chee ab.

«Und der arme alte Mr. Maryboy wurde umgebracht. Ich bin ihm nur einmal begegnet, aber ich fand ihn sehr nett. Er hat uns in seinen Hogan gebeten und uns Kaffee angeboten.»

«Wann war das?»

«Ach, das ist Urzeiten her», sagte sie. «In den Jahren, als Hal und George die Sommer bei uns auf der Ranch verbracht haben und wir mit ihnen klettern gegangen sind, Eldon und ich.»

«Ist Eldon eigentlich da?» erkundigte sich Chee. «Ich hatte gehofft, daß ich Sie beide antreffe.»

«Bis vor einer Weile war er noch da. Aber eine von den Stuten hat sich im Stacheldrahtzaun verfangen, da mußte er hinfahren und sich drum kümmern. Es soll ja angeblich ein Schneesturm auf uns zutreiben, da will er lieber zusehen, daß er die Pferde in den Stall bringt.»

«Meinen Sie, daß er bald zurückkommt?»

«Tja», sagte Elisa, «es ist oben auf der Nordweide passiert, aber sehr lange wird er bestimmt nicht wegbleiben. Es sei denn, die Stute hat sich so böse Schnittwunden zugezogen, daß er sie nach Mancos zum Tierarzt bringen muß. Darf ich Ihnen einen Kaffee anbieten? Sie haben eine lange Fahrt hinter sich.»

Sich selbst schenkte sie keinen Kaffee ein. Chee nahm einen Schluck und beobachtete verstohlen über den Rand der Tasse, wie nervös ihre Hände spielten. Wenn sie zu der Dreiergruppe gehört hatte, die damals am 18. September auf den Ship Rock gestiegen war, dann mußte sie eigentlich wissen, was jetzt kam. Er nahm die Mappe mit den Fotos aus der Aktentasche und gab ihr den Abzug, auf dem die Eintragung ihres Mannes im Gipfelbuch zu sehen war. «Danke», sagte sie und sah es sich an.

Officer Manuelito saß seltsam verkrampft auf der Stuhlkante, die Art, wie sie den Unterteller mit der Kaffeetasse hielt, hatte beinahe etwas altjüngferlich Geziertes an sich, aber Chee ahnte,

233

daß sie so ungewohnt steif dasaß, weil sie gespannt auf Elisas Reaktion wartete. An eine alte Jungfer hätte er bei Bernies Anblick außerdem zuallerletzt gedacht, für ihn sah sie eher aus wie ein als Cop verkleidetes bildschönes Model.

Elisa starrte stirnrunzelnd auf das Foto. «Das muß eine Seite aus dem Gipfelbuch sein», sagte sie in merkwürdig schleppendem Tonfall, «aber wo …?» Das Foto rutschte ihr aus den Fingern auf den Tisch, ihre Stimme klang plötzlich fremd und verzerrt. «Oh, mein Gott …» Sie schlug die Hände vors Gesicht.

Manuelito beugte sich vor, sie wollte etwas sagen, doch ein fast unmerkliches Kopfschütteln von Chee hielt sie zurück.

Elisa griff noch einmal nach dem Foto, starrte darauf, ließ es zu Boden fallen und saß, schneeweiß im Gesicht, wie versteinert da.

«Mrs. Breedlove, alles in Ordnung mit Ihnen?» fragte Chee.

Sie zitterte am ganzen Leib. Schüttelte den Kopf. Gab sich einen Ruck und sah Chee an. «Der Text auf diesem Foto … war das alles, was in dem Buch stand?»

«Nur das, was Sie auf dem Foto sehen.»

Sie bückte sich, hob den Abzug auf, sah ihn sich noch einmal an. «Und das Datum … dieses Datum … das hat da gestanden?»

«Wie Sie's auf dem Foto sehen», sagte Chee.

«Ja, natürlich.» Ihr Lachen klang, als sei es nahe an der Grenze zur Hysterie. «Eine dumme Frage. Aber es ist falsch. Da hätte stehen müssen …» Sie starrte wieder auf das Foto. «O Gott.» Ihr Kopf sackte haltlos nach vorn, sie preßte sich die Hand vor den Mund.

Lautlose Stille im Zimmer, bis auf ein leises Wispern, Raunen und Seufzen. Aber das kam nicht von Elisa, es war der Wind, der sich durch die Fugen der Fenster zwängte und flüsternd das Lied vom nahen Winter sang.

«Ich weiß, daß das Datum falsch ist», sagte Chee. «Die Eintragung trägt das Datum vom 30. September. Das ist eine Woche, nachdem Ihr Mann weggefahren und nie zum Canyon de Chelly zurückgekehrt ist. Welchen Grund hatte er …»

Er verstummte. Elisa hörte ihm nicht zu, sie war in Erinnerungen versunken. Und das, woran sie sich erinnerte, schien zusammen mit dem, was dieses Foto schwarz auf weiß belegte, einen bösen Verdacht in ihr zu wecken.

«Die Handschrift», stammelte sie, «haben Sie ...» Wieder ein Satz, den sie nicht zu Ende führte. Sie preßte die Lippen fest zusammen, als fürchtete sie, es könne womöglich doch noch ein Wort herausrutschen.

Aber es war zu spät. Die wenigen Worte hatten Chee schon genug verraten. Elisa hatte also nicht gewußt, was seinerzeit unter dem Gipfel des Ship Rock wirklich geschehen war. Erst jetzt hatte sie es erfahren, in diesem Augenblick. Die gefälschte Unterschrift ihres Mannes hatte ihr die Augen geöffnet. Aber was war ihr beim Anblick des Fotos klargeworden? Daß ihr Mann – bevor es überhaupt soweit gewesen war, daß er sich im Gipfelbuch eintragen konnte – schon tot gewesen war? Daß man seinen Tod also von langer Hand geplant hatte? Und daß der, der seinen Tod geplant hatte, das verschleiern wollte, indem er ein falsches Datum eintrug?

So fügten sich also die Bruchstücke – wie Leaphorn es immer gepredigt hatte – zusammen, hinter den Nebelschwaden der letzten Ungewißheiten war bereits die häßliche Fratze der Wahrheit zu ahnen. Aber komisch, Chee konnte sich nicht darüber freuen. Er empfand nur Mitleid mit der Frau, die ihm gegenübersaß.

Manuelito war aufgestanden. «Mrs. Breedlove, Sie müssen sich hinlegen – bitte. Sie sind ja fix und fertig. Ich hole Ihnen was ... ein Glas Wasser.»

«Das mit der Handschrift müssen wir noch überprüfen», sagte Chee. «Würden Sie mir verraten, was wir entdecken werden, wenn wir's tun?»

Elisa schluchzte. Manuelito kam aus der Küche zurück, in der einen Hand ein Glas Wasser, in der anderen ein Tuch. Der strenge Blick, mit dem sie Chee musterte, hieß soviel wie ‹Wie konnten Sie nur so mit ihr umspringen?›. Sie setzte sich neben Elisa und tätschelte ihr die Schulter.

«Nehmen Sie einen Schluck Wasser», redete sie Elisa zu.

«Und dann legen Sie sich hin, bis Sie sich wieder besser fühlen. Wir können das Gespräch später zu Ende führen.»

In diesem Moment tauchte Ramona unter der Tür auf, mit rotgefrorenem Gesicht, ein Tuch um die Schultern geschlungen. Sie starrte erschrocken auf die Szene im Wohnzimmer. «Was ist denn hier los? Was haben Sie mit ihr angestellt? Raus mit Ihnen! Sehen Sie denn nicht, daß sie Ruhe braucht?»

«O Gott», schluchzte Elisa erstickt, «wie konnte er nur glauben, daß er das tun muß?»

«Wo finde ich Eldon?» fragte Chee.

Elisa schüttelte nur stumm den Kopf.

«Hat er ein Gewehr?»

Natürlich hatte er ein Gewehr. Im Westen der Rocky Mountains hat jeder Junge, der älter als zwölf Jahre ist, ein Gewehr.

«Wo bewahrt er es auf?»

Elisa gab keine Antwort. Chee machte Bernie ein Zeichen. Sie ging los, um nach dem Gewehrschrank zu suchen.

Elisa hob den Kopf, wischte sich über die Augen und sah Chee flehentlich an. «Es war ein Unfall, das müssen Sie verstehen. Hal war immer so leichtsinnig. Er wollte unbedingt die Geröllstrecke unter der Felskante nehmen. Ich dachte, ich hätte es ihm ausgeredet, aber da habe ich mich wohl geirrt.»

«Haben Sie gesehen, wie es passiert ist?»

«Ich war nicht so weit mit oben. Ich wollte weiter unten auf sie warten.»

Chee zögerte. Seine nächste Frage war die wichtigste – die, die alles entscheiden konnte. Aber sollte er sie jetzt stellen, obwohl Elisa unter Schock stand und von einem lautlosen Weinkrampf geschüttelt wurde? Irgendwie war das nicht fair. In einer solchen Situation hätte ihr jeder Anwalt geraten, nichts zu sagen. Andererseits ging es ja gar nicht um sie, sie wurde bestimmt nicht angeklagt.

Bernie kam zurück, Ramona folgte ihr auf den Fersen. «Im Arbeitszimmer ist ein Gewehrständer mit drei Halterungen. In der untersten steckt eine Pumpgun, Kaliber zwölf, die beiden oberen sind leer.»

«Okay», sagte Chee.

«Im Papierkorb neben dem Schreibtisch liegt eine Munitionsschachtel. Aufgerissen und leer. Sechsunddreißiger.»

Chee nickte nur. Er mußte die Frage jetzt stellen.

«Mrs. Breedlove», sagte er, «an diesem 30. September war niemand auf dem Berg. Also kann sich an diesem Tag niemand unter dem Namen Ihres Mannes im Gipfelbuch eingetragen haben. Aber am 18. September wurden drei Bergsteiger beobachtet. Einer davon war Hal. Die zweite in der Gruppe waren Sie. Wer war der dritte?»

«Ich möchte nichts mehr sagen. Ich will, daß Sie gehen.»

Chee sah sie eindringlich an. «Sie müssen nichts sagen. Sie haben das Recht, die Aussage zu verweigern und Ihren Anwalt anzurufen, wenn Sie meinen, daß Sie einen brauchen. Ich glaube nicht, daß Sie irgendwas getan haben, weswegen man Sie anklagen kann. Aber wie der Staatsanwalt darüber denkt, weiß man im voraus natürlich nie genau.»

Officer Manuelito räusperte sich. «Sie sollten aber auch bedenken, daß alles, was Sie sagen, gegen Sie verwendet werden kann, Mrs. Breedlove.»

«Ich möchte überhaupt nichts mehr sagen.»

Chee nickte. «Das ist Ihr gutes Recht. Aber eins muß Ihnen klar sein: Ihr Bruder ist nicht da, auch sein Gewehr nicht, und alles deutet darauf hin, daß er's gerade frisch aufgeladen hat. Wenn wir uns nicht gründlich irren, weiß Eldon genau, daß es nur noch einen Menschen gibt, der sein Leben ruinieren kann.»

Chee wartete auf ihre Reaktion. Vergeblich. Elisa saß stocksteif da und starrte ihn an.

«Es handelt sich um einen Mann namens Amos Nez. Erinnern Sie sich an ihn? Er hat Sie durch den Canyon de Chelly geführt. Und um Halloween, kurz nachdem wir Hals Skelett gefunden haben, ist Mr. Nez durch den Cañon geritten. Und da hat jemand von der Felskante aus auf ihn geschossen. Er wurde nicht tödlich getroffen, war aber schwer verletzt.»

Elisa sackte kaum merklich in sich zusammen, starrte auf ihre Hände und murmelte: «Das hab ich nicht gewußt.»

«Mit einem Gewehr. Einem Sechsunddreißiger.»

«Wann war das? An welchem Tag?»

Chee sagte es ihr.

Sie dachte einen Augenblick nach. Und krümmte sich dann zusammen, als wollte sie in sich hineinkriechen.

«Wenn jemand Mr. Nez umbringt, wird die Anklage auf vorsätzlichen Mord an einem Zeugen lauten. Darauf steht die Todesstrafe.»

«Er ist mein Bruder. Und Hals Tod war ein Unfall. Er hat die verrücktesten Sachen gemacht. Manchmal hab ich gedacht, daß er den Tod sucht. Wer kein Risiko eingeht, hat er mal gesagt, wird nie erfahren, wie gut ein Adrenalinstoß tut. Als Eldon wieder zu mir heruntergeklettert kam, hat er selber ausgesehen wie ein Toter. Er sah entsetzlich aus. Und war so am Ende, daß er kaum ein Wort rausgebracht hat.»

Sie biß sich auf die Lippen. Sah Chee an. Dann Bernie. Dann wieder Chee.

Sie wartet darauf, daß wir etwas sagen, dachte Chee. Daß wir ihr die Absolution erteilen. Oder vielleicht würde es ihr genügen, wenn wir sagen, daß wir ihr glauben. Weil sie es dann selbst wieder glauben kann.

«Ich nehme an, Sie waren es, die den Land Rover weggefahren und die Kletterausrüstung beseitigt hat», sagte Chee. «Die Polizei hat den Wagen später an einem Trockenlauf nördlich von Many Farms gefunden. Er war mit einem Autotelefon ausgerüstet.»

«Aber was hätte es denn noch genützt, jemanden anzurufen? Es gab keine Möglichkeit mehr, Hal zu helfen.» Elisas Stimme wurde mit jedem Wort lauter. «Hal war tot. Er war auf diesem schmalen Felssims zerschmettert. Niemand hätte ihn wieder lebendig machen können. Er war tot.»

«War er das?»

«Ja!» schrie sie. Und immer lauter: «Ja, ja, ja!»

Nun begriff Chee, warum die Information, daß das Skelett auf dem Ship Rock nahezu unversehrt war, sie wie ein Schock getroffen hatte. Sie hatte es nicht wahrhaben wollen. Und versuchte immer noch, die Wahrheit zu verdrängen. Das machte es schwer, ihr die nächste Frage zu stellen. Die Frage, was Eldon ihr über den Abstieg vom Gipfel erzählt hatte. Und ob er ihr gesagt hatte, warum Hal sich nicht ins Gipfelbuch eingetragen hatte, sondern sofort weitergeklettert war – über die Geröllstrecke. Und ob er ihr auch gesagt hatte, daß er sich unter Hals Namen ins Gipfelbuch eingetragen hatte. Und ob er ...

Ramona huschte herein, setzte sich neben Elisa, legte ihr den Arm um die Schultern, zog sie an sich und wiegte sie wie ein kleines Kind in ihrem Arm. Sie starrte Chee finster an. «Ich hab Ihnen gesagt, Sie sollen gehen. Verschwinden Sie. Hören Sie auf mit Ihren Fragen. Es ist genug. Sie hat schon viel zuviel gelitten.»

«Ist schon gut, Ramona», sagte Elisa. «Hast du, als du draußen warst, den Land Rover in der Garage gesehen?»

«Nein. Nur Eldons Pickup.»

Elisa sah Chee seufzend an. «Dann ist er, glaube ich, nicht zur Nordweide gefahren. Sonst hätte er den Pickup genommen.»

Chee sammelte die Fotos ein und griff nach der Dienstmütze. Er dankte Mrs. Breedlove für die kooperative Unterstützung, bedauerte, daß er mit lauter schlechten Neuigkeiten gekommen war, und eilte – Bernie dicht auf den Fersen – hinaus. Der Wind war jetzt beißend kalt und trieb jene staubtrockenen ersten Schneeflocken vor sich her, die meistens die Vorboten eines Blizzards waren.

«Ich werde versuchen, Leaphorn über Funk zu erreichen», sagte er, als Bernie den Motor anließ. «Und dann kann's sein, daß wir zusehen müssen, so schnell wie möglich in den Canyon de Chelly zu kommen.»

Bernie warf einen Blick zurück aufs Haus. «Glauben Sie, daß sie Dummheiten macht?»

Chee schüttelte den Kopf. «Nein, Ramona wird sicher gut auf sie aufpassen.»

«Ramona ist selber ganz fix und fertig», sagte Bernie. «Vorhin, als sie mir gezeigt hat, wo der Waffenständer ist, hat sie vor sich hin geweint. Elisa hätte sich immer die falschen Männer ausgesucht, hat sie gesagt. Und hätte auch noch ständig auf sie aufpassen müssen. Auf den verzogenen Kindskopf Hal und auf Eldon, diesen Hitzkopf. Sie sagt, Elisa hätte nur Eldon zuliebe nicht den Mann geheiratet, der der richtige für sie gewesen wäre und gut für sie gesorgt hätte.»

«Hat sie gesagt, wer das war?»

«Ich glaube, er heißt Tommy Castro. Oder Kaster oder so. Und sie hat geweint und geweint.» Der Motor lief, aber Bernie legte den Gang nicht ein und fuhr nicht los, sie starrte zum Haus zurück.

«Bernie», drängte Chee, «es fängt zu schneien an. Sieht nach einem bösen Schneesturm aus. Fahren Sie endlich los, Mädchen.»

Sie legte den Gang ein. «Sie machen sich Sorgen um Amos Nez. Wir könnten die Dienststelle in Chinle anrufen und ihnen sagen, daß sie alle Land Rover stoppen sollen, die auf dem Weg in den Cañon sind. Obwohl ich wette, Mr. Leaphorn hat das schon getan.»

«Ja, er hatte es vor. Aber ich will ihn so schnell wie möglich wissen lassen, daß Eldon Demott mit einem sechsunddreißiger Gewehr unterwegs ist. Vielleicht versucht Eldon gar nicht, in den Cañon reinzufahren. Wenn jemand es schafft, die fünftausend Meter bis zum Gipfel des Ship Rock hochzuklettern, schafft er es auch, sich an einer steilen Cañonwand runterzuhangeln.»

26

Sie fuhren mitten in den Sturm hinein, auf halbem Weg zwischen Mancos und Cortez erwischte er sie mit voller Wucht, schüttelte den Geländewagen durch und wehte ihnen einen Vorhang aus winzigen trockenen Schneeflocken horizontal vor die Windschutzscheibe.

«Wenigstens fegt er die Straße sauber», freute sich Bernie.

Chee sah sie schief von der Seite an. Sie hielt das Ganze offenbar für einen Riesenspaß. Ein richtig schönes Abenteuer. Er nicht. Seine Rippen taten weh, und die Wunden rings um die Augen machten sich schmerzhaft bemerkbar. Er war wahrhaftig nicht in der Stimmung, in der Glücksgefühle keimen.

«Das bleibt nicht lange so», prophezeite er.

Und so kam es auch. In Cortez wirbelte der Schnee über den Gehwegen wie eine weiße Wolke und begann die Fahrbahn zuzuwehen. Die Wettervorhersage auf dem Sonderkanal verhieß ebenfalls nichts Gutes. Die Ausläufer eines pazifischen Hurrikansystems stießen mit letzter Kraft über Baja California Richtung Arizona vor und trafen dort auf die Vorhut der arktischen Luft, die von Kanada über die Osthänge der Rockies nach Süden drängte. Die Interstate 40 bei Flagstaff, wo die Fronten aufeinandergetroffen waren, war bereits wegen einer geschlossenen Schneedecke unpassierbar. Ebenso die Highways im Wasatch-Gebiet in Utah. Nur das Colorado Plateau genoß noch einen letzten goldenen Herbsttag.

Noch knapp vierzig Meilen lagen bis Shiprock vor ihnen, als sie in Südrichtung auf den U. S. 666 abbogen. Die Straße war wegen der dauernden Sturmwarnungen von jeglichem Verkehr nahezu leergefegt, der eisige Wind half schieben – so gewann Bernie, zumal sie alle Geschwindigkeitsbegrenzungen mit Mißachtung strafte, das Wettrennen mit dem kanadischen Sturm. Vor ihnen hellte sich der Himmel auf. In der Ferne erreichte der pazifische Beitrag zum Blizzard gerade die Chuskas, seine kalte, feuchte Luft prallte über der Kammlinie auf die wärmere, trockene Luft über New Mexico. Der Ort der Kollision war an der hochaufsteigenden weißen Nebelwand zu erkennen, die auf einmal zerplatzte und sich in weißen Kaskaden über die Berghänge ergoß – die Niagarafälle in Slow-motion.

«Wow!» machte Bernie, «so was hab ich noch nie gesehen.»

Chee konnte es wieder mal nicht lassen, oberlehrerhaft sein Wissen zu demonstrieren. «Die schwere Kaltluft zwängt sich unter die Warmluft. Wetten, daß es in Lukachukai zehn, zwölf Grad kälter ist als in Red Rock? Und da liegen nicht mal zwanzig Meilen dazwischen.»

Bernie passierte den Westzipfel der Ute Reservation und jagte den Streifenwagen zur Mesa über dem Malpais Arroyo hinauf. Wieder ein Entzückensschrei. «Wow! Sehen Sie sich das an!»

Doch Chee warf nur einen Blick auf den Tacho und zuckte entsetzt zusammen. «Arbeitsteilung», ordnete er an, «Sie fahren, und ich genieße die Aussicht, und zwar für uns beide.»

Und die war es wirklich wert, genossen zu werden. Unter ihnen erstreckte sich das weite Becken des San Juan – rechts vom Sturm verdunkelt, links in Sonnenlicht getaucht. Der Ship Rock ragte genau an der Wettergrenze auf, ein gigantischer schwarzer Daumen, noch von der Sonne beschienen, während die Hogback-Formation hinter ihm bereits von dunklen Wolken verhüllt war.

«Ich glaube, wir schaffen's noch vor dem Schnee nach Hause», sagte Bernie.

Und sie hätte beinahe recht behalten. Erst als sie auf den Parkplatz der Dienststelle einbog, holte die weiße Pracht sie ein. Aber die Flocken, die Chee auf dem Weg ins Büro entgegenwirbelten, waren trocken und klein. Noch behielt die kanadische Kaltfront im Wettstreit mit dem pazifischen Sturm die Oberhand.

«Sie sehen schrecklich aus», begrüßte ihn Jenifer. «Und wie fühlen Sie sich?»

«Ich würde sagen, eindeutig unter Durchschnitt. Hat Leaphorn angerufen?»

«Indirekt», sagte Jenifer und drückte ihm zu dieser sibyllinischen Auskunft drei Telefonvermerke und einen Umschlag in die Hand.

Das, worauf Chee wartete, lag obenauf: ein Anruf von Sergeant Deke von der Dienststelle in Chinle, der bestätigte, daß Chees Nachricht an Leaphorn übermittelt worden war. Der legendäre Lieutenant wußte also, daß Demott die Ranch verlassen hatte und mit einem Gewehr unterwegs war. Leaphorn war hoch in den Cañon gefahren, er wollte Nez mitnehmen oder bei ihm bleiben, je nachdem, wie sich das Wetter entwickelte, das zur Zeit scheußlich war.

Chee warf einen Blick auf die beiden anderen Vermerke. Routinekram. Auf dem Umschlag stand «Jim», in Janets Hand-

schrift. Chee überlegte. Er klopfte ein paarmal unschlüssig mit
dem Umschlag gegen den Handrücken. Legte ihn weg. Und rief
Deke an.

«Ich hab schon schlimmere erlebt», sagte Deke, «aber für die
Jahreszeit ist es ein ziemlich übler Sturm. Noch haben wir fünf
Grad, aber 's dauert nicht lange und wir sind bei Null. Und wir
haben ein ganz schönes Schneegestöber, sag ich Ihnen. Die Na-
vajo 12 mußten wir schon dichtmachen. Die 191 zwischen hier
und Granado und die 59 nördlich von Red Rock übrigens auch.
Heute abend möchte man wirklich nicht hinterm Lenkrad sitzen.
Wie sieht's bei euch aus?»

«Ich glaube, wir kriegen nur die Ausläufer mit», sagte Chee.
«Leaphorn hat meine Nachricht also erhalten?»

«Ja, ja. Sagt, wir sollen uns keine Sorgen machen.»

«Na, ich weiß nicht. Demott ist ein geübter Extremkletterer.
Was meinen Sie denn? Glauben Sie, daß Nez zu Hause sicher
ist?»

«Bis auf 'n paar Frostbeulen kriegt er bestimmt nichts ab. In so
'ner Nacht klettert niemand an der Steilwand runter, auch Demott nicht.»

Chee hoffte, daß Deke recht behielt. Und hatte nun Zeit, endlich den Umschlag aufzureißen und Janets Zeilen zu lesen.

«Jim, tut mir leid, daß ich dich nicht angetroffen habe. Ich
gehe jetzt eine Kleinigkeit essen und komme dann zu dir nach
Hause. Janet.»

Ihr Wagen stand nicht da, als er bei seinem Wohnwagen ankam. Gut so, dachte er, dann konnte er erst ein bißchen durch-
heizen. Er zündete den Propangasofen an, stellte Kaffeewasser
auf und blickte sich kritisch um. Sah es in seinen vier Alumi-
niumwänden einigermaßen manierlich aus? Na ja – das tat es
selten. Für ihn war der Trailer einfach ein Platz zum Essen,
zum Entspannen und zum Schlafen. Mal war's zu heiß hier drin
und mal viel zu kalt. Alles sah ein bißchen primitiv aus, vollgestopft, schrecklich eng, und absolut sauber war es auch nicht
gerade. Nur, jetzt blieb ihm keine Zeit mehr, etwas dagegen zu
tun. Er sah im Kühlschrank nach, ob es irgendwas gab, was er ihr

anbieten konnte. Nicht viel da, womit er Staat machen konnte. Ein Stückchen Käse, ein Beutel Cracker – zum Glück entdeckte er im Regal über dem Herd noch die Schale mit Obst. Er setzte sich auf die Kante der Schlafpritsche, horchte, wie der eisige Wind am Wohnwagen rüttelte, wollte anfangen zu grübeln, was Janet ihm wohl zu sagen hatte, und stellte fest, daß er zu müde war, um dahinterzukommen.

Er mußte eingenickt sein. Er hörte den Wagen nicht den Hang herunterkommen und sah auch die Scheinwerfer nicht. Erst das Klopfen an der Tür weckte ihn auf. Janet stand auf der obersten Aluminiumstufe und sah zu ihm hoch.

«Wir kriegen Frost», sagte sie, als er sie hereinzog.

«Dagegen hilft heißer Kaffee.» Er schenkte ihr einen Becher voll ein, drückte ihn ihr in die Hand und zeigte auf den Klappstuhl neben dem Tisch. «Setz dich, Janet. Wärm dich ein bißchen auf.»

Aber sie blieb stehen, stellte den Becher ab, schauderte vor Kälte, rieb sich die Oberarme und sah ihn an. Sie wirkte unschlüssig.

«Ich muß dir nur etwas sagen. Ich kann nicht lange bleiben. Ich muß zusehen, daß ich wieder in Gallup bin, bevor das Wetter noch schlechter wird.» Aber sie setzte sich wenigstens.

«Trink deinen Kaffee. Entspann dich.»

Sie sah ihn über den Becherrand an. «Du siehst schlimm aus», sagte sie. «Ich hab gehört, daß du in Mancos warst. Du solltest noch gar nicht wieder arbeiten. Du gehörst ins Bett.»

«Mir geht's wieder ganz gut», sagte er. Und wartete. Ob sie ihn jetzt fragte, warum er in Mancos gewesen war? Und ob er etwas Neues in Erfahrung gebracht hätte?

«Warum hätte da nicht jemand anderes hinfahren können?» Keine Frage, eher ein Vorwurf. «Jemand ohne gebrochene Rippen?»

«Sind ja nur angeknackst.»

Sie stellte den Becher ab. Chee griff danach und wollte ihn auffüllen, aber sie fing seine Hand ab und hielt sie fest.

«Jim, ich werde eine Weile weg sein. Ich nehme meinen Urlaub, verlängere ihn durch die angesammelten Überstunden und fahre nach Hause.»

«Nach Hause? Eine Weile? Wie lange ist eine Weile?»

«Ich weiß nicht», sagte sie. «Ich muß meine Gedanken ordnen. Und über alles nachdenken. Über die Vergangenheit und über die Zukunft.» Sie versuchte ein Lächeln, aber es wurde nicht viel daraus. Sie hob die Schultern. «Einfach nachdenken.»

Chee merkte, daß er sich selbst keinen Kaffee eingeschenkt hatte. Merkwürdig, ihm war nicht danach zumute gewesen. Und dann wurde ihm noch etwas klar: Janet wollte keinen Brücken hinter sich abbrechen.

«Nachdenken?» fragte er. «Über uns?»

«Natürlich.» Diesmal gelang ihr das Lächeln etwas besser.

Ihre Hand fühlte sich kalt an. Er drückte sie. «Ich dachte, die Phase hätten wir hinter uns?»

«Nein. Du auch nicht. Du hast nie aufgehört zu grübeln, ob die Gleichung aufgeht. Ob wir wirklich zueinander passen.»

«Passen wir denn nicht zueinander?»

«Ich hatte immer so was wie einen Tagtraum.» Ihr Achselzucken sollte wohl andeuten, daß sie sich über sich selbst lustig machte. «Da haben wir prima zueinander gepaßt. Ein großgewachsener, gutaussehender Mann. Klug und freundlich. Du hast mich sehr verwöhnt. Eine Weile hat's uns in der Big Rez gut gefallen, dann hast du einen tollen Job in einer tollen Stadt bekommen. Washington, San Francisco, New York, Boston, was weiß ich. Und ich hab auch einen tollen Job gefunden. Im Justizwesen. Oder bei einer Anwaltskanzlei. Du und ich, und alles war in bester Ordnung.»

Chee sagte nichts.

«Alles war in bester Ordnung», wiederholte sie. «Das Beste aus beiden Welten.» Sie sah ihn an. Gab sich Mühe, das Lächeln nicht verdorren zu lassen. Und auf einmal verkümmerte es doch.

«Und zwei weiße Porsche in der Doppelgarage», murmelte Chee. «Aber jetzt ist dir klargeworden, daß ich nicht in deinen Tagtraum passe.»

«Das stimmt nicht ganz. Vielleicht paßt du doch hinein.» Auf

245

einmal wurden ihre Augen feucht, sie wandte sich ab. «Oder ich versuch's mit einem anderen Tagtraum.»

Er langte nach seinem Taschentuch, begutachtete es stirnrunzelnd, drehte sich zum Wandregal um, nahm ein Päckchen Papiertaschentücher heraus und gab es Janet.

«Tut mir leid», murmelte sie und fuhr sich über die Augen.

Er wollte sie in die Arme nehmen. Und festhalten, ganz fest. Aber er sagte nur: «Das kommt von dem kalten Wind draußen.»

«Früher habe ich immer gedacht, wenn wir uns ein bißchen Zeit lassen, sieht vielleicht alles ganz anders aus. Ich ändere mich, und du tust es auch.»

Ihm fiel nichts ein, was er dazu sagen konnte. Nichts, was ehrlich gewesen wäre.

«Aber nach dem Abend neulich in Gallup, als du so verärgert warst, habe ich angefangen, manches zu begreifen», sagte sie.

«Erinnerst du dich, daß du mich einmal – ist schon lange her – nach der Lehrerin gefragt hast, mit der ich mich früher getroffen habe? Jemand hatte dir von ihr erzählt. Sie kam aus Wisconsin. Blond, blauäugig. Hat in Crownpoint unterrichtet – die Unterstufe, ihre erste Stelle. Und ich war gerade nach Crownpoint versetzt worden, es war auch meine erste Stelle. Es ging nicht deshalb auseinander, weil sie was an mir auszusetzen gehabt hätte. Das Problem war, daß sie ihren Kids den amerikanischen Traum ermöglichen wollte, und dafür sah sie im Navajoland nicht viel Chancen. Darum ist sie weggezogen.»

«Warum erzählst du mir das?» fragte Janet. «Sie war ja keine Navajo.»

«Aber ich bin einer. Na schön, ich habe mich gefragt, worin liegt eigentlich der Unterschied? Meine Haut ist etwas dunkler. Ich kriege so schnell keinen Sonnenbrand. Schmale Hüften, breite Schultern. Rassische Merkmale, nicht wahr? Aber spielt das denn wirklich eine Rolle? Das glaube ich kaum. Also, was macht mich zum Navajo?»

«Gleich wirst du sagen: die Kultur. Ich habe auch Vorlesungen über Anthropologie gehört.»

«Ich bin aufgewachsen in dem Verständnis, daß es falsch ist, mehr zu besitzen, als man benötigt. Weil das bedeutet, daß man nur an sich denkt und nie an andere. Wenn du dreimal hintereinander ein Rennen gewinnst, tust du gut daran, dich ein bißchen zurückzuhalten und einen anderen gewinnen zu lassen. Jemand betrinkt sich, rammt mit seinem Auto deins, und du hast auf einmal nur noch einen Schrotthaufen mit vier Rädern. Aber du verklagst ihn nicht, sondern läßt einen Gesang für ihn singen, damit er von seiner Trunksucht geheilt wird.»

«Mit diesen Maximen wärst du an der Rechtsakademie nicht weit gekommen», sagte Janet. «Und ich glaube auch nicht, daß es ein richtungsweisender Weg aus der Armut ist.»

«Kommt darauf an, wie du Armut definierst.»

«Sie ist im Gesetz definiert. Eine Familie mit x Mitgliedern und einem jährlichen Einkommen unter y.»

«Vor ein paar Jahren hab ich bei einem Yeibichai-Gesang einen Mann getroffen. Um die Vierzig, selbständiger Wirtschaftsprüfer in Flagstaff, recht erfolgreich. Er war nach Burnt Water gekommen, weil seine Mutter einen Schlaganfall gehabt hatte und er den Gesang der Heilung für sie singen lassen wollte. Ich hab dann irgendwann im Gespräch gesagt, daß es ihm offensichtlich sehr gutginge. Nein, hat er erwidert, ich werde zeit meines Lebens ein armer Mann bleiben. Und als ich ihn gefragt habe, wie er das meint, hat er gesagt: Weil mich nie jemand gelehrt hat, einen Gesang zu singen.»

«Ach, Jim», seufzte Janet, stand auf, ging um den Tisch herum, setzte sich neben ihn auf die Schlafpritsche, nahm ihn behutsam in die Arme und küßte ihn. Dann schmiegte sie ihre Wange an seine – an die rechte, natürlich.

«Ich weiß, daß ich noch lange keine Navajo bin, bloß weil ich einen Navajovater hatte», sagte sie. «Meine Kultur ist die der Studentenverbindung an der Stanford, der Maryland-Cocktailparties, der Mozartkonzerte und der Opernabende in der Met. Vielleicht hab ich einfach nie gelernt, in zerlumpter Kleidung, Hogans ohne fließendes Wasser und der Vorstellung, daß der nächste Zahnarzt etliche Meilen entfernt wohnt, etwas anderes als den Inbegriff der Armut zu sehen. Ich versuche es nachzuholen.»

Chee, betört von Janets Wärme, ihrem Parfum, der Zärtlichkeit ihrer Stimme, murmelte etwas Unverständliches in ihren Sweater.

«Aber ich hab's noch nicht geschafft», sagte sie und zog die Arme weg.

«Ich denke, ich sollte auch was dazu beitragen. Mich dir von der anderen Seite her entgegenarbeiten. Mich mit dem Gedanken anfreunden, daß ich jetzt Lieutenant bin. Versuchen, mich weiter nach oben zu arbeiten. Lernen, daß auch andere Dinge ihren Wert haben. Dinge wie ...» Er wußte nicht weiter.

«Etwas mußt du mir glauben, Jim», sagte sie. «Ich hab dich nicht ausgehorcht.»

«Du meinst ...»

«Ich meine, daß ich's nie drauf angelegt habe, irgendwas von dir zu erfahren, um es John weiterzuerzählen.»

«Im Grunde war mir das klar, glaube ich», sagte er. «Ich war nur eifersüchtig. Weil ich mir irgendwie was Falsches zusammengereimt hatte.»

«Ich hab ihm nicht gesagt, daß du Breedloves Leiche gefunden hast. Er hat Claire und mich zu dem Konzert eingeladen. Und Claire und ich sind alte Freundinnen, schon aus der Highschool. Wir haben von alten Zeiten geredet, über dies und jenes, und später ist Claire dann das mit dem Skelett rausgerutscht. Wie das so ist: Man will was Interessantes erzählen.»

Chee nickte. «Sicher, das verstehe ich.»

«Ich muß jetzt gehen», sagte sie, «bevor ihr Jungs die Highways dichtmacht. Aber ich wollte, daß du das weißt. Er hat den Fall Breedlove bearbeitet, seit die Witwe damals den Antrag gestellt hat, Hal amtlich für tot erklären zu lassen. Die Umstände sahen ja wirklich etwas merkwürdig aus. Aber jetzt, vermute ich, ist das sowieso alles Schnee von gestern.»

Ihr letzter Satz hörte sich wie eine Frage an.

Sie schlüpfte in die Jacke, zog den Reißverschluß zu und sah Chee fragend an.

«Ich meine, nachdem Lieutenant Leaphorn Mr. Shaw dieses Foto von der Eintragung im Gipfelbuch gezeigt hat.»

«Ja», sagte Chee, «ja.»

Der Wind pfiff heulend um den Wohnwagen, versuchte unermüdlich, irgendwo ein Schlupfloch zu finden, und schaffte es tatsächlich, Chee seinen eiskalten Hauch in den Nacken zu blasen.

«Es muß ein furchtbares Rätsel für sie gewesen sein. Daß er sie einfach so verlassen, den Wagen irgendwo abgestellt hat und dann, ohne ihr etwas zu sagen, auf den Ship Rock gestiegen ist.»

Chee nickte.

«Aber sie muß sich doch Gedanken darüber gemacht haben. Eine Theorie entwickelt haben. Ich hätte das bestimmt getan, wenn du so etwas Verrücktes angestellt hättest.»

«Sie hat sehr geweint», sagte Chee. «Hat's kaum glauben wollen.»

Und das war alles. Im nächsten Augenblick war sie gegangen. Ihm blieben die Erinnerungen an den Abschiedskuß, an das Versprechen, daß sie sich schreiben wollten, an Janets Einladung, er solle sie doch bald besuchen kommen, daran, wie er ihr die Wagentür aufgehalten hatte, an seine Prophezeiung, daß es, wenn der Schneefall aufhörte, bestimmt noch kälter wurde, und an das verhuschte Licht der Scheinwerfer, die sich den Hang hinauftasteten.

Chee setzte sich wieder auf die Schlafpritsche, tastete das Pflaster rund um das linke Auge ab, kam zu dem Schluß, daß die Schmerzempfindlichkeit schon nachließ, wiederholte die Prozedur an den Verbänden über den Rippen, zuckte vor Schmerz zusammen und tröstete sich mit dem Gedanken, daß der Heilungsprozeß eben nicht überall gleich schnell verlaufen konnte. Er sah, daß die Kaffeekanne noch auf dem Herd vor sich hin köchelte, und drehte das Gas ab. Er schaltete das Radio an, vielleicht brachten sie irgendwo den aktuellen Wetterbericht. Dann schaltete er es wieder aus, saß auf dem Bett und starrte ins Leere.

Das Telefon läutete. Er blickte es finster an. Aber es läutete wieder und wieder. Er nahm den Hörer ab.

«Raten Sie mal.»

Es war Officer Bernadette Manuelito.

«Was gibt's?»

«Begayaye hat's mir gerade erzählt», sagte sie. «Er hat heute einen Umweg vorbei am Ship Rock gemacht. Da, wo die gelokkerten Zaunpfosten sind, haben die Rinder dicht beieinander gestanden und frisches Heu gekaut.»

«Nun …» Es dauerte einen Moment, bis Chee innerlich umgeschaltet hatte von Janet Pete zu Finchs einsamem Leben und dem Sonnenstrahl, den er suchte. «Ich könnte mir denken, daß das der ideale Augenblick für Mr. Finch ist, sein Einkommen ein bißchen aufzubessern. Die Polizei hat alle Hände voll mit den Problemen auf unseren Straßen zu tun, und alle anderen sitzen zu Hause hinterm Ofen.»

«Genau das habe ich auch gedacht», sagte Manuelito.

«Wir treffen uns kurz vor Tagesanbruch. Wann geht jetzt die Sonne auf?»

«Ungefähr um sieben.»

«Dann treffen wir uns um fünf im Büro. Okay?»

«Hey», machte Bernie, «so gefällt mir das!»

27

«Heute möchte ich dir ein paar Fotos zeigen», sagte Leaphorn zu Amos Nez und zog eine Klappmappe aus der Aktentasche.

«Ah, hübsche Mädchen in Bikinis.» Old Man Nez zwinkerte seiner Schwiegermutter grinsend zu. Mrs. Benally, die nicht besonders gut Englisch sprach, grinste freundlich zurück.

«Fotos, die ich dir besser schon vor elf Jahren gezeigt hätte», sagte Leaphorn und legte eins davon auf die Armlehne des alten Sofas, auf dem Nez es sich bequem gemacht hatte. Nach der eisigen Kälte draußen im Cañon schwitzte Leaphorn im Hogan; der alte gußeiserne, mit Holzscheiten beheizte Ofen, der gleichzeitig als Kochstelle diente, glühte rot. Nez trug trotz der Hitze

einen Sweater, Mrs. Benally hatte sich einen wollenen Dreiecks-
schal um die Schultern geschlungen.

Nez schob sich die Brille auf die Nase, betrachtete das Foto
und gab es Leaphorn lächelnd zurück. «Das ist sie – Mrs. Breedlove.»

«Wer ist der Mann neben ihr?»

Nez langte noch mal nach dem Abzug, studierte ihn aufmerksam und schüttelte den Kopf. «Den kenne ich nicht.»

«Das ist Harold Breedlove», sagte Leaphorn. «Dieses Foto
haben die Breedloves zur Erinnerung an ihren Hochzeitstag in
einem Studio in Farmington aufnehmen lassen. Damals, in dem
Sommer, als sie hier draußen in der Jagdhütte gewohnt haben
und du sie durch den Cañon geführt hast.»

Der alte Mann starrte auf das Foto. «Nun ja», sagte er, «die
Weißen lassen sich eben alle möglichen komischen Sachen einfallen. Und wer war der Mann damals wirklich?»

«Das will ich ja gerade von dir wissen.» Leaphorn schob ihm
zwei andere Fotos hin. Das eine, eine vergrößerte Fotokopie aus
dem Jahrbuch der Rechtsakademie der Georgetown University,
die ihm ein guter alter Freund im Washingtoner Büro des Indian
Service besorgt hatte, zeigte George Shaw, das andere stammte
aus dem Fotoarchiv des *Mancos Weekly Citizen* – ein Schnapp-
schuß von Eldon Demott zusammen mit Tommy Castro, beide
mit der Uniformmütze des Marine Corps.

Mit Shaws Foto war Amos Nez schnell fertig. «Den Jungen
hier kenne ich nicht.» Er gab es Leaphorn zurück.

Leaphorn nickte. «Das habe ich mir schon gedacht. Ich wollte
nur ganz sicher gehen.»

Nez studierte das andere Foto. «Na also», sagte er, «das ist er
ja – mein Freund Hal Breedlove.»

«Er ist nicht mehr dein Freund.» Leaphorn stieß mit dem Zeigefinger gegen Nez' Gipsverband. «Das ist der Bursche, der versucht hat, dich zu töten.»

Nez sah sich das Foto noch einmal kopfschüttelnd an. «Warum
hat er das . . » Er brach ab und dachte nach.

Leaphorn erklärte ihm die Eigentumsverhältnisse der Lazy-B-

Ranch: daß seinerzeit die entscheidende Frage gewesen war, ob Hal Breedlove an seinem dreißigsten Geburtstag noch gelebt hatte, und daß Elisa Breedlove die Ranch verlieren würde, wenn der Schwindel von damals aufflog. «Nur zwei Männer wußten etwas, was das ganze Spiel zunichte machen konnte. Einer der beiden kannte das Datum, an dem Hal Breedlove und Eldon Demott auf den Ship Rock gestiegen sind – ein Mann namens Maryboy, der ihnen das Zutrittsrecht verkauft hat. Ihn hat Demott vor ein paar Tagen erschossen. Damit bleibt nur der andere übrig. Und das bist du.»

«Na ja, dann ...» Nez zog eine Grimasse.

«Ein Navajopolizist, der das Ganze untersucht, hat mir vorhin eine Nachricht geschickt. Daß Demott heute morgen sein Gewehr geladen hat und losgefahren ist. Ich vermute, er ist hierher unterwegs und wird versuchen, dich diesmal besser zu treffen.»

«Warum nehmen eure Jungs ihn nicht fest?»

«Dazu müssen sie ihn erst mal kriegen», sagte Leaphorn, weil er sich nicht viel von dem Versuch versprach, Nez zu erklären, daß man für eine Festnahme einen konkreten Beweis oder zumindest einen hinlänglich begründeten Verdacht brauchte. «Ich denke, am besten ist es, wenn ich dich und Mrs. Benally nach Chinle fahre und dort in einem Motel unterbringe. Dann kann die Polizei ein wachsames Auge auf euch haben, bis Demott hinter Gittern sitzt.»

Nez ließ sich das eine Weile durch den Kopf gehen.

«Nein», sagte er schließlich, «ich bleibe lieber hier.» Er deutete auf die Shotgun in der Gewehrhalterung an der gegenüberliegenden Wand. «Nimm einfach Old Lady Benally mit und kümmere dich um sie.»

Den Begriff «Bikini» hatte Mrs. Benally weder in die Sprache noch in das Denken der Navajos übertragen können, aber bei dem Wort «Motel» wurde sie hellhörig.

«Ich geh nich in kein Motel mit», sagte sie.

Und damit war das Thema beendet. Alle drei saßen reglos da und starrten sich an.

Eine Entwicklung, die Leaphorn nicht unvorbereitet traf. Er

hatte vorhin, als er den Wagen bei Nez' Hogan abgestellt hatte, die an der Südseite gelegenen Klippen des Canyon del Muerto abgesucht. Irgendwo dort oben mußte die Stelle sein, an der der Ranger den Mann mit dem Gewehr gesehen hatte, nach Sergeant Dekes Schilderung etwa zweihundert, allenfalls zweihundertfünfzig Meter tiefer in der Schlucht. Aber Leaphorn hatte in der angegebenen Entfernung oben auf dem Klippenrand keine Stelle ausmachen können, von der aus jemand einen einigermaßen erfolgversprechenden Schuß auf den Hogan abgeben konnte. Ein Stück weiter, knapp eine Viertelmeile entfernt, gab es allerdings so eine Stelle: eine gewaltige horizontale Sandsteinplatte. Dort hatten Wind und Wetter die mächtige Felswand zermürbt, die Platte war herausgebrochen und ragte nun waagerecht in die Schlucht.

Leaphorn hatte sich die Stelle genau angesehen. Jemand, der im Felsklettern geübt war, die nötige Ausrüstung besaß und sich nicht scheute, ein Risiko einzugehen, das etwa dem eines Sturzes von einem vierzig Stockwerke hohen Gebäude entsprach, war vermutlich in der Lage, vom Klippenrand zur Sandsteinplatte abzusteigen. Das mußte der Grund gewesen sein, warum Demott sich hier umgesehen hatte – vorausgesetzt, bei dem Kerl, den der Ranger beobachtet hatte, handelte es sich um Demott. Er hatte nach einer Möglichkeit gesucht, in Schußposition zu kommen, ohne das Nadelöhr des Cañoneingangs benutzen zu müssen.

Ein geübter Kletterer brauchte sicher nicht allzuviel Zeit, um auf die Sandsteinplatte zu kommen. Ein Vogel auch nicht. Für Leaphorn, der weder das eine noch das andere war, sah die Sache anders aus. Er mußte tiefer in die Schlucht fahren, rund fünfzehn Meilen weit, bis dahin, wo der Canyon del Muerto auf den Canyon de Chelly traf, dann noch einmal fünf, sechs Meilen bis zum Cañoneingang, wo er auf die feste Fahrbahndecke der Navajo Route 64 stieß. Dann hatte er die erste Hälfte der Strecke hinter sich, was allerdings nur bedeutete, daß er sie anschließend in fast voller Länge in Gegenrichtung zurücklegen mußte, nordostwärts, etwa vierundzwanzig Meilen weit parallel zum Nordrand des del Muerto, um dann nach Südwesten abzubiegen, vier Meilen weit Reichtung Tsaile zu fahren und schließlich vollends nach Süden einzuschwenken, auf den schlammigen, mit Krüppelgehölz und heimtückischem nacktem Fels gespickten Weg, der ihn – wenn er und sein Wagen das Abenteuer heil überstanden – zu dem schmalen Streifen Grasland brachte, das sich wie ein Daumen zwischen die Steilkanten der beiden Cañons schob. Wobei die letzten sechs, sieben Meilen der Strecke ihn wahrscheinlich genausoviel Zeit kosteten wie die ersten fünfzig.

Auf einmal hatte Leaphorn es eilig. Es sollte, wenn er dort ankam, wenigstens noch so hell sein, daß er die Stelle absuchen und so feststellen konnte, ob er mit seinem Verdacht recht hatte oder ob er am falschen Ort auf Demott wartete. Und vor allem wollte er natürlich vor Demott da sein.

Als er am Gattertor einer Viehweide haltmachte – der Stelle, an der ein nicht markierter Weg vom Highway zur Felskante über dem Canyon del Muerto führte –, sah es danach aus, daß er sein Ziel als erster erreichen würde. Er stieg aus und sah sich den Boden sorgfältig an. Das letzte Fahrzeug, das seine Reifenspuren ins Gras gedrückt hatte, war von der Weide zur Navajo Route 64 unterwegs gewesen, also in Gegenrichtung, und das mußte kurz nach Beginn des Schneefalls gewesen sein. Und so holperte Leaphorn sechs, acht Meilen weiter, bis er seinen Wagen schließlich kurz vor dem Ziel von der Fahrspur hinter eine Gruppe Wacholderbüsche lenkte, wo er – für den Fall, daß jemand den gleichen Weg nahm – gut versteckt war. Der Wind war schneidend scharf geworden, doch das Schneegestöber hatte aufgehört, nur ab und zu trudelte noch eine einzelne trockene Flocke wie verloren durch die Luft.

Knapp zwanzig Meter vor ihm – jenseits der glatten, bis auf wenige dürre Grasbüschel vegetationslosen Sandsteinplatte – lag der Westrand des Cañons. Er vermutete, daß er sich ziemlich genau über Nez' Hogan befand, und als er näher an die Steilkante herantrat und nur noch ein, zwei Fußlängen vom Abgrund entfernt war, stellte er fest, daß er sich tatächlich nur um etwa dreißig, vierzig Meter verschätzt hatte. Und noch etwas stellte er fest – etwas, was noch wichtiger war: der Felsüberhang wölbte sich wie ein Schutzdach über Nez' Hogan, von hier aus war es unmöglich, einen gezielten Schuß abzugeben. Leaphorn konnte die Fahrspur ausmachen, die Amos Nez im Laufe der Jahre mit seinem Truck in den Boden gegraben hatte, aber der Hogan und sämtliche Nebengebäude, bis auf den Ziegenstall, waren unter dem natürlichen Steinwall verborgen. Ein Stück weiter vom Hogan entfernt sah er die mächtige Sandsteinplatte, die wie ein gigantischer Balkon waagerecht in die Luft ragte. Er ging dicht an der Felskante entlang darauf zu und war beinahe dort angekommen, als er das wimmernde Getriebe eines Fahrzeugs hörte, das sich im ersten Gang die Fahrspur zum Cañonrand herunterquälte.

Hier, dicht an der Steilkante Deckung zu finden, war kein Problem. Leaphorn huschte hinter einen großen, von Bergkiefern umgebenen Sandsteinblock, überprüfte seine Pistole und wartete.

Das Fahrzeug, dessen Motor er gehört hatte, war ein schmutziger, ziemlich verbeulter dunkelgrüner Land Rover. Er kam fast genau auf ihn zu. Hielt keine zwanzig Meter vor ihm an. Die Wagentür wurde aufgestoßen. Eldon Demott schob sich heraus, langte hinter sich, brachte aus dem Stauraum hinter dem Fahrer- und Beifahrersitz ein Gewehr zum Vorschein und legte es auf der Motorhaube ab. Als nächstes kramte er eine Rolle dünnes, blaßgelbes Seil und einen Pappkarton aus dem Wagen. Auch das legte er auf die Motorhaube. Dann holte er aus dem Karton einen Klettergürtel samt Karabinersitz, einen Steinschlaghelm und ein Paar leichte schwarze Schuhe. Er stützte sich an der Radverkleidung ab, zog die Stiefel aus und die Kletterschuhe an. Dann legte er den Klettergürtel an, stieg in das Sitzgeschirr aus Nylon und zog es hoch. Ein kurzer Blick auf die Uhr, einer zum Himmel … Eldon Demott reckte sich und schaute sich um.

Und sah direkt vor sich Joe Leaphorn. Seufzte. Und streckte die Hand nach dem Gewehr aus.

«Lassen Sie das bleiben.» Leaphorn hob die Achtunddreißiger ein Stück an.

Demott zog die Hand zurück, ließ sie schlaff fallen. «Könnte doch sein, daß ich was jagen will», sagte er.

«Die Jagdsaison ist vorbei», erinnerte ihn Leaphorn.

Demott seufzte wieder und lehnte sich seitlich an die Motorhaube. «Sieht ganz so aus.»

«Daran gibt's keinen Zweifel. Selbst wenn ich einen Fehler mache und Sie mich abknallen, kommen Sie nicht weit. Zwei Polizeiwagen sind bereits hierher unterwegs. Und wenn Sie die Felswand runterklettern – nun, das wäre ein hoffnungsloses Unterfangen.»

«Sie wollen mich festnehmen? Wie denn? Sie sind doch gar nicht mehr im Polizeidienst. Oder berufen Sie sich auf Ihre Bürgerpflicht? Dann müßten Sie allerdings beweisen, daß Sie mich auf frischer Tat ertappt haben und zur Abwehr einer unmittelbaren Gefahr handeln.»

«Eine reguläre Festnahme», sagte Leaphorn. «Ich bin nämlich immer noch beim Sheriff dieses County als Deputy vereidigt. Weil ich einfach noch nicht dazu gekommen bin, meine Vollmacht zurückzugeben.»

«Und unter welchem Vorwurf wollen Sie mich festnehmen? Verbotenes Eindringen in geschütztes Gebiet?»

«Nun, ich glaube, für den Anfang werfe ich Ihnen versuchten Mord an Amos Nez vor. Und später, wenn das FBI seine Arbeit erledigt hat, kommt der Mord an Hosteen Maryboy dazu.»

Demott starrte ihn stirnrunzelnd an. «Das ist alles?»

«Ich denke, das genügt.»

«Um Hal geht's also nicht?»

«Vorläufig nicht. Abgesehen davon, daß Amos Nez Sie für Hal Breedlove hält.»

Demott dachte ein paar Sekunden nach. Dann zog er die Wagentür auf. «Ich friere. Hier draußen ist mir's zu windig.»

«Nein», sagte Leaphorn und richtete die Mündung der Pistole auf ihn.

Demott erstarrte in der Bewegung, warf die Autotür zu, grinste Leaphorn an und schüttelte den Kopf. «Sie glauben wohl, daß ich noch 'ne Waffe da drin habe?»

Leaphorn lächelte zurück. «Warum sollte ich ein Risiko eingehen?»

«Um Hal geht's also nicht», wiederholte Demott nachdenklich. «Nun, darüber bin ich irgendwie froh.»

«Weshalb?»

Demott hob die Schultern. «Wegen Elisa. Der andere Cop – Jim Chee heißt er, glaube ich – wollte uns heute einen Besuch abstatten. Er hat Elisa erzählt, daß Sie das Gipfelbuch überprüft haben. Nur, was ich nicht weiß ... Sagen Sie mir bitte, wie sie darauf reagiert hat.»

«Ich war nicht dabei. Chee hat ihr ein Foto gezeigt. Von der Seite, auf der Hals Name und das Datum steht. Sie ist, wie Chee mir sagt, regelrecht zusammengebrochen. Hat geschluchzt und geweint.» Leaphorn zuckte die Achseln. «Ich nehme an, das ist genau das, womit Sie gerechnet haben.»

Demott sackte ein Stück in sich zusammen. «Oh, verdammt!» Er schlug mit der Faust auf die Motorhaube. «Oh, verdammt, verdammt, verdammt.»

«Nun sieht alles nach Vorsatz aus», sagte Leaphorn.

«Natürlich sieht's so aus. Aber so war's nicht.»

«Also ein Unfall? Wenn nicht, wird's ziemlich schwierig, Ihre Schwester aus der Sache rauszuhalten.»

«Sie hat den Scheißkerl doch geliebt – immer noch und trotz allem. Sie hatte überhaupt nichts damit zu tun.»

«Mich überrascht das nicht», sagte Leaphorn. «Aber wenn man bedenkt, daß es nicht nur um eine Ranch, sondern um Schürfrechte und damit um sehr viel Geld geht, werden die Breedloves alles daran setzen, belastende Indizien zusammenzutragen und sie dem Anklagevertreter zu präsentieren, um damit das Erbe anzufechten und die Ranch zurückzufordern.»

«Das Erbe anzufechten? Wie meinen Sie das? Würde die Ranch denn nicht automatisch an die Breedloves zurückfallen? Hal hätte doch, bevor er dreißig war, die Ranch gar nicht geerbt. So steht's in der schriftlichen Verfügung seines Vaters. Wenn er das dreißigste Lebensjahr nicht vollendet, ist die Zusage, daß die Lazy-B auf ihn überschrieben wird, rechtsunwirksam.»

«Nun», sagte Leaphorn, «Nez hat gedacht, Sie wären Hal. Aber das ist keineswegs der einzige Beweis dafür, daß er an seinem dreißigsten Geburtstag noch am Leben war. Es gibt auch noch das Gipfelbuch, in dem er sich mit seiner Unterschrift eingetragen hat. Und das war am 30. September. Ist Ihnen irgendein Beweis bekannt, demzufolge er vor diesem Datum ums Leben gekommen ist?»

Demott starrte Leaphorn mit offenem Mund an. «He, Augenblick mal», stammelte er, «Augenblick. Was sagen Sie da?»

«Ich denke, was ich da sage, gibt einfach meine Überzeugung wieder, daß Recht und Gerechtigkeit manchmal zwei Paar Stiefel sind. Wenn Gerechtigkeit waltet, werden Sie für den vorsätzlichen Mord an Mr. Maryboy lebenslänglich hinter Gitter wandern, wozu dann noch so um die zwanzig Jahre für den Mordversuch an Amos Nez kommen dürften. Und das wäre gerecht, glaube ich. Aber so würde es wahrscheinlich nicht kommen. Ihre Schwester würde vermutlich wegen Beihilfe zum Mord angeklagt, möglicherweise unter dem Vorwurf, daß sie bereits vorher etwas von der Absicht und dem Plan gewußt hat, oder zumindest unter dem Vorwurf, daß ihr der Tathergang hinterher bekannt geworden ist und sie schuldhaft geschwiegen hat. So oder so, die Ranch würde an die Breedloves zurückfallen.»

Demott atmete wie ein Erstickender, starrte auf seine Hände und rieb nervös an seinem Daumen herum.

«Und der Cache Creek würde mit Zyanid vergiftet», fuhr Leaphorn fort. «Ich sehe ihn schon, wie er sich, mit Schwermetallen beladen, grau ins Tal wälzt.»

«Ja», murmelte Demott, «und ich wäre schuld, ich hätte es vermasselt. Geahnt hab ich's all die Jahre, daß es rauskommen würde. Tagsüber, irgendwo draußen in der Sonne, da redet man sich ein: Ach was, da kommt nichts mehr raus, mach dir keine Sorgen, keiner wird je erfahren, wie es war. Aber dann kommt irgendwann wieder eine Nacht, in der man aus einem Alptraum hochschreckt.»

«Was ist oben auf dem Berg geschehen?» wollte Leaphorn wissen.

Demott sah ihn mißtrauisch an. «Wollen Sie etwa ein Geständnis aus mir rauslocken?»

«Sie sind nicht festgenommen. Wenn's so wäre, müßte ich Sie über Ihr Recht belehren, ohne vorherige Beratung mit Ihrem Anwalt keine Aussage zu machen. Elisa hat zu Chee gesagt, sie sei an dem Tag nicht bis zum Gipfel mitgekommen. Stimmt das?»

«Ja», sagte Demott, «sie ist nicht mit hochgekommen. Sie war zu ängstlich.» Er schnaubte. «Oder vielleicht sollte ich sagen: zu vernünftig.»

Leaphorn nickte.

«Dieser Geburtstag», fuhr Demott fort, «war 'ne Riesensache für Hal. Gott der Allmächtige, hat er gesagt, nun bin ich endlich frei. Schon der Gedanke daran hat ihn einfach umgehauen. Er hatte einen Kerl eingeladen, den er aus Dartmouth kannte. Er sollte seine Freundin mitbringen, und Hal wollte ihnen den Canyon de Chelly zeigen und das Navajo National Monument und den Grand Canyon und was weiß ich, was alles. Natürlich sollten sie erst mal mit Elisa und ihm seinen Geburtstag feiern. Aber vorher, bevor er dreißig wurde, wollte er unbedingt auf den Ship Rock steigen. Das hat ihm irgendwie viel bedeutet, er wollte sich was damit beweisen oder so. Also gut, wir haben den Ship Rock bestiegen. Das heißt – beinahe.»

Demott wandte sich ab. Weil er noch überlegt, wieviel er mir von dieser Klettertour erzählen soll? fragte sich Leaphorn. Oder weil er erst mit seinen Erinnerungen fertig werden muß?

«Wir haben dann im Rappel Gulch Rast gemacht», erzählte Demott. «Nur er und ich, Elisa war schon früher ausgestiegen, sie wartete weiter unten auf uns. Wir haben uns also hingesetzt, um Kraft für die letzte schwere Kletterstrecke zu sammeln. Hal hatte schon vorher dauernd davon gesprochen, daß die Route irgendwie blödsinnig wäre – immer wieder eine Steilwand hoch und die nächste runter, bloß um wieder vor einer Wand zu stehen, die wir hochklettern müssen ... Also, als wir uns ausruhen, sagt er, mit der guten Ausrüstung, die wir jetzt hätten, müßte es bestimmt einen leichteren Weg für den Abstieg geben. Und dann geht er vor bis zur Steilklippe über der Geröllstrecke. Er wolle nur mal sehen, ob's da nicht einen schnelleren Weg gäbe, sagt er.»

Demott verstummte, setzte sich auf die Kante der Stoßstange und sah Leaphorn groß an.

«Ich vermute, es gab einen», sagte Leaphorn.

Demott nickte. «Ja und nein.»

«Eine Windböe hat ihn erfaßt. So ähnlich war's doch, oder?»

Demott machte große Augen. «Warum tun Sie das?»

«Ich mag Ihre Schwester», sagte Leaphorn. «Sie ist eine gute Frau. Hat ein Herz für andere. Und im übrigen mag ich die Kerle nicht, die mit ihren rücksichtslosen Abbaumethoden unsere Berge kaputtmachen.»

Der Wind war stärker und kälter geworden, er wehte aus Nordwest, zerzauste Demott das Haar und trieb Staubwolken vor sich her.

«Worauf läuft das alles hinaus?» fragte Demott. «Ich kenne mich mit den Gesetzen nicht so gut aus.»

«Das hängt hauptsächlich von Ihnen ab», sagte Leaphorn.

«Das verstehe ich nicht.»

«Ziehen wir doch einfach mal eine Zwischenbilanz. Wir haben es mit drei Verbrechen zu tun. Mit dem Mord an Maryboy und im Zusammenhang damit mit den Schüssen, die Sie auf einen Navajopolizisten abgegeben haben. Das ist der Teil, den das FBI bearbeitet. Und dann ist da noch der tätliche Angriff auf Amos Nez, für den das FBI sich aber nicht interessiert.»

«Und Hal?»

«Nach der offiziellen Aktenlage ein Unfall. Für das FBI völlig uninteressant. Auch sonst ist niemand an einer Aufklärung interessiert. Außer der Breedlove Corporation.»

«Und wie geht es jetzt weiter?»

«Das hängt, wie gesagt, von Ihnen ab», sagte Leaphorn. «Wenn ich noch bei der Navajo Tribal Police wäre und den Fall zu bearbeiten hätte, würde ich Sie unter dem Verdacht des tätlichen Angriffs mit einer Schußwaffe auf Amos Nez festnehmen. Die Ballistiker würden die Züge Ihres Gewehrlaufs mit dem Ge-

260

schoß vergleichen, das sie aus Nez' Pferd herausgeholt haben, und damit hätte der Staatsanwalt alles, was er für eine Anklage wegen versuchten Mordes braucht. Daraus ergäbe sich, daß Nez bei der Verhandlung in den Zeugenstand gerufen wird und durch seine Aussage Elisa in den Verdacht der Mitwisserschaft, wenn nicht sogar der Beihilfe zum Mord gerät. Das wiederum würde die Familie Breedlove in die Lage versetzen, das Erbe anzufechten und die Ranch zurückzufordern. Gleichzeitig würde Nez' Aussage das FBI hellhörig machen, weil sie auf einen Zusammenhang mit dem Fall Maryboy schließen läßt. Ich nehme an, wir würden die Waffe, mit der Sie ihn erschossen haben, in Ihrem Handschuhfach oder unter den Rücksitzen finden. Der ballistische Vergleich würde Sie endgültig überführen. Sie würden lebenslänglich kriegen. Elisa ... ich weiß nicht, sicherlich nicht soviel.»

Demott hatte aufmerksam zugehört und Leaphorns Ausführungen gelegentlich mit einem Kopfnicken, hin und wieder auch mit einem Stirnrunzeln stumm kommentiert.

«Aber warum Elisa?» fragte er, als Leaphorn fertig war.

«Angenommen, die Anklagevertretung kann die Jury nicht davon überzeugen, daß Elisa an der Planung beteiligt war, dann bleibt dennoch die Tatsache, daß sie mitgeholfen hat, das Ganze nachträglich zu vertuschen. Es genügt, Amos Nez und ein paar Gäste, die damals in der Thunderbird Lodge gewohnt haben, unter Eid aussagen zu lassen. Die haben Sie zusammen mit ihr gesehen.»

«Sie haben angedeutet, daß es auch eine andere Lösung geben könnte. Es hängt ganz von mir ab, haben Sie gesagt. Wie stellen Sie sich das vor?»

«Wir fahren nach Gallup, und Sie stellen sich selbst. Erklären, daß Sie ein Geständnis ablegen wollen. Wegen des Mords an Hosteen Maryboy und der Schüsse auf Jim Chee. Von Nez ist keine Rede. Und auch nicht von Hal. Oder von der Klettertour auf den Ship Rock.»

«Und was sagen Sie aus? Ich meine, wo Sie mich gefunden haben? Und warum Sie hinter mir her waren und so weiter?»

«Ich bin gar nicht dabei», sagte Leaphorn. «Ich suche mir in der Nähe einen Parkplatz, beobachte, wie Sie ins Dienstgebäude der Polizei gehen, und warte eine Weile. Und wenn ich Sie nicht wieder rauskommen sehe, fahre ich irgendwohin, wo ich etwas zu essen kriege.»

«Also nur Maryboy und Chee?» fragte Demott. «Und Elisa wird nicht mit hineingezogen?»

«Wie denn, wenn Nez gar nichts mit dem Fall zu tun hat?»

«Ja, aber – da ist noch dieser andere Cop. Der, den ich angeschossen habe. Weiß der nichts von den Zusammenhängen?»

«Chee?» Leaphorn lachte in sich hinein. «Chee ist ein Navajo vom alten Schrot und Korn. Rachegedanken spielen für ihn keine Rolle. Sein Denken ist auf Harmonie ausgerichtet.»

Demott sah ihn skeptisch an.

«Was soll er groß machen?» fuhr Leaphorn fort. «Es liegt auf der Hand, warum Sie auf ihn geschossen haben. Sie wollten verhindern, daß er Sie stellt, und unerkannt wegfahren. Sie müssen sich allerdings für die Jury einen plausiblen Grund einfallen lassen, warum Sie Maryboy erschossen haben. Chee wird bestimmt nicht vor Gericht aussagen, daß das wahre Motiv mit einer schrecklich komplizierten Geschichte zusammenhängt, in der es um einen elf Jahre zurückliegenden Bergunfall geht, bei dem Hal Breedlove ums Leben gekommen ist. Was könnte er schon damit erreichen, abgesehen von einer Menge Arbeit und Frustration? Und die Gefängnisstrafe ist Ihnen ohnehin sicher – lebenslänglich.»

«Ja», sagte Demott.

Aber der Tonfall, in dem er es sagte, gefiel Leaphorn nicht. Er gefiel ihm so wenig, daß es mit seiner kühlen Gelassenheit vorbei war.

«Und die verdienen Sie auch, verdammt noch mal. Das und noch mehr. Maryboy zu töten war kaltblütiger Mord. Ich habe so was auch schon früher erlebt, aber da waren die Täter Psychopathen – Menschen, deren Gefühlsleben völlig verstümmelt ist. Erklären Sie mir mal, wie ein normaler Mensch dazu kommt, einen alten Mann über den Haufen zu schießen.»

«Es war kein kaltblütiger Mord», sagte Demott. «Die Polizei hatte das Skelett gefunden. Und als die Überreste von Hal identifiziert. Auf einmal war der Alptraum Wahrheit geworden. Ich bin in Panik geraten. Hab die Nerven verloren. Außer dem alten Mann wußte ja niemand, daß ich damals mit Hal und Elisa auf den Ship Rock gestiegen bin. Wir waren zu ihm gefahren, um uns eine Zutrittsgenehmigung zu holen. Aber ich dachte, wahrscheinlich erinnert er sich nicht mehr daran. Schließlich waren ja schon elf Jahre vergangen. Nur, ich mußte in dem Punkt sicher sein. Also bin ich abends zu ihm gefahren und hab bei ihm angeklopft. Wenn er mich nicht erkannt hätte, wäre ich weggefahren und hätte die ganze Sache vergessen. Er öffnet die Tür, und ich sage, daß ich Eldon Demott heiße und gehört habe, er hätte ein paar Kälber zu verkaufen. Aber ich hab ihm deutlich angesehen, daß er mich sofort erkannt hat. Sie sind der, der damals mit Mr. Breedlove auf den Berg gestiegen ist, hat er gesagt. Und mich gefragt, wieso ich einfach abgehauen wäre und einen Freund hilflos dort oben liegengelassen hätte. Jetzt wüßte er endlich, wie ich heiße, hat er gesagt, und nun würde er alles der Polizei erzählen. Ich hab mich umgedreht und bin in den Wagen gestiegen, aber er kam mit einer Dreißig-dreißig hinter mir her und wollte, daß ich wieder zurück ins Haus komme. Da hab ich mir die Pistole aus dem Handschuhfach in die Tasche meiner Überjacke gesteckt und bin mit ihm zurückgegangen. Er hat sich im Haus den Mantel angezogen und den Hut aufgesetzt, weil er vorhatte, mich auf der Stelle zur Polizeistation in Shiprock zu bringen. Und dann ... aber das wissen Sie ja.»

«So war das also?»

«Ja», sagte Demott, «und den Teil gebe ich auch zu. Aber ich bitte Sie, daß wir Nez aus dem Spiel lassen. Damit Elisa keinen Ärger kriegt.»

Leaphorn nickte.

Demott griff zögernd nach seinem Gewehr, stockte, sah Leaphorn an. «Ich will nur den Verschluß aus dem Ding nehmen, damit niemand damit schießen kann.»

«Und dann?»

«Dann geh ich die fünf Schritte vor bis zur Klippe und werfe das Gewehr in den Cañon. In die tiefste Felsspalte, wo es keiner je finden wird.»

«Tun Sie's», sagte Leaphorn. «Ich habe nichts gesehen.»

Als Demott das Gewehr über die Steilkante der Cañonwand geschleudert hatte, bat er Leaphorn: «Geben Sie mir noch ein paar Minuten, ich möchte Elisa einige Zeilen schreiben. Ich möchte sie wissen lassen, daß ich Hal nicht getötet habe. Und daß ich alles – auch das mit der gefälschten Unterschrift im Gipfelbuch – nur getan habe, damit sie die Ranch nicht verliert.»

«Gut, machen Sie's.»

«Dann hole ich mir jetzt Papier und Stift aus dem Handschuhfach.»

«Ich behalte Sie im Auge.» Leaphorn ging um den Land Rover herum und stellte sich neben die Beifahrertür.

Demott kramte einen Notizblock und einen Kugelschreiber aus dem Handschuhfach, klappte es zu, stieg aus dem Wagen und benutzte die Motorhaube als Schreibunterlage. Er schrieb hastig, blätterte um, schrieb auch die zweite Seite voll, riß beide aus dem Block, faltete sie zusammen und legte sie auf den Fahrersitz.

«Und jetzt», sagte er, «bringen wir's zu Ende.»

«Demott!» schrie Leaphorn, «warten Sie!»

Aber Eldon Demott konnte nicht mehr warten. Er war das halbe Dutzend Schritte bis zur Steilkante über dem Canyon del Muerto gerannt und hatte sich, Arme und Beine weit von sich gestreckt, in die Tiefe gestürzt.

Leaphorn stand wie versteinert da und lauschte. Aber er hörte nichts als den Wind. Er schob sich vorsichtig an die Steilkante heran und starrte nach unten. Demott war offenbar auf einem Felsvorsprung aufgeschlagen, vielleicht sechzig Meter unter der Oberkante der Cañonwand, und von dort weiter gestürzt – bis auf die Geröllhalde neben der schmalen Cañonstraße. Wer es auch sein mochte, der zuerst den Weg durch den Canyon del Muerto kam, er würde ihn dort finden.

Eldon Demott hatte die Tür des Land Rovers offengelassen.

264

Leaphorn langte in den Wagen, nahm mit spitzen Fingern den Abschiedsbrief heraus und faltete ihn auf.

Liebe Schwester,
ruf bitte, sobald Du diesen Brief gelesen hast, unsern Anwalt Harold Simmons an, und sprich mit niemandem über das, was Du jetzt liest, bevor Du alles mit Simmons besprochen hast. Ich hab vieles falsch gemacht und ein großes Durcheinander angerichtet, aber Du sollst darunter nicht leiden müssen, Du sollst die Ranch behalten. Kümmere Dich bitte gut darum. Und eins mußt Du wissen: Ich habe Hal nicht getötet. Ich schäme mich für vieles, was ich Dir jetzt erzähle, aber ich möchte, daß Du weißt, was wirklich geschehen ist.

Ungefähr eine Woche, nachdem Hal aus dem Cañon verschwunden war, hat er mich angerufen – aus einem Motel in Farmington. Wo er so lange gesteckt hat und warum er davongelaufen ist, wollte er nicht sagen, er hat nur gesagt, daß er unbedingt auf den Ship Rock steigen will – sofort, ehe es zu kalt wurde. Ich hab nein gesagt, aber er hat mir gedroht, daß er mich feuert, wenn ich nicht mitkomme. Wenn ich aber doch mitkomme, hat er gesagt, und Dir kein Wort davon verrate, würde er den Vertrag über die Schürfrechte nicht unterschreiben und das ganze Projekt um mindestens ein Jahr verschieben. Nach der Klettertour, hat er gesagt, würde er Dir alles erklären. Also gut, da habe ich ja gesagt und ihn am nächsten Morgen um fünf bei seinem Motel abgeholt. Er wollte mir wieder nicht sagen, wo er gewesen war, er war überhaupt irgendwie komisch. Wir sind dann hoch zum Rappel Gulch gestiegen, und da hat er sich nicht davon abbringen lassen, bis ganz nach vorn an den Klippenrand zu gehen. Es war eine fixe Idee von ihm, er hat sich eingeredet, daß es einen kürzeren Weg für den Abstieg geben muß, mit Seil und Kletterhaken. Und dann hat ihn eine Böe erfaßt, und er ist abgestürzt.

So ist es gewesen, Elisa. Ich hab mich all die Jahre zu sehr geschämt, um es Dir zu erzählen. Und ich schäme mich auch jetzt noch. Ich glaube, irgendwie bin ich vor lauter Scham und Schuldgefühlen verrückt geworden. Denn neulich, zum Beispiel, als ich zu Mr. Maryboy gefahren bin, um mit ihm darüber zu reden, ob und wann er sein Vieh rüber auf unser Weideland in der Checkerboard Reservation treiben darf, bin ich sofort mit ihm in Streit geraten. Wir haben uns angeschrien, und er hat sein Gewehr geholt, und da hab ich ihn erschossen. Danach blieb mir nichts anderes übrig, als auch auf diesen Polizisten zu schießen. Ich hab mich erkundigt, ich muß mit einer lebenslangen Gefängnisstrafe rechnen. Darum wähle ich jetzt lieber den schnellen Weg und stelle dabei den absoluten Geschwindigkeitsrekord beim Abstieg über die 300-Meter-Steilwand des Canyon del Muerto auf.

Vergiß nie, daß ich Dich sehr liebhabe. Ich bin einfach nur ein bißchen verrückt geworden.

Dein großer Bruder Eldon

Leaphorn las den Brief ein zweites Mal, faltete ihn wieder zusammen und legte ihn auf den Fahrersitz. Dann ließ er die Türverriegelung einrasten, wischte den Hebel, den Ledersitz und alle Stellen, die er sonst noch berührt haben mochte, sorgfältig mit dem Taschentuch ab und warf von außen die Tür ins Schloß.

Er fuhr ein wenig schneller, als es auf der holperigen Fahrspur klug gewesen wäre, aber er wollte unbedingt die Straße erreichen, bevor jemand Demotts Leiche entdeckte. Und er legte auch keinen Wert darauf, unterwegs einem Polizeifahrzeug zu begegnen, denn wenn er es schaffte, ungesehen das Gebiet oberhalb des Cañons zu verlassen, verwischten der Wind und die trockenen Schneeflocken, die er vor sich hertrieb, schon bald alle Spuren. Niemand würde dann mehr auf die Idee kommen, daß Demott vor seinem Tod nicht allein hier oben über dem Canyon del Muerto gewesen war.

Er war kurz vor Window Rock, als er auf dem Polizeikanal mithörte, daß man im Canyon eine männliche Leiche gefunden hatte.

Zu Hause angekommen, drehte er den Thermostat der Warmluftheizung hoch, hörte, wie das Gebläse röhrend ansprang, stellte die Kaffeekanne auf den Herd und wusch sich das Gesicht und die Hände. Dann hörte er den Anrufbeantworter ab, drückte aber, nachdem er sich ein paar Worte des Werbegesäusels eines Versicherungsagenten angehört hatte, rasch die Löschtaste. Er nahm die Kaffeekanne vom Herd, schenkte sich einen Becher voll ein, gab Sahne und Zucker dazu und setzte sich ans Telefon.

Während er den ersten Schluck nahm, tastete er die Vorwahlnummer von Shiprock und ein paar Ziffern ein, die er auswendig kannte.

«Jim Chee.»

«Hier ist Joe Leaphorn. Danke für Ihre Nachricht. Ich hoffe, ich rufe Sie nicht zu ungelegener Zeit an.»

«Nein, nein», versicherte Chee, «ich hab schon darauf gewartet, daß Sie wieder zu erreichen sind. Ich wollte Ihnen erzählen, daß wir heute bei den Viehdiebstählen einen Schritt weitergekommen sind und einen Tatverdächtigen festgenommen haben. Übrigens, haben Sie schon gehört, daß man im Canyon del Muerto eine männliche Leiche gefunden hat? Ganz in der Nähe von Nez' Hogan, sagte Deke. Er meint, der Tote sei Demott.»

«Ja, ich hab's über Polizeifunk mitgehört.»

Ein kurzes Schweigen. Chee räusperte sich. «Von wo aus rufen Sie an? War's Demott? Waren Sie da?»

«Ich bin zu Hause», sagte Leaphorn. «Sind Sie im Moment im Dienst oder haben Sie Feierabend?»

«Wie meinen Sie das? Ach so – eigentlich habe ich Dienstschluß.»

«Es wäre mir lieber, wenn Sie ganz sicher wären.»

«Okay», sagte Chee, «ich bin sicher. Ich unterhalte mich nur freundschaftlich mit einer mir namentlich nicht näher bekannten Zivilperson.»

«Morgen früh werden Sie auf Ihrem Schreibtisch die Nachricht vorfinden, daß Demott Selbstmord begangen hat. Er hat sich von einer Stelle oberhalb von Nez' Hogan in die Tiefe gestürzt. Das entspricht in etwa einem Sprung aus einem sechzig Stockwerke hohen Gebäude. Und er hat einen Abschiedsbrief an seine Schwester hinterlassen. In dem steht unter anderem, daß er wegen ein paar Kühen mit Mr. Maryboy in Streit geraten sei und ihn dabei erschossen habe. Mit den Schüssen auf Sie wollte er sich den Fluchtweg freischießen. Er teilt Elisa in seinem Brief mit, daß er Hal nicht getötet habe. Hal habe ihn – etwa eine Woche, nachdem er plötzlich verschwunden war – aus einem Motel in Farmington angerufen und ihn aufgefordert, am nächsten Tag mit ihm auf den Ship Rock zu steigen. Als Gegenleistung soll er Demott versprochen haben, mit der Unterzeichnung des Vertrags für die Schürfrechte, der bereits seit einem Jahr unterschriftsreif bereitlag, ein weiteres Jahr zu warten. Demott war einverstanden, sie sind losgeklettert, Hal ist abgestürzt. Demott schreibt in dem Brief, er habe das bisher aus Scham vor Elisa verschwiegen.»

Stille. Dann machte Chee: «Wow!»

Leaphorn ließ ihm Zeit, die Neuigkeiten innerlich zu verarbeiten.

«Vermutlich erwarten Sie, daß ich Sie nicht frage, woher Sie das alles wissen?»

«Das ist richtig.»

«Was hat er zu der Sache mit Nez gesagt?»

«Mit wem?»

«Amos Nez», wiederholte Chee. «Oh – ich glaube, ich verstehe.»

«Erspart Ihnen eine Menge Arbeit, oder etwa nicht?»

«Doch, bestimmt», sagte Chee. «Es sei denn, man findet das Gewehr. Die Leiche in der Nähe des Hogans, das Gewehr vermutlich ebenfalls, Schüsse vor nicht allzulanger Zeit auf Nez … zwei und zwei macht vier. Und das Ergebnis der ballistischen Untersuchung wirft dann ein Problem auf, das selbst das FBI nicht mit einem Achselzucken beiseite schieben kann.»

«Ich glaube nicht, daß man da ein Gewehr finden wird», sagte Leaphorn.

«Nein?»

«Meinem Eindruck nach lag Demott viel daran, seine Schwester nicht mit in die Sache hineinzuziehen. Darum wollte er nicht, daß man einen Zusammenhang zwischen dem Fall Nez und dem Fall Maryboy erkennt. Denn wenn Nez ins Spiel kommt, könnte Elisa in irgendeiner Weise als Mittäterin in Verdacht geraten.»

Chee zögerte kurz. «Ich verstehe. Aber wie sieht's mit Nez aus? Wird er nicht von sich aus reden?»

«Nez ist keiner, der gern redet. Und er wird denken, daß ich Demott von der Felsklippe gestoßen habe, um zu verhindern, daß er erneut auf Nez schießt.»

«Ja. Ich fange an zu verstehen.»

«Ich glaube, Demott wollte unter anderem verhindern, daß die Breedlove Corporation mit ihrem Abbauprojekt die Ranch zugrunde richtet. Seinen geliebten Cache Creek zerstört. Darum hat er in seinem Abschiedsbrief ausdrücklich bestätigt, daß er zehn Tage nach dem schicksalhaften dreißigsten Geburtstag mit Hal auf dem Ship Rock war. Und das stimmt mit der Eintragung im Gipfelbuch überein, die Hal am 30. September unterschrieben hat.»

«Und beides ist Schwindel», sagte Chee.

«Meinen Sie wirklich?» fragte Leaphorn. «Ich würde gern miterleben, wie Sie den Anklagevertreter dazu überreden, den Mordfall Maryboy neu aufzurollen. Ihm raten, ein kurz vor einem Selbstmord abgegebenes schriftliches Geständnis außer acht zu lassen, weil das in dem Abschiedsbrief genannte Motiv nicht stimmen soll. Ich kann mir schon vorstellen, wie das Gespräch mit dem Anklagevertreter verläuft. Und was war das wahre Motiv, Mr. Chee? fragt er Sie. Nun, sagen Sie, Mr. Demott wollte vertuschen, daß ein mittlerweile elf Jahre zurückliegender Unfalltod an einem anderen Wochenende passiert ist als bisher angenommen. Und dann sagt der ...»

Chee lachte laut, Leaphorn sparte sich den Rest.

«Also gut», sagte Chee, «ich habe kapiert, worauf Sie hinauswollen. Es wäre eine Menge vergeudete Mühe, den Fall neu aufzurollen. Es würde nur dazu führen, daß Mrs. Breedlove – egal unter welchem Vorwurf – doch noch angeklagt wird und die Ranch an die Breedlove Corporation zurückfällt.»

«Und daß der Cache Creek verseucht wird», erinnerte ihn Leaphorn.

Chee seufzte. «Ja, das auch noch.»

«Sobald die Sache morgen publik ist, werde ich Shaw über die Einzelheiten in Demotts Abschiedsbrief ins Bild setzen. Und ihm den Rest seines Vorschusses zurückzahlen. Doch jetzt zu dem, was Sie mir in der Sache mit den Viehdiebstählen erzählen wollten.»

«Na ja», sagte Chee, «das hört sich jetzt ein bißchen banal an. Officer Manuelito hat heute Dick Finch festgenommen. Er war gerade dabei, Maryboys Kälber in seinen Campinganhänger zu verladen.»

Jerry Oster

Jerry Oster arbeitete viele Jahre als Journalist und Filmkritiker in New York, bevor er begann, Bücher zu schreiben. Die *New York Times* bezeichnet ihn als den besten Krimiautor der letzten Jahre.

Saint Mike
(thriller 2924)
Susan Van Meter ist ein Undercover-Narco. Deckname: Saint Mike. Ihr Mann hat an einem brisanten Fall gearbeitet, bis er von einer unbekannten Schönen eiskalt hingerichtet wurde. Saint Mike muß diesen Fall aufklären.

Death Story
(thriller 3011)
Herzschuß. Der Mittelfinger ist abgetrennt und steckt im Mund der Leiche. An der Wand prangt kryptisch das Graffiti: Raleigh... Kein leichter Job für Joe Cullen, denn er muß gegen Kollegen ermitteln.

Wenn die Nacht kommt
(thriller 3155)
«Brillante Dialoge, seine Großstadt pulst und keucht.»
Stuttgarter Zeitung

Dirty Cops
(thriller 3108)
Joe Cullen ermittelt gegen einen unbarmherzigen Cop-Killer und gerät dabei in einen brodelnden Sumpf aus Gewalt...

True Love
(thriller 3235)
Ein Model und ein Galeriebesitzer sterben im Kugelhagel, Tatmotiv: Eifersucht. Der Ex-Ehemann scheint überführt. Eine andere Spur führt jedoch direkt zum organisierten Verbrechen im Spielerparadies Atlantic City.

rororo thriller werden herausgegeben von Bernd Jost. Ein Gesamtverzeichnis der Reihe finden Sie in der *Rowohlt Revue*. Vierteljährlich neu. Kostenlos in Ihrer Buchhandlung.